나도 당신들과 결말을 보고싶다.
我也想和你们一起看到结局.

# 首尔地铁线路图 任务

- 安国 안국
- 东大门 동대문
- 东庙前 동묘앞
- 新设洞 신설동
- 东大门历史文化公园 동대문역사문화공원
- 新堂 신당
- 首尔站 서울역
- 明洞 명동
- 东大入口 동대입구
- 青丘 청구
- 会贤 회현
- 忠武路 충무로
- 金湖 금호
- 药水 약수
- 玉水 옥수
- 狎鸥亭 압구정

全知读者视角

시독전
점자지
　　적

[韩] sing N song 著

杨可意 译

国际文化出版公司
·北京·

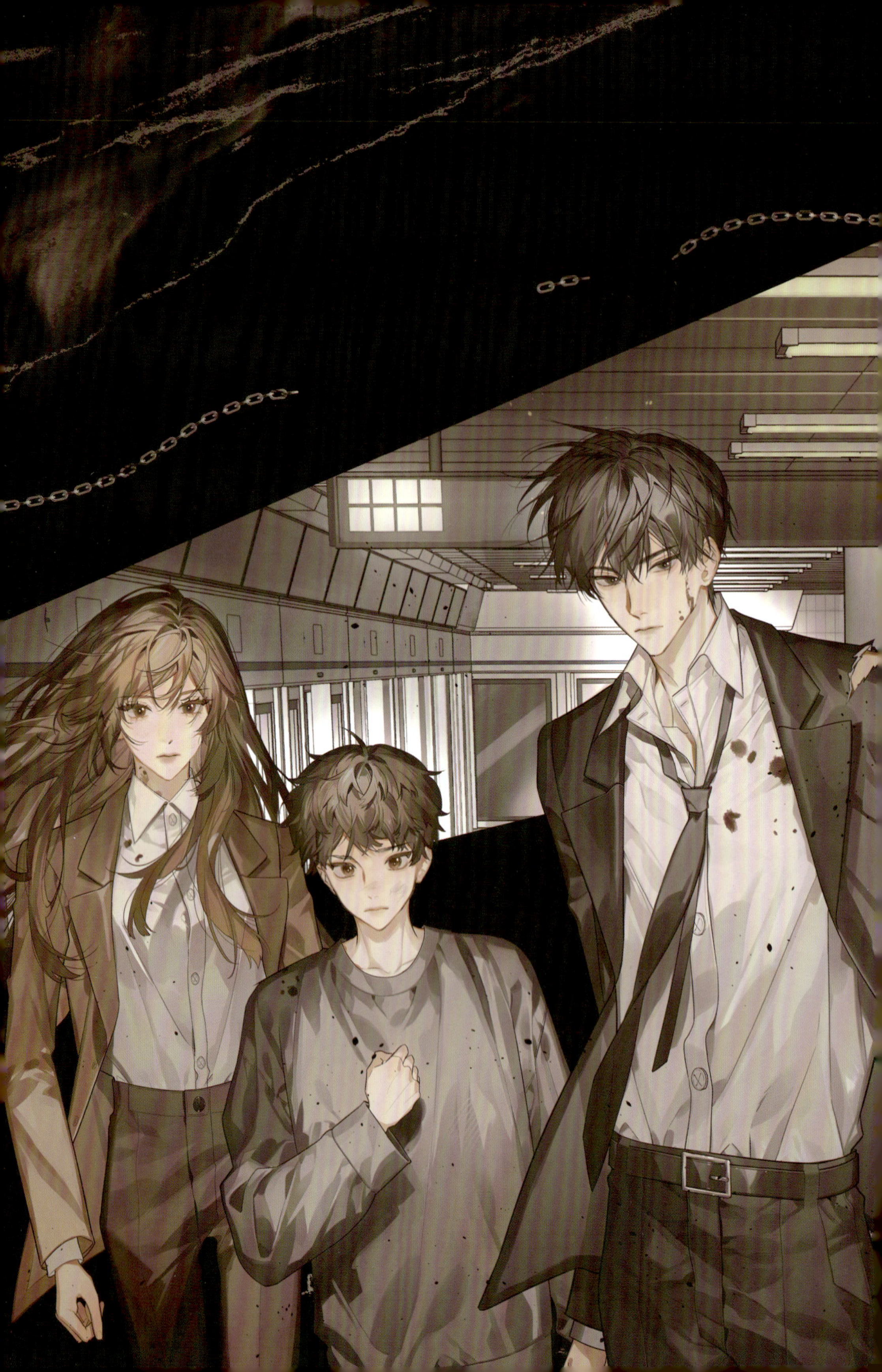

"任务才刚刚开始。"

"下一个舞台是忠武路。"

# 目录 CONTENTS

**PROLOGUE**
在灭亡世界中存活的三种方法
001

**EPISODE 1**
开始付费服务
005

**EPISODE 2**
主角
035

**EPISODE 3**
契约
067

**EPISODE 4**
伪善亦善
091

**EPISODE 5**
黑暗守护者
122

**EPISODE 6**
审判时刻
151

EPISODE 7
屋主
182

EPISODE 8
紧急防御战
221

EPISODE 9
全知"翻车鱼"
252

EPISODE 10
未来战争
296

EPISODE 11
先知者们之夜
345

EPISODE 12
第一人称主角视角
383

我沉默地仰望天空。

首尔上空的穹顶出现了一丝细微的裂痕。

等到日上中天时，

鬼怪们就将开启新的地狱。

虚构与现实，一丝不差地重合在了一起。

在喧闹的人群中，我产生了独自来到另一个世界的感觉。

# Prologue
# 在灭亡世界中存活的三种方法

灭亡世界中有三种存活方法，我已经忘得差不多了，但有一件事是可以确定的，那就是——正在看这本小说的你会活下来。

——《在灭亡世界中存活的三种方法》 完结

老旧的智能手机屏幕上，网文页面加载得很慢，好半天才向下显示半分。我将滚动条拉下，又拖回，重复了好几次。"真的吗？这就完结了？"但不论我看几次，屏幕上的确是"完结"二字无误——意味着这本小说到此结束了。

《在灭亡世界中存活的三种方法》

作者：tls123

共计：3149 话

《在灭亡世界中存活的三种方法》，简称《灭活法》，是一本长达 3149 话的幻想小说。

我从初中三年级开始坚持追更这本小说。在我被不良少年盯上、被同学们孤立的时候；在我高考考砸、进入三流地方大学读书的时候；在我因为该死的随机抽签而倒霉地被派往最前线服兵役的时候，就连我不断换工作，最终在大企业分公司做合同工的现在，也……

该死，不提这个了，横竖就是这样了。

作者的话：感谢您读到本文最后，之后还会更新尾声！

"啊，还有尾声呢。那下一话就是真正的大结局了吗？"

从我童年的尽头到长大成人，这是超过十年的漫漫追更路。此刻，在我的心里，一个世界走向终结的虚无感和终于等到小说结局的满足感，混杂在一起。我打开最后一话的评论区，斟酌着留下评论。

——金独子：感谢作者写出这么优秀的作品！期待下次更新的尾声！

这句话是真心实意的。本想评论"《灭活法》是我的'人生小说[1]'"，或者"这本书虽然没有大红大紫，但在我心里是最好的"，然而，我想表达的有很多，写的时候却只能写出这一句。

每话平均点击量：1.9次

每话平均评论数：1.08条

这就是《灭活法》的平均人气指数。第1话好歹还有1200次左右的点击量，第10话之后就锐减到了120次，第50话后就成了12次，到第100话后就一直只有——"点击量：1次"。虽然偶尔穿插着几话"点击量：2次"，但很可能是有人手滑点开的。我看着小说目录列表上数不清的"1次"，再次心绪难平起来——

谢谢了。只有一个读者追更的小说，作者竟然坚持连载了十几年，写了三千多话，简直像是专门为我而写的。

——强推一本超级精彩的小说。

我点进"推荐栏"，开始一鼓作气地敲击键盘。作者免费更完了结局，我至少该写条推荐表示感谢吧。我按下"发布"按键，不一会儿，下面就有了回复。

——好像是新型黑粉。我刚刚搜索这个人的账号，发现他把同一本小说反反复复推荐了好几遍。

——据我所知，禁止本人推荐自己的作品吧？这位作者，您这样做可是不行的。

看到回复，我这才想起几个月前自己已经写过推文了。眨眼间，这条推荐下面就有几十条评论来攻击我，有些人说我想红想疯了，有些人骂我脑子有病。

---

[1] 人生小说：指在人生中可以留下深刻印象的最佳小说。"人生"作为形容词，为韩国口语中的习惯用语，还可以说"人生电影""人生电视剧"等。——译者注，全书同

我的脸一阵发烫，慌忙点击删除，但屏幕上却弹出"此条推荐已被举报，无法删除"的提示。

"我去……"诚心诚意写下的推文反倒对作品产生了负面影响，这让我心中十分过意不去。明明是耐心看下去就会发现很有意思的小说，为什么除了我就没人愿意欣赏呢？我也想过给作者打赏以表示支持，但以我的月薪水平，养活自己一个人都够呛，根本没有多余的钱花在这儿。"收到一条新私信。"这时，手机屏幕上方弹出了消息通知。

tls123：谢谢你。

这条意料之外的私信让我反应了好一会儿才回过神来。

金独子：作者？

tls123 是《灭活法》的作者。

tls123：多亏了你，我才能够顺利连载完这部小说，而且还在征文比赛中获奖了。

不敢相信，《灭活法》居然在征文比赛中获奖了？！

金独子：祝贺您！请问方便告知一下是什么征文比赛吗？

tls123：不是什么很出名的比赛，您应该不知道。

会不会是作者觉得丢脸，所以说谎了？但我更愿意相信作者说的是真的。谁知道呢？虽然《灭活法》在这个网文平台上没有人气，但在其他平台上有可能会大受好评。如果真是这样，我就不是唯一的读者了——想到这儿，我心里有些酸涩。不过，这么好的小说能够广为人知也是一件好事。

tls123：为了感谢您的支持，我考虑送您一份特殊的礼物。

金独子：礼物？

tls123：托您的福，这部小说才能问世。

作者询问我的电子邮箱地址，我立刻把自己常用的电邮地址发了过去。

tls123：对了，这本小说开启付费服务的日期确定了。

金独子：哇，真的吗？从什么时候开始呢？您写得这么好，我本该从第 1 话就付费看的。

《灭活法》几乎是日更，连着看一个月的更新也只用花3000韩元[1]，对我来说，不过是相当于每个月多买一份便利店的便当。

tls123：明天就要开始收费了。

金独子：那请问明天更新的尾声也是收费阅读的吗？

tls123：嗯，很抱歉，需要收费的。

金独子：别这么说！当然要收费了！最后一话我一定会付费看的！

之后就没有从作者那儿收到回复了，估计是对方退出了登录。这时，迟来的空虚感袭来——现在作者获了奖，成了名，所以不回我一句就直接下线了？对作者获奖的赞叹转变为低劣的嫉妒。真后悔，我刚才为什么要那么激动？反正小说不是我写的，奖也不是我拿的。

"他会送我文化商品券[2]吗？如果是的话，希望是5万韩元[3]的。"当时的我脑海中只有这些无比天真的想法，根本不知道第二天这个世界会变成什么样。

---

1　3000韩元：大约合人民币16元。
2　文化商品券：可以作为现金购买文化类商品的代金券。
3　5万韩元：大约合人民币266元。

# Episode 1
# 开始付费服务

## 1

"我是独子。"

每次做完自我介绍,总会引起对方的误会:"你是独生子啊?"

"呃,的确是,但我不是这个意思。"

"什么?那请问是?"

"我是说,我的名字叫独子,金独子。"

金独子——这是父亲给我起的名字,他希望我即便独自一人,也能成为顶天立地的男子汉。拜他所赐,我虽没能做到顶天立地,但至今还是一个平凡而孤独的独身男子——

金独子:28岁,单身。

爱好:下班途中在地铁上看网文。

"再这样看下去,就要被吸进手机里了。"嘈杂的地铁车厢里,我下意识抬起头,说话的人正低头看着我,眼神里充满了好奇。原来是人事部的刘尚雅。

"你……你好。"

"下班了?"

"嗯,你也是吗?"

"今天运气好,部长出差,所以能早点走。"

正好这时我旁边的人起身下车，刘尚雅顺势坐下，她的肩膀紧挨着我，似有若无的香气传来，让我不由得有些紧张。

"你平时都坐地铁通勤吗？"

"这个嘛……"刘尚雅的表情不怎么好看。我这才想到，之前从没在下班时的地铁上遇见她。也是，据公司里尽人皆知的传闻，从人事部的江代理到财务部的韩部长，那些下班后想开车送刘尚雅回家的男人都排成长队了。但她接下来的话却出乎我的意料："我的自行车被偷了。"

自行车？

"你骑自行车通勤吗？"

"是啊！最近经常加班，导致运动量不足，再加上有些烦心的事，骑自行车通勤是一举两得。"

啊，原来如此。

刘尚雅嫣然一笑。这么近距离地看着她，我总算能理解为什么有那么多男人为她倾心了。但这与我无关。每个人都有自己的生活方式，而刘尚雅和我不是同一类人。

结束了尴尬的对话，我们的视线回归各自的手机屏幕，我打开网文软件继续看小说，而刘尚雅在看……这一长串字母是什么东西？

"¿Puede prestarme dinero？"

"呃？"

"这是西班牙语。"

"这样啊……刚才那句话是什么意思？"

"'能借我点钱吗？'的意思。"她自信地回答。

下班路上还在学习新知识，果然和我不是同类人，但是她背这些句子是打算用在哪儿呢？

"你真努力。"

"那你在看什么呢？这么专注。"

"啊，我……"说话间，她看向我的手机屏幕："是在看小说吗？"

"嗯，呃……可以算是学习韩语吧。"

"哇，我也喜欢看小说！但因为太忙，很久没看了……"

没想到啊，刘尚雅居然喜欢看小说。

"村上春树[1]、雷蒙德·卡佛[2]、韩江[3]……"

我就说呢，她口中的"小说"怎么可能和我看的是同一种类型。

"你喜欢哪位作家？"

"没什么名气的，说了你也不知道。"

"哎，别看我这样，我还是读过很多小说的，所以你看的是谁的作品啊？"

这种情况下，我没法坦诚地说自己喜欢看的是网文，总觉得有些难堪。我的余光扫到手机屏幕上显示的小说标题——

《灭亡以后的世界》

作者：sing N song

我绝不可能告诉她自己在看 sing N song 的《灭亡以后的世界》。

"就是一本很普通的奇幻小说，呃……怎么说呢，和《指环王》差不多的……"

刘尚雅瞪圆了眼睛："《指环王》！我看过电影版的。"

"电影挺好看的。"

气氛一时变得沉默，她看着我，似乎在等我继续说下去。

感到尴尬的我只好转移话题："我们去年这个时候刚进公司，到现在都一年了，时间过得真快啊。"

"是啊，那时候我们还都是什么也不懂的新人呢，对吧？"

"可不是，入职仿佛是昨天的事，眼看着现在合同都快到期了。"说完，我察觉到刘尚雅的表情有些僵硬，才意识到自己找错了话题。

"啊，我……"我忘了。在上个月的海外客户项目中，刘尚雅做出的贡献被公司认可，现已转为正式员工，"你转正了吧，哎呀，很抱歉，现在才祝贺你。

---

[1] 村上春树：日本当代著名小说家，代表作《海边的卡夫卡》。
[2] 雷蒙德·卡佛：美国当代著名短篇小说家、诗人，代表作《大教堂》。
[3] 韩江：韩国当代著名小说家、评论家，代表作《素食主义者》。

哈哈，早知道我也认真学门外语就好了。"

"别，别这样说！现在还没进行人事考核，而且……"

虽然很不想承认，但此时此刻与我对话的刘尚雅意气风发、神采飞扬，仿佛整个世界都聚焦于她。如果这个世界是一本小说，那么主角一定是像她这样的人吧。这是理所当然的——我得过且过，她不断努力；我在看网文的时候，她在学外语，所以理应是她转正，而我合同期满将要离开公司。

"那个……独子……"

"嗯？"

"如果你想学外语的话……需要我把在用的 App 推荐给你吗？"

一瞬间，刘尚雅的声音似乎变得很遥远，我和现实世界之间的距离被无限拉大。为了摆脱突如其来的神游状态，我努力瞪大眼睛平视前方。我们对面的座位上是一个挨着母亲坐的男孩，约莫十来岁，正郁郁地盯着怀中的昆虫采集箱。

"……独子？"

如果我的人生和现在不同，那会是怎样的呢？也就是说，如果我的人生类型不同的话……

"金独……"

如果我人生的类型不是"现实主义"，而是"奇幻小说"……那么我能成为主角吗？没有答案。我永远无法得知这一问题的答案，但有一件事我是知道的，那就是——

"不用了，尚雅。"

"嗯？"

"就算你告诉我那个 App 也没用。"

我的人生类型无疑是"现实主义"。

"我独子拥有的就是读者（独子）[1]的人生。"

并且，在"现实主义"的人生中，我不是"主角"，只是"读者"。

---

[1] 韩语中"独子"和"读者"读音相同。

"独子的人生……"

刘尚雅神情严肃，我挥挥手，示意她不用太放在心上。虽然不太确定，但她刚才好像是真心为我感到担忧的，她毕竟是人事部的员工，一定清楚地知道我的业绩情况。

"你刚刚那句话说得真好。"

"嗯？"

"那我尚雅也拥有尚雅的人生。"

她像是下定了什么决心，继续投身于西班牙语学习。我看了她一会儿，又转头看网文去了。一切恢复原状，但奇怪的是，小说页面右侧的滚动条半天也没滑下多少。大概是我突然意识到了现实的沉重，以至于无法再沉浸在小说的世界里。就在这时，手机屏幕上方弹出消息通知。

收到一封新邮件

发件人是《灭活法》的作者，我立刻点开邮件。

亲爱的读者，今晚七点起将开始收费，届时，此文件将会派上用场。祝身体健康。

（1个附件）

作者的确说过要送我礼物的，难道这就是他说的礼物吗？我果然是天生的读者命，不过是收到一封作者的邮件，就激动得不能自已。是啊，过读者一般的人生也没什么不好的。

我确认了一下时间，下午六点五十五分。作者说今晚七点开始收费，现在只剩最后五分钟了。再怎么说我也是这本书唯一的读者，等到转成收费制之后，我一定要第一个留下祝贺的评论，给作者加油鼓劲。想到这儿，我赶紧打开小说 App 里"我的喜欢"一栏，然而……

该作品不存在。

我试着在搜索框里输入了几次"灭亡"，依然没有出现任何搜索结果，《灭活法》的公告栏消失得无影无踪。真奇怪，难道就因为要收费，都不在公告栏里说一声就删除了作品吗？

忽然，灯灭了，地铁车厢陷入了黑暗。

嘎吱——车厢剧烈晃动，发出刺耳的金属摩擦声，刘尚雅轻声尖叫着抓住我的手臂。也许是她手劲太大，导致比起急刹车带来的惯性，我的注意力更多集中在左臂的疼痛上。十几秒后，地铁才完全停下来，四周传来混乱的声音。

"欸，怎么停了？"

"什么情况，这是怎么了？"

黑暗中亮起几点手机屏幕发出的光，刘尚雅还紧抓着我的手臂："怎……怎么回事？"

我故作镇定地答道："别担心，没什么大事。"

"真的吗？"

"嗯，就算出了大事……司机也会马上广播通知的。"我话音刚落，广播就响了。

各位乘客，接下来广播一则通知。各位乘客，接下来广播一则通知。

周围的喧闹随之平息，我松了口气，说道："你看，我就说没什么大不了的吧，广播马上会向大家道歉，然后车厢马上就会来电……"

请……请立即避难……请立即……

然后是一串哔声，之后广播关闭，车厢里重新陷入一片混乱。

"独……独子？这到底是……"

前一节车厢中闪过刺眼的光，紧接着，有爆炸声传来，与之相伴的，还有类似撕开一面巨大的鼓的声音。黑暗中，有什么东西朝这边靠近了。就在此刻，我恰巧看了下手表：PM7:00。嘀嗒，指针转动，世界仿佛停摆。接着，人们听见这样的声音：

第8612号行星系的免费服务已终止。主线任务现在开始。

而这一刻，正是我人生类型改变的瞬间。

## 2

"鬼怪。"那家伙第一次出现时，有人这样说。

不知道为什么，我突然想起了小说里的这句话。

紧急刹车的地铁，停电的车厢，此刻我所能接受并感知的细节太少，还不足以让我产生小说的即视感。地铁急停虽不常见，但也不是没发生过。可我为什么总是会想起那部熟悉的小说开头部分的描述……不过，这怎么可能呢？小说里的情节怎么可能发生在现实世界？

这个时候，3807号车厢的前门突然打开，电力也恢复了，我身边的刘尚雅小声道："……鬼怪？"我脑中一阵嗡鸣，熟悉的小说情节逐渐与我眼前的现实重合，而周遭环境也受之影响似的十分不稳定。

两只小小的角，裹着草席，这个长着细软绒毛的诡异生物飘浮在空中。

如果称它为妖精，它未免太过怪异；称它为天使吧，它却太邪恶；称它为恶魔呢，它的外表又太纯真。

所以这个家伙被人们称作"鬼怪"。

而我已经知道"鬼怪"的第一句台词了。

"&啊#@！&啊#@！……"

"&啊#@！&啊#@！……"

——虚构与现实，一丝不差地重合在了一起。

"它在说什么？"

"那是AR[1]吗？"

在喧闹的人群中，我产生了独自来到另一个世界的感觉。那家伙无疑是"鬼怪"，数千话的《灭活法》中，正是这只鬼怪拉开了一切悲剧的序幕。

刘尚雅的声音打断了我的思绪："它说的好像是西班牙语，要不我去跟它说

---

[1] AR：Augmented Reality，一种将虚拟信息与真实世界巧妙融合的技术。

两句？"

我无奈地反问道："……你知道那是什么东西吗？难不成你打算找它借钱？"

"那倒不是……"

就在这时，我听见了发音标准的韩语。

"啊啊，听清楚了吗？我费了好大劲才成功加载了韩语补丁，各位听得清我说话吗？"

也许是因为听到了熟悉的语言，大家看起来没那么紧张了。最先上前搭话的是一个西装革履的大块头男人："喂，你这是在做什么？有点过分了吧？"

"……什么？"

"你们是在拍电影吗？我一会儿要试镜，得赶紧过去了。"男人看起来很面生，估计是个无名演员。如果我是选角导演，他铿锵有力的嗓音一定会让我立刻拍板选他。可惜的是，他现在面对的不是选角导演。

"啊，试镜。这样啊，都这个点了还有试镜呢。哈哈，看来我事前没有做好调查啊，我明明听说晚上七点开始收费的话，关注人数最多呢。"

"啊？你到底在说什么？"

"好了，各位，请冷静点，坐到座位上听我说！因为我接下来的话非常重要！"

我渐渐感到胸口发闷。

"到底在干吗呢?！还不赶紧开车！"

"谁联系一下司机！"

"也没有提前通知需要我们市民协助，这到底是在干吗？"

"妈妈，那是什么呀？卡通人物吗？"

绝对没错，这是《灭活法》的剧情发展。但我却无法阻止，因为没人会相信那个可爱的 CG[1] 小团子说的话。此刻我能做的，只有阻止不知深浅地想离开座位的刘尚雅。

"刘尚雅，太危险了，不要乱动。"

---

[1] CG：Computer Graphics，电脑图像，是对通过电脑软件所绘制的一切图形的总称。

"危险？"刘尚雅惊讶地瞪大眼睛。

为了拦住她，我一时情急脱口而出，却无法向她解释自己对情况的判断从何而来。准确来说，我也无须解释了。

"哈哈，你们真是吵死了。"因为那个小团子的存在就是最强有力的证明，"我说过让你们安静点吧。"鬼怪缓缓闭上眼，再睁开时，瞳色已经变为血红。

咔，有什么东西破碎的声音，车厢里霎时鸦雀无声。"呃……呃……"说要去参加试镜的无名演员额头上破开一个大洞，他的嘴唇张张合合，最终瞳孔涣散，直挺挺地倒了下去。

"这可不是拍电影。"

人群中再次传来骨头碎裂的声音，这回来自那个一直在抱怨司机的中年妇女。

"也不是做梦，更不是小说。"

那些发出过抗议的人、尖叫着引起骚动的人，甚至那些仅仅有骚动苗头的人，一个接一个地头破血流。车厢里瞬间成了一片血海。

"也不是你们认知中的'现实世界'，懂了吗？都给我闭嘴，好好听着。"

一半以上的人死了。下班高峰期的地铁车厢里血流成河、尸体堆叠，现在再没人敢尖叫了，大家仿佛原始时代面对猎食者的类人猿，都惊恐万分地看着鬼怪。

刘尚雅吓得不停打嗝儿，我紧紧按住她的肩膀，然后屏住呼吸。

这一切都是真实发生的。不论是听到奇怪的讯息时，还是鬼怪出现在我眼前时，我都没有如此真切的感受，直到车厢成了人间炼狱，我才清醒过来。

"各位，你们一直以来都过得太好了，是吧？"老弱病残座位上，和鬼怪对视的老人吓得发抖，弯下了腰。语气中带着对老人的嘲讽，鬼怪接着说，"你们白吃白喝这么久，日子过得很舒服是吧？你们出生之后不用付出任何代价就能吃喝拉撒，还能随心所欲地繁衍！哈哈！各位还真是生活在一个很好的世界呢！"

白吃白喝——下班高峰期的地铁里哪有白吃白喝的人，这里都是为了生存拼命工作赚钱的人——但没人敢对鬼怪的话提出异议。

"但是，好日子到头了，总不能一直给你们免费吧？如果想得到幸福，就必须付出代价，这才是常识嘛，不是吗？"

胆战心惊的人们不敢回话，就在这时，有人小心翼翼地举起了手："请……请问，你是想要钱吗？"

我正好奇在这种情况下是什么人敢说出这种话，出乎意料的是，那是我认识的人。

"刘尚雅，那不是财务部的韩部长吗？"

"……是的。"

绝对是他——公司里出了名的"空降部队"，新人员工最反感的上司——韩明伍。这个家伙怎么会乘地铁通勤？

"如果你想要的是钱，无论多少我都能满足，请你收下。作为参考，这个能证明我的身份。"韩部长甚至勇敢地递出名片，周围人看向他的眼神中掺杂了为他加油鼓劲的意味，"需要多少？一张大额的[1]，还是两张？"这不是一个子公司的部长能随口说出的数额。不过有一阵子，公司里有传言说他是子公司老板的小儿子，也许传闻是真的，如果只是个部长，他的钱包里不可能有这么多支票。

"嗯……就是说，你想给我钱？"

"是，是的！虽然我身上没多少现金……但只要能出去，你想要多少我都可以给你。"

"钱，很好，一种包含大多数人类主观认可的植物纤维。"

听到这话，韩部长眼睛一亮，估计是在想"世上果然没有钱解决不了的事"。唉，真可悲。

"虽……虽然我现在身上只有这些，你看是不是——"

"但说到底，这东西只在你们的世界被认可。"

"什么？"

下一秒，空中燃起火焰来，韩部长手中的支票被烧成了灰烬，吓得他发出一声尖叫。

---

1 韩国现金支票分两种，有"现金"字样的为现金支票，仅供支取现金；无"现金"或"转账"字样的为普通支票，既可支取现金，也可用于转账。面值从10万韩元起不等，无上限。文中所指"大额的"，通常为1亿韩元。

"这堆废纸在宏观次元世界中毫无价值，谁再敢做这种蠢事，就等着脑袋开花吧，别怪我没提醒你们。"

"呃……呃呃……"人们的脸上再次布满恐惧，而我仿佛在看一本已知剧情的小说，轻易就能猜出他们的想法——鬼怪到底打算做什么？

只有我知道接下来会发生的事。

"哎呀，在你们吵吵闹闹的时候，你们都已经负债累累了！唉，算了，与其费力解释，不如让你们自己去赚钱来得更快吧。"鬼怪的两只小角像天线一样伸长，它飘到车厢顶部。一会儿后，传来提示音——

#BI-7623 频道已开启。星座们进入频道。

提示窗口出现在茫然不解的人们眼前。

收到主线任务！

+

＜主线任务#1：证明价值＞

类别：主线

难度：F

完成条件：请杀死一个以上的生命体

规定时间：30分钟

奖励：300Coin

失败惩罚：死亡

+

鬼怪的身体变得透明，嘴角隐约带着笑意，它朝着下一节车厢飞去，消失在人们的视线中。

"那么，祝各位好运，也请务必呈现出精彩的故事。"

## 3

鬼怪消失后，人们的反应各有不同。有些人使出浑身解数设法逃出车厢，有些人尝试打电话报警，而刘尚雅属于后者。

"警察……警察不接电话！怎么办呀？怎么办……"

"冷静点，刘尚雅。"我直视着刘尚雅失神的双眼，说，"你玩过开发组出的新游戏吧？就是那个，世界灭亡之后，只有少数人活了下来的游戏。"

"什么？怎么突然说……"

"你可以当作自己现在进入了那个游戏。"

刘尚雅呆愣愣地嚅动着嘴唇："游戏……"

"很简单，所有游戏都有自己的规则，遵守规则就行了。"说完，我也开始调整自己的呼吸。就算是我，也需要时间来完全接受这一切。只存在于《在灭亡世界中存活的三种方法》里的那些描写，如今都真真切切地出现在了我的眼前。

头上长出天线的鬼怪。

车厢里如垃圾般堆积的尸体。

浑身是血、不断发抖的上班族。

在老弱病残座上祈祷着的老奶奶。

我仔细观察着这一幕幕，就像是变成了《黑客帝国》里怀疑现实的尼奥。经过仔细观察，内心不断怀疑，最终还是选择了接受，不得不承认。虽然不知道原因，但错不了的——《灭活法》成了现实。好好想想，如果想在这个新世界里生存下去，需要怎么做。

"各位，请镇定一点，冷静下来，先做个深呼吸。"鬼怪消失五分钟后，有人站出来说，"大家都镇定下来了吗？请停下你们正在做的事，暂时将注意力集中到我这里。"男人比平均身高要高出一个头，身材健壮，留着二分区短发。听见他的话后，正在抽泣或者打电话的人都压低了声音。等到大家的目光都看过来时，男人再次开口道，"各位都知道，发生国家灾难时，一场小小的骚乱，就很有可能导致巨大的伤亡，所以现在我将对目前的状况进行管控。"

"什么呀，你算老几？"

"国家级灾难？放什么狗屁呢？"

那些现在才回过神的人站了起来,对"管控"二字产生了强烈的反抗情绪。对此,年轻男人的做法是从钱包里拿出公务员证展示给大家看。

"我是服役于 6502 部队的陆军中尉。"

这句话让一些人的脸上掠过一丝宽慰。

"军人,他说他是军人。"

然而,现在就感到安心未免太早了些。

"不久前,我收到部队发来的消息。"

人们冲着男人的手机一拥而上,我正好在他附近,一眼就看到了屏幕上的内容——

进入一级国家灾难状态,全体人员迅速回部队集合。

四周传来一阵倒吸冷气的声音。

"一级国家灾难"。我早料到了,所以并不惊讶,让我吃惊的其实是另一件事——陆军中尉,李贤诚。原来这个人就是"李贤诚"啊。我知道他,尽管这是第一次在现实中碰面,但他的名字早就被我牢牢记住了,因为他是《灭活法》的主要配角之一——"钢铁剑帝"李贤诚。现在就连小说中的人物也登场了,我不得不相信这一切都是真实发生的。

"军人大哥!这到底是怎么回事?"

"我也尝试过和部队取得联系,但是……"

"青瓦台[1]呢?!青瓦台在干什么?赶紧联系总统啊!"

"抱歉,我只是一名基层军人,并没有办法直接联系青瓦台。"

"那你说什么管控啊?"

"为了各位市民的安全……"

在各种不着边际的问题的轰炸之下,李贤诚依然沉稳应对,看着他,我再次意识到一切都如小说中所写。可是小说中李贤诚的出场方式是这样的吗?疑问和不祥的预感同时掠过我的脑海。作为《灭活法》唯一的读者,我敢保证,李贤诚在小说中的第一次登场,并不是这样的。他在原著中的登场时间至少要

---

[1] 青瓦台:韩国总统从前的官邸。

在第1个主线任务结束之后。那么现在是什么情况？我的脑海中突然一片混乱，如果能再看一遍《灭活法》，我就能知道准确的信息了……

"国务总理发表演讲了！真的是一级国家灾难！"有人大喊了一句，大家急忙点开各自的手机。

刘尚雅把手机屏幕转向我："……独子，你看这个。"

都不需要去搜索关键词，因为"国务总理演讲"已经登上了门户网站实时热搜的第一名，而且我早就知道这段视频的内容了。

——各位尊敬的国民，目前包括首尔在内的诸多地区爆发了数起原因不明的恐怖袭击。

演讲的内容非常简单，大意是政府将竭尽全力与恐怖分子进行斗争，绝无协商余地，所以请国民们不要担心，继续手头的学习与工作……在小说中读到这一段的时候，我也没什么想法，但在现实中听到这段话，还真是有点无语。居然说成"恐怖袭击"……也是，这么想倒是更容易理解。

"但是总统去哪儿了？为什么是国务总理在发表演讲？"

"据说总统已经遭遇袭击了。"

"什么？真的吗？"

"不知道啊，我看到NAVER[1]的评论里说的——"

"那不就是谣言吗？！"

当然，我知道那不是谣言。

"啊啊啊啊啊！什么啊？！"阵阵枪响吓得人们摔落了手机，而这可怕的声音恰恰是从手机中传出来的，随着刺啦一声，鲜血铺满了整个视频画面。过了一会儿人们才明白发生了什么，全都屏住了呼吸。

"国……国务总理……"国务总理死了，而且是在直播中被爆头了。又传来几声类似枪响的声音，然后画面就缓缓变暗了，接着，鬼怪出现在画面中。

"各位，我刚刚说过了吧，这才不是'恐怖袭击'之类的恶作剧。"

人们被吓得说不出话，像痴傻的金鱼一样呆呆地张着嘴。

---

[1] NAVER：韩国排名第一的搜索引擎和门户网站。

"你们好像还是没听懂的样子。这可不行啊。你们到现在还觉得这一切都像游戏吗?"

鬼怪的语气太过从容,反倒让人产生了不祥的预感,我不自觉地握紧了拳头。

"哈哈,资料调查显示这个国家的人很擅长玩游戏,那就让我们把难度提高一点试试吧。"

哔哔——半空中出现一个巨大的计时器,上面显示的时间正在飞速减少。

倒计时减少10分钟。距离任务结束,还有10分钟。如果接下来5分钟内没有发生杀害行为,该车厢所有生命体将全部被消灭。

"这……这是什么意思?开玩笑的吧?"

"听到刚才的通知了吗?哎,你们也听到了吗?"

"军人大哥!现在该怎么办啊?为什么警察还不来?"

"各位,请冷静一下,请听我说——"

因为鬼怪的一句话,目前车厢里的状况已经脱离了李贤诚的掌控。刘尚雅紧紧抓住我的衣角,而我还是无法摆脱眼前这一切带给我的违和感。身为配角的李贤诚已经出场了,为什么"那家伙"还没出现呢?我记得小说里这个时候他应该登场了。

"后……后面那节车厢里杀人了!"透过车厢连接处的窗户,可以看到变成一片血海的3907号车厢。有人和那节车厢里的杀人者对上眼神,脸色瞬间变得苍白:"别让他们过来!别让任何人过来!"人们死死地抵住铁门。但这完全是白费功夫,因为他们的敌人本就不在那节车厢里。

在完成本节车厢的主线任务之前,禁止一切进出行为。

在通知响起的同时,仿佛形成了一面透明的墙面,挤在铁门上的人都被弹开。

"这……这是怎么回事?"

接着,鬼怪的声音再次传来:"哈哈,有些地方的发展很有趣,但有些地方还没开始呢。好吧,这是'额外服务'——我让你们看看,如果接下来的五分钟内没有任何进展,你们会怎么样吧。"

车厢内的半空中突然出现了一块巨大的屏幕投影，屏幕中放映的地点是一间教室，里面是穿着藏蓝色校服、瑟瑟发抖的女孩们。

一个男高中生咬着指甲喃喃道："……那是台风女高的校服吧？"

有些少女正在尝试合力破开教室门，还有些聚在一起思考逃脱的办法。她们只想在所有人都不死的情况下解决这个主线任务，比愚蠢的成年人明智多了。但正因如此，我才会对这一幕感到非常难过。

哔哔哔哔——在预示着不祥的警报声中，少女们发出尖叫。

规定时间到。开始进行付费结算。

提示语音刚结束，坐在最前排的学生的头就炸开了。看到同班同学一个接一个被爆头，幸存的孩子们惨叫着奔向教室门窗。

"啊，怎……怎么会这样——"清洁工具都折断了，孩子们的指甲也崩断了，但教室门还是打不开，没有人能出去，只有接连不断的爆裂声昭示着学生们的陆续死亡。这时，一个少女掐住了另一个同学的脖子——对方的喉咙里挤出模糊的呻吟，手臂渐渐垂落。没过多久，画面中就只剩这个用狠毒的眼神环视四周的少女了。

#Bay23515频道，台风女子高中二年B班幸存者：李智慧。

眼神凶狠的女高中生的影像消失了，鬼怪的声音响起："怎么样，很有趣吧？"

鬼怪笑着说道，但人们已经不看画面了。和身边的人对上眼神的人们被吓得连连退后，高喊着："这都是什么啊?!"甚至连刘尚雅也松开了紧抓着我的手，但她并没有远离我。

我用重获自由的双手点开手机屏幕。为什么"那家伙"还不出现？已知的小说内容和不了解的信息混杂在一起，摆脱困境的办法只有再看一遍《灭活法》。但我要在哪儿才能再找到这部小说？这部小说实在太没人气，连盗版资源的分享都没有……

不对，等等。

1个附件

看到手机屏幕上出现的新邮件，我忽然感到有些发晕。难道说……不会吧？

我在打开附件栏的瞬间陷入了困惑。作者发来的附件名是这样的——

在灭亡世界中存活的三种方法 .txt

我干笑一声，心想这应该是骗人的吧……但我揉了揉眼睛再次查看，还真不是骗人的。文件扩展名是".txt"，所以这个人现在是……说什么要送我礼物，结果给我发了自己写的小说的文档？！

获得专属特性。专属技能槽已激活。

点开文档后，我听见如上两句通知。如果这个世界真的变成了《灭活法》小说中的世界，那么通知所说的也就不足为奇了。因为小说中所有的幸存者都得到了专属特性，并且可以使用专属技能。我在心里默念"特性窗口"。既然获得了特性，那我有必要知道具体是什么。

无法激活特性窗口。

什么？我再次在心里喊出"特性窗口"，结果还是一样。太离谱了，怎么会出现这种情况？如果不能使用特性窗口，我根本没法知道自己的特性和技能是什么。所谓"知己知彼，百战不殆"，但我连自己都无法了解，就更别说去了解敌人了。我盯着空中的提示看了一会儿，最终决定暂时放弃，先去看作者发来的文档。

专属特性的效果使得阅读速度提升。

虽然不知道我的特性具体是什么，但多亏了它的效果，我只用了不到一分钟就读完了《灭活法》的开头部分。找到了——我的手指停下的地方位于小说的开头部分，描写的是主人公准备在自己搭乘的地铁车厢里"做些什么"的场景。

他看见聚集在 3707 号车厢后门的人群，手中紧握的打火机的滚轮冰凉，这次轮回他绝不会再失误，为了达成自己的目的，他将不择手段。

人们在恐惧中瑟瑟发抖。

他没有丝毫愧疚，只因一切都将只是一瞬而已。

他无情的双眼扫过人群，不久后，他划下齿轮，火苗耸动，这便是一切的开始。

看到这里，我背后一凉，又反复看了几遍，终于找到了违和感的来源。"……是 3707 号车厢。"我下意识地抬头确认自己所在的车厢号码——3807。我身处的车厢，是小说序言中主角所在车厢的"后一节车厢"。我的手指微微发颤。等一下，那么"这节车厢"里的人原本的命运是怎样的？

透过模糊的窗户，他看见已成为杀人地狱的 3807 车厢。太迟了，那边已经无能为力了，反正那节车厢里只有两个人能活下来。

"只有两个人能活下来"，也就是说，除了这两个人，其他人都会死，而我已经知道这"两个人"指的是谁了，我呆呆地抬头看向刘尚雅。她应该会死吧，我也是……

"独子，你看那边——"我顺着刘尚雅手指的方向看过去，不久前还倚靠在出入口的高中生现在已经站在老弱病残座前。他身形纤瘦、染了一头白发，校服前胸的名牌上写着"金南云"三个字。果然是我认识的名字。

那节车厢中的幸存者只有金南云和李贤诚，倒也无所谓，反正我只需要这两个人。

金南云站在老弱病残座前面，就像个正在挑选待宰牲畜的屠夫，他的视线扫过老人们："有自愿报名的吗？"他声音里的寒意直达老人们的心底，有个老人畏畏缩缩地开口："你……你什么意……"

"什么意思你应该很清楚吧？是时候为了所有人做出合理的决定了吧？"

大家的视线逐渐向他聚集，露出像是已经猜到接下来要发生什么事的表情。没想到的是，韩明伍皱着眉头冲出来挡在了老人面前："你个小兔崽子，你现在是——"

金南云阴森森的眸子直勾勾地盯着韩明伍："那你要去死吗？"

"什么？！"

"怎么这么没眼力见啊，到现在你还没搞清状况吗？"

鬼怪投影在车厢半空中的画面再次开始播放：

——救……救命啊！

——呃……啊啊啊啊！

——去死！给我去死！

不仅仅是这节车厢和台风女高，直播中世界各地都有人在死去。观看投影的时候，李贤诚还在不断尝试给部队打电话，却始终只能听到嘟嘟的忙音。

金南云嘲笑道："还不明白吗？军队不会来救我们的，我们必须选出去死的人。"他这话说得态度坚决，好几个人都被吓得一个激灵，"你们在犹豫什么？刚刚那个小玩意儿不是说了嘛，我们一直以来都在'白吃白喝'，那么在座的是谁'白吃白喝'的年头最长呢？"

人们同时看向老弱病残座，老人们被吓得脸色苍白，也许金南云说出的正是所有人心底隐秘的声音。

"这种情况下，当然要牺牲活得最久的人了，还是说要杀了那边的小孩？"抓着妈妈衣角的孩子往后躲了躲，金南云见状扑哧一笑，转头对韩明伍说："当然，我也知道大叔你在想什么，为了生存而残害同类的确是畜生才会干的事，但在现在的情况下，真的还是这样吗？"

"……"

"大家都好好想想吧。就在刚才，你们熟悉的那个世界已经消失了。"韩明伍的肩膀颤抖起来，不只是他，其他人的眼中也都渐渐出现了裂隙。这是模糊不清的道德世界的崩溃时刻，而往裂缝中钉上楔子的人，正是金南云——"新的世界里，当然需要新的规则"。

金南云是最快适应《灭活法》世界的疯子少年。他转过身去，再次面对老人们："所以到底谁来？五分钟内没人站出来的话，大家都得死。"老人们看着金南云，吓得颤抖不止。

"唉，要是没人主动的话，那就只能随机点了，好吧……"金南云的手指指着老人们转圈，就像在玩俄罗斯轮盘赌[1]。这一回没有人出来阻拦，不论是韩明伍，还是人群中的其他人……甚至就连李贤诚也没出声。李贤诚紧攥的拳头像是失去了击打方向，只能停在半空中微微颤抖。也许他刚才已经做出了选择。

这些人的表情太过直白，像廉价的通俗小说一样易懂。

——如果接下来五分钟内没有发生杀害行为，该车厢所有生命体将全部被消灭。

人们的眼神正在发生变化。

——如果没人被杀，那么五分钟后死的就是……

那是尚存的生物所拥有的最原始的眼神。终于，金南云的手指停了下来。

"好像已经决定好谁去死了呢。"

金南云揪着那个颤抖不止的老人的领子把她拎了起来，看到对方不断挣扎，金南云又转头去看围观人群："你们愣着干吗？就这么傻站着等死吗？"

面对金南云的目光，有些人回避，有些人做出反应，最先行动的是一个背着双肩包的公司职员："……他说得没错，再这样下去我们都得死。"公司职员走向老人，他旁边的人像是中了邪似的喃喃道："没错，必须有人……这不也是没有办法了吗，只有这样我们才能活。""唉，不管了！"两个，三个。原本只是在察言观色的人们开始朝着老弱病残座靠近，其中包括在那周围打转的假惺惺的男人们、用手机录像的大学生、抛下孩子的母亲，还有最终选择加入队伍的韩明伍。大家都心知肚明，如果现在不杀了那个老人，死的就是自己。人们一个接一个地靠近老人，打算对她动用私刑。

"确……确实应该是活得最久的人做出牺牲啊！"

"去死吧！赶紧去死！"

记不清什么时候在小说里看到的句子浮现在我脑海中——

死刑的执行者们同时拉下处决的操纵杆，只为隐藏某个人是凶手的事实。

---

[1] 俄罗斯轮盘赌：在左轮手枪的六个弹槽中放入一颗或多颗子弹，任意旋转转轮之后，关上转轮。游戏的参加者轮流把手枪对着自己的头，扣动扳机；中枪的自动淘汰，怯场的也视为输，坚持到最后的就是胜者。

我静静地看着这一场景，就像是在重看一遍小说的描写，又仿佛是在旁观另一个世界中发生的事。这是无法改变的事件，那个不知名的老人本就是救不下来的人。就算是在原著的情节中，她应该也是死了的。就在这时，刘尚雅猛地从座位上站起身，我下意识地拽住她："我说过，不要轻举妄动。"

"独子。"

刘尚雅被我抓着的胳膊正在发抖，她握紧拳头试图掩饰自己的恐惧，但没什么效果。我说："你现在去的话，只会变成他们的靶子。"

"我知道，但是……"

刘尚雅的眼神因惧怕而颤动，但其中却燃烧着一丝愤怒："我没法放任不管。"

我再次意识到，就算故事的类型改变，有些人也始终带着光环。

"刘尚雅，坐下吧。"

然而，能改变故事走向的人并非刘尚雅，因为她不是这个世界的"主角"。

"可是——"

"就听我这一次吧，之后我再也不会劝你了。"

我强行让刘尚雅坐回原位，做了个深呼吸后转过身。我挺直脊背，但呼吸还在轻颤。接着，我缓缓放松脚踝，活动手腕。其实现在出面有点早了，因为我原本的计划不是这样的。

"……独子？"

我没有回应她，而是看向人群。金南云抡起拳头，仿佛加了慢动作特效一般缓慢。人们围住了老人，就像想要合力杀掉死刑犯的狱警们。我先前一直只是静静看着，并不是因为害怕金南云或那伙人，也不是认可他们的非人行径，我只是在等待行动的时机，也就是说——

哐哐嘭嘭——就是现在！

"啊啊啊！怎么回事？！"

伴随巨大爆炸声而来的是地铁车厢的剧烈晃动，人们尖叫着，烟尘从前一节车厢中弥漫过来。开始了，"那家伙"行动了。右脚用力蹬地以助跑，路过那些瘫坐在地尖叫不止的人，我朝着老人跑去。

"怎么了……啊！"被我迎面撞上的金南云发出一声惨叫，仰翻在地。虽然我现在的行为看似是为了救下那个老人，但我的计划可不只如此。在哪儿来着？我迅速环顾四周。这是个人类为了活下去而自相残杀的世界，而在地狱的中心，有一个孩子正在哭泣，正是之前坐在我对面抱着昆虫采集箱的那个孩子。

"不好意思。"我朝孩子怀中的采集箱伸出手，他下意识地后退一步。我摇摇头，再次开口道，"拜托你了。"

最终，孩子做出让步，不再躲闪。我将手伸入采集箱，触碰到让人心里发麻的昆虫的甲壳。我拿出一只虫子放在孩子手里，然后转身面向人群："大家都停下来吧，就算杀了那个人，你们也活不下来。"我的声音在爆炸后的短暂死寂中显得无比响亮，有几个人缓缓转过头来看向我，"就当你们已经杀掉了那个老人吧，那之后你们又打算怎么做呢？"有人猛然惊醒般一激灵。我再接再厉，继续说道，"她死了，就能达成鬼怪说的'第一起杀害行为'，赚到短暂的喘息时间，那么然后呢？"

"这……"

"如果鬼怪说的是真的，那么你们必须每人杀掉一个人，所以杀了老人之后，你们又打算杀掉谁呢？现在站在你们身边的人吗？"

这时候才醒悟过来的人们彼此对视，小心翼翼地和其他人拉开距离。人们眼中写满了恐惧，其实大家心里都明白，那个老人不过是杀戮的开始。

这时候，金南云站了出来，想要挽回一下气氛开始松动的局面："有什么好担心的？下一个杀了他不就行了嘛！你们这群胆小鬼，别这么早就开始担心自己了！活下去的概率明明是一半一半啊！"

我早就猜到他会这样说，轻轻挥手打断道："没必要做这种赌博，就算不杀人也有办法活下去。"

"什么？"

"那……那是什么办法？"人们明显因为我的话而产生了动摇，金南云气得脸都歪了。

"各位不记得了吗？任务的完成条件并不是'杀人'。"

**请杀死一个以上的生命体。**

任务内容从一开始就没有提到"人类"一词,而是"请杀死一个以上的生命体",也就是说,只要是活着的"生命体"就行。有人眼尖,指着我手里拿着的采集箱,大喊道:"昆虫!是昆虫!"看见采集箱里活蹦乱跳的蚂蚱和蟋蟀,人们的眼睛都亮了。见状,我点点头:"没错,是昆虫。"我将手伸进采集箱,拿出我先前就看好的一只肚子鼓鼓的蚂蚱。

"交……交出来!快点!"

"给我一只!只要一只就行!"

看着那些伸出手向我靠近的人,我慢慢地一步步后退。不久前,这群暴徒试图杀死一个老人,而现在,他们的戾气正冲我聚拢而来。我的嘴角爬上了一丝笑意。为什么呢?在这种惊心动魄的紧张时刻,我为什么会内心充满了愉悦甚至因此而心跳加速呢?"想要吗?"我像是挑衅猛兽的驯兽师一般,晃了晃采集箱。就在几个急性子的人突然冲向我的瞬间,我捏爆了手里的蚂蚱。

**达成"第一起杀害"成就!获得额外奖励100Coin。**

我的手中满是碾碎生命的触感。"那就拿去吧!"同一时间,我将另一只手里的箱子猛地扔了出去。准确来说,是朝着金南云等人的反方向扔的。

"这疯子!"

半空中,被放生的昆虫拼尽全力飞向自由。

## 4

看着车厢里四处乱飞的虫子,人群陷入一片混乱。

"喂……喂……你!为什么要扔出去——"就在大部分人还呆呆地望着我的时候,有几个动作快的人已经把我推开了:"王八蛋,你给我等着!"

"……各位还是赶紧去抓虫子吧,现在只剩不到三分钟了。"我话音刚落,人们就像失去理智的禽兽一般,开始对地铁座位进行地毯式搜索。

"我抓到了!啊啊啊!"有个运气好的人抓到了昆虫,得意忘形地大喊出声,却引来其他人的恶意攻击。整个车厢乱作一团。

"喂！你为什么搞成这样？直接把虫子交出来不就行了吗！"我偏头一看，金南云撑着地站起来，开始活动脖子。我警惕地答道："车厢里还有十二个人。"

"……嗯？"

"采集箱里只剩三只虫子了。"

金南云愣了一会儿，然后哈哈大笑："十二对三？哈哈哈哈！也是，反正不可能让所有人都活下来，所以你就把箱子扔出去了？"

"嗯。"

"别搞笑了。"

"嗯？"

"你要是个正常人的话，绝对不会因为那种理由做出这种事。"金南云脸上的笑意越来越深，"老实交代吧，你不就是想看到现在这种混乱的争抢场面吗？"

我回想起了《灭活法》中的金南云。然而就在此刻，我的耳边传来一则消息通知。

专属技能"登场人物浏览"已发动。

紧接着，我的眼前出现了一个信息窗口。虽然不知道我的特性具体是什么，但看着突然弹出的提示窗，我渐渐有了猜测。

+

＜人物信息＞

姓名：金南云

年龄：18岁

背后星：无（目前已有两个星座对此人物感兴趣）

专属特性：中二病（一般）

专属技能：超常适应能力 Lv.3、刀械格斗 Lv.1、黑化 Lv.1

综合能力值：体力 Lv.3、力量 Lv.4、敏捷 Lv.6、魔力 Lv.4

综合评价：会在特殊契机下黑化的中二病，建议远离

+

《灭活法》里的"中二病"角色通常都无法在成为现实的噩梦中坚持下去，但我眼前的金南云和他们不同。"妄想恶鬼"——这是金南云今后的称号。金

南云不是个普通的"中二病"少年，他早就在等待世界灭亡，所以能够以"超常的速度"适应新的世界。"和我组队，怎么样？"而这个少年，正在向我发出邀请。

**登场人物"金南云"对你表示好感。你对登场人物"金南云"的理解度有所提升。**

如果现在和金南云联手，那么我当下是一定能存活的——假如没有读过《灭活法》，我也许会做出不同的选择。"抱歉，我更喜欢一个人。"

"是吗？唉，可惜。"金南云舔了舔嘴唇，走到离我很近的位置，"那你现在能让一让吗？我找你后面那个老家伙有点事儿。"

听见"老家伙"三个字，我回过头，摔倒在地的老人浑身是血，艰难地维持着呼吸。

"你不去抓虫子吗？"

"虫子？我去抓那种东西干吗？"他的笑容令人作呕，"这里不是已经有只虫子被我逮到了嘛。"

杀气直逼鼻尖，曾经只存在于小说中的角色带着一股疯劲儿出现在我面前——也许正是如此，才让我不禁有些感叹：金南云这个人真是和我想象中的一模一样。

**登场人物"金南云"对你的好感度稍有下降。**

"看什么看？赶紧给我让开！"

"那有点难办了。"

"什么？"

"我说我不能让开。"

"哈哈，你现在才打算来cosplay（扮演）正义使者吗，还是说你有双重人格？"

我没有回答。金南云的表情逐渐出现阴霾，那双曾因好感而发光的眼睛变得冰冷起来："不是，等一下，你不会一开始就是为了这样做才把采集箱扔到那边去的吧？我去！"

"……"

"就为了救这个老东西？哈哈哈！绝了！真是绝了！不会吧，嗯？"

我还是没有开口。这么近距离地看着他，让我不禁想起了从前。

"啧，了解了才知道，你就是我最讨厌的那类人，果然上了年纪的东西都是一个臭德行。"

读《灭活法》的时候，我简直要被这小子气炸了。

登场人物"金南云"蔑视你。

"我说过让你让开了吧？"我计算着时间低下头。金南云话还没说完，拳头就已经飞过来了，"哎哟，有点能耐啊！"就算我知道他会出拳并且向下躲开了，头顶还是留下了灼烧感，因为这并不是普通的一拳。

"黑化 Lv.1"——金南云周身围绕着暗色的光环，这是"中二病"特性的专属技能。在小说中，第 1 个主线任务结束之前能释放技能的人少之又少，但金南云明显已经察觉自己的技能了，所以尽管他看上去像是有一些精神疾病，书中的主角还是决定将他引进自己的队伍。

啪！被他击中的肩膀产生阵阵痉挛，再这样打下去，我毫无胜算。难道现在就要用"那招"了吗？就在我计算时间的一瞬间，传来了通知提示音。

你对登场人物"金南云"的理解度有所提升。已接近专属技能"全知读者视角"第一阶段的使用条件。

"全知读者视角"？这又是什么？

已达到专属技能"全知读者视角"第一阶段的使用条件！

哐当一声，金南云的拳头砸向地面。"哈哈，怎么着，我还挺厉害啊？"车厢的地面上留下隐隐的拳印，金南云这才明白自己拥有的力量有多么强大。他的一击足以击断骨头，但连续几拳下来却都落了空，只是砸在了地上。金南云沮丧地喊道："啊，怎么就是打不中啊？！"

当然打不中了，因为我发动了自己的第二个技能。

专属技能"全知读者视角"第一阶段已发动！

从激活技能的一瞬间开始，我仿佛能读懂金南云的想法，提前知道他的攻击方向，比如这样：

——右侧肋骨。我迅速闪躲到攻击死角。

——右眼。我立刻弯腰避开金南云的下一拳。

"怎么就他妈的打不中啊?!"

我的运动神经不太发达,所以不可能还击,但至少能躲避大部分的攻击。

——左边大腿。

这种程度还是能坚持的,眼下最重要的是争取时间。我一边躲着他的拳头,一边指着空中的计时器说:"只剩两分钟了,小鬼头。"

金南云变得焦躁不安,瞪着我和老奶奶:"妈的……"

在这需要立刻做出选择的瞬间,他的视线锁定了老奶奶,我只好抱住老人向后滚去。如果老奶奶死了,金南云就达成了这个任务的完成条件,但我绝不能让他这种人活到下一个任务。

"哈哈哈,我早就猜到你打算这样行动了。"

一阵不安朝我袭来。随后,金南云从包里掏出了什么东西——锋利的刀刃闪着白光,那是一把瑞士军刀。我都忘了,金南云是个"军事宅"来着。

咻——

技术性技能"刀械格斗"和强化性技能"黑化"连开,刀尖刺向的方向十分明确——

心脏。

就算知道这一击的方向也无法躲开了,我迅速做出判断——既然躲不开,那还不如扛下这一招,尽可能避开要害。我堪堪侧身,刀刃划过胸前,深深刺进肩膀。很痛,真的很痛。皮肤灼痛原来是这种感觉啊。我的视野晃动着,濒临死亡的感受步步向我逼近。

"哈哈哈!行了,去死吧!"

距离任务结束还有一分三十秒。我瞥了一眼老奶奶,虽然很抱歉,但我现在只能用"那招"了——

"青日高中二年级的金南云,我问你个问题。"

"……啊?"

"虫卵算不算'生命'呢?"

我从口袋中掏出刚才那只蚂蚱的尸体,它圆滚滚的腹部藏着无数个蚂蚱卵。

用力一捏，黏糊糊的津液在手中爆开，我听见通知提示音响起——

杀死一个生命体。获得额外奖励100Coin。

杀死一个生命体。获得额外奖励100Coin。

杀死一个生命体。获得额外奖励100Coin。

……

同样的提示音重复了无数遍。

金南云皱眉："虫卵？瞎扯什么，你在拖延时间吗？"

"你可以这样认为。"

"我怎么知道那些东西？生物课都是用来补觉的好吗！"看到我染血的肩膀，他露出享受的笑容，"但有一件事我很确定，你知道是什么吗？"

"是什么？"

"那就是——你马上就要死翘翘了！"

我还没来得及回答，金南云的刀就刺过来了，这一刀依旧无法躲避。

你获得了大量Coin！是否查看Coin的使用建议？

反正都是我知道的内容，我选择跳过说明。

"不，会死的人是你。"在开口的同时，我在心中默念着。

使用2700Coin投资"体力"。

体力Lv.1→体力Lv.10。

**体力等级大幅提高！**

**肉体的耐性大幅提高！**

金南云的瑞士军刀刺进了我的心脏附近。准确来说，是看似刺进。我的皮肤坚硬得像岩石，刀刺过也只能留下一道划痕。金南云见状，面露惊色："怎么回事？！"

"告诉你刚才那个问题的正确答案吧，答案是：虫卵是生命。"

"啊，什么？"

"再补充一点，蚂蚱一次性可以产下超过一百个卵。"

虫卵。生命。一百个。很可惜，尽管已经给出关键词，但由于金南云脑子不太聪明，他并不能在所剩无几的时间内理解我话中的含义。

"你在瞎扯些什么？"

"算了，我也没指望你能想明白，现在只剩一分钟了哦。"

直到这时，金南云终于开始感到恐惧了："啊啊啊啊！去死吧！我杀了你！"刀刃砍向我的脖子，我故意不做任何防御动作。咔咔咔！也许因为颈部是比心脏更脆弱的部位，金南云的攻击留下了一道稍微深一点的划痕，但也不怎么疼。

"金南云。"

在发狂的金南云身后，人们还在为了找虫子而大打出手。只是为了自己能活下去，这些人不惜杀害彼此。

"你刚刚说得没错，你我的确是一类人。"

也许，我本能够救下这些人。

"他妈的！怎么还不死？！怎么还不死啊？！"

55秒，50秒，45秒。小刀在我身上留下道道划痕。虽然也流了点血，但只是皮外伤。还剩30秒时，金南云终于开口了，他扔下刀，跪在我面前哀求道："救……救救我。"

25秒。"救我一命啊！求你了！请救救我吧！"

"我干吗要救你？"

20秒。"人……人命是很重要的啊！这不是当然的事吗？！"

"但这只是'旧世界'的规则，不是你亲口说的吗？'新的世界里，当然需要新的规则。'"

10秒。"不要，不要啊！我不想死！啊啊啊啊啊！"

5秒。伴随惨叫声，金南云冲过来，他的刀刺向我的眼睛。然而，就在刀尖接触到我的瞳孔之前的一瞬间——

规定时间到。

嘭！金南云的头爆炸了。

开始进行付费结算。

金南云的死只是开始，接着，地铁里其他人的脑袋也一个接一个爆炸，看着这样的场景，我有点欣喜，也有点自责，还有些莫名的抽离感。为什么会这样呢？看到这样的情形，我怎么会这么冷静呢？就像在看小说一样。

你总共屠杀了 124 个生命体。

屠杀详情：蚂蚱 1 只，蚂蚱卵 123 个。

由于杀死没有抵抗力的生命体，获得的 Coin 数减半，共获得 6200Coin。自动扣除用于投资能力值的 Coin，最终获得 3500Coin。

由于你的大肆屠杀，达成"大量屠杀者"成就。

漆黑的地铁车窗上映出我的脸庞。尽管照过无数次镜子，我却从未见过这样陌生的自己。

我擦了擦脸上的血迹，车窗里的人影脸上却还沾着鲜血。我这才反应过来，那本来就是窗子上的血。忽然，身体不受控制地晃了一下，原来是地铁重新运行带来的惯性，车身发出噔噔噔的声音向前驶去。很快，自然光照进车厢，驱散了黑暗。我们乘坐的是地铁 3 号线，是贯穿狎鸥亭与玉水两地的路线区间，透过窗子就能看见汉江甚至首尔全景。

"啊……"有人长叹一声，仿佛在说"活下来了"，但是没过多久，大家口中的叹息就变了意味。"啊，啊——"窗外的景象已经不是我们熟知的那个首尔了。硝烟和尘土中，都市成了一片废墟。汉江上的大桥都坍塌了。军人的鲜血染红了汉江水，倒下的建筑物之间，K1 主战坦克像玩具一般被怪兽们肆意践踏。

"主线任务 #1：证明价值"结束。

获得基础奖励 300Coin。

直播频道抽成 100Coin。

开始进行额外奖励结算。

一个世界灭亡了，新的世界诞生。而我，则是知晓新世界结局的唯一的读者。

# Episode 2
# 主角

## 1

开到东湖大桥[1]中段时,地铁停了下来。

"我的天啊……"幸存者们犹豫着离开座位去看窗外的景象。建筑物倒塌,首尔市沦为了一片废墟,形似巨蛇的怪兽们正啃食着迫降在汉江上的战斗机残骸,"那……那到底是什么?!"

我一眼就认出了这些怪兽——鱼龙。它们通常被称为"巨型海蛇",是《灭活法》中的7级怪兽。有一只鱼龙转头看向我们这边。"啊啊啊!它过来了!"人们被游过来的鱼龙吓得大叫起来,而我却没什么感觉,因为我知道它们不会构成威胁。在东湖大桥下方绕圈的鱼龙发出"呼噜……呼噜"的声音,最终潜入水中,和泡沫一同消失不见了。《灭活法》中,"任务"凌驾于一切之上,因此只要受到任务的保护,我们就不会和鱼龙发生冲突。至少目前不会。

因计划外的任务检查,奖励结算将延迟进行,请稍等。

按照系统程序,现在应该进行奖励结算,但空中却弹出了错误的提示界面。估计是因为我。我低头看着金南云的尸体。按照《灭活法》原文的情节发展,金南云杀死了这节车厢里的大部分人,成功进入了下一个主线任务。但我阻止了这一切。如果我猜得没错,马上就会有人对金南云的死亡表示愤怒。

---

[1] 东湖大桥:连接狎鸥亭洞和玉水洞的大桥,是汉江的32座桥之一。

因登场人物"金南云"死亡，两位星座对你表示稍许的敌意。

星座——他们是《灭活法》世界中最神秘的存在。这些幕后主使位于遥远的星云上，观看着无数悲剧的发生。看见星座表示敌意，我才有种真正来到了《灭活法》世界的实感。真是可笑，直到一天前，我还在反对书中星座们的立场，现在却在被这些家伙观看。

少数星座对你在主线任务中的表现表示惊叹。星座们向你赞助了500Coin。

既然有星座讨厌我，也一定会有星座喜欢我。虽然我对两者都不待见，但我现在也没法对他们做些什么。因为我现在已经成了舞台上的戏子。我从地上捡起金南云的瑞士军刀，心想：既然想把我当成戏子，那就在能看的时候尽情观看吧，至于观看费，终有一天我会让你们拿命来抵。

"……独子？你没事吧？"我抬头一看，是刘尚雅。她下垂的双肩、白衬衫上的血迹、丝袜上的破洞，都让我清晰地意识到：我所认识的那个刘尚雅已经不复存在了。

我握住刘尚雅的手，借力站起身："对不起，没能救下老奶奶。"我低头向老奶奶的尸体看过去，这是个连名字都不为人所知的人，今后也会有很多人以这种方式死去。

刘尚雅用复杂的眼神看着我："独子，你怎么会那么……"

"什么？"

"没……没什么。那个……谢谢。"

"谢什么？"

"就是，刚才……"

我这才想起不久前发生的场景——刘尚雅恰巧站在我扔昆虫箱的方向。我大概猜到她在想什么了。

"巧合罢了，不会有第二次。"

"啊……"刘尚雅默默地点头，虽然不知道她此刻的想法，但她是个聪明人，应该能明白我的意思。因为我的选择，有人活下来，有人死了。无论活下来的是谁，我都没有资格接受感谢。

"哇，绝了！"伴随滋滋滋滋的声音，鬼怪出现在半空中，"刚才发生了什么？

我只是暂时离开了一会儿，看了下别的车厢的状况……"

鬼怪又惊又喜，它毛茸茸的头顶环绕着一圈闪闪发光的小星星。我在心中默数：一、二、三……二十、二十一。总共有二十一颗吗？鬼怪的确该感到高兴。

"竟然有二十一位在收看我的频道……我今天运气这么好？哎呀，感谢各位星座大人的支持！哈哈，人类！看来你们也不是吃白食的哦！"

小星星代表在线收看频道的星座数量，虽然二十一个不算多，但对初级鬼怪来说，已经是个很夸张的数字了。

"哎哟哎哟，幸存者人数相当多哦，而且隔壁车厢那家伙也是个疯子……今天有意思的事还真不少呢。"

嬉皮笑脸的鬼怪在虚空中一番操作，不一会儿，幸存者名单出现在我们面前。

**开往佛光方向的3434列车3807号车厢的幸存者：金独子、李贤诚、刘尚雅、韩明伍、李吉永。共5名。**

五个人，活下来的人比我想象中要多。我逐一看过这节车厢的幸存者。李贤诚体格好、运动神经发达，他能幸存是意料之中的事。刘尚雅我也多少预料到了。然后是李吉永。如果我猜得没错，"李吉永"就是现在站在我身边的孩子。他手上黏糊糊的，说明他杀死了我刚才给他的那只蚂蚱。男孩无声地凝视着失去头颅的母亲。不久前，母亲抛下他，独自加入杀害老奶奶的队伍，男孩在旁边观看了全过程。我犹豫了一会儿，轻轻地按住他的肩膀，并不是同情，硬要说的话，我的行为是出于……没错，伪善。

"小朋友。"

李吉永缓缓抬头，他第一次接触死亡，眼中充满恐惧。本能是无法避免的，此刻的他并不是为母亲的死而悲伤，而是在害怕自己也会死。这是理所当然的事。因为这就是人类。

"你想活下去吗？"

男孩的眼神飘忽不定，像是在与某种不可抗拒的力量做斗争，他颤抖着，然后轻轻点了点头。

"那我们一起吧。"

李吉永蹭到我的腿边，紧紧贴着我，刘尚雅看着我，似乎很是感动。

又被误会了。但我的确是做给别人看的，尽管对象并非刘尚雅。

少数星座被你的善举感动。星座们向你赞助了200Coin。

即使认为我卑鄙，我也没什么好反驳的，因为我也想活下去。考虑到之后任务中的重要事件，我现在必须吸引星座们的关注。

"那……那现在是要放了我们吗？我们不是完成了通关条件吗？"距离我五六步远处，西服衬衫被撕成条状的韩明伍大叫道。

韩部长能活下来实属意外，他绝对是个运气特别好的人。但我还是有些惊讶，这么有钱的韩明伍下班后为什么会坐地铁呢？不久前，他还在向各个部门炫耀他的新奔驰车来着。

"哼哼，放你走？你是没看清地铁外的样子吧？你确定要出去吗？"鬼怪咪咪地笑了，"总之，真让人惊叹啊，其实我没怎么期待这节车厢的表现来着，但你们竟然通过了第1个任务，很好地证明了虫子也有资格生存呢。"

这句话让我明白了我们目前的处境。可能在鬼怪眼里，我们跟蚂蚱差不多吧。

"好，既然你们克服了困难，就理应得到奖励。那么现在，作为第1个任务的奖励，各位得到了获得星座赞助的资格。哇啊啊！怎么样？期待吧？嗯？怎么都哭丧着脸，这可是一件很了不起的事！"

其实大家也只能做出这种表情，因为这里知道"星座"和"赞助"含义的只有我一人。星座的赞助，这句话的含义显而易见。终于，《灭活法》的核心事件之一——"选择背后星"要开始了。

"嗯，大家看起来都是云里雾里的呢，我就简单介绍一下吧。你们现在弱到了极点，如果保持这种状态到下一个任务中，别说遇到'戈鲁尔'了，就算对上最弱的'蝼蛄'，你们也会被杀掉。但是呢，在这个宇宙中，有一些和善的大人物大发慈悲，想给你们提供赞助，懂了吗？"

李贤诚终于忍不住开口了："到底什么意思？谁赞助谁……"

"我简直是在对牛弹琴，算了，俗话说'百闻不如一见'，还是请各位自己去经历吧。当然，运气差的人就没这个机会了，哈哈哈！"

038

我不禁捏了一把汗——正式开始了，只有在这时做出正确的选择，才能更顺利地存活下去。

"独子，我这儿突然出现了两个奇怪的选项，到底是……"

"就算你问我，我也不懂。"为了不招致怀疑，我只好说谎。

话说回来，刘尚雅能有两个选项，也算是运气很好的了。

"想得简单一点，当成心理测试就行。"

"心理测试吗……"

"反正谁都不知道这是什么情况，放松心态不是更好吗？"

"啊……明白了。"

刘尚雅似乎觉得我说得有道理，她不再说话，盯着空中看，神情严肃，仿佛在看一个奇妙的占卜。其他人也突然沉默了，估计都在阅读自己面前的选项吧。我也开始研究这道奇怪的选择题。

+

＜选择背后星＞

请选择你的背后星

被选择的背后星将成为你坚强的后盾

1. 深渊的黑焰龙

2. 恶魔般的火之审判者

3. 隐秘的谋略家

4. 紧箍儿的囚徒

+

谜语般的四个选项。也就是说，共有四个星座想把我当作"化身"。《灭活法》的主角第一次得到的选项有五个，所以我这四个也不算少。实际上，真正重要的不是选项的多少，而是这些谜语般的选项本身。星座们绝对不会公开自己的真名。因此，签约人必须仔细琢磨"深渊""恶魔""紧箍儿"这些隐喻的含义，并通过这个来推测星座们的真实身份。当然，作为《灭活法》唯一的读者，这几个谜题对我来说简直是小菜一碟。

第一项是"深渊的黑焰龙"。

在我的印象中，这个星座是十分强大的存在，并且是星座集团"黑云"的引领者。我忘了他的真名，只记得是个很长的名字。

和这个星座签订契约的好处是能得到强大的战斗力加成，尤其在体力和力量等级亟待提升的初期阶段，"深渊的黑焰龙"是最优选择。但也仅限于初期。随着使用该星座力量的次数变得频繁，化身的精神会受到污染，最后堕落为疯狂的杀人魔。他倾向于赞助具有"中二病"特性的人……真不知道为什么会选我。

总让人不太放心，先排除这个选项吧。

第二项是"恶魔般的火之审判者"。

亲眼看到这个选项，我心中感慨万千。乍一看无比邪恶，但"恶魔般的"，换句话说就是"不是恶魔"，再加上"火"和"审判"两个词，也就是说——不是恶魔，并且通过火进行审判。讽刺的是，这个星座的主人是天使，我记得好像是大天使乌列尔……在原著中，这个星座的化身另有其人。

虽然是个不错的选择，但暂且还是保留一下吧。因为绝对善派系的星座们在行使强大力量的同时，也存在很多莫名其妙的限制。

第三项是"隐秘的谋略家"。

作为《灭活法》的忠实读者，我还是第一次看到这样的星座名，也许这个星座在原著中是个龙套角色……我已经记不清了。如果当时再仔细点读《灭活法》，我现在应该能想起些什么。可以肯定的是，这个星座的主人并不强大。"隐秘的谋略家"，且不说这朴实无华的形容词，他的称号里甚至不包含专有名词。

隐秘的谋略家……这个星座的称号过于朴素，所以也暂且保留。

第四项是"紧箍儿的囚徒"。

看到第四个选项的瞬间，我的心跳突然加速，我竟然在游戏刚开始就被他选择了。我几度怀疑自己的眼睛，但的确是他没错。

是"紧箍儿的囚徒"，千真万确。乍一看，因为有"囚徒"一词，可能会让人联想到负面的形象，但这个称号中的重点应该是"紧箍儿"这一专有名词。紧箍儿，世界上最小的监狱。但凡小时候爱读《西游记》的人，一定都能轻易破解这个提示。纵观古今中外，被困在紧箍儿中的囚徒只有一个——被紧箍儿勒紧头颅,活在痛苦中的花果山之主、火眼金睛的美猴王——齐天大圣孙悟空。

《灭活法》原著中,齐天大圣选择的化身同样另有其人。如意棒一挥横扫千百化身、召唤一次雷击便摧毁无数妖魔,他的力量超乎想象。作者对那部分打斗进行了十分详细的描写,我到现在都记得很清楚。

虽然不知道这个强大的星座为什么会对我感兴趣,但如果成为他的化身,我能比任何人都顺利地在新世界中生存,但是……我静静地看着这节车厢与上一节车厢的相连处,透过门上的玻璃,能清晰地看见正和我一同经历选择的"那家伙"。如果我选择成为齐天大圣的化身……能战胜"那家伙"吗?

距离选择结束,还有1分钟。

时间飞快地流逝。我轻叹一口气,最后浏览一遍所有选项,没多久就拿定了主意。

## 2

选择结束。

看着空中弹出的提示,我进行了一次深呼吸。

某些星座因你的选择感到震惊。

是啊,现在才是开始。

星座"深渊的黑焰龙"因你的选择怒火中烧。"黑云"的星座们被"深渊的黑焰龙"的怒气震动,接下来的一段时间,你不会得到"黑云"星座们的赞助。

这条提示我早就料到了,所以并不惊讶。但他竟然因为被我拒绝,就要求所属星云中的所有星座背离我。《灭活法》原著中,金南云的背后星就是这家伙,果然是"有其星座必有其化身"。

星座"恶魔般的火之审判者"对你感到失望。她今后会密切关注你的行为是否正义。

好在大天使乌列尔只是感到失望。只要不在绝对善派系的星座面前表现出奸邪,是很难被他们讨厌的。

星座"隐秘的谋略家"对你的选择很感兴趣。向你赞助了200Coin。

"隐秘的谋略家"出现在选项里是我完全没想到的，既然称号是"谋略家"，他可能是在认同我的慎重选择。

星座"紧箍儿的囚徒"认为你的选择很有趣。

还有，齐天大圣……我的心情变得复杂起来，刚才的选择究竟是对是错，我不知道。也许我送走了一个大好的机会。

你没有选择背后星。

但是，选择某个星座，也会限制自身的可能性，毕竟人类与背后星签订的契约并非公平交易。我会活下去的。但是，我不会以沦为星座的玩物的方式苟活下去。而且，如果按照我的预期，即使不选择背后星，我也有办法变强，甚至可能比拥有最强背后星的化身们更强大。

"哈哈，这真是……有些人的选择很有意思呢。不过嘛，之后还会有机会的。"鬼怪笑眯眯的，视线在我身上停留了片刻，"好了好了，大家都选完了，那么现在就请在这里休息一会儿吧。我得去准备下一个任务了，十分钟后再见！"

选择背后星结束后，鬼怪说完那些话就消失了。虽然它嘴上说是让我们休息，但我知道这十分钟很关键。我必须在这十分钟内厘清思路，并且为下一个任务做准备。

我的脑海中浮现出自己拥有的技能——"登场人物浏览"，以及"全知读者视角"。虽然目前我还不知道这些技能的准确用途，但基本上能感觉到是什么类型的技能。这样就够让我自由运用的了。

"请大家到我这边来。"

听到我的话，本来站在原地小心翼翼观望的幸存者们都慢慢靠近了，最先向我伸出手的是李贤诚。

"你好，我是李贤诚。"

"我是金独子。"

"虽然不知道现在说这话是否合适，但是很高兴认识你。我之前说过，我是一名军人……准确来说，我曾经是一名军人。"

"请问还是联系不上军队吗？"

"……是的。"

从和他相握的手中，我可以感受到强大的力量，不愧是《灭活法》初期的坦克角色[1]，所以我必须争取让李贤诚加入我的队伍——尽管现在还没有供他施展的舞台，但在《灭活法》后期的故事中，李贤诚的作用将越来越重要。

"啊，对了，独子。"

"怎么了？"

"刚才太感谢你了，如果没有你，我们都活不下来。"

"没必要谢我。"

"或者说，如果不是你，即便我们活下来了，也没脸做人了。真的非常感谢，而且……我很惭愧。"李贤诚向我鞠了一个九十度的躬，让我有些心虚。事实上，按照原著所写，即使没有我的帮助，李贤诚也能生存下来。

这时，有人抓住我的肩膀："哈哈，合同工真是干成了一件大事呢！独子，你知道我的名字吧？"

就算不回头，我也知道这是谁，我拂下肩上的手，说："我知道，韩明伍先生。"

"我没听错吧？韩明伍先生？你不应该叫我部长吗？"在这种情况下，还以为自己的身份高人一等，真不愧是韩明伍。

"但这里不是公司。"

"哈，还敢顶嘴！在哪儿学的这么不懂规矩，你是想被开除吗？"韩明伍愤怒咆哮的样子再次提醒了我：从前的世界已经灭亡了。主线任务开始之前，韩明伍是旧世界的高级捕食者，而我不过是他的猎物——之前明明是这样的。

"还有，我怎么想都觉得你太过分了！既然你有虫子，应该悄悄给我使个眼色啊！怎么能像刚才那样随便乱扔啊？"

"……"

"金独子，你难道不该对我好一点吗？你的合同期没剩多久了吧？现在对你来说，是最重要的时期呢——"

---

[1] 坦克角色：游戏用语，指血量厚、防御能力强的角色。

忽然变得好笑了，原来我曾经生活的世界是如此脆弱。

"韩明伍先生。"

"嗯？"

"请你闭嘴吧。"

"你……你说什么？"

"你到现在还没搞清状况吗？还是说如果刚刚被那个白毛小孩揍上一顿，你才会愿意承认现实？还惦记着 Minosoft 公司？现在都这样了，你觉得那家公司还存在吗？"

韩明伍脸色苍白，大张着嘴。我看向其他人，话已至此，干脆和大家说清楚。

"不只有韩明伍先生一个人会抱有幻想，大家必须打起精神来。就像鬼怪说的，这不是闹着玩的。"

"……"

"就算你们不说话，我相信你们也或多或少察觉到发生了什么。你们刚刚都看见了类似游戏的窗口界面，以及自己特性视窗里的专属技能，那么请问还有谁是完全摸不着头脑的吗？"

果然没有人举手示意。由于网络和电子设备高度普及，大多数人都接触过 RPG 游戏[1]，即便没有亲自体验过游戏，也一定看过这一类型的奇幻小说或网络漫画。

李贤诚叹气道："我在值班时偷偷读过类似的小说，里面写过这样的事情，但到现在我都没有实感，我不是在做梦吧？"

"当然是真实发生的。"听见我坚定的回答，李贤诚的眼神发生了变化。

登场人物"李贤诚"对你产生了稍许信任。你对登场人物"李贤诚"的理解度有所提升。

李贤诚点了点头："能确定是现实就好了，所以我们现在该怎么做呢？请问独子你有什么想法吗？"

---

1 RPG 游戏：角色扮演类游戏。玩家扮演角色，操纵其在游戏世界中的活动。

"我们必须离开这里。"我毫不犹豫地答道。

"离……离开这里？你疯了吗？"

"独子，我也觉得不太……"这回连刘尚雅也表示反对了，看来大家还没搞清状况。

"不然的话，你们打算在这里待到什么时候？"

其实，如果根据理性判断，我的建议的确不合常理，因为外面是怪兽的天地。但我知道，我们现在必须出去。

"你们难道没想过自己的父母吗？出了这种事，他们会没事吗？"

"啊，的确是一直打不通电话，Ka talk[1]也发不出去……"

果然，"父母"这个词十分有效，刘尚雅就不用提了，就连李贤诚和韩明伍的表情也变得沉重了。而李吉永静静地低着头，我的手默默搭上他的肩膀。

最先从座位上站起来的是刘尚雅："走吧，我们必须离开这里。"

"不……不行！你们不记得刚刚那个小东西的话了吗？它让我们在这里休息啊！贸然行动会被爆头的！"

"那就投票吧。"

刘尚雅率先举起手，接着是我和李吉永，然后就没有然后了。

"……虽然我也想回部队，但现在贸然行动可能会有危险，刚才鬼怪还警告过我们。"

"你们自己去吧！反正我不出去！我绝对不出去！"

韩明伍的意见无关紧要，反正他帮不上忙。问题是李贤诚，我无论如何都得带上他……

轰隆！随着铁门凹陷的声音，传来了强烈的震动感，原来是通向3707号车厢的铁门正在一点点扭曲变形。

"什……什么啊？"韩明伍的大喊大叫毫无作用，铁门上再次传来撞击声。

轰隆！有人正试图破门而入，这一突发状况让我也有些慌乱。难道下一个任务现在就开始了吗？不对，鬼怪还没回来发布任务呢，那是……我的大脑飞

---

[1] Ka talk：全称为Kakao Talk，韩国的聊天软件，相当于中国的微信。

速运转。忽地,我汗毛竖立,全身一阵战栗——是"那家伙"。

"你……你们愣着干吗?!还不赶紧去阻止!"韩明伍尖叫着跑向铁门的反方向。

李贤诚打算上前一探究竟,我拦住他:"就算去了,你也无法阻止。"

"什么?"

"我们必须马上离开这里。"我神色凝重地盯着铁门说。

"啊?可是——"

"如果现在不出去的话——"

那是3707号车厢唯一的幸存者,我已经清楚地知道了在铁门另一边的是谁,显而易见。

"下个任务发布之前,我们就会死在这里。"

这个故事的真正主角,终于登场了。

## 3

李贤诚和韩明伍犹豫不决,我看着他们的眼睛坚定地说:"一、留在这里被铁门对面的人杀死;二、逃到车厢外面碰碰运气。你们想选哪一个?"

"呃……呃……我……"

"独子,铁门那边的人也不一定就是敌人吧?""钢铁剑帝"在决定性的时刻总会优柔寡断,这也是他无法成为领导人物的原因,"如果是从另一节车厢里过来的人,很有可能是和我们一样的幸存者,就算碰面也……"

我没说话,以环视了一圈遍布鲜血的车厢作为回答。李贤诚的视线随着我看的方向移动,他没再说下去,改口道:"……是我想得太简单了,我们还是赶紧想办法逃出去吧。"

"出……出去吧!赶紧离开这里!"

一瞬间,李贤诚和韩明伍两人都意识到了:其他车厢的幸存者也和我们一样,完成了第1个主线任务。以及,他们不像我们,是依靠"杀死昆虫"的幸运事件活下来的。

"这边的门坏了!"

"我去,这扇门也打不开!"

听到李贤诚和韩明伍急切的吼声,我也去确认了紧急逃生装置。之前进行主线任务时被罩上结界的装置,现在已经可以伸手碰到了。一节车厢中,除了连接通道的紧急开门装置,共有八个逃生装置,目前还有三个没有确认。

咚!连接通道的那扇铁门看起来撑不过一分钟了。现在故事才刚开始,就算是主角,力量等级也不可能很高,所以"那个人"竟然打算徒手砸穿那么厚的铁门这件事,其实挺让我惊讶的。

"独子!这里——"

他们发现了一个完好无损的逃生装置。

"打开了!"

但是,装置并不能顺滑运转,门只能打开大约五分之一,接着就死死卡住了。

"……这里好像也出故障了。"

"其他逃生装置怎么样?"

"只有这一个有希望打开,其他的都不行。"

这条缝隙通过一个孩子倒是有可能,对成年人来说还是太窄了。韩明伍和李贤诚一人抓住一扇门,拼命往两边拉,但铁门纹丝不动。

拥有 Coin:4700C。

Coin 的用处之一是提高综合能力值。我先前使用了 2700Coin,将体力提升到了 10 级,如果现在用剩下的 Coin 提高力量等级,应该能把门拉开,但在不知道之后会发生什么的情况下,我也不能随便使用 Coin。所以,能突破铁门的方法只剩一个了。

"李贤诚,请使用你的技能吧。"

"呃?什么技能?"

我默默开启了"登场人物浏览"。

**专属技能"登场人物浏览"已发动。**

+

＜人物信息＞

姓名：李贤诚

年龄：28岁

背后星：钢铁的主人

专属特性：对不义冷眼旁观的军人（一般）

专属技能：刺刀术 Lv.2、伪装 Lv.1、耐心 Lv.1、正义感 Lv.1

星痕：力推泰山 Lv.1

综合能力值：体力 Lv.8、力量 Lv.8、敏捷 Lv.7、魔力 Lv.5

综合评价：各类能力相对出众。尽管他对不合乎道义的行为接受度很高，但还是得到了星座的青睐，这将成为他的另一个契机

+

没有受到任何限制，李贤诚的相关信息全部出现在我眼前。他选择的背后星和他拥有的特性都和我在书里读到的一模一样。

"你刚才打开特性视窗的时候应该看到了吧。在目前这种情况下，你作为军人，应该有一些可以使用的技能。"

"那个……的确有一个，但是我不知道怎么用——"

"在心里想着要使用那个技能就行了。"

"……那样就可以了吗？"

"可以的，我刚才试过了。"

李贤诚一脸"不是吧"的表情，然后下定什么决心似的长舒一口气。

"啊啊啊啊啊啊！"李贤诚抓住门，他的肱二头肌高高鼓起，似乎要炸开一般，看来他成功激活了"力推泰山"。

严格来说，"力推泰山"其实不算技能，而是"星痕"，是来自背后星的力量。我使用"技能"一词来代替，是为了避免被怀疑。

伴随发条转动似的咔咔声，门开始向两旁滑动。

"我的天！这朋友还真是力大无穷啊！"

"行了！打开了！"

登场人物"李贤诚"开始信任你。你对登场人物"李贤诚"的理解度有所

提升。

别说怀疑了，他反而更加信任我了。如此看来，李贤诚还真是一个单纯的人。

"出去吧，快！"

但现在放心还太早，我把李吉永抱起来递给李贤诚。

"贤诚，麻烦你背着孩子。"

"好的。"

现在车厢连接处的铁门几乎全碎了，但如果我的猜想正确，目前最大的威胁并不来自那道门。

"……真是的，我就知道会这样！我刚才说过哪儿也别去吧。该死的！下一个主线任务还没准备好呢——"愤怒的鬼怪飘在东湖大桥的上空，"啊啊啊！我就知道会这样！我不是说过不要出来吗？！"

也许是害怕被鬼怪爆头，韩明伍紧紧捂住自己的太阳穴，但他完全没必要担心。

"呼……没办法了，你们还真是运气好。"

因为车厢门打开的瞬间，第2个主线任务就会开始。

收到第2个任务！

+

＜支线任务：逃脱＞

类别：支线

难度：E

完成条件：请通过断桥进入玉水站

规定时间：20分钟

奖励：200Coin

失败惩罚：？？？

+

"独子，有点奇怪啊，这里写着'断桥'，但大桥现在明明……"

"别管那个了，快跑！快！"

"好……好的！"

其实刘尚雅说得没错，大桥现在还没断。换句话说就是"桥一定会断"。

"独子，你也快点过来！"

"来了。"

桥还没有断是因为我们"过早"地离开车厢，鬼怪所说的准备时间是十分钟，但我们提前三分钟逃了出来。虽然可以说我卑鄙，但如果想完成这个任务，只能用这种办法。再加上我们这儿有体力不佳的人，更要这样做才行。

跑在我身边的刘尚雅边大口喘气边感叹道："哈……哈……可能因为是军人吧，李贤诚的体力太好了。"

"……少说点话吧，离目的地还很远。"

最前面是背着孩子狂奔的李贤诚，他目前没有使用 Coin 投资任何能力，体力、力量、敏捷的等级总和却高达 23 级，几乎可以称得上是个怪物，所以他跑得最快是理所当然的。

慌慌张张的韩明伍紧随其后，而我和刘尚雅在队伍最末。我算了一下时间，虽然有点悬，但应该可以顺利通过。

"呃啊啊！那是什么？"就在这时，韩明伍发出一声尖叫，汉江中心突然旋起了巨大的旋涡，浪花四处喷溅。紧接着，水花之中出现一头巨型怪兽。是鱼龙。和我们刚才透过地铁窗户看到的那条相比，这条鱼龙的身形几乎大了一倍，这种程度的话，已经不能算巨型海蛇，而是"海上统治者"的级别了。

巨型海蛇一般都是 7 级怪兽，但普通人连 9 级怪兽"蝼蛄"都应付不过来，所以对眼前这条鱼龙来说，杀死我们不过是小菜一碟。也就是说，现在这条巨型鱼龙绝对不是我们这些新手化身能够制服的怪兽。当然了，也没有必要去打怪，这东西出现在这里本来就不是为了让我们猎杀的。咔咔咔咔！像是突发海啸一般，江水奔涌而来。鱼龙巨口大张，看上去是打算把桥体咬碎，让大桥坍塌。

"桥会断的！"

"快跑！只要跑得足够快，就能通过！"

还剩最后两百米的距离，如果我算得没错，我们完全能保持目前的速度，赶在大桥塌陷之前跑到玉水站。

"游戏太简单就没意思了吧?"

当然,那是在没有变数的情况下。

**已调整任务难度。任务难度:E→D。**

我正心想不妙,空中忽然传来鬼怪的笑声:"就这样让你们逃走也太没意思了,对吧?弄出点合适的氛围吧!"

**死者的邪念回归人间。周遭的大地上,黑色以太升腾。魔人苏醒!**

后方传来"喀喔喔哦"的声音,有什么东西追上来了。刘尚雅面如土色,喃喃道:"僵尸?"

看着像僵尸的大片尸体群正在涌向我们,那之中还有曾和我们同在一节车厢的人。

"没多远就到了!快跑!"

鱼龙离桥的距离不到一百米,幸好李贤诚已经背着李吉永成功跨过了安全线,但问题是队伍后面的三人。韩明伍尖叫道:"这什么鬼啊?!"

追赶的魔人太多了。如果只有死在地铁里的乘客,我们完全可以成功逃脱。

"喀喔喔哦!"

但问题是,这座桥是公轨合建桥,上方通汽车,现在死在桥上的汽车司机也变成了魔人。

眼睛发绿光的魔人瞬间堵上了李贤诚破开的口子,我的视线在拦住去路的魔人和越来越近的鱼龙之间徘徊:"……大家快趴下!"

已经迟了。

哐哐哐哐哐哐!鱼龙的血盆大口撞击而过,桥梁支座剧烈晃动,整座东湖大桥都被震动了。漫天灰尘中,有什么在闪着光,我本来以为是鱼龙的鳞片,结果竟然是如同落雨般从空中倾泻而下的汉江水,四周弥漫着血水的腥味。

我跟跄着站起来,看着烟尘散尽后的景象——断裂的钢筋和倒塌的混凝土基柱,魔人们被鱼龙吃干抹净,只剩细碎的尸块散落四处。桥断了。

"……独……子!你还……好吗?"刘尚雅在稍远的地方搀扶着韩明伍。也许是刚才的混乱导致韩明伍的一条腿受了伤,他看起来有些行动不便。断桥对面的李贤诚和李吉永对我们喊着什么,但他们已经到达安全区,声音被封锁在结界内，传不过来。现在该怎么办？我有设想过桥断后该如何逃跑，但我的前提假设中并没有刘尚雅和韩明伍。就在这时，空中传来了提示音。

有人得到了星座的庇护。因星座的庇护，将在任务中发动"天外救星"。

伴随着提示，东湖大桥断口之间出现了灿烂的光芒之桥。接着，弹出了一个信息视窗。

+

**天外救星——偶数桥**

说明：因星座的庇护而形成的光芒之桥，只有人数为"偶数"时才能过桥，否则此桥将立即消失。

+

"独子，这个突然就……在我脑子里——"
我和慌忙解释的刘尚雅对上视线，大概明白这是什么情况了。
"天外救星"。这意味着星座承受巨大损失，获得了直接介入任务的权限。
"……原来是你的背后星啊。"

虽然不知道是哪个星座，但他选择了刘尚雅作为化身，并且希望她活下去。纵观《灭活法》全文，星座使用"天外救星"的次数也寥寥无几。并且，在原著中刘尚雅本是应该死掉的人物。我忽然有些疑惑，刘尚雅的背后星究竟是谁？

无法使用"登场人物浏览"对该人物进行阅览。该人物未在"登场人物浏览"中进行登记。

我稍有些惊讶，不能使用技能查看？为什么？是因为她的背后星很特别吗，还是说刘尚雅自身有"精神壁垒"？但她不可能从一开始就有这种能力……不对，等等，这该不会是？

"独子，我们现在该怎么办？"刘尚雅慌张地朝我喊道。

留给我思考的时间不多了。轰隆隆隆。汉江水旋转形成旋涡，一口吞下整段桥身的巨型鱼龙在江水另一端盘旋。我咬紧嘴唇，再次阅读光芒之桥的说明：

只有人数为"偶数"时才能过桥。

"天外救星"是热衷于悲剧的该死的星座们设计的玩具。

没有全员生存的方法。

和我对上视线后，韩明伍的身体微微颤抖。

唯有死亡才能破局。

## 4

这时，刘尚雅喊道："独子！背后！"

我反射性地弯腰，一只带血的拳头破空而来，这一拳散发着熟悉的阴森气息。倒下的过程中，我下意识地踢腿，踢中之后被反作用力推出一段距离，即使不回头看，我也知道袭击我的是什么东西——魔人，9级人外物种，被黑色以太感染的变种人类。魔人的级别虽然只有9级，却被列为高度危险的怪物之一。这是因为，尽管在普通人类的基础上转化而成的魔人与僵尸无异，但特殊的宿主会导致其魔人形态尤为危险。

我看见了一个头破血流的男高中生的名牌。

"……金南云。"

十几分钟前被爆头而亡的他，现在变成了魔人，想要置我于死地。金南云破碎的声带发出诡异的"喀喔喔哦"。

**专属技能"全知读者视角"已发动！由于该人物没有意识，取消激活"全知读者视角"。**

可恶，果然是用不了吗？嚓！我的大腿被魔人金南云长长的黑色指甲划破，烧伤似的疼痛蔓延到整条腿上。刚才金南云用刀都刺不破我的皮肤，现在他竟然用指甲划破了，成为魔人的人类比我想象中还要强好几倍。

"刘尚雅，快——"在说话的同时，我心想不妙，就算不回头，也大概能猜到背后发生了什么。

"放开我！放开我！独子！独子！"明明刚才还跛着脚的韩明伍，现在却扛着不断反抗的刘尚雅，以惊人的速度跑上了光芒之桥。

星座"隐秘的谋略家"感叹你的火中取栗。

星座"恶魔般的火之审判者"被你的牺牲精神所感动，赞助了100Coin。

这样啊。打算扔下我逃跑，是这个意思吧？但是韩明伍跑步的样子有点奇怪，尽管脚有点跛，但他的速度甚至不亚于奥运选手。当然了，这不可能是有肚腩的韩明伍拥有的专属技能，只可能是他背后星的星痕——"单脚飞毛腿"。我知道哪个星座给他提供了这个星痕。我对越跑越远的韩明伍使用了"登场人物浏览"技能。

无法使用"登场人物浏览"对该人物进行阅览。

"登场人物浏览"再次启动失败。如果我记得没错，"单脚飞毛腿"属于星座"瘸腿骗子"，而且这个星座的星痕之中并没有"精神壁垒"，韩明伍本人也不可能自带这样的技能。也就是说，不能启动"登场人物浏览"并不是因为韩明伍的特殊技能。是我犯傻了。我看着眼前的提示窗，露出苦笑。

该人物未在"登场人物浏览"中进行登记。

这句话的字面意思很好理解，是我想得太复杂了。"登场人物浏览"，顾名思义，就是阅览登场人物信息的技能，但刘尚雅和韩明伍都是没有出现在《灭活法》原著中的人物。如果没有被我救下，他们本该死在那节车厢里。因此，"登场人物浏览"不能查看他们的个人信息是理所当然的。

"喀喔！喀喔！喀喔！"一边是金南云带领魔人们向我逼近，嗓子里发出意味不明的声音；另一边的韩明伍已经扛着刘尚雅跑过了光芒之桥一半的路程。李贤诚和李吉永已经进入大桥对面的安全区，我无法寻求他们的帮助，目前已经是进退两难的状况了。我的大脑飞速转动。抓一个魔人跟我过桥？虽然这个计划有尝试的价值，但成功率太低了。因为魔人虽然名字里带"人"，但在分类上属于人外物种，并不是人类。

"喀啊啊啊！"几个扑上来的魔人失去了平衡，翻到围栏外，从桥上掉了下去。咔嚓咔嚓！掉落的魔人就这样成了鱼龙们的食物，巨型海蛇们如同食人鱼一般扑上来，瞬间将魔人撕成肉片。

恐惧感逐渐袭上心头，如果光芒之桥上的人数为"单数"，我的下场就和那些家伙一样了。一个人过桥是不可能的，那么我该怎么做？

"……慢慢来。"我自言自语。现在这种情况，我必须冷静下来。还有几种值得一试的方法，重要的是先处理了这群魔人。我调整呼吸，抓住冲过来的魔人的腿，把他们拖走。"喀喔哦！"万幸的是，魔人没有眼睛，我能轻易地利用惯性将他们推下桥。"啊啊啊——"咔嚓！魔人一个个落下去被吃掉。半空中闪烁着鬼怪的倒计时，此时距离任务结束，还有十五分钟。

呼……四面刺过来的指甲在我的肩膀上留下伤口。不论我如何镇定、知道的情报如何多，凭这具未经专业训练的肉体也毫无招架之力。

"喀喔啊啊啊啊！"金南云的意识中只剩下了野性，他的攻速渐渐加快。左肩。右侧大腿。头部。我必须打断他的攻击节奏，在堪堪躲过他尖利的指甲之后，我对着他的腿踹了一脚。"喀啊啊！"但是失去痛觉的魔人金南云丝毫不受影响，反倒是我因反作用力后退一步，踩到桥梁断裂的钢筋上，听见了"嗷嗷待哺"的鱼龙们在柱子下扑腾的声音。

少数星座因你身处逆境而感到愉悦。少数星座向你赞助了 200Coin。

我拥有的 Coin 不断增加，现在已经有 5000Coin 了，在初期，这一数字可以称得上十分富裕了。

"哇！你还挺能坚持的！各位星座大人，有没有人愿意为这个可怜的人类施加庇护呢？没有吗？"鬼怪就像个在市场上叫卖的商人，真想把它撕碎了，"哎呀，真的没有人愿意吗？"

当然不可能有。在选择背后星时我谁也没选，现在有星座站出来帮我才奇怪了。

"就是说啊，有机会的时候就该牢牢抓住啊，真可怜。"

金南云再次击中我的腰，但他的左肋和肩膀也被我用刀划开了，导致他肚子里的内脏就像跳绳一样随着动作晃荡。想要击败魔人，必须将他们的心脏完全摧毁。但是魔人心脏附近的皮肤最为坚硬，单凭瑞士军刀的刀刃是无法刺穿的。见鬼！但凡我有那么一个战斗技能，也不会打得如此艰难。

专属技能"书签"已发动。

书签？

"人物书签"已发动。可使用的书签槽：3个。

调出可启用的书签目录。

+

<已添加至书签的人物目录>

1."妄想恶鬼"金南云(理解度25)

2."钢铁剑帝"李贤诚(理解度35)

3.空槽位

+

"书签"——就算我读过三千多话《灭活法》,也从没看到过这种技能。但就算没看过,我也能从字面意思上直观地理解这个技能的用法。

"启用1号书签。"我的脑中似乎出现了一本正在哗啦啦翻页的书,翻到了登场人物金南云在《灭活法》中的相关场面。

"哈哈哈哈!我充满了力量!"

"去死吧!去死吧!去死吧!去死吧!"

"新的世界里,当然需要新的规则。"

随着金南云的记忆注入,我全身的肌肉神经开始紧绷,来自他人的陌生力量在我的体内翻涌着。

1号书签已发动。书签技能等级较低,缩短使用时间。持续时间:1分钟。

一分钟,足够了。

对登场人物的理解度低,只能激活登场人物所拥有的部分技能。已启用"黑化Lv.1"。

金南云喘着粗气向我冲来,他周身的黑色气场产生炸裂般的威压,我脚后跟用力一蹬,朝金南云跑去。既然能使用同样的技能,那我就不可能会败给他。那一瞬间,我真的变成了金南云——那个和主角一同在《灭活法》世界里称霸的疯狂杀人魔。在"黑化"技能正常启动的情况下,任谁也无法轻易战胜战场上的"妄想恶鬼"。

"喀啊啊啊!"不顾恶寒的感觉,我手中的瑞士军刀势不可当地向前刺去,他的肌肉都被我划开了,刀刃从左肩划到心脏附近。伴随肉身被切开的声音,魔人金南云一个趔趄。

如果他还有眼睛，他此刻一定在看着我。

"喀呃，死，死……去，死，吧。"

这个少年对世界感到悲观，从很久之前就开始梦想着"现实脱轨"。但即便如此，如果《灭活法》的世界没有降临，他也许会参加高考、上大学，和普通人一样过着平凡的校园生活。

"我……不想……死……"

我默默目送金南云从大桥上跌落。他明明是我格外讨厌的小说人物，这一瞬间我却莫名有些伤感。

**你对登场人物"金南云"的理解度有所提升。1号书签已失效。**

巨大的脱力感和疲惫感同时袭来。真的，太累了。

"喀喔哦哦哦！"还剩十分钟，而我的对面是数量依然相当多的魔人，他们犹犹豫豫地向我逼近。就算我的体力有10级也无法抵挡这么多魔人，但我从一开始就没打算独自面对。

来得有点晚呢。现在也该来了吧。

咔嚓！咔嚓咔嚓！等这一刻等了很久似的，粉碎的声音终于传来了。我就知道会这样。"那家伙"一定会为了独吞所有的成就和赞助而做出这种鲁莽的事。

咔嚓！咔咔咔！明明是人类肉体互相碰撞的场景，我却能听到钢铁碾碎肉块的声音。说实话，已经积攒了这么多Coin，我本以为自己有实力与主角碰一碰了，但现在看来，那完全是我的错觉。

从地铁停下的地方，仿佛有一架坦克正沿着一条精准的直线肆意冲锋，撞飞了无数魔人。这真的是人类能做到的事情吗？"喀啊啊！"就连无脸魔人也察觉到了不对劲，他们一个接一个地转过身，但已经迟了。

咔嚓！那个男人瞬间把威胁我的魔人全部击杀，来到我的面前。他没有使用任何武器，只凭两个拳头就能杀死魔人，这种武力是压倒性的。虽然我提前做好了心理准备，但真正和他面对面时，我的后背还是出了冷汗。对付这么强的家伙？我绝对办不到。就算我的综合能力值比现在高两倍，也不可能打赢他。

"你……是谁？"男人阴森地看向我。

为了克服心底的恐惧，我下意识地发动"登场人物浏览"。

专属技能"登场人物浏览"已发动。该人物的相关信息过多，"登场人物浏览"将转换为"摘要浏览"。

+

＜登场人物摘要浏览＞

姓名：刘众赫

专属特性：回归者＜第3轮＞（神话）、电竞选手（稀有）

专属技能：贤者之眼 Lv.8、白刃战 Lv.8、武器锻炼 Lv.8、精神壁垒 Lv.5、群众控制 Lv.5、推理 Lv.5、测谎 Lv.4……

+

这专属技能目录压根儿看不到尽头。一只钢铁般的手穿过视窗底部，钳住了我的脖子。

"你到底为什么还活着？"

在灭亡世界中存活的第一种方法，眼前这个人就是这种方法的实证——

"回归者"刘众赫。这个世界的盛大悲剧，就是从这个人身上开始的。

# 5

作为一名成年男子，我竟然像只猴子一样被人掐住脖子轻而易举地提溜到空中，要是被人看到了，肯定会觉得这一幕十分滑稽可笑。偶数桥另一边的人正在向这边张望，虽然大家都面露焦急，但他们其实完全不知道这边发生了什么，因为安全区的结界提供了一个单向的视线阻隔。我这边可以看到那边，但他们那边看不到我这边。

"名字。"

"什么？"

"问你叫什么名字。"

没教养，生怕别人看不出来他是"主角"一样。但是眼下还是不激怒他为妙。

"金独子。"

"真是个奇怪的名字。"

"经常被人这么说。"

瞬间，我的肚子凹了下去，内脏都要被翻个底朝天，原来是刘众赫的拳头砸在了我的腹部。

"……嗯……"

军刀都划不破的皮肤，却在这家伙的攻击下感受到了巨大的疼痛。

"身体很结实，看来你已经掌握了 Coin 的使用方法。"

"你不也是……"

嘭的一声，我的肚子又挨了一拳，我艰难地忍下溜到嘴边的痛吟。这小子，他的力量等级至少 15 级。现在才做了一个主线任务、一个支线任务，居然就到这种程度了。这个天生的怪物果然不一般。

"别说废话，从现在起，只准回答我的问题，懂了吗？"

我没有回答。我的确考虑过，可能会遇到目前这种情况。但这是最糟糕的假设，也是我最不想遇到的情况。初期的刘众赫比任何角色都危险。经历了整整三次"时间回归"，他原有的人格已经被磨损得差不多了。现在的他，不惜削弱原则来维持不断膨胀的自我意识。为了实现自己的目的，他绝对不会有任何犹豫。

"回答我。"

"……行吧。"

"放尊重点。"

"凭什么？"

这一次，我用双手挡住了他的拳头，虽然手骨痛得像是要裂开了，但冲击感也少了些。刘众赫似乎有点吃惊，眼睛稍稍瞪大。

**登场人物"刘众赫"警惕你。**

随你怎么看我。就算你这家伙是主角，这样被揍，我也是有脾气的好吗？

"不好意思，电竞选手刘众赫，你的年纪比我小哦，该放尊重点的人是你。"

"……你认识我？"

"当然，别看我这样，我可是游戏公司的员工。"

我在说谎，就算我在游戏公司里上班，也没记下所有电竞选手的名字。而且就在不久前，"刘众赫"对我来说还只是小说中的角色名而已。

"你不是很出名吗，我以前是你的粉丝。"

刘众赫出名只是《灭活法》中的设定，但我以前的确是他的粉丝，这话不掺假。

我喜欢他，也讨厌他；既埋怨他，又支持他。就这样，我陪他走过了三千多话小说情节。

"粉丝……好久没听到这样的话了。"刘众赫似乎短暂地沉浸在回忆中了，但也只是一瞬，"我原谅你刚才的放肆，但你的处境不会因此改变。"

"从我现在这个样子来看，好像是没变。"我低头看向自己像风筝尾巴一样悬在空中晃动的双腿。

"我只有一个问题。"

"你说。"

"你在地铁里是怎么活下来的？"

他果然问了这个。

"我回答的话，你会留我一命吗？"

"看你表现。"

他在说谎。从他的表情就可以看出来。我这个《灭活法》唯一的读者难道是白当的。我开始在脑子里模拟各种可能发生的情况。我该怎么回答，才能说服这个该死的回归者呢？

你对登场人物"刘众赫"的理解度有所提升。你对该人物的理解度已达到相当高的水平。

嗯？

已达到专属技能"全知读者视角"第二阶段的使用条件！是否发动专属技能？

不久后，我开始阅读像瀑布一样涌入脑中的他人的想法。

——那节车厢的幸存者只有李贤诚和金南云。

——但是金南云死了,这个家伙活了下来。
　　——他到底是怎么活下来的?
　　——这个家伙到底是什么来头?
　　——要问出情报,但凡有一点碍事的可能……就杀了他。
　　我的心头一瞬间掠过了许多念头。尽管情况危急,我却无法阻止嘴角上扬。
　　现在距离任务结束,还有五分钟。我开始用最简短、最准确的语言讲述自己的经历,从地铁里鬼怪的出现讲到第1个主线任务结束,当然了,我没有透露自己获得的技能和关键的事件。
　　"……你通过杀虫子完成了任务?"
　　"运气比较好。"
　　刘众赫太过惊讶,似乎都忘记了自己还张着嘴。
　　——未来已经完全改变了。
　　他的确可能感到震惊。因为在小说原著中,3807号车厢本该发生一次人类自相残杀的血腥大逃杀,活下来的只有李贤诚和金南云。
　　"眼神真好使,你是怎么知道车厢里有虫子的?"
　　刘众赫的眼神带了杀气,同时,脑海中闪过几种想法:
　　——难道这家伙也是回归者?
　　——如果真是这样,现在必须杀了他。
　　正所谓做贼心虚,他果然首先产生了这样的误会。我赶紧开口道:"当时发生了爆炸。"
　　"爆炸?"
　　"我之所以能发现昆虫,是因为前一节车厢里发生了爆炸。"
　　听到"前一节车厢"时,刘众赫突然顿住了。
　　"长话短说,讲清楚。"
　　"爆炸的时候,一个小孩突然摔倒,他的昆虫采集箱掉在地上,碰巧被我捡到了。"
　　"……奇怪的巧合。"
　　"巧合都是很奇怪的,你要是不信,就问问结界那边的人吧,昆虫采集箱就是那个小孩的。"

通往玉水站方向的结界的另一边，有几个人在朝这边张望。任务还没结束，所以那边的人无法靠近，也无法与我们沟通。刘众赫只是朝那边瞥了一眼，没有其他动作。一瞬间，我眼前白茫茫一片，刘众赫的记忆从我眼前掠过。

——这样啊。

——爆炸。

——这小子不是回归者。

——未来的改变并不是因为他。未来的改变，反倒是……

——因为我吗？

在这份记忆中，刘众赫面无表情地看着在剧烈爆炸中痛苦挣扎着死去的人们。

——与上一次回归不同，这次我先杀了他们才正式开始，是因为这个。

也许是受"全知读者视角"的影响，我能感受到刘众赫所承受的精神痛苦。

"你问完了吗？"

"……嗯。"

"现在能放开我了吧？然后我们一起开开心心地去玉水站吧，任务时间也没剩多少了。"

"那有点困难。"

但主角也不是白当的。

"你的故事太过凑巧。"

我从没见过像刘众赫这样谨慎的主角。

——新手玩家不可能这么沉着。

——他对新世界的适应程度高到不正常。

——估计就是这个家伙杀了金南云。

——已经超出了"可利用"的范畴，他很危险。

刘众赫的右眼闪着金黄色的光，我突然明白他打算做什么。说实话，他到现在还没对我使用"那招"，的确有些奇怪。

"贤者之眼"。这是刘众赫所拥有的最强侦查技能。SS级技能"贤者之眼"，不仅能看到对方的特性，还能一窥隐藏信息。只要他使用这个技能，那我的真实身份马上就要大白于天下了。不过从另一个角度来看，这反倒是件好事。

我还不知道自己的特性和技能目录。如果刘众赫探查到我的情报，我就能更加了解自己。而且，如果我能借这些信息好好发挥，还有可能摆脱现在的处境。

**专属技能"第四面墙"已发动！"第四面墙"识破了侦查技能"贤者之眼"！**

就在这时，半空中火花四溅，刘众赫的身形一晃。

"……喀，什么？"刘众赫捂住自己的右眼，困惑地望着我，"你这家伙……到底是什么人？"

不好意思，我也很想知道。

**专属技能"第四面墙"阻隔了"贤者之眼"。**

不会吧，我竟然拥有可以防御"贤者之眼"的技能。接着上次的"书签"技能，这次又来了一个"第四面墙"。不过这样一来，情况就变得复杂了。因为刘众赫绝不可能信任我了。

——必须在这里杀了他。

因为他从不信任自己无法了解的人。

"刘众赫。"那么，我也必须改变策略，"你需要一个值得信赖的同伴。"

"……什么意思？"

"第46个任务不可能一个人通过，你应该知道吧？"

刘众赫眯起眼睛："你怎么知道？你这家伙果然是——"

"我是谁并不重要。"我直视刘众赫深邃的双眼，"重要的是，我能帮你。"

——他不是回归者，如果他是这个世界的回归者，我不可能不知道。

——那这家伙到底是什么？

——难道？

目前的状况是，我不能藏起自己的牌，也不能亮出王牌，所以办法只有一个。那就是，打出让对方误会的牌——

"刘众赫，我知道你不知道的未来。"

**登场人物"刘众赫"发动"测谎"技能。"测谎"已确认上述发言为事实。**

刘众赫的眼睛缓缓瞪大。

"……怎么会？"

"不然你以为呢？"

——怎么可能，难道除了安娜卡芙特之外还有其他"先知"吗？而且是在韩国？

先知是《灭活法》中唯一能看到未来的特性，也是所有特性中唯一能阻隔侦查技能的。实际上，在原著中有一个具有"先知"特性的人物。

——只有"先知"才能防御我的"贤者之眼"。

对于我的不正面回答，刘众赫咬紧了唇。

"你能使用'未来视'吗？"

"我有类似的能力。"

"那你早就料到我会来这里了。"

"没错。"

——难道是这样吗？不过如果这个人是"先知"，那他刚才的一切行为都是合理的了。

我们之间的气场在发生细微的变化，我感受到了刘众赫的动摇，机会只有现在。

"刘众赫，我知道你有特别的力量，你也知道未来的事，对吧？"

"……"

"但你应该也知道，你掌握的信息不完整。"

回归者唯一的弱点，就是当他们利用未来的情报来改变现状的瞬间，未来也将同时发生变化。这意味着，总有一天，所有的回归者必须活在自己不了解的世界中。

"让我做你的同伴吧，我能弥补你的不足。"

所以对于现在的刘众赫来说，没有比"先知"更有吸引力的同伴了。实际上，虽然我不是"先知"，但也的确能起到类似的作用，因为我是这个故事唯一的读者。

距离任务结束，还有1分钟。

刘众赫低下头，陷入苦恼。

——如果他是"先知"，确实能帮上忙。

距离任务结束，还有 50 秒。

——不仅仅是第 46 个任务，以后遇上"查拉图斯特拉"那帮家伙的时候也是。但是……我能相信他吗？

距离任务结束，还有 40 秒。

——同伴。

刘众赫终于抬头的时候，我正焦急地盯着计时器。

"我决定好了，我会把你当作同伴。"

由于过度集中，精神消耗严重。专属技能"全知读者视角"已解除。

不知道是因为疲惫还是因为安心，偏偏在这个时候，专属技能被解除了。失去技能的帮助，刘众赫的表情像一本没有加任何注释的哲学书一样难懂。

刘众赫开始带我走过偶数桥，虽然他还是掐着我的脖子……但现在，事情也算是顺利解决了。我竟然能说服这个杀千刀的回归者，我都佩服我自己。然而，就在快要走完偶数桥、安全区近在咫尺的时候，刘众赫突然停住了脚步。

"我再问你最后一个问题。"

"什么？"

"如果你真的是'先知'，你也会知道自己的未来，是吧？"

看到刘众赫平静的眼神，我瞬间感到毛骨悚然。他的考验还没结束，掐着我脖子的手快要让我喘不上气了。

"喀！"

他一点一点地移动这只举着我的手，接着，一阵风扫过我的脚尖，我的下方没有任何可供支撑的东西。在混杂着血和水的腥味的汉江中，鱼龙们张着嘴朝"食物"蹦跶。

"那我接下来是会松开手呢，还是不会呢？"

我的背上冷汗直冒。好好想想，就算没有技能的帮助，我也是世界上最了解这家伙的人。我静静地闭上眼睛，回忆起小说中所描写的刘众赫。

距离任务结束，还有 20 秒。

然后，我得出了结论。

"刘众赫。"如果是他，一定会那样做。不论怎么想，只要是我了解的那个刘众赫，就不可能有其他结局了。我看着破开水面向我靠近的巨型海蛇，继续说，"有两件事，先跟你说好。"

"……什么？"

"第一，我不是你的部下，所以我希望从现在开始，我们能保持平等的关系。"

"……"

"第二，我会帮你，你也必须承诺你会帮我。"

刘众赫似乎觉得很有意思，向我点了点头。

"那么，你的答案是？"

我笑着回答："松手，然后给我滚，你个小畜生！"

下一秒，支撑着我的力量瞬间消失，可怖的地心引力将我束缚。在下落的过程中，我突然看见了刘众赫的表情——不知道有什么好高兴的，他笑得十分灿烂。狗东西……

"我相信你了，你的确是'先知'。"

在坠落的终点等待我的，是"海上统治者"的血盆大口。寒冷的汉江水和水面的冲击力将我笼罩，我深吸一口气，然后就被温暖的、无边的黑暗吞噬了。

**任务失败。**

# Episode 3
# 契约

## 1

江水冲进肺部，身体迅速变得沉重，有种被吸进什么地方的感觉。回答刘众赫的最后一个问题之前，我特意看准了鱼龙张嘴的时机，所以坠落后没有被锋利的尖牙撕碎。但我绝不能在这里失去意识，保持清醒，再撑一会儿就行了。我想尽办法蜷缩起身体，屏住了呼吸。10秒，20秒，30秒……直到我在黑暗中触碰到柔软的壁垒，终于能勉强喘口气。"哕，哕哕！"吐了好几次水，我才缓过气来。还好我的体力等级达到了10级，所以从高处坠落撞上水面时没有断气，但身上还是不可避免地留下了大大小小的伤口，正在隐隐作痛。

为了不陷入恐慌，我一边调整呼吸，一边从怀中摸出手机打开。手机没出故障，还能顺利点亮屏幕。幸好我当时狠下心花大价钱买了这部防水手机。啪——手机自带的手电筒亮起，我借着光模模糊糊看到了四周的环境。高墙一般的胃壁之间，断裂的水泥块在各处漂浮着。鱼龙的胃里比我想象中还要恶心。"该死的！"刘众赫刚才毫不犹豫就松了手，他的表情还历历在目。虽然我已经料到了，但真的遭受这样的对待后，心理冲击还是比预想中要大得多。

如果想成为他的同伴，至少要在这种程度的困境中活下来。估计他是这个意思。但我也能理解"同伴"一词对于刘众赫来说意义有多重大。自第1次回归失败以后，刘众赫就再也没打算和谁成为真正意义上的同伴。很少有人能跟上回归者的成长速度，因此，他总被追捧为能够独自解决所有问题的"救世主"，自然会感到孤独。对刘众赫来说,"人类"只分两类:部下,或者敌人。所以,这是一次考验。如果想跟他平起平坐,必须独自解决这个困境……从刘众赫的角度来看就是这个意思。

"扯什么会把我当同伴……变态狂。"我狗刨式地游到漂浮着的泡沫塑料板旁,好不容易才爬上去。多亏了鱼龙胃部的温暖,我身上的寒意大大减少了,但问题是下一步该怎么做。我闭上眼睛,尝试再次调出坠落时听到的系统通知记录。

任务失败。开始进行付费结算。

频道抽成100Coin。

星座"紧箍儿的囚徒"欣赏你的豪言壮语。得到了100Coin的赞助。

星座"恶魔般的火之审判者"赞同你的选择。得到了100Coin的赞助。

星座"隐秘的谋略家"对你的轻率言论感到失望。

收到了很多信息。我注意到,那些曾选择过我的星座给了赞助。估计都是因为我和刘众赫的最后一次对话。读着星座们的每一条信息,同时收取Coin,我忽然觉得有点可惜。第一次选择背后星的时候,如果我从这些星座中选了一个,可能也不会落得如此境地。但我并不后悔。亲眼见过刘众赫后,我完全可以确定,尽管齐天大圣是顶级的背后星,但仅凭他的力量也是不够的。要想与刘众赫抗衡,我需要的是超越背后星的力量。而在这个地方,我能得到一些线索。

哗啦,鱼龙的胃蠕动了,积水中也掀起了小波浪,这只"海上统治者"似乎正在移动。我打开手机计算时间。《灭活法》中写到过,鱼龙会在摄取食物后三个小时左右开始分泌胃酸。我剩下的时间不多了。

"哈哈,真是可惜,我刚刚还看得津津有味来着。"随着一阵滋滋滋滋的效果音,空中传来说话声。

"……鬼怪?"

"没错,是我。你看起来一点也不慌张啊。"

"我早就知道你会来。"

"嗯,你这话听起来就像是一直在等我来似的。"

"的确在等你。"

啪，鬼怪在半空中现出身形。虽然我做不到仅仅通过表情来揣测它的内心，但它看起来明显是觉得现在的情况很有意思。我故作从容，因为如果我的气势被它压下一头，很可能会把事情搞砸。

"你不是要从我这里收走Coin吗？"

"……收什么Coin？"

"我的任务失败了，所以你要收走一些Coin作为惩罚。"

"嗯……为什么不是你的命呢？"

"如果失败的代价是失去生命，任务信息里就会标明'死亡'二字，而不是写上三个问号。也就是说，还有协商的余地，对吧？"

"……哈哈哈，真有意思。"

其实我的话里有漏洞。任务信息中的"失败惩罚：？？？"只是没有提前告知失败惩罚的意思。"惩罚就是上交Coin"不过是我的猜测，但即便如此，我的语气还能如此坚定，是因为——我已经对支线任务有所了解。

"难道我说错了吗？"

鬼怪愣了愣，而后点点头："你说得没错。真是吓了我一跳呢，光凭这个线索就能推理出这么多……不愧是备受星座们关注的化身。"

听鬼怪的语气，应该是在真心感叹。

"正如你所说，支线任务失败时，只要能支付足够的Coin，就能活下来。"

"多少钱？"

"给我5100Coin，我就能保你一命。"

我看了看自己目前拥有的Coin数。

拥有Coin：5100C。

我扑哧一声笑出来，它在跟我胡闹吧。

"那也太多了。"

"哈哈，那就去死喽。实话告诉你吧，接受Coin也是因为我宽宏大量，你要是把我惹毛了，我完全可以直接在这里把你杀了哦。"

"那就杀了我吧。"

"……什么？"

"杀了我。"

"……"

"你杀不了我吧?"

鬼怪僵着没动。这还用说吗,现在这家伙因为我尝到了不少甜头。而且,如果它想杀我,根本没必要跟到这里来见我。对鬼怪来说,我现在必须活下来,或者,至少要有能在这里惨死的理由才行。

"哈哈,你成功地激怒了我。喂,你现在是在和我……"

鬼怪的一字眉都快竖起来了。我见状,不再挑衅它,而是开始进入正题。

"下级鬼怪鼻荆,实况主播的工作做得怎么样啊?"

鬼怪的表情完美地诠释了"裂开"二字,这还是它第一次表现出慌张。

"……你怎么知道我的名字?"

"最近直播的工作没什么乐趣了吧?都怪星座们的打赏太小气。"

"你……到底是什么人?一介人类怎么可能……"

鼻荆头上的小角都在颤抖。这也不怪它,毕竟普通人不可能知道"星星直播系统"。但我可不是普通人。

**少数星座对你的存在表示怀疑。**

**星座"隐秘的谋略家"因你的计谋而眼前一亮。**

从现在起,如果我们的聊天内容被星座们听到,是没有任何好处的。于是,我用口型对鼻荆说:先关一下频道再继续聊吧!

鼻荆纠结过后就关掉了频道。

**#BI-7623 频道已关闭。**

星座们离开频道后,鼻荆露出了真面目。

"现在请说吧,你明明是个普通人,怎么会知道'星流放送'的事?"

"那不重要。"

"什么?"

"鼻荆,你难道不想成为鬼怪之王吗?"

"你在说什么——"

"你难道不想超越'独脚'或'吉达',成为魑魅魍魉中最优秀的实况主播吗？"

鼻荆变了脸色。

"鬼怪鼻荆，和我缔结契约吧。我会让你成为鬼怪之王。"

## 2

"星星直播系统"，又被称为"星流放送"。简单来说，就是面向全宇宙的实况转播节目。

其订阅者是位于遥远星系顶端的星座们，而节目中的演员，是和我一样的普通人类，中介则是我眼前的鬼怪。

"哈，哈哈哈哈！你疯了！你是个疯子！在你拒绝其他星座赞助的时候，我就该知道的！"鼻荆狂笑了好一会儿才继续说，"虽然不知道你为什么会知道'星流放送'，但我不会接受你的提议。我不是星座，而是鬼怪，不能成为你的背后星。"

"你好像误会了我的意思，我可没说过让你'赞助'我。"

"什么？"

"我知道你只是个软弱无力的鬼怪，我也不需要你的力量，我只需要你的频道。"

"我的频道？"

"你怎么听不懂我说的话呢，是韩语补丁没加载完吗？"

"才不是，你这人！"

"简单来说，我想和你的频道缔结专属契约。"

鼻荆呆住了，好一会儿才反应过来。

"等一下，你是说要和我签订'直播契约'吗？"

"没错。"

直播契约是鬼怪和星座之间缔结的契约。签订后，星座们让自己的化身在特定频道出演，该频道的鬼怪则收取化身所赚 Coin 的一部分作为中介的抽成。所以，如果按照原著，化身本人根本没有插手直播契约的机会。所以，虽然用的词是"赞助",但其实签约的化身无异于背后星的奴隶罢了。

"哈哈,真荒唐啊。"

鬼怪用短短的手指捂着眼睛笑了,周身的气场也随之发生变化。

"虽然不知道你从哪里听说了什么,但区区人类竟然敢和我提直播契约!更何况还是只没有背后星的蝼蚁!"

鬼怪话锋一转,露出杀气。果然,就连下级鬼怪也比人类强得多。但我要是因为这点威胁就退缩,刚才根本不会选择开口。

"就因为我没有背后星,你和我缔结契约才有价值。"

"……什么?"

"你认为星座们进入频道的目的是什么?"

面对我突然的提问,鼻荆像个头脑不好的学生一样傻张着嘴。那就让我来为这个下级鬼怪进行一次专题讲座吧。

"没必要这么紧张,你知道答案的。不过,我们还是来复习一下吧。"

不知不觉被我牵着鼻子走的鼻荆不禁点了点头。

"'星流放送'的订阅者大致可以分为两类:一类是'寻找乐趣'的群体,想要通过收看频道打发无聊的时间;另一类是'寻找化身'的群体,想找到化身与自己缔结契约,对吧?"

"嗯,没错。"

"因此,只有满足这两类群体的需求之一,才能成为'星流放送'中受欢迎的频道。简言之,要么忠实于趣味性,要么寻找有可能被星座赞助的人类。这两件事至少要做好一件。"

"你还真是知识渊博啊,但那又如何?星座们的订阅目的和你提议的契约有什么关系?"

"我都给了这么多提示了,你还没懂吗?就因为这样,你的订阅者才至今都没破百啊。"

"……闭嘴,能不能别废话了?"

鼻荆用它的小角凑近我,简直难以想象此刻显得还有些可爱的它,刚才炸了无数人类的脑袋。不逗它了,可以开始道出本意了。

"如果有一个频道能够同时满足寻找乐趣和寻找化身两个群体的需求，那会怎么样呢？"

"说什么胡话呢？那是不可能的。而且就算存在，也只会是一阵子罢了。"

其实鼻荆说得没错，寻找化身群体的特征导致了一个频道永远无法满足两个条件。

因为如果星座的目的是寻找化身，那么只要选择背后星结束，无论频道里有多么有趣的化身，他们都会立刻换频道。所以，"寻找化身"这类群体始终是一次性的临时看客，但是——

"那是在选择背后星顺利进行的时候。"

"什么？"

"如果有一个化身不与任何星座缔结契约，会怎样呢？而且，如果那个化身展现出的实力远超有背后星的化身，又会怎样呢？"

只要有实力强劲的化身存在于频道中，频道自然就会吸引星座们的视线。那么，如果这个化身始终不选择背后星，"寻找化身"的群体就无法离开频道，不得不继续收看。

"你……难道你没有选择背后星的原因是这个？"

"嗯，没错。"

"哈……真有意思。"

鼻荆笑了，似乎觉得很离谱。

"没有背后星的最强化身……如果真的有这样一个人，成为'星星直播'的最佳频道也不是梦了。但是，这种化身并不存在。"

"你真的这样认为？"

"……我承认你不一般，能在初期获得大量星座关注，也多亏了你，我尝到了不少甜头。但你的妄想也要有个度，刚才发生的事还不能让你清醒过来吗？普通人绝对赢不了有背后星的化身。这就是这个世界的法则。"

"这可不好说。"

"你已经错过选择背后星的机会了。看看你现在的样子，这还不是主线任务，你不过是因为支线任务失败，就要面临生命危险。哪里还有星座会对你这种废物感兴趣——"

"真的没有吗？"

"……"

"现在星座们应该都闹翻天了吧，不是吗？他们都在吵着让你快点打开频道吧？"

鼻荆没有说话。

"估计他们已经好奇得快疯了，那个顶撞'回归者'的疯子究竟是谁呢？他真的是'先知'吗？真的能看到未来吗？如果真的能看到未来，他究竟是抱着什么想法被鱼龙吞掉的？"

"等……等一下！你到底……"

"接下来，我将回答星座们的这些问题，所以你只管闭嘴，照我说的做就行。我不是说了会让你成为鬼怪之王吗？"

鼻荆看我的眼神变了，我甚至能听到它咕咚咽口水的声音。鼻荆正在考虑我说的话。反正从目前的情况来看，相信我也不会有什么损失，那么……鼻荆的眼珠子滴溜溜地转着。

"先上交任务失败的惩罚吧，你给我5100Coin的话……"

"你在说什么呢？我可没有失败。"

"……嗯？"

"现在大概已经满足了激活条件……"

我活动关节，站起身。随着我的热身动作，被冻僵的身体也发出咔咔的声音。鼻荆还是一副呆愣的表情。

"你还是打开频道吧，马上就要开始了。"

"开始什么？你到底在说什么——"

紧接着，一条通知传来。

收到隐藏任务！

+

＜隐藏任务：屠海怪者＞

类别：隐藏

难度：A+

完成条件：杀死鱼龙——"海上统治者"，并从鱼龙腹中逃脱

规定时间：10 天

奖励：9000Coin

失败惩罚：死亡

+

"我说了让你准备吧？"

《灭活法》中一共有三种任务——维系世界故事线的主线任务、处理小型事件的支线任务，以及只有在特殊条件下才会被触发的隐藏任务。

"这怎么可能……你怎么会有连我都不知道的情报？"

鼻荆大吃一惊，它的嘴唇颤抖着。与鬼怪们掌管的主线任务和支线任务不同，隐藏任务是只要满足条件系统就会自动发布。

"你一个下级鬼怪，是有可能不知道这个。"

"你……到底是什么来头？！"

"总之，如果完成这个任务，就能证明我有实力和你缔结契约了，不是吗？"

不知怎么回事，鼻荆郁闷地盯着任务信息，然后它转头看我，眼神中充满担忧，问道："这个任务难度是 A+，你真的认为你能完成吗？"

"嗯。"

鱼龙胃中的江水翻涌着，荡起波浪。等到水面归于平静，鬼怪才继续说："……好吧，如果你完成这个任务，我就和你缔结契约。"

"契约条件就留到任务完成后再谈吧。"

"真是狂妄……那我要重新开启频道喽，你可要认真对待哦。"

"啊，等等。"

不能现在就开始，我必须先确认一件事。

"还有件事需要你帮忙。"

"……还有什么事？"

鼻荆的语气听起来有些不耐烦。

"我这里发生了系统错误，你帮我修复一下。"

"系统错误？"

"我打不开自己的特性视窗。"

"怎么可能？系统不可能出错的，任务系统是完美的。"

"你先看看再说吧。"

飘在空中的鼻荆用怀疑的目光看着我，立刻轻声念起什么来。

鬼怪"鼻荆"试图对你使用"系统干预"。

"系统干预"，鬼怪们拥有干涉任务的权限，只有它们才能使用这种绝对干预技能。其实，我也不确定看不到特性视窗是否缘于系统错误。但如果让鬼怪来看看，至少能发现一些线索。不过，即使鬼怪看不到，对我来说也不是坏事。

**专属技能"第四面墙"已发动！**

下一瞬，虚空中溅出火花，鼻荆发出一声尖叫。

## 3

看到这一状况，我大概猜到了结果。

"怎么了，进展不顺利吗？"

"不可能，怎么会有阻止系统干预的防护墙？"

无论如何，"第四面墙"不仅能阻隔同为人类的化身，甚至还阻止了鬼怪的干预。如果这是真的，就意味着《灭活法》里没有谁能够看到我的特性视窗。

有意思。这个条件非常利于我去骗人。

"看不到就算了。"

"等……等一下！我一定能看到的。呃……呃呃，我这样试一试？"

"看不到就算了吧。"

"哇啊啊啊！"

也许是误触了什么按键，鼻荆触电似的大叫一声，它茸茸的白毛都被烤焦了。

"这……这个！啊……这！"

"算了吧，不行就算了，我还有其他事要拜托你。"

"那不行，我可是鬼怪鼻荆。赌上鬼怪的名誉，如果不能解决这件事——"

我看了看时间，距离我被鱼龙吞食已经过去一个小时，不能再耽搁下去了。

"鬼怪包袱。"

正在半空中做无用功的鼻荆突然顿住了。

"你说什么？"

"打开'鬼怪包袱'。"

"……你又是怎么知道这个的？"

"开不开？"

"没有背后星的化身不可以使用'鬼怪包袱'……"

"使用'鬼怪包袱'的化身都有背后星，但没有明文规定没有背后星的化身不能使用。"

"你等一下。"

从怀中掏出规则手册进行确认后，鼻荆沉默了好一会儿，不久后，它终于开口："……真不知道咱俩谁才是鬼怪。"

受到打击的鼻荆摇了摇头，接着说："好吧，你可以使用'鬼怪包袱'，但是，'鬼怪包袱'只有在频道开启的状态下才能打开，没问题吧？"

"没问题。"

#BI-7623 频道已开启。星座们进入频道。

紧接着，一阵刺眼的电流从空中落下，然后，一块透明的屏幕浮现在我眼前。

Coin 商店"鬼怪包袱"，欢迎你的光临。

"鬼怪包袱"，这个该死的世界里的"现金商店"，现在开始营业了。

***

在《灭活法》的世界里，Coin 主要有两种用途：一是用于提高体力或力量等综合能力值的等级；二是当作在"鬼怪包袱"等各种商店中使用的通用货币。

"立即下单！新手套餐，为你的新手化身量身定制！现在只要2500Coin！"

"今日特价！三倍经验值成长套餐，领先其他对手！"

"误选了特性很差的化身？不用担心！随机改变特性的'随机特性宝箱'上架了！"

"鬼怪包袱"里的商品以各种套餐为主。这些广告的投放对象都是想要培养化身的星座。这是自然，原本"鬼怪包袱"的用户就只有星座。

我挨个儿关掉这些弹窗广告，同时开始思考。比起第5个主线任务之后要面对的真正的"灾殃[1]"，"海上统治者"这种级别的鱼龙不算什么，但是对于初期的化身来说，这条鱼龙和"灾殃"也没什么差别。如果想解决这条鱼龙，我需要在"鬼怪包袱"中买一些道具。让我找找……

翻了很久商品目录之后，我看了一眼鼻荆。

"喂，现在只有这些商品可以买吗？应该有搜索功能吧？"

"啊，那个……妈呀，你等一下。我在这儿诚心拜托各位星座大人了，请冷静一些哦。"

频道重新开启后，忙于应对星座们抱怨的鼻荆汗如雨下，叫苦不迭。

"刚才只是服务器错误才导致频道暂时关闭哟！不是我故意关掉的啦！"

现在鼻荆头顶上闪烁的小星星共有二十多颗，和上次我看到的二十一颗差不多，估计还有很多星座想看到我。当然，不是所有星座都怀着好意。

**少数星座质疑节目是否公平！少数星座怀疑鬼怪提供额外帮助！**

星座们的怨言也都在我的预料之中。节目不过停播了一小会儿，现在不仅隐藏任务开启，甚至还打开了"鬼怪包袱"，星座们不吃惊才奇怪呢。

"不是，我怎么会提供额外帮助啊？各位星座大人，我是个鬼怪，如果我真的做了这种事，马上就会被消灭，各位不是也很清楚吗？况且各位也知道实况主播违反誓约的后果很严重吧？"

"能先帮我一下吗？"

"……商品搜索键在右下角。"

"谢了。"

---

[1] 灾殃：本文中特指困难级以上的怪兽或敌人。

我不再打扰忙得团团转的鼻荆，按下藏在套餐视窗下方的那个放大镜模样的图标。

**商品搜索功能已激活。商品搜索功能每日只能使用5次，超过次数后，每次收取100Coin。**

真是的，人类也好，鬼怪也罢，做生意的套路都是一样的。

每天可以免费搜索五次，我只需要购买两件物品，所以还剩三次搜索机会。

星座"隐秘的谋略家"对你的计谋感到好奇。

是啊，的确该好奇。好奇的话，就好好看着吧。

星座"深渊的黑焰龙"反感地盯着你的一切行动。

既然讨厌我就别看了吧。我对着搜索框说："搜索商品'古代龙'。"

**共有3个搜索结果。**

接着，出现了一个小弹窗。

+

★ 古代龙的心脏——库存1件

★ 古代龙的骨头——库存1件

★ 古代龙的角——库存1件

+

我选择了"古代龙的心脏"。

+

<商品信息>

名称：古代龙的心脏

等级：SSS

说明：此物品包含古代龙"伊格纳修斯"近乎无限的魔力。成功移植该心脏后，将获得"地狱火"属性

价格：1500000C

库存：刚刚售罄

+

果然售罄了。屏幕的另一边，正在应付星座们的鼻荆下巴都快惊掉了。

"我去，你怎么会知道'古代龙'？"

"我只是随口说了一个威风的名称罢了。"

"……感觉你在骗我。"

我耸了耸肩，不以为意。

在《灭活法》的原著中，"古代龙的心脏"这件商品的确有自己的主人。如果我记得没错，这颗古代龙心脏的主人现在应该在意大利。那家伙的运气也算好，竟然被"钻石勺子[1]"一般的星座选择了。除了这个，我还搜索了其他几个商品名称。

相关商品搜索完毕。

+

★ 大恶魔的眼珠——库存 0 件

★ 白清罡气——库存 1 件

+

连"大恶魔的眼珠"也售罄了……果然，星座们的手速不是一般地快。不过这件道具的售价是 100 万 Coin，就算有货我也买不起。有赞助人还是有好处的，现在获得"大恶魔的眼珠"的化身就能轻松地通过初期的任务了。

"你到底是什么情况啊？不会是用了作弊器之类的东西吧？你怎么知道这些只有通过搜索才能找到的商品？"

"我只是试着说了几个像样的名称。"

我搜的三个商品中，只有"白清罡气"还有库存。但这件道具的价格是 1 万 Coin，我现在也买不起，先放进购物车里吧。

"什么啊，你不买吗？"

"反正现在买不了，我只是看看而已。"

"喊，那你干吗要我打开'鬼怪包袱'？"

---

[1] 钻石勺子：金勺子/金汤匙，比喻出生在富裕或父母社会地位高的家庭，享受经济富裕等良好环境的人。与之对应的是土勺子/土汤匙，比喻家境贫寒、得不到父母经济帮助的人。二者皆为韩国人比较常用的说法。这里的"钻石勺子"是比金勺子更高一层的意思。

"我要买别的道具，帮我调出接下来这两件吧。"

我说了两个商品名称，不一会儿，眼前就出现了搜索结果。

+

★ 锤子海马的黏液——库存 124 件

★ 石猪的尖刺——库存 17 件

+

我将二者与记忆中小说里的商品目录进行对照。锤子海马是鱼龙的猎物，而石猪则是海兽们的天敌……没错。如果想杀死一条鱼龙，这两件是性价比最高的道具。

"四件黏液，四件尖刺，800Coin 就够了吧？"

"是的……但这些都是没什么用的道具，你打算用在哪里啊？"

"不关你的事。"

"……我不是多管闲事哦，但你还是买点别的吧，比如'月影剑法'，原价 8000Coin，我卖你 4000Coin。你还不如买下这个，对完成任务更有帮助。"

"谢了，但我就买这些。"

鼻荆虽不赞同我的选择，但还是很快就帮我结账了。

花费了 800Coin。

黑暗中，像发光粉尘一样的东西凝聚在一起，形成了四根长长的尖刺和四个装着黑色黏液的小袋子。

"成交后概不退换，你知道的吧？"

"知道。"

我点点头，马上开始忙活。我脱了上衣，把尖刺绑在腰上，然后把小袋子挂在腰间。石猪的刺底端短粗，越往外延伸越是尖利，总长约一米，很适合用来刺穿东西。

"嗯……那我走了。我也不能一直跟着你，其他地方也发生了很多好玩儿的事情。"

"去吧。"

"呵呵，那你加油。希望你能得到'故事'的庇护。"

随着一阵光，半空中的鼻荆消失了，环境再次变得昏暗。虽然可以用手机照亮这里，但我想尽可能地节约电量。黑暗中，石猪的尖刺发出幽幽蓝光。尽管光线微弱，但我暂时只能将就用它们了。我从腰间拔出一根刺，拿在手中挥动。可能是因为没有"武器锻炼"或"万兵之化身"之类的修炼技能，我怎么拿都不顺手。

少数星座感到无聊。

这时候，一些性格急躁的星座开始慢慢离开频道了。虽然鼻荆不在身边，看不见它的表情，但我猜它应该很焦急。

又过了一个小时。右，左，上，下。在一个小时的训练后，虽然称不上顺手，但我终于能操纵尖刺了。这尖刺的表面粗糙，应该不容易从手中滑落。

要准备开始了。我用适中的力度刺了一下鱼龙的胃壁。咚！像是刺中了一面超强弹力的硬性橡胶墙，尖刺被弹了回来。凭我的肌肉力量，绝不可能撕裂鱼龙的胃。就算用上技能，应该也是同样的结果。就在这时，巨大的胃壁上方的许多小孔都张开了。伴随咕噜咕噜的声音，小孔中分泌出令人恶心的液体。

"喀呃呃！"一个被漂浮物包围的魔人发出尖叫。滋滋滋！魔人的皮肤被腐蚀了。鱼龙已经开始消化，胃壁上分泌出的消化液迅速混入水中，就连混凝土都被溶解了。腐蚀性极强的液体开始侵蚀我踩的地方。

滋滋滋滋！没时间了，我必须立即开始执行计划。

我从漂浮物上高高跃起，抓住胃壁上的一个凸起，像攀岩一样缓缓往上爬。喷出大量消化液的小孔就在上方，我用嘴咬住尖刺，然后解开装黏液的袋子。锤子海马的黏液——我用手指蘸上味道诡异的深蓝色液体，从尖刺底部涂到顶部，就像在胡子上涂剃须膏一样仔细认真。有了剃须膏的保护，剃须刀就难以伤到皮肤。同理，这种黏液可以保护我的皮肤免受消化液的腐蚀。来吧。我找准角度，拼尽全力把尖刺朝消化液喷射口刺去。咔！"啊啊！"撞在尖刺上的消化液溅开来，腐蚀了我的胳膊，可怖的疼痛袭来，但我没有停下。如果现在失误，那就全完了。

受到专属技能"第四面墙"的影响，疼痛得到部分缓解。

哗啦哗啦，哗啦，咕噜，咕噜噜……不一会儿，小孔已经被石猪的尖刺堵得严严实实了。

"解决了一个。"好不容易松了一口气，我又从腰上抽出另一根尖刺，和刚才一样，涂上锤子海马的黏液后，我找到并堵住了下一个喷射口。

**少数星座感叹你的沉着。星座们向你赞助了200Coin。**

就这样，我有条不紊地堵住了三个喷射口，还剩下几个小型喷射口，因为喷口过小，所以分泌的消化液不多。我喘着气解开上衣，紧紧地缠在插入胃壁的尖刺末端。目前我手上还剩一根尖刺和两袋黏液。我把一部分黏液涂在皮肤和衣物上，再把剩下的都倒进嘴里。"哕！"咸甜的腥味刺激着味蕾，但恶心的感觉总好过死亡。比起即将面对的"灾殃"，这点苦压根儿算不了什么。约莫五分钟后，鱼龙的胃部开始剧烈颤抖。"呜呜呜——"鱼龙发出痛苦的悲鸣，蠕动的胃壁之上鼓起粗大的血管。一切如我所料，尖刺通过消化液喷射口插进血管，并且不断向内生长。我想起《灭活法》中的句子：

海兽的体液会刺激石猪的尖刺生长。

咔嗒，咔嗒咔嗒。由于锤子海马的黏液不会被消化液腐蚀，尖刺就能一直吸收周围的鱼龙体液，往鱼龙的胃壁里扎根。在鱼龙死透之前，石猪的尖刺会不断深入。

"呜呜呜——"

看着脚下翻涌的消化液，我抓紧了固定在胃壁上的尖刺。我已经做完所有能做的了，从现在起，就是毅力的比拼。我死，或者鱼龙死。只有一方能够存活。

# 4

不知过了多久，失去时间的概念后，我的呼吸越来越困难，肌肉酸胀，开始不听使唤。

**少数星座感叹你的生存能力！星座们向你赞助了100Coin。**

但我撑住了，因为我相信自己一定能坚持到最后。看到尖刺在黑暗中发出幽蓝的光，我确认了自己还活着的事实。感受到鱼龙胃壁的温度在下降，我知道它正在走向死亡。

星座"恶魔般的火之审判者"感叹你的坚韧，向你赞助了100Coin。

肚子饿的时候，我就把舌头伸到尖刺末端，顺着这里流下的浓缩液吸收了鱼龙全身的生命力。我之前之所以喝下锤子海马的黏液，就是为了顺利吸收浓缩液中的营养。

吸收鱼龙的力量，体力得到微弱提升。

这点微弱的力量虽不能立即提高我的能力值等级，但等到完成这个隐藏任务时，我的体力估计至少能提高两级。在初期，这是为数不多的不用 Coin 就能提升体力等级的小技巧。

果然，我不是在做梦吧。我的思绪像小说中的独白一样掠过脑海——

"这真的是我能力范围之内的事吗？"

"我不过是个普通的读者。"

"又不是主角。"

好像如果现在大喊一声，我就会马上从被窝里醒来。但事实是，无论我怎么眨眼，都没有奇迹发生。

"……妈妈还好吗？"

"应该还好吧。又不是其他人，她可是那样的'妈妈'。"

每当胃中沉积的消化液排尽，我就会短暂地陷入沉睡，等到冰冷的江水再次涌入口中，我又从睡梦中惊醒。最后的最后，鱼龙不再进行消化活动了。我后背贴着的鱼龙内脏的温度急剧下降，原本弹性十足的胃壁也逐渐僵化，于是我能够确定——这个家伙死了。

"……真是太了不起了。"

黑暗中出现电流的强光，鼻荆出现在空中，它的样子看起来模模糊糊的。

"竟然这样使用石猪的尖刺……我完全没想到。各位星座大人也很惊讶吧？"鼻荆看着发出微光的石猪的尖刺说，"石猪以小型海兽为食，主要栖息地是海岸。捕猎时，它们会把尖刺插入猎物的表皮，吸干猎物导致其死亡，没想到你会把这刺插在消化液的喷射口……"

眼里发光的鼻荆没有看向我，所以这些话也不是对我说的。

极少数星座似乎早就猜到你的计划，露出欣慰的微笑。

星座们向你赞助了 100Coin。

少数星座直到现在才理解你的行为。

星座们正在抱怨，并要求你下次通过自言自语道出计划。

我无视星座们的信息，喝下最后的浓缩液。

吸收鱼龙的力量，体力得到微弱提升。

体力等级提升！体力 Lv.11 → 体力 Lv.12。

体力提升的等级达到了我的目标。鼻荆来到我身边，摸着我那被腐蚀得焦黑的胳膊继续说："再加上这个黏液……锤子海马是鱼龙的食物，就连我都不知道它们的黏液有这种功效。"

如果没有涂上黏液，我的皮肤就会被鱼龙的消化液溶解。

我接着鼻荆的话说："锤子海马的黏液对鱼龙的消化液免疫，估计是因为它们总被鱼龙抓了吃，才进化成了这样。"

少数星座感叹你的博学多识。

这条提示一出现，鼻荆就转头看我，好像被我背叛了一样。

"喂，解说是我的工作……"

"你搞不清楚所以我才替你说的。好了，现在都解释完了吧？"

"……嗯。"

"那就给我奖励吧。"

"该死的家伙！"

听着鼻荆不满的嘀咕声，奖励信息出现在我眼前。

隐藏任务结束。获得 9000Coin。

第一次成功猎杀 7 级海怪。获得成就奖励 1000Coin。

9000Coin 再加上 1000Coin，一笔可观的收入。

拥有 Coin：14800C

多亏演了这部原本和我八竿子打不着的生存纪录片，加上任务过程中获得的 500Coin 赞助，我本次的总收入达到了 10500Coin，远远超过我的目标。

"哈哈，星座大人们看得还开心吗？广告之后，马上回来！即将开始下一个任务哦！"

鬼怪说完，不知从哪里传来了隐约的广告声："新任务开启的特殊套餐，只要8800Coin……"趁着星座们看不见我们，鼻荆来到我身边，和善地对我说："呼……真是一部精彩的生存纪录片，星座们的反响也很好。"

"距离任务开始过了几天？"

"四天。我这几天一直提心吊胆的，原来你连时间都不知道？"

"手机没电了。"

花费的时间比我想象中要长得多，我原本打算两天就解决这条鱼龙来着……也是，第4次回归的刘众赫也花了四天，我的速度不算太慢。无论如何，我做到了。全身充斥着愉悦的满足感，我有了自信。我是一个普通人，只有平凡的力量。即便如此，我也能做到不普通的事。

"……真可笑。"太神奇了，28年人生中从来没帮上忙的小说，竟然让如此平凡的我变得非凡。

"哦，你这就开始自言自语了吗？"

"……"

"你还挺懂行啊？对一个尽责的化身来说，自言自语是必需的。当然，也有些星座认为这很做作，但一般来说都……"

"吵死了，打开'鬼怪包袱'吧。"

"怎么了？你有要买的东西吗？"

"嗯，有要买的也有要卖的。"

"我去！那我得缩短广告时间了。星座大人们，请稍等一下哟，我来调整频道的音量。"

在鼻荆打开"鬼怪包袱"的时候，我看了看胃壁上插着的尖刺。胃壁僵化后，插入点的周围形成了深深的裂痕，现在，就凭我的力量也能够击破这不再具有弹性的胃壁了。我用仅剩的一根尖刺插破胃壁，一点一点往前走。没过多久，就看到了晶莹剔透的蓝色"鱼龙之核"。

鱼龙之核——7级以上的怪兽身体中才会有这种珍贵的以太核。加工后的以太核被人类摄取，就能在不使用 Coin 的情况下提高魔力等级。可能因为这条鱼龙属于"海上统治者"级别的，鱼龙之核的状态和品质都属良好。我小心翼翼地切下包裹着鱼龙之核的肉块，走向外面，就看见鼻荆无语地望着我。

"我要卖了这个。"

"你真的是……"

"当然不是卖给你的意思，帮我挂到'鬼怪拍卖'上。"

鼻荆可能都懒得问我的意图了，它直接打开了"鬼怪拍卖"。

"呼……随你便，你要卖多少钱？"

"我不收 Coin，只接受以物易物。"

"我去！你怎么什么都知道！"

鼻荆一边嘀咕，一边往"鬼怪拍卖"里上传物品。也许是因为它想要的很简单，所以比我预想中更听话。

"马上就会有人来买的，交换物品必须是'折断的信念'。"

"折断的信念？还有人有这种东西吗……行了，我帮你挂上去了。"

"嗯，然后，我要买的东西是……"

我看到购物车里的"白清罡气"，果然，直到现在都没人买。大部分星座并不清楚 Coin 商品的性价比。"鬼怪包袱"一心诱导过度消费，所以这里的商品并不是越贵越好。

"等一下，在那之前，咱们先聊聊吧？"

随着鼻荆的话，原本变小的广告音量再次调高。

*星座们抱怨越来越长的广告。*

看着重播的广告，我已经预感到鼻荆要和我聊什么。

"要谈契约吗？"

不关闭直播就能屏蔽星座们的办法只有插播广告。从现在起，我要和鬼怪聊的事如果被星座们知道了，对我们都没好处。

"是啊，我本来还很犹豫来着，但是看到你这次的任务表现之后下定了决心。嗯……那就试一试吧，遇到困难的时候，我也能稍微帮你一下。"

"那应该违反了实况主播的誓约吧？"

"啊，当然，我是不可能真的帮忙啦，只是说说而已。不说这个了，你会和我签约的吧？"

"条件是什么？"

"你自己看。"

这小鬼怪竟然提前准备了详细的合同。我开始阅读悬浮视窗中的契约。

直播契约同意书

1. 化身金独子（以下简称甲方）在所有任务结束或本人死亡之前，与鬼怪鼻荆（以下简称乙方）缔结契约。

"……我是甲方吗？"

"哈哈，人类不是都喜欢当甲方嘛。反正这也没有任何意义。总之，你继续看吧。"

2. 甲方在所有任务结束或本人死亡之前，不能选择背后星。

这也是我意料之中的条件。

3. 甲方只能在乙方的频道中出现。

4. 甲方和乙方将分享通过直播契约获得的收益，比例通过协商来确定。

……

10. 当任意一方违反该契约时，将根据"星星直播"的法律对违反契约的一方处以消灭刑罚。

我把这张契约从头到尾仔细看完了。本以为它会当我不懂直播契约，然后胡闹来着，但这份合同里好像也没有那种"玩笑"。准确来说，只除了一件事。

"好像少了最重要的一条吧。"

"是签字吗？没事，你直接说同意就行，因为直播契约是灵魂誓约——"

"我是指分成的问题。"

"啊，啊啊，哈哈，是吗？"

还在装傻呢，分成比例明明就是最重要的。

沉默了一小会儿，鼻荆发善心似的说："五五分怎么样？不过，我可以免除你的频道抽成。啊，你知道怎么算吧？就是说你以后收到的赞助金，都要按比例分我一部分。比如你得到100Coin，就50归你，50归我。"

所有直播契约都是这个逻辑。星座们给鬼怪的频道提供化身，按比例分成从其他星座那里得到的赞助。一般来说就是这样的。

"你当我是冤大头吗？我不同意。"

"什么？但我们行业的基本结算比例就是这样的……"

"但我是没有背后星的化身，所以在赞助我的时候，星座们必须向鬼怪支付巨额的手续费，你应该已经从我身上赚了不少吧？"

鼻荆惊得张大了嘴巴，但即便露出这种表情也没用。

"我十你零，你只要靠手续费赚钱不就行了吗？我一分钱也不会分给你。"

"什么？你听听你说的……那就你七我三，怎么样？"

鬼怪一下就将我的占比提高了不少，但我不可能做出让步。

"我十你零。"

"不可能的！这也太扯了——"

"不要就算了，我还是去别的频道吧。'吉达'的频道好像挺火的，我去问问它吧。"

"……你八我二，这是我的底线。"

"我十你零。"

"……"

鼻荆的表情变得凶狠了，像是马上就想炸开我的脑袋似的。但我很清楚，这家伙绝不敢放弃这个契约，因为我是它的频道的最后一根救命稻草。

"广告要结束了，你没看到星座们的抱怨吗？"

最后，鼻荆似乎放弃了，它举起双手："知道了，那你会签约的吧？"它比我预想中更轻易地就投降了，其实我本来打算让步到我九它一来着……说不定它收到的手续费之类的钱比我知道的还要多。不知怎的，忽然感觉它有点可恶。

"嗯，然后还有一件事。"

"什么？还有？"

"你不是应该另付合同保证金吗？5000Coin，交出来吧。"

鼻荆的表情瞬间呆滞。

"你真的是……"

我笑了。为什么"甲方"会被称为"甲方"？为什么人类都想当"甲方"？就让我大发慈悲地告诉你吧，蠢兮兮的鬼怪。

"直播契约"已生效。收到合同保证金5000Coin。

一会儿，广告结束，星座们回到频道。我拍拍鬼怪的肩膀，说："好，那就出去吧。"

从现在起，才是真正的开始。

# Episode 4
# 伪善亦善

## 1

漆黑的夜空中,漫天流星划过天际。这一壮观场面足以令任何人叹为观止,但刘众赫却不为所动。

"差不多要开始了吗?"

因为流星雨昭示着第 3 个主线任务即将开始,首尔市将按照系统程序一步步走向灭亡。

刘众赫将视线从空中移至汉江河口。不久前,鱼龙群集体向下游移动,东湖大桥附近变得极为静谧。

"果然还是太勉强了吗?"

那个叫金独子的家伙坠入汉江已经是三天前的事了。让好不容易才通过第 1 个主线任务的人去杀鱼龙,说不定真的是个过分的要求。

"也是,我也很难在三天内杀死鱼龙。"

但如果他达不到这种程度,也就没必要把他带在身边了。如果连这件事都办不到,那他今后只会成为累赘。

"还说自己是先知,不也没什么了不起的。"

刘众赫失望地闭上眼睛。他将继续独行,不需要什么同伴。不过这也没什么大不了的,反正他从来都是一个人。

"这次我一定要改变未来。"

就这样，刘众赫转过身。但他或许应该再多些耐心。

***

"等等！"眨了好几次眼睛，视线中还是只有一片灰白的天花板，我还在鱼龙的体内。转头一看，被我吓了一跳的鼻荆瞪圆了眼睛。

"干……干吗？"

"……我做了个梦。"

"哦哟，你是在做铺垫，想要诱发观众的好奇心，是吧？你小子挺会的啊！"

虽然并不是它说的这样，但就算引起误会也无所谓。

少数星座希望你能够尽快移动到新的场所。

我把花了500Coin在鼻荆那儿买来的"艾拉森林的灵气"用上后就睡着了。因为在筋疲力尽的状态下行动是十分危险的。艾拉森林的灵气的作用并不是强行让人入睡两个小时，而是能在短时间内恢复全身的能量并迅速修复伤口。用一句话说，这是件对得起它昂贵价格的道具。

"……差不多该出去了。"说完这句恰到好处的自言自语，我伸了个懒腰，舒展身体。刚才的梦还历历在目，不过，说不定那其实不是梦。

滋滋滋滋。电流声消失后，鼻荆没跟我说一声就不见了。我估计它去做自己该做的事了。

这一刻，我终于松了一口气。

和鬼怪缔结直播契约——如果不是读过《灭活法》了解鼻荆这个角色，这绝对是个我不会去尝试的赌博。但我异常沉着地进行了这场赌博，也达到了自己的目的。然而有谁会相信，在真正的"现实"世界中，我连一份小小的合同都签不下来呢？

专属技能"第四面墙"正在启动。

真正的"现实"。我握紧手中的尖刺。难道我真的认为现在的这个世界是现实吗？

少数星座希望你尽快采取行动。

也是，现在不是思考这种问题的时候。我用尽全力挥动尖刺，摧毁了失去弹性的胃壁。随着胃壁倒塌的声音，水流涌了进来，我跳进汉江中。幸好这附近没有其他鱼龙，虽然有一些小型海兽好奇地靠近，但对我没有敌意。不是所有的魔物都会攻击人类。

东湖大桥在那边吗？江面上漂浮着鱼龙的尸体碎块，我把其中一块当作救生圈，动作不怎么熟练地蹬着水向岸边游去。尽管冰冷的江水让我感到皮肤刺痛，但我现在也顾不上这些了。就这样坚持游了三十分钟左右，我的手终于碰到了河岸。

少数星座紧张地看着你。

一般来说，这种信息是危机降临的预兆。

星座"深渊的黑焰龙"阴险地笑了。

那些不喜欢我的星座希望看到我受挫，但我不会如他们所愿的，因为我已经知道等会儿要面对什么样的危险。

进入第2个主线任务区域。该任务区域的土地被严重污染。请屏住呼吸，尽快移动到地下。

虽然提示信息里这么说，但从这个任务开始的瞬间起，人类就不能待在地面上了。你问我为什么？看看我现在的皮肤状态就知道了。

已暴露在剧毒雾气之中。

紫色的雾气将我的皮肤腐蚀成黑色。

"啊啊啊！"我看向雾气的源头，那里有一只正在发出骇人怒吼的怪兽。那是一只超过三十米高的笨重怪兽。这种毒雾其实是7级怪兽"尸毒犀牛"排出的气体。现在，尸毒犀牛正喷着鼻息，迎战毒雾中的另一只怪兽。从我瞥见的影子来看，对面那只应该是"虫王种"。"啊啊啊……"在新世界中，不仅人类在战斗，怪兽们也在争夺领地。我尽力屏息移动，虽然这种怪兽和鱼龙等级一样，都是7级怪兽，却不是我现在立刻能够打败的。之前能打败"海上统治者"，是因为我做足了准备。

使用"艾拉猴的肺脏"。

"艾拉猴的肺脏"可以当作空气净化装置使用，有效时间二十分钟，这是我提前在鼻荆那儿买的。

**少数星座感叹你的准备周全！**

位于地面上的玉水站已经被摧毁了。距离这里最近的"地下车站"是金湖站，其他幸存者应该也都去那里了。

我躲开那些正在啃食尸体的小型怪兽，快速移动到路边。道具的有效时间只有二十分钟，我必须尽快获取一些生活必需品，之后再继续行动。首先需要的是衣服。我的外套已经被鱼龙的胃液溶解了，得再找一件能穿的。当然了，尸体堆里有的是衣服，但我总觉得瘆得慌。可惜没有别的办法。在尸体堆里翻出几件大小合适的衣服穿上后，我径直走向附近的便利店。我拿了几个塑料袋，把体积小、密度大的食物胡乱装起来。等我进入地下后，食物将成为关键的交易物品。

在我差不多装完三四袋食物的时候，嘴里叼着的"艾拉猴的肺脏"的颜色逐渐变黑了，这说明道具时效马上要到了。就在这时，我听到了一个声音："救……救我……救救我。"难道还有人活着？我回头一看，角落里有一个年轻女人蜷缩着身子倒在地上。可能因为经历过打斗，她的胳膊和肩膀上都有瘀血，撕裂的上衣缝隙里还留有血迹。万幸的是伤口不深，但问题是她皮肤表面正在受到侵蚀。因为她戴着随身携带的口罩，所以毒雾带来的危害不是特别严重，但如果放任不管，她还是会死在这里的。

"你还好吗？能站起来吗？"

"呃……"

《灭活法》里有这样的龙套角色吗？所剩无几的时间不够我仔细回想，我能做的只有背着她朝金湖站狂奔。转个弯就到了大路上，从这里到金湖站的直线距离是一百米。深吸一口气后，我开始全力奔跑，远远望到了 3 号出口的标志。

门关了，那另一边呢？不知是不是因为正在发生的灾难，两边的出口都拉下了防火卷闸门。虽然我可以用尖刺捣毁卷闸门之后进入地铁站，但这样做弄不好会伤到门内的人。

"4 号，4 号出口……"没想到的是，我背上的女人帮上了忙。我跑向 4 号出口，看见正在下降的卷闸门，我立即将尖刺插进门与地面的缝隙中。紧接着，我听见里面有人大喊：

"我去，什么鬼！"

"开门。"

"不行！不能进来！走开！"

"有人受伤了。"

"这个地铁站已经满员了！不能再进人了！"

因为满员所以不允许进入？真奇怪，小说里有这种情节吗？

"那与我无关。"

我将尖刺当作杠杆插好，用力撬开了卷闸门。因为我之前用赚来的 Coin 把力量等级升到了 10 级，所以我现在的力量相当于五六个成年男人的总和。

"呜啊啊啊！"随着哐当一声，里面想关门的人仰翻在地。

"快……快跑！"

被吓到的男人们消失在黑暗的地下通道中。我顺利进入地铁站，拉下卷闸门，然后把女人放到了地上。

**已进入安全区域。**

剧毒雾气不会侵蚀地下，这倒没有什么科学依据，只是"任务"的设定罢了。

"请咬住这个。"我摘掉女人的口罩，把我的"艾拉猴的肺脏"让给了她。虽然这样做不能治好她，但至少能起到一些中和作用。

"呜呜……"女人的唇边隐约有呻吟声。被抛弃的女人——我忽然开始好奇这个人的身份。如果按照原本的剧情发展，她大概率会死在刚才那个地方。但正当我准备发动"登场人物浏览"时，我听见了其他人的声音——"就是那边那个家伙！"黑暗中，闪烁的手电灯光距离我越来越近。我眯起眼睛，看见一群男人模糊的身影，他们每人都手握一根铁棍之类的东西。

**星座"紧箍儿的囚徒"因不速之客的登场而眉头紧皱。**

人群正中的高大男人发话了。从他全身的匀称肌肉来看，这应该是个爱用拳头说话的家伙。

"你这家伙，什么来头？"

忽然，很奇怪地，我没能立刻作答。一般这种时候应该怎么回答呢？我想了想，然后试着模仿刘众赫的语气。

"金独子。"

"……金独子？这是你的名字吗？"

"是。"

"谁问你名字了？我他妈的问你是什么人！"

这个问题更难回答。

"哦哦！那个女的……"他们中的一人发现了倒在我身边的女人，手电筒的光束立刻指过来。

"什么啊，那不是'边缘组织'的人吗？没和你们一起回站里吗？"

"那个……我……"

那男人的手电筒光束在女人裸露的腰间暧昧地游走，领头的男人似乎明白了他的意思，猥琐地笑了。

"哈，这样吗？你们这群可爱的小浑蛋。大哥我还没同意呢……"

"嘿嘿，抱歉。"

"当……当然是哲洙大哥先……嘿嘿，虽然我原本是这么打算的。"

哲洙？哲洙……原著里有这号人物吗？既然没让我留下任何印象，那么和他的外貌不同，这应该是个没什么能耐的家伙。

"喂，把那个女的交给我们，然后……嗯？那又是什么？"

手电筒的光束又指向地上的便利店塑料袋。虽然摆脱危机对我来说是小菜一碟，但不知道为什么，事情的走向有些不妙。

"把东西也留在这儿，然后滚出去，我就饶你一命。"

准确来说，不是对我，是对这些男人来说有些"不妙"。

星座"紧箍儿的囚徒"对小喽啰的登场感到厌烦。

星座"恶魔般的火之审判者"对眼前的不义行为感到愤怒。

应星座们的要求，生成悬赏任务！

+

<悬赏任务：清除捣乱分子>

类别：支线

难度：F

完成条件：阻止剧情快速发展的搞乱分子登场，导致星座们感到十分愤怒。请在规定时间内打败搞乱分子

规定时间：5分钟

奖励：？？？

失败惩罚：？？？

+

我就知道会这样，可怜的小喽啰们。我握住尖刺站了起来。观众里应该没有未成年的星座吧？暂且先当作这样吧。因为，从现在开始就是成人节目的时间了。

## 2

我偶尔会这样想：为什么在无数后启示录[1]题材的作品中都出现了"老套的坏人"呢？

都在那种情况下了，还认为强奸或盗窃等犯罪行为会频频发生，这难道不是作者们在偷懒吗？如果真正的灭亡降临，人类应该会比想象中更加理性吧？

"看来不打算走是吧？你们几个给我杀了他！"

问题的答案就在我眼前。互相使着眼色、慢慢朝这边靠近的人们，和在他们身后像欣赏风景一样看向这边的男人。

星座"恶魔般的火之审判者"期待正当的审判。

我再次意识到，人类的想象是陈腐的，但现实中的人类比想象中的更为陈腐。钢管的轨迹划破空气朝我劈来，动作却不怎么熟练，实在很难让人感受到杀气。其实就算我挨下这一棍，也基本不会感觉到痛。

"再不赶紧跑就真的杀了你！快滚！"

---

[1] 后启示录：一种文学艺术题材，即描写世界末日之后的作品。

四个人将我包围住。虽然有些人在发抖，但看起来都比刚才从容多了，可能是觉得自己那边人多势众吧。

"他妈的，你们在干吗呢？！"

直到听到这一声大喊，才有一个男人冲向我。他破绽百出的动作看着实在可怜。我挥动了手中的尖刺。

"啊啊啊啊！我的腿！我的腿！"大腿被尖刺刺穿的男人惨叫着倒在地上。

"那个疯子在干什么？"

"一起上！"

情绪激动的男人们一齐冲向我，但我一点也不怕，他们的力量等级也就只比5级高一点。我故意挨下雨点般涌来的攻击，默默用尖刺戳向他们。一个接一个被刺穿大腿的男人惨叫着跪倒。但我没有杀了他们，因为任务的完成条件里写的是"打败"。

绝对善派系的星座们对你的判断点头称是。

少数星座嘲笑你的道德观念。

星座们向你赞助了100Coin。

成为杀人魔就能短暂地引起星座们的关注，但那只是暂时的。从长远来看，一次性将"节目"的刺激程度提高太多并不是一件好事。

距离悬赏任务结束，还有3分钟。

悬赏任务完成到这个程度，用了两分钟。在竞速任务中一定要注意计算时间。

"这……这家伙到底是什么人？怎么打不死啊？"

就在这时，在后方观望的"大哥"上前了。

"这家伙还挺禁打。你们退后，我来对付他。"

"哲洙大哥！看样子那家伙应该有背后星！"

"正好，一看就像有很多Coin的样子。"

他手上的拳刺泛着黑色的光泽，材质并非普通钢铁。这小子有背后星吗？戴着拳刺的男人活动着手指关节，发出咔咔的声响。

登场人物"方哲洙"使用了"恐吓"。综合能力值差距过大，"恐吓"无效。

"哟呵，这家伙还挺有魄力啊，完全不尿呢。"话音未落，他的拳头已经挥出来了，这一击精确地瞄准我的下巴。我迅速退后两步，他笑嘻嘻地说："还不错嘛。看来经常运动吧？"

就算没有特殊的步法技能，但只要敏捷等级超过10级，任谁都可以做到这种程度。在鬼怪那儿买完商品后，我把大部分的Coin投资到了自己的能力值上，现在我的体力、力量、敏捷等级总和达到了33级。那么，就让我来看看这家伙有多少能耐吧。

专属技能"登场人物浏览"已发动。

+

< 人物信息 >

姓名：方哲洙

年龄：34岁

背后星：鼠辈的君主

专属特性：冲锋队队长（一般）

专属技能：狗咬狗Lv.2、虚张声势Lv.2

星痕：恐吓Lv.1

综合能力值：体力Lv.6、力量Lv.7、敏捷Lv.6、魔力Lv.2

综合评价：常见的鼠辈，因为运气好才得到背后星的选择。相比于实际的战斗力，他对自己的能力过分自信

+

啊……原来如此。我这才想起来。

"铁头帮的方哲洙。"

"什么情况，你认识我？"

"算是吧。"

他是《灭活法》早期来也匆匆去也匆匆的角色，我已经记不太清了。但我对"方哲洙"这个名字还有印象，他是金湖站"组织"中最蠢的家伙。据我所知，这些家伙原本都该被刘众赫打死的，可为什么活到了现在？

"哎哟，你也是'那类人'吗？看来你也杀了不少人吧？我总觉得你是我的

同类。"

登场人物"方哲洙"发动了"虚张声势"。

"虚张声势",混到一定地位的地痞流氓都有这个技能。面对精神力弱的对手时,这一技能可以削弱对方的战斗力,有着不错的减益效果,但现在的情况可不一样。

"第四面墙"阻隔了登场人物"方哲洙"的"虚张声势"。登场人物"方哲洙"的自信心锐减。

"你在无视我吗?看来你是真的想找死啊。"

似乎是准备扑向我,方哲洙摆出古典式摔跤的姿势,想以此来吓退我。但这也只是虚张声势,因为他没有"摔跤"这个技能。

"别废话了,直接上吧。"

"狗东西!"

这家伙的主要技能是2级的"狗咬狗"。只要不发生混战,他的战斗力根本不够看的。

"去死!"

也许是因为敏捷等级的差距太大,他的攻击一直打不中我,我有些同情地看着他。并不是所有的星座都渴望将自己的化身培养成任务中的"主角"。比如方哲洙的背后星"鼠辈的君主",就是出了名的不爱惜化身。这个受虐狂星座喜欢把容易拿捏的蠢蛋选作自己的化身,还喜欢看到自己的化身被其他人揍成一摊烂泥。这就是"鼠辈的君主"。

星座"鼠辈的君主"很享受。

星座"鼠辈的君主"向你赞助了100Coin。

他的化身都快被打烂了,他还在为对手加油。考虑到有时间限制,我本来打算一击结束,但如果是现在这样的话,情况就有些不同了。

距离支线任务结束,还有2分钟。

那就让我来好好利用剩下的时间吧。

"你个老鼠崽子!"

这人说话都有"鼠辈的君主"的影子,真惨啊。

啪！

"哈哈！打中了！"

虽然方哲洙运气好地打中了我，但我当然没有受到什么伤害，不过是被打到的地方有轻微的刺痛而已。

"怎么回事？！"

还能是怎么回事！现在我的体力达到 12 级，这家伙的力量却只有 7 级。综合能力值每跨过一个整十数都相当于上了一个新台阶。

"现在轮到我了吧？"

方哲洙不知所措，我拍了拍他的脸，然后用上全力挥拳。方哲洙的两颗牙齿被我打掉在地，他惨叫着向后倒下。紧接着，我毫不犹豫地举起尖刺，精准地刺穿了他的手臂。

"啊啊啊啊！"

用尖刺把他的一只手臂钉在墙上后，我开始施加暴行。先是后腰、大腿根，然后是大腿和肋下。我专挑那些最让他痛却又不能让他一下子晕过去的部位进行攻击。

**星座"鼠辈的君主"很享受。**

**星座"鼠辈的君主"要求延长支线任务的时间。**

**支线任务延长 1 分钟。**

这几处，都是我救下的那个女人受伤的部位。

咔咔！咔咔！咔咔咔！血肉飞溅，掉落的牙齿在地上滚动，断裂的关节扭曲成畸形。尽管如此，我还在踹他。

"停……停下！求你了！放过大哥吧！"周围的几个男人惊恐地大喊。

我一一看过他们的脸，然后看向倒在地上的女人。人类是弱小的。但那么弱小的人类，怎么能做出如此残忍的事呢？就凭"世界灭亡"这一个借口，就去杀人、强奸、抢劫。因为本能吗？在更强大的暴力面前，方哲洙的眼神中充满了恐惧。看着他的眼睛，我突然有些好奇。

"为什么那样做呢？"这个问题莫名其妙，所以我没有期待他的回答。但就在我准备再踢方哲洙一脚的瞬间，他瞪大了眼睛。

"王八蛋！你个王八蛋，直接杀了我吧！"看到他的眼睛，我明白过来，他用自己的方式回答了我的问题。那是一种对生命毫无留恋的眼神。是这样吗？原来不是因为本能吗？

方哲洙用沙哑的声音一通乱骂："狗一样，这个狗一样的世界……"

这小子属于早在这个世界灭亡以前就已经绝望的那种人。就像我一样。

距离支线任务结束，还有10秒。

我不再耽搁，朝他的脖子来了一记强有力的踢腿。"喀！"方哲洙吐出一口气，终于昏了过去。

已满足支线任务的完成条件。获得300Coin。

这种程度的话，那家伙也该满足了吧。

星座"鼠辈的君主"十分满足，额外向你赞助了100Coin。

男人们拖着残破的躯体一个接一个地爬过来。

"你……你怎么能做出这么残忍的事……"看到惨不忍睹的方哲洙，他们目瞪口呆，抬头看向我，就像是屠宰场等待被处置的狗一样。

我背起地上的女人，拿好便利店的袋子。无论如何，世界已经灭亡，我必须适应新世界的生活。

"带我去'组织'所在的地方。"

\*\*\*

金湖站本来是刘众赫整顿之后发展为据点的地方。第1次回归时，刘众赫和金湖站组织一起完成了第2个主线任务，也正是因为这样，组织里的人们才能在新世界里找到各自的立足之地。但那是他第1次回归时的事了。第3次回归的刘众赫不一样了。第3次回归的刘众赫，从诞生起就是只想要独吞一切的怪物。

"……就算这样，那小子还是会大致安排好之后再走的。"

"什么？"带路的男人吓了一跳，反问道。

"我在自言自语，这是我的习惯。"

星座"隐秘的谋略家"喜欢你的自言自语。

"啊好的……到了，就在这里。"

互相搀扶的铁头帮成员们停下了脚步。到了没亮灯的站台之下，有一个还通着电的地方。刚一走下楼梯，我就听到了人们吵吵嚷嚷的声音。

"是铁头帮！有人受伤了！"几个人跑过来搀扶方哲洙一行人。人们有条不紊地行动着，也许这里组织的运转比我预期中更加有序。就在这时，我看到几个熟悉的身影向我跑来。

"我的天，独子！金独子！"

幸好，大家看上去安然无恙。

"刘尚雅。"

"真是太好了！真的，真是太好了啊！"

刘尚雅一脸不知该如何是好地站在我面前，我尴尬地主动跟受到惊吓的她握手。也许是这四天饱受折磨，刘尚雅的手背上还有一些细小的伤痕。就在这时，砰的一声，有什么东西撞上我的腿。是李吉永，我摸了摸孩子的头："过得好吗？"李吉永点了点头。可能是挨饿了，他的脸蛋儿都瘪了下去。我从袋子里拿出一个巧克力棒放到他手里。

"独子，你果然还活着，呼……"最后找上我的是李贤诚，也许是这段时间他的能力值有所提升，他上半身的肌肉看起来更加结实了。大概是他保护了刘尚雅和李吉永。

"真的很抱歉，那时候扔下你逃跑……"

"你们当时也是无可奈何。"

"呼，幸好刘众赫说的是真的。"

刘众赫？为什么突然提起他？

李贤诚看了看我，又补充道："那个，刘众赫说你应该还活着……"

"他现在在哪儿？"

"呃，他现在不在这里了。"

不在这里了？

"他昨天离开了金湖站，也就是说……"

没等李贤诚说完，我已经掌握了大致情况。原来如此，果然还是那样发展了吗？那小子真是个急性子。

"这么一看，还有一个人不在呢。"

"啊，部长是在……"

刘尚雅的话被几个突然闯入的男人打断了。但从结果来看，倒也正好。

"都给我让开！"

因为就算不听完她的话，我也马上明白发生了什么事。三四个男人示威一般包围了我，他们手中都拿着锤子或铁棍等工具。几个人的中间站着我熟悉的那个人。

"你！"偶数桥上扔下我逃跑的韩明伍此刻的表情像是见了鬼，看来韩明伍加入了铁头帮，"把他赶出去！这家伙恶毒至极！不能留下他！"

还真是做贼心虚，他可能以为我会报仇，就先气焰嚣张地耀武扬威起来。但是其他几个男人只是面面相觑，没有轻易行动。有点奇怪，队伍以韩明伍为中心，其他人却不听他的话？

"哈哈，韩大哥，幸存者之间应该和睦相处啊，你这是干吗啊？"

"啊，那……那个……"

"你就是今天新来的人吧。"男人们朝两侧分开，中间留出一条路，一个身材修长的男人从中走出。光看他的眼神，我就能感觉到，这是个有背后星的家伙，"很高兴见到你，请问怎么称呼？"

"我是金独子。"

"金独子，原来如此，我是千仁浩。"

千仁浩？好熟悉的名字……我握着尖刺的手隐隐用力。看样子，铁头帮的家伙们都是他的部下。我让这小子的手下折损过半，他来找我麻烦也是预料之中的事。

"和你一起回来的人都告诉我了，听说你打败怪兽，救下了我们组织的人。"

什么？

"各位，请过来一下！我们的组织迎来了一名勇敢的新成员！"

听到千仁浩的话，人们一个个地朝我这儿张望。这才对嘛，就凭韩明伍的个人魅力，压根儿不可能形成如此强大的势力。这群人的真正领导者是眼前这个人。

"呜哇！那不是吃的吗？！"

饥饿的人们将视线锁定在便利店的袋子上。紧接着，千仁浩等待已久似的抓住时机开口："听说这是他专门为我们找来的，真是个难得一见的大好人啊。"随着一声感叹，人们的视线向我集中。抱着孩子的妈妈、伤了腿的老人，都在用恳切的目光看着我。

千仁浩……我好像记起来了。没错，金湖站组织里有这么个人。

**星座"隐秘的谋略家"感到兴奋。**

在灭亡世界中，真正危险的不是像方哲洙那样的家伙。被绝望吞噬而猖狂的人一点也不危险。真正危险的是将别人的绝望作为肥料来滋养权势的人，就像千仁浩这种人。

"欢迎来到金湖站，金独子。"

和我对上视线的千仁浩眼中带着意味深长的笑意。看着他伸出的手，我也静静地笑了。

千仁浩不会知道，现在这一瞬间，决定了他的未来。

## 3

尽管千仁浩把金湖站弄得乌烟瘴气，但星座们并没有提出"悬赏任务"。也就是说，现在还没到处理这家伙的最佳时机。到达金湖站之后，我用了差不多半天时间来了解这里的情况。情报基本都来自李贤诚。

"现在聚集在金湖站的共有 86 人，啊，加上你，现在有 87 个人了。"

"比想象中要少呢。"

"是的，第 2 个任务开始的时候，只有在地铁站附近的人和乘坐地铁的人活了下来。虽然大家都没说，但他们应该都完成了第 1 个任务……"

就算他没说完，我也明白他的意思。只看人们的表情就知道，都是些通过践踏别人的生命才活下来的人。这里的所有人都是杀人犯。

"现在金湖站里大致分为两个组织,不过严格来说,应该是一个组织和组织之外的人。"

李贤诚面色阴沉地看着人群聚集的地方。那是一群用钢管或其他工具来武装自己的男人。一看就知道哪边是"主流组织"。

"信我就行了！我们集团的会长[1]正在想办法,大家很快就会获救的。"说话的是韩景集团老板的小儿子——韩明伍部长。

"韩大哥说得对。大家不要失去希望,我们一定可以出去的。"

而拥着韩明伍的千仁浩,才是真正引领组织的实权人物。他所领导的队伍就是所谓的"主流组织"。

"妈妈,我好无聊呀……不能玩手游吗？"

"再忍一会儿,救援队就快来了。"

"政府一定会行动的,国家可不是那么容易就崩溃的。"

受到主流组织的保护,想尽办法维系生命的其他人,被统称为"边缘组织"。他们虽然是通过杀人才活下来的,看上去意志却十分薄弱。不过话说回来,就算把100个杀人犯聚在一起,也是会有强弱之分的。更何况这些人也许并不认为自己是杀人犯,可能都觉得"杀人"是无奈之举。

看着煽动人群的主流组织,李贤诚说:"食物分配由主流组织决定,地铁站里的便利店和饭店都已经被洗劫一空……目前即食食品的储量已经快见底了。"

"这样啊。"

"所以从昨天起,主流组织就开始挑选几人组一队前往地面寻找食物。之前和我们一起的熙媛就被选上了。"

"熙媛是？"

"啊,熙媛就是你白天救下的那位女士的名字。"

我看向躺在地铁长椅上的女人。也许是因为使用过"艾拉猴的肺脏",她的脸色看起来比早晨好了许多。

---

[1] 会长：在韩国,该词用于公司职务时代表最高位阶的董事长。

"被派去找食物的人里，只有她一个掉队了吗？"

"不止，其实早上还有几个人也出去了，但只有边缘组织的人没能回来。"

"没能回来？"

"是的。"李贤诚再次露出悲痛的表情。我大概明白金湖站的秩序是如何维系的了。我用力按住李贤诚的肩膀，上手一摸就知道，他的力量等级应该超过了10级。不愧是"钢铁剑帝"。

"怎……怎么了吗？"

"以你的实力，应该会被主流组织邀请吧，怎么没加入他们呢？"客观来看，李贤诚的战斗力超过方哲洙，千仁浩不可能想不到他。

"啊，那个……"李贤诚尴尬地挠挠脸，继续说，"虽然我也说不清楚，但就是觉得应该拒绝他们。尽管我不懂什么高尚的道德和伦理……但能感觉到那伙人的做法是'不正确的'。"

不正确的……不是什么了不起的回答，但我能感受到他的真心。不愧是李贤诚。

"请不要忘记你的那份心意。"

因为只有这样，我才能继续相信你。

"咕噜噜。"不知从哪里传来了可爱的声音，回头一看，原来是刘尚雅和李吉永在后面看着我。他们的表情就像是嗷嗷待哺的小鸟，我不由得苦笑了一声。

"这么一看，已经到晚饭时间了，都饿了吧？来，每人拿一个。"我把从便利店拿来的食物给大家一人递了一个。

"啊，真的吗？直接给我们吗？"

"虽然这次是免费的，但从下次起就要收钱了。"

"什么？多少钱……"

"大家都有Coin吧？每个食物10Coin。"

"那……"

刘尚雅和李贤诚面露惊讶，他们的表情好像在说"真没想到你会这样"。

"那是当然，我现在就付钱吧，不需要免费的。"让人吃惊的是，这句话出自熙媛之口，她刚才还躺在长椅上，此刻似乎已经清醒了，"我是郑熙媛，谢谢你早上帮了我。"

"客气了。"我对她的第一印象是柔弱，但现在看来，那应该是我的偏见。

"刘尚雅、李贤诚，请你们打起精神来，这个时候你们不该露出那种表情。这些食物全是他冒着生命危险带回来的，你们不会是想免费拿吧？"毫不犹豫地说完自己想说的话后，郑熙媛的脸上几乎没有任何表情。

"啊……"这时候才回过神似的，刘尚雅的脸红了，"是我考虑不周了，对不起。当然要给钱的……没错。我也不想免费拿，不想依附任何人。"

"我和刘尚雅想的一样，我现在就付 Coin。"

这几人出乎意料的反应让我有些吃惊。果然，就算是在末日之后，也不会只剩同一种类型的人了吧。

"如果你们坚持的话……好吧，大家都知道 Coin 的交易方式吧？"

"嗯，几天前学到的。双方对上食指，嗯，然后……"

"然后只要在心中默念要交易的 Coin 数就行了。"

郑熙媛先来，接下来是刘尚雅、李贤诚，他们每人都拿走了一个食物，付给我 10Coin。幸好他们都没有对我的提议产生太大的抵触。虽然现在看来，我的行为似乎太过冷酷无情，但用不了多久，大家就会明白我的做法是正确的。

极少数星座对于你不是"冤大头"的事实感到安心。

极少数星座向你赞助了 100Coin。

因为，这就是在这个该死的世界里生存的方法。

"李吉永"向你支付了 20Coin。

"嗯？你多给了 10Coin 吧？"

"这是我白天吃的巧克力棒的钱。"说着这话的李吉永表情相当坚定。

极少数星座对化身"李吉永"产生兴趣。

也许最快适应新世界的不是成年人，而是小孩子。

咔嚓咔嚓，李贤诚嚼着能量棒问我："独子，你之后也会和我们一起吗？"

"啊，那个……"

"金独子。"叫我名字的并不是李贤诚，我回头一看，原来是以千仁浩为首的主流组织。是啊，他们也该来了。

"能和我聊一下吗?"一行人中还有牙齿不剩一颗、怒视着我的方哲洙。我眯着眼睛看回去,他立刻转头避开我的视线。这人也不过如此。

"好,那就聊聊吧。"

听到我的回答,千仁浩满意地点点头:"可以请其他人暂时回避一下吗?我想和他单独聊聊。"

"啊,那我们就……"

"不了,没什么好回避的,大家一起听吧。"听到我的话,本打算离开的几人都犹豫着停下了脚步。

千仁浩的眼角抽动了一下:"嗯,这样吗?行吧……这样也行。"让他们听也无妨。千仁浩看似从容。他擦了擦长凳,一屁股坐下。铁头帮的人从两侧站出来给他递烟、点火。这小子估计是电影看多了。

"我看你好像不喜欢拐弯抹角,那我就直奔主题吧。"

"请说。"

"请加入我们的组织。"

果然是我意料之中的提议。

"以你的实力,我可以给你很高的地位,希望你能和我们一起引领组织。"

"为什么偏偏找我?"

"理由你应该很清楚吧?"千仁浩瞥了一眼遍体鳞伤的铁头帮打手们,继续说,"作为从怪兽那里拯救了大家的英雄,你应该获得相应的地位。"

还真是会换个角度看问题。打不过就想办法利用我是吧。

"如果我拒绝呢?"

"拒绝?真有意思。我没考虑过这种情况。"千仁浩笑着向我吐了一口烟,"金独子,我不是在拜托你,而是你有这个义务。难道你看不见那些可怜的人吗?"

脸上脏兮兮的人们小心翼翼地看向这边。有饿着肚子哭泣的孩子,还有筋疲力尽的老人。

"这不是什么特别的大道理,我只是为了让所有人活下去,才会来找你合作。你明明有那样的实力,不是吗?"

"你到底想要什么？"

"我需要一个能成为hitman（杀手）的人。"

hitman？

"直到几天前，这里还有一个这样的人。他还教会了我们怎么独自收集食物、怎么在药水站方向的隧道中打猎。虽然准确地说，是我们偷偷观察他才学到的。"不问也知道，他说的是刘众赫，"但是就在昨晚，他突然离开了。"

"所以你需要能代替他的人？"

"能把哲洙弄成那样，已经充分证明了你的实力。"

听到这话，李贤诚和郑熙媛瞪大了眼睛。直到现在，他们才知道这到底是怎么一回事。

"对你来说没有任何坏处。你会成为人们的英雄，并且和我们一起成为组织的领导者。大家都会喜欢你的，并且……"

"对不起，我做不到对谁负责，也没有加入你们组织的打算。"

"嗯哼，这样吗？"

"最重要的是，你们管理组织的方式不适合我。"我扫了一眼脸色红润的铁头帮成员和面如菜色的边缘组织成员，尤其是郑熙媛瞪着千仁浩，像是在看不共戴天的仇人。

"这样吗？那就没办法了。但是，如果你改变了想法，欢迎随时来找我。"

"那是不可能的。"

"哈哈，那可是要再看看才知道呢。"

没过多久，我就体会到了千仁浩话中的深意。铁头帮离开后，在一旁等候的边缘组织成员一拥而上，他们不管三七二十一地大声质问我："喂，传闻是真的吗？"

"你真的独占了食物吗？"

"跟大家分享都还不够的情况下，你竟然选择私吞！"

"不是说是大家一起找来的吗，凭什么你独享？！"

"把食物交给仁浩！然后公平分配！"

我大概清楚这是怎么一回事了。人群之后，千仁浩面带微笑，他用口型对我说：请做出选择。

是分享食物，成为英雄，还是独占食物，成为恶人？如果选择前者，我就会落入千仁浩的圈套。因为既然已经分享了，我之后就只能和组织成员一起去寻找食物，总有一天会被他们背后捅刀。相反，如果我选择独占食物，就会立即被组织孤立，变成只身一人。

少数星座眼睛一亮。

星座"隐秘的谋略家"嗤之以鼻。

看到人们的愤怒情绪已经被调动起来，千仁浩站了出来："啊，各位，大家都冷静一点，你们好像误会了，独子不是那样的人。"

哟呵，来套路我了？

"他已经决定加入我们了，所以他会把今天带来的食物交给主流组织以进行公平分配，他还答应今后会为了各位，与我们一起行动——"

他这话似乎是笃定我会选择加入，我实在听不下去了："够了。"

我短暂地思考了一会儿，如果是刘众赫，他会怎么做呢……啊，这样吗？那小子已经不在这里了，这应该就是他的答案。但我不是刘众赫。

"当然了，我会和大家分享食物。"

听到我的话，千仁浩勾起嘴角。别人把话说完之前，得听下去才知道啊。

"但不是免费的。"

虽然我不会像刘众赫那样撒手就走，但我也没法做到对所有人负责。可以分享食物，但不免费。人们似乎暂时还没懂这句话的含义，露出困惑的表情。

"什么意思？什么叫不是免费的……"

"简单来说，我没打算独占食物，但我也不会把食物交给千仁浩的组织。我不是志愿者，而且也不相信他们。"

我笑了，指着千仁浩的方向说："我想和大家进行交易。也就是说，希望能以适当的价格，把食物卖给各位。"

"卖……卖食物？"

"那是什么意思？！"

"多……多少……要多少钱呢？"

远远地，我看见了脸色僵硬的千仁浩。我迎着他的视线，笑着说："不，我只收 Coin。"

***

不一会儿，身边只剩下几个和我相熟的边缘组织的人。

"那个……独子，你刚才的决定真的没问题吗？"

"喊，世界上哪有免费的午餐？独子，你刚才说得很好，我听着都觉得痛快。"听到李贤诚的担忧，郑熙媛顶嘴道。

发表"交易宣言"后，车站里的人们离我而去，估计大家都非常失望吧。

"我也同意熙媛的话，这里的人已经被主流组织驯服了。"

"没错，那群王八蛋……现在整个金湖站都被那些家伙掌控了，其他人就像牲口一样，吃他们给的食物，偶尔也会像被带去屠宰场一样被抽调到侦察队。就像今天早上的我遭遇的那样。"郑熙媛气得浑身发抖。

实际上，一直以来真正独占食物的不是我，而是主流组织。他们一直以"公平分配"为借口来独占食物，还把食物当作饲料去驯服其他人。相信自己被保护时的人类最为软弱。如果一方建立了一边倒的权威，另一方的人就会不自觉地开始依赖、服从。

"我也同意，我相信你今天的宣言意义重大，人们必须拥有自我意识，只是……"听到李贤诚的话，大家都将目光转向食物，"一个都没卖出去啊，会不会是 50Coin 的定价太高了？要不改成和卖给我们一样的 10Coin 怎么样……"

李贤诚这样想也不是没有道理。边缘组织的人们都在观察主流组织的眼色，丝毫没有往这边靠近的意思，但他们现在只是需要时间罢了。我沉稳回答："再等一会儿吧。"

没多久，天黑了。地面上巨型怪兽的脚步声时不时传来，地铁站里做噩梦的人不断说着梦话。李吉永和刘尚雅已经睡着了，郑熙媛也点着头打瞌睡。

"独子，你也睡一会儿吧，我来守夜。"

"不了，我没事的，贤诚，你先睡吧。"

"但你应该很累吧。"

"我有事要做。"

"有事?"

我指向李贤诚身后。让人吃惊的是,他的身后出现了人影,还不止一两个。

"那个……你的食物还卖吗?"

终于,人们开始行动了。

## 4

到了第二天早上,我带来的食物几乎全部卖完了。郑熙媛难以置信地抖了抖塑料袋。

"我的天啊,全都卖完了吗?"

"嗯。"

"哈,真搞笑。他们之前都只是互相看眼色,最后还不是……"

"不,也不全是被边缘组织的人买走的。"

深夜里找上门的顾客不只是边缘组织的成员。

——金独子,你做了最糟糕的选择。

千仁浩也来过。

——你会后悔的。

一半以上的食物被主流组织买走了。当然了,账算得清清楚楚的。

听到这里,郑熙媛大发雷霆:"等一下,那不还是让主流组织再次独占了食物吗?"

"可以这么说吧。"

"不是,那该怎么办啊?你不是打算通过鼓励交易来削弱主流组织的力量吗?"

出乎意料的洞察力。我有些赞叹地答道:"没错,我的确也有这个意图,我希望人们能自主行动。"

"那样的话,你就不应该把食物卖给主流组织啊,不是吗?这样不就相当于没有任何变化了！"

"有变化啊，我赚到了 Coin。"

"什么？"

而且足足赚到了 1450Coin。只用了一个晚上，就让我有了一笔可观的收入。

"不是……独子，你到底在想什么？尚雅，我们真的可以信任这个人吗？"

突然被点名的刘尚雅愣了一下，然后莞尔一笑："我相信他。"

这话就让我有点为难了。

"独子，就算这样，你总该留下了自己要吃的食物吧？"

"没有，全都卖出去了。"

郑熙媛无语地张着嘴。就在这时，有什么东西戳了一下我的脸。我转头一看，是一根长条饼干。

"嗯？让我吃吗？"

李吉永点点头，样子十分可爱。我微笑着收下饼干，放到他嘴里。

"不用，你吃吧。啊，既然说到这儿了……各位，昨天你们买下的食物都有剩吧？"

"嗯，有剩的。"

"我也剩了一点。"

"怎么？你要买回去吗？那我要高价出售。"郑熙媛开玩笑似的晃了晃手里的饼干。

"我不买，请大家从现在起尽快吃完吧。"

"什么？"

"今天之内，请全部吃完，务必要这么做。"我反复强调，"不然你们会后悔的。"

"为什么？……不是，等等，尚雅，你在干什么？你怎么这么听他的话？"

"独子这么说肯定有他的道理。"刘尚雅已经撕开一个饼干包装袋，默默地吃了起来。李贤诚似乎也不明白我的用意，但还是先撕开了包装。而李吉永在我说话时就已经开吃了，真是个乖孩子。

"啊，总觉得不放心……我还是留一个吧。"

"请便。"听到郑熙媛的话,我耸了耸肩。反正之后要后悔也是她自己的事。

差不多到了中午,主流组织声称要发表重要讲话,千仁浩把人们召集到站台中央,说:"从今天起,将限制食物供应,每人每天三块饼干,然后——"

千仁浩的话还没说完,人们就闹起来了。

"什么?就三块饼干?吃这么点怎么够啊?!"

"对啊!侦察队那群王八蛋比其他人分到的多吧?你以为我们不知道吗?"

面对这句突如其来的脏话,千仁浩平静地笑了:"说得没错,的确,侦察队分到的更多。所以,如果想获取食物,就请加入侦察队吧。"

"加入侦察队的人几乎没有回来的!每次回来的都只有铁头帮的家伙!"

"你是要让我们去送死吗?"

面对情绪激动的人群,千仁浩依然保持从容:"没回来的人只是运气不好罢了,各位也知道外面很危险。如果不满意的话,各位就请自己去找食物吧,怎么样?"

"那……那个……"

人们都闭上了嘴。所有人都明白,现在出去必死无疑。

千仁浩像是在安抚他们似的,继续说:"啊,当然,即使不加入侦察队,也有办法获取食物。"

"什么办法?"

"交易。不论你们拥有什么,只要我们认为物有所值,就会和你们进行交易。因为每个人能提供的东西都不一样,对吧?"

有几个人被千仁浩冰冷的视线扫过,开始瑟瑟发抖。那是昨天来我们这里买食物的几个人。

**登场人物"千仁浩"发动技能"煽动 Lv.2"。**

千仁浩果然有"煽动"技能。也对,只要是组织的领导者,就都有这个技能。问题是他想煽动什么。

"我本来不想做到这种程度的,但昨天独子给我上了一课。是的,各位,这世上哪有免费的午餐?如果想要食物,就必须证明自己的价值,这是理所当然的嘛。哈哈,谢谢你告诉我这么有用的道理,独子。"

瞧瞧这一手。

一时间，人们的视线都集中到了我身上，大多带着埋怨的情绪。

"都是因为那家伙……"

没想到他竟然用这种方式把敌意转移到我身上……看着千仁浩转身走回防水布围成的据点，我想：比起忠武路或首尔站的那些家伙，他这种程度只是"可爱"的水平罢了。已经能听到聚集在防水布前面的人们试着讨价还价的声音了。

"我……我要用 Coin 买，多少钱？"

"200Coin。"

"什么？但我没有那么多 Coin。"

"那就滚吧。"

200Coin 换一个食物，鬼怪听到这种暴利都会晕过去。一个在据点前卖食物的铁头帮成员看到我后吓得一个激灵。从他大腿上缠着的绷带来看，他应该是昨天被我揍过的人之一。

"昨天我向你道谢了吗？"回头一看，郑熙媛站在离我很近的位置。

"好像说过了。"

"但我还想再说一声谢谢。"

我正思考这句话的含义，郑熙媛的眼睛死死地盯着一个瘸腿的铁头帮成员。

"那边那个瘸子，昨天想强暴我。但他没成功。"

"……原来如此。"

"我会亲手杀掉那个王八蛋，你不要动他，知道了吧？"她眼中涌动的杀气令人印象深刻。能说出这种程度的话，她应该受到了背后星的选择吧，她属于特性觉醒得比较晚的那类人吗？

**专属技能"登场人物浏览"已发动。**

使用这个技能时，我有点担心。如果按照原著，她也是我不救就会死的人，那么"登场人物浏览"中还会不会登记她的信息呢？

+

< 人物信息 >

姓名：郑熙媛

年龄：27岁

背后星：无（目前有3个星座对她感兴趣）

专属特性：潜伏者（一般）

专属技能：鬼杀 Lv.1、剑道 Lv.1

星痕：无

综合能力值：体力 Lv.4、力量 Lv.4、敏捷 Lv.7、魔力 Lv.4

综合评价：拥有巨大潜力的"潜伏者"。特性尚未觉醒，无法确认特性信息+

好在特性视窗顺利出现。也就是说，她的情况和刘尚雅、李吉永与韩明伍不同。说不定她本来是原著中有用处的人物，但不知道为什么被作者抛弃了。话说回来，她的专属特性十分有趣。"潜伏者"，看起来好像没什么大不了的，但这个特性其实是《灭活法》中为数不多的"超进化型特性"之一。虽然现在只是"一般"的级别，但如果遇到契机，这个特性一定能进化为"稀有"级，甚至还有可能达到"传说"级。

《灭活法》最强一百人中的"疯狂的屠杀者"也是从"潜伏者"进化来的。郑熙媛，本以为她只是个路人，但现在，我可能要考虑是不是要把她选为同伴了。尽管她的专属技能"鬼杀"有些隐患，但只要好好培养，她将会成为超强的 hitman。

"但是独子你看起来特别沉稳呢。"

沉稳……的确，看起来可能是这样。

"我平时经常在小说里看到这种情节，所以比较熟悉而已。"

"啊？你看你说的像话吗……等一下，你要去哪儿？"

我没有回答，而是来到站台下面。郑熙媛似乎是想和我一起下来，我见状伸出手。

"不用。"郑熙媛摆了摆手，跳下站台。我们沿着铁轨往前走，看了看通往药水站的隧道路口。一片漆黑，看不清内部情况，但能闻到浓烈的气味。是血腥味。

"你不会是打算去那里吧?"郑熙媛问我,"往那边走的人都死了。不论是混混还是其他人,只要走到那里面,就一定会死。"

她说错了,并不是所有人都死了。至少有一个人,已经打通了这条路,进入下一个地铁站了。我们又爬上了站台。过了这么久,想交易食物的人还在排着长队。对主流组织表示抗议的几个人遭到殴打,还有一些人不惜以不合理的代价购买食物。在目睹了边缘组织的几个年轻女人偷偷绕到后方进入防水布之后,郑熙媛的愤怒爆发了。

"啊,烦死了,你看到了吗?"

"看到了。"

千仁浩说过,"不论什么"都可以用来交换食物,但刚才进去的女人们手上什么也没拿。

咬牙切齿的郑熙媛突然站了起来:"我不能就在这里看着那种事发生。"

"你打算怎么办?"

"当然要去阻止她们了,不管怎么说,我都要告诉她们这是不对的!"

"那样的话,她们就会挨饿吧。"

"你的意思是让我干看着他们的这些勾当吗?"

"是的,这次最好还是看着吧。"

"你到底什么意思啊?"她的声音带着几分微妙的轻蔑。我没有回答,而是静静地望着防水布。那之后不知过了多久——

"一群疯子,以为我们会接受那种破事吗?"

女人们骂骂咧咧地走出千仁浩的据点,幸好,看样子郑熙媛担心的事没有发生。和我在《灭活法》原著中读到的一样。

"哈哈哈,如果改变了想法,欢迎随时来找我!"

在末世中,伦理道德的崩溃速度并不是固定的。就算成了杀人犯,犯罪也不会立即成为人们的日常。

郑熙媛惊讶地眨着眼,她问:"难道……你早就知道会这样吗?"

"是的。"

"你相信那些人?"

我没有回答。我并不相信人类什么的，我只是相信我读过的小说情节而已。但郑熙媛不知道我内心的想法，她继续说："那也是万幸，至少她们还有最起码的自尊心——"

"只是现在还有。不过是她们还没有那么迫切吧。等到晚上，又会发生类似的事。"

刚才发生的事也在边缘组织中泛起了涟漪。不用说，不久前的几个女人，就连那些在心中衡量自己拥有的东西的价值的人，也在不停地往防水布的方向偷瞄。人类为了生存而抛弃自尊心的过程不需要多久。

郑熙媛咬牙切齿地宣布："到那时，我会拦着不让她们去的。"

"拦住她们不是最好的办法。"

"我知道，但是——"

"刚才进去的人之中，还有孩子的母亲。如果孩子饿死了，你会对孩子的死负责吗？"

郑熙媛的眼角抽动着，她低下头，似乎是不想让我看见她的表情。

"那……那到底该怎么办啊？"

*登场人物"郑熙媛"被你的逻辑影响。*

*登场人物"郑熙媛"感受到道德观的混乱。*

我静静地看着低下头的郑熙媛。为了提前防止她可能做出的一些突发行动，我必须花时间说服她。郑熙媛是拥有"鬼杀"的"潜伏者"。根据自身选择的行为，郑熙媛也有可能会进化成杀人狂魔。

"郑熙媛，问题的核心还是'食物'。因为食物被一方独占，所以才会发生这种情况。"

"的确……是这样。"

"那么，只要消除问题的根源就行了。"

"……什么？"

我没有回答她，只是看了看时间。差不多该出现了吧。

滋滋滋滋！嗯，出现了。空气撕裂，熟悉的小东西现出身形，惊叫声从四面八方传来。那是拉开一切悲剧幕布的人类噩梦。

"那个……大……大家都过得好吗？最近这段时间一直都是'免费'的吧？"是鬼怪。

"呃，哇啊啊啊！"至今还不适应鬼怪存在的人们，因为它的出现而陷入恐慌。也是，因为自从鬼怪出现后就没发生过什么好事。就连性子刚烈的郑熙媛都瞬间惊得一个激灵，这已经足够说明人们对鬼怪的态度了。

暂且不说这个……那不是鼻荆呀？

"原……原先负责这个频道的鬼怪受到了惩罚……所……所以这次的任务由我来负责。"本来负责这片区域频道的鬼怪是鼻荆，但眼前的鬼怪从外观上就和鼻荆不同。与长着白毛的鼻荆不同，它的茸毛是黑色的，"但……但是……各位，你……你们看起来很平和啊？鼻……鼻荆这家伙，之前还在我面前显摆，就这任务难度……"

"你来这里是想说什么？！有事说事！"

"嘻……嘻嘻，别生气。各位，总……总之，我是为了你们才来的……"

"为了我们？那……那就给我们吃的！"

"吃……吃的？啊哈……吃的嘛……"话音刚落，鬼怪的手动了——

新增惩罚任务。从现在起限制食物储备。现有的存粮将消失。

"哦，哦哦！什么啊？！"人们大叫着，赶紧掏出存粮试图立刻吃掉。但是，无论是主流组织的人还是边缘组织的人，他们所有能被称为"食物"的东西都飘向了空中。

"嘿……嘿嘿，但是各位，这样可不行。任……任务已经开始了，各位应该想办法完成呀。"

嚓嚓嚓！罐头、饼干、能量棒等，随着鬼怪一个响指，人们收集的存粮都被打成粉末四散飞扬。看到食物在眼前消失，人们又惊又慌地瘫坐在地。

"怎……怎么只想着吃？真是一群地……地球垃圾……"鬼怪忽然变了语气，我好像想起这家伙了——原著中有一个这样的鬼怪，说话小心翼翼地，做的事却比任何鬼怪都残忍。

远处，千仁浩正用困惑的眼神看着我。

"那……那么从现在开始，请玩得更有趣一点吧，各位，嘿嘿……"紧接着，空中出现了系统通知界面。

新增惩罚任务。

新增"生存费"项目。从现在起,每日零点自动收取100Coin"生存费"。若无法缴纳,你将会死亡。

"生存费"惩罚将持续到第2个主线任务完成为止。

看着眼前的通知,我扑哧一声笑了。对呀,这才像《灭活法》嘛。

# Episode 5
# 黑暗守护者

## 1

"那……那就请各位好好表现喽！嘿嘿嘿嘿。"说完这句话，鬼怪就消失了。

食物惩罚，再加上生存费惩罚。前者是我已经知道的惩罚，而后者虽然非常符合《灭活法》的设定，但从未在原著中出现过。只能推断为可能是我和鼻荆缔结的契约对剧情发展造成了影响。

确认口袋里的饼干消失后，郑熙媛茫然地问："独子，我不确定，也只是问一下，你是不是早就知道会——"

"我的确预料到了。我想过鬼怪会最先用什么手段来折磨人类。"

"……你可以去当算命先生了吧？"

我叫来李贤诚他们几人。前戏都铺垫好了，我们也该有所行动了。

"把食物还给我们！"

"怎……怎么会有这种事？！"

边缘组织的人们哭天喊地。突如其来的食物危机让千仁浩和主流组织也变得不知所措起来。和我对上视线的千仁浩紧咬着嘴唇。"难道……他早就知道了？不，这怎么可能？！"如果我能读他的心，应该会读到他这样的想法。

你准确读懂了登场人物"千仁浩"的内心活动。你对登场人物"千仁浩"

的理解度有所提升。

还能通过这种方式来提高理解度吗？我试图通过观察其他人的表情来揣测他们的想法，但刚才那样的通知并没有轻易出现。在这段时间内，千仁浩迅速地平定了混乱局面，召集人群集合。

"请各位都到这边来，我要发布一则紧急通知。"千仁浩的通知内容十分简洁，大概是说由于情况恶化，需要从边缘组织中抽调更多的人参加侦察队。他肯定是心急了吧，毕竟地铁站里已经没有任何吃的了，"从今往后，我不会给不加入侦察队的人分配食物。"

尽管他发表了态度强硬的通知，但人们并没怎么反对。在这种情况下，这应该是理所当然的结果吧。原本只是在观望形势的人们一个接一个地申请加入侦察队。因此即便是食物都消失了，千仁浩的脸上还留有希望。情况越是危急，主导权就越会向主流组织倾斜。

李贤诚忐忑不安地看着这一切，然后开口道："独子，我们现在怎么做才好？"

"当然要去寻找食物了。"听到这句话，大家的表情都变得紧张起来。因为"寻找食物"只有一个意思。

"我们还是得加入侦察队吗？现在只有地面上才有吃的。"

"不，我们不去地面，去那边必死无疑。"

地铁站各处散落着备用的防毒面具，这种破破烂烂的装备绝对无法抵挡毒雾的侵袭。

"但是要想得到食物，就必须得去地面……"

"李贤诚，世界已经改变了，那我们吃的东西也该有所变化。"我看向通往药水站的隧道。

"等等，独子……难道说？"

"没错。"在这个世界，人类不再是顶级捕食者。但不是捕食者，也不意味着我们就必须成为猎物，"我们要去捕猎怪物。"

***

不久后，我跟几个边缘组织的人站在了通往药水站的隧道前。

"这样啊，你们打算去铁轨那头吗？"本以为千仁浩会因为我拒绝加入侦察队来找我的麻烦，但他反倒像是因为我要离开组织而感到安心。说不定他是觉得我会威胁到他的权力吧，"也是，长远来看，我们的确需要负责攻略任务的小分队。各位还请路上小心。"可笑的家伙，听他这语气，就仿佛自己是队长似的。不过，现在留给他的时间也没剩多少了。

你对登场人物"千仁浩"的理解度有所提升。

你对登场人物"千仁浩"的理解度达到一定水平。

是这样吗……我现在总算明白了，对登场人物的"理解度有所提升"，大体上需要符合以下两种情况之一：一是得到登场人物的好感或信任时；二是准确揣测登场人物的内心活动时。现在应该属于后者吧。

登场人物"千仁浩"怀疑你的真实意图。

而且，随着理解度不断累积，我好像还能知道人物的大致想法或情绪。

"啊，既然各位要去隧道里，那能顺便带上我们组织的一个成员吗？我们也想得到和攻略任务有关的情报。"

果不其然，千仁浩不可能这么轻易地放我们走。我看见一个男人畏畏缩缩地从人群后面走出来。要和我们一起去的偏偏是那个人，他也真是够倒霉的。

"一……一定要让我和他们一起吗？"

"哎呀，韩大哥，你现在这是什么意思啊？你不是从昨晚开始就一直跟我说想同独子和解吗？"

"那……那个……"千仁浩派来和我们同行的不是别人，正是韩明伍部长。

"那个……独子，如果你觉得可以的话，我就一起……"

"好，那就一起去吧。"我爽快答应后，韩明伍一脸惊讶，他肯定以为我会拒绝吧。虽然我身边的李贤诚面露担忧，但我这样做是有自己的想法的。总之，就这样，我、李贤诚、李吉永和刘尚雅，再加上韩明伍，总共五人，3807号车厢的幸存者小队再次组成。

"我也能一起去吧？"

"……你的身体还没好转，确定可以吗？"

"这点小伤，完全没问题。"再加上郑熙媛，我们组成了一支六人小队。人数说多不多，说少不少。

黑暗中，怪物发出"呼噜噜"的声音……当然了，在即将到来的危机面前，人数的多寡并没有太大差别。

*收到新的支线任务。*

+

<支线任务：获取食物>

类别：支线

难度：E

完成条件：亲自猎杀可作为食物的怪兽，并对其进行烹饪

规定时间：无

奖励：500Coin

失败惩罚：？？？

+

踏进隧道的一瞬间，我们就收到了支线任务。"获取食物"——这是进入第2个主线任务之前必须完成的支线任务。

*少数星座期待你的活跃表现。*

不出十步，隧道中就已经是一片漆黑了。虽然我们用手电筒来照明，但也完全看不清四周的情况。这说明有一面屏障阻隔了光线，而真正的威胁就在屏障的另一侧。

"独子，等一下，从这里开始就真的很危险了。"走在我身边的郑熙媛率先停下了脚步，"你不会打算就这样进去吧？怎么看都是自杀行为啊，更何况这里还有吉永呢。"

"其实我从刚才起也很担心这个，现在还来得及，不如送吉永回去再出发吧？然后如果可能的话，女士们也……"

"李贤诚，我虽然没你那么厉害，但我也很能打的好吗？我以前还学过剑

道呢。"

"但是……"

眼看气氛就要因没必要的争论而变得紧张时，我适时打断了他们的对话。

"李贤诚，我刚才不是说过了吗？世界已经变了，认为女性身体柔弱是一种偏见。现在无论是谁，都能通过提升综合能力值变得强大。还有，郑熙媛，你的话也有问题。"

"……什么问题？"

"正如女性不一定柔弱，孩子也未必就弱小。吉永，给大家看看吧。"

李吉永站到前面，短暂环视了隧道地面一圈之后，他坐了下来，伸出手。

郑熙媛瞪圆了眼睛："天啊，那是什么？"

"我……我去！那不是蟑螂吗？！"韩明伍吓得大叫起来。

沙沙沙，从蟑螂到李吉永的指尖，仿佛连着一条若隐若现的线。蟑螂就像变成了顺从的小狗一样听李吉永的话，然后消失在了黑暗中。

"我的特性是'昆虫收藏家'。"李吉永拥有稀有的能力，他能通过使用"多元交流"这一技能，与昆虫进行简单的交流，"它说前面什么都没有，从这儿往前一百步都是安全的。"

看到李吉永展示的超强侦察能力，大家都张着嘴说不出话来。李吉永则是一副机智的表情，对其他人说："虽然非常感谢大家的关心，但我不是为了让哥哥姐姐们帮我才跟来的。"

"呃，好吧。"郑熙媛不情愿地点了点头。

李吉永来到我身边，我摸了摸他的头。我从没在《灭活法》的原著中看到过李吉永这样的特性。看来我在开始的时候救下他的选择并没有错。我们穿过结界，进入真正的黑暗。

*进入危险区域。*

"刘……刘尚雅，太危险了，你牵着我的手走吧。"

"……部长，您好像比我更害怕吧？"

"才……才没有！"

屏障内部的空气湿度极高，黏糊糊的。

"把光调暗一点吧。"

听到我的话，刘尚雅立刻用手挡住了手电筒。这种手电筒没有灯光调节功能，只能用手来调节光线。

"呜哕……别照地面。"确认完地面，郑熙媛发出一声干呕。那是被撕碎、啃食的一堆尸体。遍地都是那些不知天高地厚就试图前往药水站方向的人的尸身。刘尚雅双眼紧闭，韩明伍瑟瑟发抖，就连胆子很大的李贤诚也在沉吟着。李吉永出乎意料地从容，这孩子脸上没有丝毫恐惧。我有些不放心，这小子不会以为这都是游戏吧？

"有些尸体不是人类的。"正如李吉永所说，地上不只有人类的尸体，还有散落四处的怪物尸体，它们的体型近似成年狼般大小，形似前爪发达的鼹鼠。是9级地下怪兽——蝼蛄。虽然它们的名字很容易让人联想到地球上的某种昆虫，但名字不过是一个称呼而已。蝼蛄好比地下的食人鱼，它们成群结队地挖凿地道，是种死盯着食物的固执捕猎者。但这里的蝼蛄们却像是遭到过炮轰一样，倒地不起。

郑熙媛叹息似的说："……这到底是谁干的？"

不用说，这儿附近只有一个人能把蝼蛄弄成这样。刘众赫——那家伙一个人打通这条路，去了下一站。但我有些惊讶，第3次回归的刘众赫去下一站的时间本应该是今天傍晚或者明天。他为什么那么急？是变得急躁了吗？因为什么呢？

"独子，用这个的话，我们是不是就能完成任务了？"

"任务内容里说要'亲自'猎杀怪兽，这些估计不行。"

"……也是，确实不是那么回事。那该怎么烹饪呢？用火烤就行了吗？"

确实是用火烤就行。但问题是，必须得是特殊的火。

"先不说那个了，熙媛，你说过你擅长剑道吧？"

"呃，其实也说不上擅长……你在干什么呢？"

我把尖刺扎进蝼蛄的尸体，然后开始用小刀切割。读小说的时候还不知道，果然就像我想象的那样不顺利，但我还是想方设法地剥除了它坚韧的表皮，成功让内部的脊椎骨露出来了。因为我是第一次做这件事，留下了很多瑕疵，但至少能凑合着用吧。

"你弄这个是打算用在哪儿？"

"想使用剑道的话，就必须要有刀。"[1]

虽然不如石猪的尖刺，但蝼蛄的脊椎也能成为重要的武器，尤其是把脊椎骨之间的缝隙接合在一起后，在初期足以成为一件不错的装备。将连接腿部的软骨全部切除后，我开始进行定型，也就是把脊椎骨固定成一把长刀的形状。我把成品递给郑熙媛。

"谢了，突然有种回到旧石器时代的感觉。"

"再打磨一下才好用。周围有石头的话就磨一下刃吧。"

"哈哈，知道了，酋长大人。"郑熙媛的声音略带兴奋，她立刻开始磨刀。

看到这幅景象，李贤诚可能有些羡慕，他看向我这边。

"也给你做一个吗？"

"啊，也要给我做吗？"

"请大家都过来，掌握这个的做法还是很有必要的，大家一起来试着制作一下吧。"虽然我也是第一次尝试，但如果不是《灭活法》中详细描述了如何屠宰怪物，可能我连想都不敢想。《灭活法》没人气的原因？很简单，因为作者酷爱抠设定。

"……独子，虽然从你的手法来看你应该是个新手，但很奇妙，总感觉你做得很好呢。"

大家都蹲坐下来一起制造武器。这次我们做的不是刀，而是矛。毕竟除了郑熙媛，其他人都没有"剑道"技能，所以使用攻击范围更广的矛更保险。我把用最大的蝼蛄脊椎做成的矛给了李贤诚，普通大小的给了刘尚雅和韩明伍。最后，我给李吉永做了一把插有小蝼蛄头骨的钝器。

成功用自己的力量获取武器。极少数星座对人类的原始本能产生兴趣。星座们向你赞助了 100Coin。

这次的通知是大家一起收到的。

---

[1] 日本和韩国的"剑道"源于中国。起初并未区分"刀"和"剑"，常以"刀剑"合称。后来各自发展了"剑道"，所用武器皆为"刀"。韩国以"朝鲜刀"为主，日本以"日本刀"为主。

"星座还会因为这种事给我们 Coin 啊?"

"天无绝人之路嘛。大家都有攒下的 Coin 吧?"

"嗯，有的。"

"如果可以的话，请大家只留下生存费，然后把其他的 Coin 全部用来升级力量、体力、敏捷，不然很可能活不下来。"

"好，我会参考你的意见。"

准备完毕，我们继续前进。李吉永说的"一百步安全距离"眼看就要到头了。

**支线任务"获取食物"已开启!**

蝼蛄们从地底爬上来。我在心中迅速默数：一、二、三……总共十三只，比我想象的多。

"呼噜噜——"蝼蛄们的爪子在地面划出一道道线，开始威胁我们。在它们越过那道线的瞬间，战斗就会开始。

"没有什么特别的作战计划。我们是第一次来这里，也许我接下来的话听起来很残忍，但我不期待所有人都能活下来。"

"什么……"

"但还是，请大家都活下来，拜托了。"我们一行人中，只有韩明伍惊慌失措。其他人多少也有些紧张，但都是一副充满信心的表情。郑熙媛的眼神尤其坚定："好，那就试试看。各位，活下来再见吧!"

正如刘众赫对我进行过考验，我也十分期待这群人的表现。不论身边有多么优秀的忠告者，意志不坚定的人是没法在这个世界上活下去的。说到底，只有自己才能救自己。所有人，都必须通过这次机会认清这一点。"那就上吧。"而且，我也能借此看清，以后要带上他们中的哪些人继续前进。

我们上前一步，蝼蛄们也动了。战斗开始。

# 2

大家都挺善战的。说实话，我有点吃惊。尤其是在没有人指点的情况下，和我一同担任前锋的李贤诚，以及和他打配合的郑熙媛，他们的判断十分奏效。我们自然而然地形成了前方三人、后方三人的对阵站位。

战斗开始后不到一分钟，就有几只蟋蛄被刺穿喉咙倒地不起。李贤诚击败了又一只冲上前来的蟋蛄，他擦着额头上的汗说："……应该能做到。"只要提高综合能力值，人类也并不是那么弱。再加上李贤诚的意志力，在这个世界上非常特殊。如果是普通的人类，在与怪物交手时绝对做不到像他这样从容。不愧是将来会获得"钢铁剑帝"称号的人。

然而，更让我感到惊讶的是郑熙媛。

"它们的行为模式比我想象中更单一呢。"

看来她也不是平白拥有"剑道"技能的人，每当她的刀尖落下时，就一定能切断蟋蛄的腿、尾巴或者其他部位。

"哈啊啊！"郑熙媛把近期攒下的 Coin 全都投资了力量等级。尽管持续作战的能力有所下降，但她的每一击都比想象中更有用。唰！我正想到这儿，她的刀就划向了虚空。

"妈的，跑了一只！交给你们了！"也许是因为喘不上气，她的声音听起来有些颤抖。不论如何，体力等级低导致的耐力下降应该是她唯一的弱点。

"呼噜呼噜！"这只蟋蛄非常聪明，它不顾身上的伤口，冲进我们一行人。这家伙成功冲散了我们的阵形，并且在猎食者的本能之下扑向了看似最弱的对手。

"交给我吧。"但是，蟋蛄并不知道，它选错了对手。嘭！李吉永的小手挥舞着钝器，打偏了蟋蛄的脑袋。他还是个孩子，这一击虽然力道不足，但已经足够了，毕竟其他人可以来帮他收尾。

噗！刘尚雅用开了刃的矛尖刺穿了蟋蛄的身体，这只怪兽在地上挣扎扭动着。刘尚雅虽表情有些慌乱，但她握着矛的手却始终没有放松。

"呜呜——"耗尽最后一丝力气，蟋蛄的身体瘫软了。说实话，我本以为刘尚雅会很难适应战斗，但她的表现真的让我感到非常意外。因为正常来说，普通人都会像站在那边的韩明伍一样陷入恐慌。

"呃……呃呃呃……"当其他人都在奋战的时候，韩明伍却只是忙着躲在后面。但他连躲都躲不好，导致小腿被蟋蛄咬伤，伤口流出鲜血。

咔咔！我手中的尖刺穿透了最后一只蟋蛄，四周立刻变得安静下来。我甩去尖刺上的血，观察着大家。除了韩明伍，其他人都只受了些轻微的擦伤，没什么大碍。这是十分出色的第一次胜利。放松下来的刘尚雅和李吉永瘫坐下来，李贤诚也把矛插在地上，擦了擦额头上的汗水。郑熙媛数了数周围的蟋蛄尸体，感叹道："……独子，你到底一个人干掉了几只啊？"

"四只。"

"喊，我只有两只。"

"我消灭了三只。"看着自豪地举起长矛的李贤诚，不知为何，我的自尊心受到了伤害。尽管我没有在战斗中使出全力，但他竟然只比我少一只。我发动技能暗中查看李贤诚的特性视窗。

+

＜人物信息＞

姓名：李贤诚

年龄：28 岁

背后星：钢铁的主人

专属特性：对不义冷眼旁观的军人（一般）

专属技能：刺刀术 Lv.2、伪装 Lv.1、耐心 Lv.1、正义感 Lv.1、武器锻炼 Lv.2

星痕：力推泰山 Lv.1

综合能力值：体力 Lv.12、力量 Lv.9、敏捷 Lv.9、魔力 Lv.6

综合评价：能够让他特性改变的契机正悄然而至。该人物对你相当信任。该人物的背后星对你有戒心

★ 正在使用"新手礼包"

+

嚆，"新手礼包"？所以怎么可能不强呢？不论如何，"钢铁的主人"应该是很满意李贤诚的。新手礼包，是化身平均综合能力值不足 10 级时才能使用的 Coin 套餐。在使用礼包后，不仅能立刻将化身的能力值等级各提升 1 级，还能

让化身学会初期十分有用的修炼技能"武器锻炼",是个很不错的道具礼包。但是别说新手礼包了,大部分的化身都被剥削到身无分文,和他们相比,李贤诚算是运气相当好的了。

"独子,你的脸色不太好……"

"啊,没事,我刚才在想些事情。"

虽然有点羡慕他……但我也不是因为没有 Coin 所以买不起新手礼包。我只是不想买而已。我的平均综合能力值已经超过了 10 级,即使现在下单,也是我吃亏。可恶,但凡我早那么一会儿打开"鬼怪包袱"……

"先把捕到的蝼蛄弄到一起吧,我们该准备今天的食物了。"

"嗯……但是这个要怎么烹饪呢?不能就这样吃吧?"

"现在还吃不了,但总会有办法的。"是不是因为我回答得太理所当然了?一瞬间,同伴们都沉默了。首先开口的是李贤诚。

"那个,其实我有个问题想问你。"

"嗯?"

"独子,你是不是……已经对目前的状况有一些了解了?"

我心里咯噔一下。

"那个……"忽然间,我想起了《灭活法》中的回归者,接着想起了刘众赫的脸。原来这就是回归者的心情啊。原著里遇到这种提问的时候,回归者一般是怎么说的来着?我想到了几个常见的小说桥段,比如厚着脸皮说"都是直觉",或者说谎,就像我面对刘众赫时所做的那样。

星座"隐秘的谋略家"期待你的选择。少数星座期待你的回答。

但是,从读者的角度来看这类情节,我敢说,最好的"回答"是——

"呃……呃哦哦哦!"

——持续制造无须作答的状况。

星座"隐秘的谋略家"对你的选择点头称是。

"还剩一只!"

郑熙媛大喊一声,李贤诚冲上前。但这只藏起来的蝼蛄行动速度比谁都快,而且这家伙的体型比其他蝼蛄大得多。

咬——

"救……救命啊！"蝼蛄叼着韩明伍的腿，把他拖向挖好的地道。尽管距离韩明伍最近的刘尚雅已经挥动了手中的矛，但吓得要命的韩明伍一把抱紧她，导致事态更加严重。"抓住这个！"李贤诚这时候递出长矛柄端，但他的矛只是徒劳地落向地面。蝼蛄已经拖着两人遁入地下了。

星座"紧箍儿的囚徒"对预料之中的狗血剧情感到愤怒。

郑熙媛气炸了："啊，我就知道那个大叔会坏事！真是的！"

"……对不起，是我出手太迟了。"李贤诚用悲痛的声音说道。

我拍了拍他的肩膀，示意他不用自责，并安慰道："谁也没办法阻止。"

"我们要追吗？"

我仔细观察着蝼蛄消失的地洞，这不是一个普通的地洞。附近的空气带有触感，就好像黑暗被细细研磨后放至空中的感觉。我假装思考着往后退，悄悄打开了手机。剩余电量只有5%多一点，这是凌晨时我和边缘组织的人们用一个食物换来的电量。

因专属特性的效果，阅读速度得到提升！

没多久，我就找到了需要的段落。

……蝼蛄栖息在"黑暗边缘"，这是从名为"黑暗之根"的魔界之树中释放出来的亚空间。蝼蛄不需要氧气，而是利用黑色以太来维持呼吸，因此只能在"黑暗边缘"附近生存……

虽然这些信息我都大致了解，但复习一遍还是有收获的。原来如此，这里就是"黑暗边缘"的入口啊。我读完与"黑暗边缘"相关的部分后，把手机放回了口袋。

"独子？"李贤诚焦急地看着我。

我点了点头。

"要进去。"

"啊，那么……"

"但是去的人太多的话，风险太大。李贤诚和郑熙媛在这里放哨吧，万一发生紧急情况，我们会给你们发信号的。"

郑熙媛吓了一大跳，她问："你不会是……打算和吉永两个人进去吧？"

"吉永的能力可以帮助我追踪那家伙。"

就在她准备强烈反驳的时候，我举手打断她，对李贤诚说："还有，李贤诚，郑熙媛的状态不太好，请照顾好她。"

听到我的话，李贤诚似乎突然懂了我的意思，回道："好的。"

"等等，我没事啊！"

"郑熙媛，自信是好事，但不要逞强。"

"……"

郑熙媛无法正常呼吸，剧毒雾气带给她的伤害还没痊愈。将他们二人留在原地后，我带着李吉永进入了地洞。这个地洞明明是以几乎垂直于地面的倾角挖下去的，但当我们进入的瞬间，仿佛产生了特殊的重力，我们竟然可以稳稳地踩着洞壁往前走。这是因为"黑暗边缘"释放的魔力在起作用。

"在这边。"在伸手不见五指的黑暗中，我只能握着李吉永的手指，跟随他的指引往前走。黑色以太能够吸收光线，所以手电筒也失去了作用。要是没有李吉永的"多元交流"技能，说不定我又得多花 Coin 了。

"那个，哥哥。"李吉永叫我，"你刚才是故意的吧？"

"……你指什么？"

"那个怪兽抓走姐姐和大叔的时候，你是故意不管的。"

我瞬间僵住了。黑暗中，我牵着的李吉永的指尖忽然变得陌生了。我还没问他是怎么知道的，他就已经解释给我听了。

"我当时看到你的表情就知道了。"

那么短的时间，他竟然在看我的表情？真是个可怕的小鬼头。既然这家伙这么会察言观色，那我也没必要藏着掖着了。"嗯，没错。"话音刚落，我的脑海中就响起了一连串系统通知。也是，对星座们来说，这是个重要的看点。

绝对善派系的星座们因你的残忍而皱眉。星座"隐秘的谋略家"的眼里闪着光，催促你继续解释。

"你为什么那样做？"

"因为蝼蛄的习性。"我决定坦诚地回答，"蝼蛄习惯将自己的战利品储存在一个地方。不仅是食物，它们还会收藏很多看起来很珍贵的东西，比如道具之类的。但是，去储藏点的路线非常复杂，除非沿着那些家伙自己打通的地道找过去。"李吉永没有说话，我继续说道，"我早就料到它们会带走韩明伍，但我没想到刘尚雅也会被拽走。"

"那哥哥你的目的不是去救姐姐和叔叔，而是拿道具，对吗？"

"是，失望了？"

"没有，"我能感觉到李吉永握紧了我的手指，"哥哥不擅长说谎。"

"……"

"如果你真是那样的人，在地铁上的时候就不会救我了。我相信你。"

尽管李吉永表现得不像一个孩子，但他仍然只是个孩子。李吉永不会知道，老成的孩子和真正的成年人是完全不同的。

**部分星座感动得热泪盈眶。得到了200Coin的赞助。**

并且，在这个世界上，多的是能利用这份"老成"的卑鄙成年人。

这条地道比我想象的还要长，我们向下走了很长一段时间。

"那个，哥哥。"

"嗯。"

"你是神吗？"

"……什么？"

"或者，你是'主角'吗？"

孩子们偶尔会提出一些十分尖锐的问题。难道是因为他们生活在没有明确区分"虚构"和"现实"的世界里吗？李吉永应该不知道自己的提问到底意味着什么吧。

"我不是神，也不是主角。我反倒一直很羡慕主角。"

"但哥哥你对这个世界有一定的了解吧？"

我考虑了一会儿，答道："那倒没错。"

"那我就问一个问题。"

"如果我回答得上来的话。"

"完成所有任务以后……就能实现愿望吗？"

"愿望？"我有点慌了。

"一般来说，这种故事的最后都会有奖励嘛，那这个故事的结尾也会有的吧？"

黑暗中，李吉永的呼吸颤抖着。我忽然想起李吉永看着死去的母亲时的表情。适应了这个世界的人类，都以各自不同的方式感受着世界的痛苦。有人以疯狂，有人以迷信，也有人以超乎寻常的乐观。

"嗯，有的。"我多么庆幸我们此刻身处黑暗中，因为李吉永绝对看不到我的表情。

"快到了，哥哥。"

周围的黑色以太正在急剧减少，这说明"黑暗之根"就在附近。我紧张起来，拔出尖刺握在手中。

极少数星座屏住了呼吸。

不知哪里传来了蝼蛄们挖地的声音。越是靠近这声音，空间感就越是急剧地扩张。黑暗中出现了像是被谁点燃的火光。火光的另一边，放着一个黑漆漆的箱子。在我确认自己抵达正确地点的瞬间，耳边响起了通知。

支线任务已更新。进入"蝼蛄的藏宝库"。

"哥哥！那是……"

李吉永发现了藏宝箱，我急忙在他说出口之前捂住了他的嘴，小声道："嘘，等等。"

《灭活法》的世界很残酷。星座们喜欢看到化身陷入逆境，任务中出现的障碍物就是最容易让化身倒霉的东西。像这种就差写着"快来抓我呀"的东西，大都是陷阱，甚至就连系统通知也不能相信。

"'藏宝库'，可不一定只有宝物。"

星座"深渊的黑焰龙"感到可惜。

深渊的黑焰龙——这家伙好像从不久前开始就盼着我赶紧死掉。

总之，我在等待。没过多久，藏宝库附近开始出现一个又一个晃动的影子。

"呼噜噜——吱！"是蝼蛄群。它们通过隧道带回了许多东西，正在用人类无法听懂的叫声交换着信息。

哗啦啦。随着一定数量的蝼蛄聚集在一起，照明的火光也变多了。这是以黑色以太为媒介燃烧而成的火焰——"暗火"。黑色以太多到足以点燃暗火，说明这里是"黑暗之根"的核心。这时，传来了人类的说话声。

"这一切都是因为你啊，刘尚雅！"就算没说他是谁，我也能听出这个嗓音。我紧紧按住李吉永颤抖的肩膀，现在还没到时候。

"怎么能说是因为我，你这是什么意思？"

透过微弱的火光，能看见两个被蝼蛄抓来的人。从地面生长出来的茎条将二人的全身牢牢捆缚住。

"刘……刘尚雅，如果那天你不坐地铁，事情也不会变成现在这样！"

"我坐地铁和现在的状况有什么关系？"

连这种胡话都一一回应，刘尚雅是不是佛祖啊？或者说，她的背后星是佛祖？

"那……那个……就是说，因为刘尚雅你……每天都骑自行车……"

听到韩明伍语无伦次的话，刘尚雅的声音变得冷漠："等等，难道是部长您偷了我的自行车？"

"你……你这人！我明明说过要开车送你回家的！你应该要接受别人的好意啊！"

"请回答我的问题，是您偷走了我的自行车吗？"

忽然间，一切都说得通了。原来是这样。这就是开奔驰车S系列的韩明伍乘坐地铁3号线的原因。也是，倒也不是什么怪事。不仅是在公司，就连在金湖站也有很多男人看上了刘尚雅。

星座"恶魔般的火之审判者"讨厌化身"韩明伍"。

就算只有"暗火"照明，我也能清晰地看见韩明伍的脸涨得通红，看起来有些危险。

"是啊！是我干的！你想怎么样？！"

"为什么对我大吼大叫？偷走别人的东西不是盗窃行为吗？"

"盗窃？你一开始就乖乖上我的车不就行了嘛！"

星座"紧箍儿的囚徒"厌恶索然无味的口水战。

我原本没打算这么干来着，但现在也没办法了。我默默将尖刺握在手中。

"喂，刘尚雅，我什么时候纠缠过你？我又没说要和你交往，只是出于好意，想送你回家而已。还不是因为你总是拒绝，所以我才……"

我用全力把尖刺投了出去。伴随穿破空气的声音，尖刺从韩明伍的嘴边掠过，啪的一声，插进黑暗之中。

"呜哇啊啊！什么啊？！"

星座"紧箍儿的囚徒"感到愉快。得到了100Coin的赞助。

"独子！"刘尚雅叫我的名字，但我没有看向他们。

空空空空——在蟪蛄对面，尖刺插入点附近的黑暗正在裂开。果然，那家伙要出现了。有"黑暗之根"的地方，不可能没有那家伙。

"黑暗守护者"已出现！支线任务已更新！支线任务"守护者退散"已开启！

蟪蛄们像臣服于国王的奴隶一般惊慌失措地趴在地上。在昏暗的火光之间，出现了一具漆黑的躯体。这只怪兽的外貌很容易让人联想到死神，类似于触手的东西在它的背后甩动。

李吉永的脸色急剧变差："啰，哥哥，我……"

"没事的，想吐就吐吧。"

李吉永趴在地上干呕起来。这也不奇怪，即便只是远远看着，也会让人感受到相当大的压迫感。实际上，本来在周围爬行的蟑螂的腹部全都炸开了。和这些虫子联系在一起的李吉永应该也受到了相当大的精神冲击。

"吉永，你的'多元交流'还能用几次？"

"……好像还能用一两次。"

"知道了，那你在这里休息一会儿。"

我让李吉永靠着墙坐下，然后朝着刘尚雅和韩明伍的方向靠近。陷入恐慌的韩明伍正在奋力挣扎："嗬啊！那是什么？！"我拿起瑞士军刀，砍断绑着他们的茎条。不过是砍了几下，接触到茎条的刀刃就迅速腐烂消失了。看来这就是恶魔的力量吧。

"都退后。"我拿起韩明伍掉落的蝼蛄矛,说道。

7级恶魔——黑暗守护者。

在世界灭亡后登场的众多怪物物种中,恶魔是尤为特别的一种。其实蝼蛄们找来的"宝物"基本等同于献给恶魔的"贡品"。即便是相同的等级,其他怪物和恶魔也不是一个档次的。

"黑暗守护者"被其追随的魔王庇佑。

"卡妙,黛尔,伊土鲁。"

恶魔们拥有自己的语言,它们追随不同的魔王,通过"黑暗之根"来继承魔王的部分权力。

"黑暗守护者"散发出"恐惧"。专属技能"第四面墙"抵消了大部分"恐惧"效果。

因此,杀死一只恶魔,意味着跟一个魔王结仇。

"伊土鲁!"

虽然不知道它在说什么,但情况已经不妙了。如果可以的话,我真不想和它打。

"……妈妈?"

刘尚雅开口了,她还没走吗?

"我不是说了让你们退后吗?"

"不是,我是说,刚才那个怪物在说'妈妈'……"

我想了想她是什么意思。不是,等一下。

"嗯,就是说……卡……卡尔德,埃米伦?啊,不是这个发音吗?阿兑度?"一瞬间,我怀疑自己听错了。但我的确没听错,"卡利度!"让人吃惊的是,听到刘尚雅的话,黑暗守护者竟然点了点头。

登场人物"刘尚雅"发动技能"口译Lv.3"。

天哪,原来她擅长的不只是西班牙语。

"那家伙说了什么?"

"那个……它从刚才开始就一直在说'成为妈妈吧'……"

成为妈妈吧?

黑暗守护者指着刘尚雅再次喊道:"卡利度!"

刘尚雅哭丧着脸:"什……什么妈妈,我还没结婚呢!"

黑暗守护者这次指向了韩明伍:"卡利度!"

擦拭着破裂嘴唇的韩明伍面色苍白:"我……我怎么会是妈妈?!我当然是爸爸啊!"

触手从黑暗守护者背后飞出。噗咻咻!

"嗯嗯嗯!"触手从韩明伍口中插入,他的脸立刻变成黑色。随着咕咚咕咚的声音,有什么东西被韩明伍咽了下去。

原来如此,"妈妈"是这个意思吗?这时我才想起,恶魔们会在其他种族的体内放入后代的胚胎。

"刘尚雅,你还没打算生孩子吧?"

"当然没有!"刘尚雅听懂了我的意思,迅速后退。我挥动着蝼蛄矛,割断了连接着韩明伍的触手。恶魔发出愤怒的咆哮:"卡利度呜!"噗咻!嘭!在恶魔的触手攻击下,蝼蛄矛的形状逐渐被损坏。就连能在鱼龙的胃里留下伤口的石猪刺,也从插进恶魔身体的那瞬间开始被腐蚀、溶解。不过从另一个角度来看,这也是当然的结果。

在这期间,刘尚雅已经拖着韩明伍往远处退开,她正回头看向这边:"有胜算吧?"她的眼神似乎是在问我这个问题。然而,实话实说,我完全没有胜算。

噗咻!噗咻咻!嘭!不过经历了几次连击,蝼蛄矛就几乎坏得没法用了。我握着矛的手都感到了疼痛。守护宝箱的恶魔和东湖大桥的鱼龙一样,它们出现在任务里并不是为了让人类猎杀的,所以我原本的计划不是和这家伙打架,而是在它消失之后打开宝箱。但是,所谓的计划,本就是为了应对事情出差错才存在的。

"鬼怪,你在看吧?"

"呜……呜呜,你早就知道吗?"黑暗中,鬼怪伴随明亮的电流出现了。虽然不知道这家伙叫什么名字,但它是个看起来像是鼻荆堂兄辈的鬼怪。

"这会儿我的快递应该到了,最好赶紧给我。"

"嘻嘻，那不是我……我该管的事，那……那是鼻荆的工作。"

"你现在不是代替鼻荆在工作吗？你没看见星座们很着急吗？"

星座"紧箍儿的囚徒"威吓鬼怪"鼻流"。

星座"恶魔般的火之审判者"威胁鬼怪"鼻流"。

"咿。"鬼怪鼻流倒吸了一口凉气。

"好……好吧。但……但是，只有这一次哦。是因为我觉得会很有趣才……才给你的！"鬼怪在空中嘀咕了句什么，紧接着，召唤开始。

交易所的道具已送达。获得了道具"折断的信念"。因契约的效果，中介手续费被免除。

"折断的信念"，不久前，我在"鬼怪包袱"的交易所挂上了"鱼龙之核"，通过以物易物换来的道具终于送达了。

"嘻！"看到从半空中降下的道具，黑暗守护者发出嘲笑。也难怪它会嘲笑我，这个道具最多也只能达到 D 级。因为这是一把折断的剑。

该道具太过老旧，难以使用。由于耐久度降低，很难发挥全部性能。

就连给我道具的鬼怪也在空中咻咻地笑："但……但是这么旧的东西还能用来战斗吗？而且如果没有特殊的技能，就无法使用这个……"这种程度的情报我还是知道的，要不然也不会换这个道具了。

"嗤……"我深吸一口气，然后集中注意力。嗡嗡嗡嗡——剑柄剧烈颤动，鼻流吓了一跳，大叫道："呜？怎么会？！"这点程度就吃惊了，还真是让我难办啊。这可是我花了 1 万 Coin 从你朋友鼻荆那里买来的技能。

断裂的剑刃表面，白色以太开始徐徐环绕。"白清罡气"——猎杀鱼龙后，我立即从鼻荆那里购买了这个技能。与其他顶级武功相比，"白清罡气"虽有其局限性，但在短期内可能获得的"罡气功"中，这已经算是最佳选择了。

"折断的信念"对你的魔力产生反应！"信念之刃"已发动！

紧接着，剑柄迸射出光线，折断的剑上开始生出洁白的虚拟剑。"折断的信念"这把剑的真正性能，只有在注入罡气功的魔力时才能显现出来。

噗咻咻咻！数十只触手遮蔽了我的视野。就算以我的体力等级，也不能在这种攻击下全身而退。我也怕，但现在有胜算了。因为"信念之刃"是用来限制恶魔的绝佳武器。啪滋滋滋滋！碰到剑刃的触手全都被氧化、切断。黑暗守护者发出可怖的尖叫，收回了触手。我的魔力正在急剧下降，但我并不着急。咔咔咔！我沉着地挥着剑，就算没有"战斗本能"，导致我几次错过了本该能砍断触手的机会；就算没有"剑法磨炼"，导致我挥剑的动作十分生疏——这也是理所当然的事，因为我不是剑士，而是"读者"。并且，我将以读者的方式来战斗。

因专属特性的效果，对已读书页的记忆增强。

我在脑海中翻动《灭活法》的书页，冷静地复习了一遍读过的场景和在我脑海中模拟过成百上千次的画面。

黑暗守护者的攻击模式是可以通过人为诱导的。当你攻击它的左脚脚踝时，它右上角的触手会率先做出反应……

连续两次攻击之后，一定会有一段空隙……

虽然这家伙的触手能够再生，但因为再生过程需要几分钟的时间……

努力阅读，然后忠实又恰当地运用读过的东西。

"呃啊啊啊啊！"被砍断的触手落地后又弹起，黑暗守护者发出惨叫。

我视野的另一端是李吉永，那小子正用敬畏的眼神看着我。但可惜的是，和这孩子希望的不同，在这个世界上，我既不是神，也不是主角，但至少我对一件事十分有自信——

"卡尔，米耶，黛罗。"勉强撑起身体的黑暗守护者发出惊愕的声音。虽然我没有问，但后方的刘尚雅已经用颤抖的声音翻译了它的话。

"怎么会，我的攻击，全被你……"原来是这个意思啊。于是我用没什么大不了的语气淡淡回答了它。

"平时多读点书就行了。"

我比这个世界上的任何人，都要更了解这个世界。

3

也许有办法进行更长时间的战斗。

专属技能"书签"已发动。2号书签已激活。书签技能等级较低，缩短使用时间。持续时间：1分钟。

嗯，不是有那样的嘛。用较小的代价来换取巨大胜利，或者展开生命中仅此一次的浴血奋战。

对登场人物的理解度低，只能激活登场人物所拥有的部分技能。"武器锻炼Lv.1"已激活。

但我没有那样做。准确来说，我没有资本那样做。我在一瞬间爆发出自己的所有战斗力，动员一切可以使用的力量。我绷紧全身肌肉，开始狂奔，咬紧牙关砍向飞来的触手。咔咔！视野中的一切都以极快的速度掠过，血滴飞溅到我的脸上。我只能感受到锐利的白光留下的残影，以及被什么割伤了的真实感觉。

你对登场人物"李贤诚"的理解度有所提升。2号书签已失效。

我感觉自己一下子没了力气。这的确是倾注全力的一击。过了一会儿，空中传来了颤抖的说话声。

"……星座大人们，大家刚才都看见了吗？还……还是说我看错了？"鬼怪鼻流似乎连自己的本职工作都忘了。不过，这确实是值得惊讶的事。

少数星座怀疑自己的眼睛。星座"深渊的黑焰龙"睁大了眼睛。

因为，那只强大的7级恶魔瘫着触手，像只蟑螂一样仰面躺在地上。

星座"紧箍儿的囚徒"满意地拔下了头上的一根毛。得到了500Coin的赞助。

被斩断的触手在地上蠕动。受到战斗的影响，周围的蝼蛄们有的死了，有的早就溜了。只有还没断气的黑暗守护者倒在地上，嘴唇抽动着："……喀，喀咿，喀。"

对于现在的我来说，7级恶魔原本是无论如何也无法打败的敌人，我做足了准备。因为我既不像刘众赫那样强大，也不像李贤诚那样有那么好的背后星。

一位有强迫症的星座称赞你准备周全。得到了200Coin的赞助。

相比其他人，我只有"信息"这点优势。但是"信息"这东西，有时会具有比世界上任何东西都强大的力量。嗡嗡嗡嗡。此刻我手中的这把白光剑，就是"信息"的产物。

"竟……竟然在早期任务时就出现了'以太刀锋'……星……星座大人们，这是真实发生的事情吗？"好在不需要我解释，热衷于解说的鬼怪已经开始念叨了。"以太刀锋"，这是得到最高级背后星支援的化身的主要技能，又被武林派系的回归者们称为"剑罡"。

"准确来说，这不是真正的以太刀锋，因为真的要比这个厉害得多。"

"是……是这样！严格来说，这是在吸……吸收了魔力后形成了剑刃的'折断的信念'，并且被注入了'白清罡气'……"

虽然是只鬼怪，但看来也不完全是个傻瓜。

"真厉害……鼻荆那小子的频道里怎么全是这样的家伙啊……"

就像等待已久似的，啪的一声，"信念之刃"熄灭了。

"折断的信念"的耐久度已耗尽，此道具已无法继续使用。

虽然有点可惜，但这件道具已经完成了自己的使命。

"我完成了支线任务，给我奖励。"

"呃，的确是要这样。你……你等一下！"鼻流慌慌张张地在空中输入了些什么，然后就出现了系统通知。

已满足支线任务的完成条件。获得500Coin。

少数星座对你完成的任务故事赞叹不已。

任务奖励比想象的要少。这是肯定的，因为我并没有杀死黑暗守护者。

"但……但是你为什么没杀了那家伙呢？"鼻流的眼神中充满期待，它问道。

我喘着粗气瞥了一眼倒在地上的黑暗守护者，然后和善地答道："我是不杀主义者。"

"不……不杀？"

"我不轻易杀生。"

星座"恶魔般的火之审判者"表示就知道是这样,并且发出赞叹!得到了100Coin的赞助。

我当然是在说谎。

星座"隐秘的谋略家"看着你,露出阴险的微笑。得到了100Coin的赞助。

鬼怪鼻流说话变得越发结巴起来。

"但……但是如果你杀掉它,就能得到很多奖励。现在动手的话,你就是第一个杀死7级恶魔的人,所……所以肯定会得到7000Coin以上的奖励哦!你知道7000Coin是……是多大的数额吗?"

"我说了我不杀。我要打开宝箱了,你让一下。"我把碍眼的鼻流从眼前推开,反正我来这里的真正目标也不是黑暗守护者,所以……

"噗呜!"

7级恶魔"黑暗守护者"已死亡。

什么?鬼怪露出津津有味的表情,黑暗守护者在蝼蛄矛的攻击下死亡,正在逐渐消失,以及——

"哈哈,哈哈哈哈!我……我现在也能变强了!金独子,你个狗崽子!没想到吧!"韩明伍笑嘻嘻地举着杀死黑暗守护者的矛。见状,我猜到了大致情况。接着,耳边响起了一连串系统通知。

首次猎杀7级恶魔!完成了不可能的成就。获得8000Coin。

贡献者:金独子、韩明伍。

韩明伍应该也收到了其中几条通知。但他只是补了最后一刀,收到的Coin应该比我的少……韩明伍看着自己的系统通知,幸福得快要升天了。

"不杀主义者?蠢东西!在这样的世界里,还说什么不杀!所以像你这样的家伙是永远也做不了甲方的!听懂了吗?!"

但是,韩明伍清楚他刚才犯了什么错误吗?

由于7级恶魔"黑暗守护者"被杀害,魔王"盛怒与欲望的魔神"察觉到击杀者的存在。

魔王"盛怒与欲望的魔神"将至死追杀那个最终击杀了它的眷属的化身。

魔王"盛怒与欲望的魔神"将对最终击杀者降下可怕的诅咒！

最终击杀者：韩明伍。

"什……什么？这通知是什么意思啊?!"惊慌失措的韩明伍大喊道。

星座"隐秘的谋略家"感叹你的邪恶。

啊……我没说过吗？我是故意不杀它的。

星座"隐秘的谋略家"在"星星直播"中推荐了你的任务故事。

韩明伍失魂落魄地望着空中。

魔王"盛怒与欲望的魔神"的诅咒会将最终击杀者"最恐惧的事情"之一变为现实。虽然不知道具体是什么，但一定会经历非常可怕的事。

回头一看，刘尚雅和李吉永正一脸呆滞地看着这边。我若无其事地笑了。

"我们一起去开宝箱吧。"

\*\*\*

一会儿后，我们翻遍了藏宝库，拿出各自找到的道具。

"我找到了这个。"

"我的是这个……"

刘尚雅和李吉永找到的分别是一个小手环和一副旧盾牌——"魔力恢复手环"和"老旧铁制盾牌"。

虽然这两个都是 D 级道具，但至少比没有强。魔力恢复手环对所有人来说都很有用，老旧铁制盾牌则更适合给李贤诚拿着。而且，不能因为名称里有"铁制"就小看这个道具，异界的铁比地球的铁要坚硬得多。

刘尚雅的语气听上去有些失望："比想象中要简陋呢。"

"简陋"这个词没用错，因为这个地方实在是空旷到惨淡，让人难以称为"藏宝库"。

刘众赫——那个昨天就动身前往药水站的家伙，估计经过了这里。他应该知道和恶魔打架会很累，所以找到合适的时机只偷走了宝物吧。结果我们成了一群抢劫已经被偷过的家的强盗。

"还有一个主要宝箱,没事的。"我看着藏宝库中心的黑色箱子说。

我们没再拖延时间,直接打开了箱子。箱子里的东西是火炉。这个火炉非常小,甚至可以装进口袋,称为"火炉"都觉得尴尬。"魔力火炉"——这件道具果然还在。其实,它才是这次支线任务的核心道具。

每人只能拥有一个"魔力火炉"。

刘众赫应该拿走了一个,所以这里本来是有两个魔力火炉的。

"……这到底是什么?"

"嗯,我好像知道这东西该怎么用了。"我装模作样地打开魔力火炉,尝试着放上了一条蝼蛄腿。虽然放上去的食物和火炉的尺寸不匹配,看着有些滑稽,但不到五秒,蝼蛄腿就发生了令人惊讶的变化。

"哇,这味道……"香醇的味道蔓延开来,不知何时,蝼蛄腿已经被烤成了焦黄色,"是肉!"李吉永似乎很激动,大声喊道。

刘尚雅急忙问我:"这……这个可以吃吗?"

"我先尝尝吧。"我抓起泛着油光的蝼蛄后腿,咬下了整块肉。肉的纹路之间隐约渗出肉汁……我甚至忘了咀嚼,闭上双眼。仅看书中的描写和实际吃到果然是两种截然不同的体验。

少数星座垂涎欲滴。

几个星座点了点头,并表示自己也知道那个味道。

少数星座向你赞助了100Coin。

星座"深渊的黑焰龙"在咽口水。

星座"紧箍儿的囚徒"在啃指甲。

……

不断有系统通知传来。吃播果然是最棒的。在吃的面前,所有人都团结一致。

"尝尝看吧,应该还不错。"我话音刚落,两人就扑向了蝼蛄肉。这四天都是饥一顿饱一顿的,大家估计都饿坏了吧。本来还在失魂落魄的韩明伍也不知不觉地走近了,偷瞄着我们这边。

"那个,独子,我……我刚才有点精神失常了……"

"吃吧，不用这么小心翼翼的。"

"谢啦！"

"不是都说'宁愿做个饱死鬼'吗？"

"什……什么？！"韩明伍的脸色变得灰败。虽然我像是在开玩笑，但韩明伍真的会死。因为就连刘众赫也难以战胜魔王的诅咒。更何况，诅咒韩明伍的是"盛怒与欲望的魔神"。

我们每个人都拿起了一条蝼蛄腿，大口大口吃起来。才经历了那么多事，此刻就因为肚子饿而在这里一起狼吞虎咽，人类果然是种无可奈何的生物。所有人都在沉默中大口吃肉。

是因为魔力火炉散发出的幽光吗？不知道为什么，我有些伤感。杀死什么东西，然后吃了它，就这样活下去。这就是人类的生活。明明一直以来都是这样的，为什么我现在却对此感受有些不一样了呢？忽然，我抬起头，正好对上刘尚雅的视线。

"唉，"刘尚雅像是猛然清醒过来似的，苦着脸说，"我真是太令人失望了。"

"……怎么了？"

"你好不容易捕到了猎物，我却只会像猪一样狂吃……一点忙都没帮上……"

"不是那样的，刘尚雅。"

"但是独子你怎么连这个都知道呢？你还知道怎么料理第一次见到的怪兽……"

"啊，那个……"

"果然，是因为你平时看了很多奇幻小说吧？真是的，我都不知道这个世界会变成这样，还光顾着背西班牙语呢。"

她是在讽刺我吗？我想了想。如果是其他人，绝对不会真心这么认为，但如果是刘尚雅这个"佛祖"的话……

"说不定就是因为你平时努力学外语，才能听懂恶魔的语言。"

"……这样吗？谢谢你这么说，独子……"听她的语气，好像是认真的。我偶尔会害怕刘尚雅这个努力派到底能认真到什么程度。

刘尚雅盯着自己手中的烤肉，然后用坚定的声音宣布："我要吃很多很多，这样我也会变强的。"

我对刘尚雅点点头以示鼓励，然后站起身来。大家继续认真吃肉，我乘机走向他们身后。

其实，魔力火炉虽然很重要，但我真正的目标是另一件道具。我仔细观察着用来装魔力火炉的"黑箱子"。就是这个，不会有错。带走魔力火炉的刘众赫估计不知道，这个藏宝库的真正宝物其实是这个黑箱子。在《灭活法》的原著中，刘众赫在经历了整整6次回归之后，才了解到这个东西。最先发现这个的是谁来着？是"飞天狐狸"吗？嗯，太久没想起这回事，我已经记不太清了。虽然不太准确，但原著里好像是这样写的：

"那里，就是说，在初期的区域里多走动走动，就能发现一个很奇怪的箱子，往那里面放东西，结果……"

就在这时，我和正在忙着嚼肉的刘尚雅对上视线，她含混不清地说："那个东西……是……什么啊？"

"呃，这个，就是说……"

刘尚雅仔细看了一下箱子，歪了歪头。我定睛一看，原来箱子上写着看不懂的文字。她不会还能看懂这个吧？

"随机……道具宝箱？"

完蛋了。所以擅长外语的人真的是……

"呃……那个……嗯，这个嘛，就是说……"

我有点慌，但刘尚雅先开口了："快试试看吧，独子！"

"……可以吗？"

李吉永也用力点点头。

"不用在意我们啦，从这里获得的道具你全都拿走吧，本来就该这样。"

好吧，反正已经被发现了，那就赶紧使用吧。

"那我来试试吧。"

少数星座对你的决定点头称是。

我从口袋里掏出 7 级恶魔之核。这是从刚刚死去的黑暗守护者的尸体里剜出来的。接着，我拿出耐久度耗光的"折断的信念"。根据原著中的描写，这个箱子的使用方法非常简单。

"……结果谁能想到，竟然出现了限定版 Coin 道具。"

我把恶魔之核和"折断的信念"放进箱子里。

"哈，不相信我的话？都说了是真的啊！把低级道具放进去，关上箱子，然后！"

其实我也不知道把这两个道具放进去会有怎样的结果。但我可以肯定的是，一定会出现一样很厉害的东西。

不一会儿，紧闭的箱子上迸发出耀眼的光芒。

# Episode 6
# 审判时刻

## 1

限定版随机道具宝箱。依据《灭活法》的设定，这是在之前的"任务"中作为限定版出售的 Coin 商品。

"不……不是，这个为什么在这里？"现在才出现的鼻流惊讶地大叫起来，"不……不……不是发行后立即被禁止上架了吗?!"

在《灭活法》的原著中，这个道具的设定非常复杂。早在 8612 行星系的任务开始之前，这个 Coin 商品就已经上架了，但被"星星直播"的管理局强制收回。这是因为只要往其中放入"低级道具"就一定会变出"高级道具"，这个设定会威胁到任务的平衡，造成的影响太大。再加上单价高达 100 万 Coin，星座们也对这种荒唐的高价感到愤怒，导致策划这一道具的愚蠢鬼怪最终被管理局解雇。

"星……星座大人们，那个……就是说……我也不知道那个道具为什么在那里……呃，嘿嘿嘿！节目结束！"

#BI-7623 频道暂停直播。

自顾自地扔下一堆胡话的鼻流隐去身形后，星座们的系统通知也消失了。看不到星座们的反应有些可惜，但我也没什么办法。

咚咚——我低头看向震动的箱子，要正式开始抽取随机道具了。

由于放入刀剑类道具，将出现相同种类的道具奖励！开始随机抽取！

根据放入的物品，限定版随机道具宝箱将随机生成相关的高级道具。因此，从概率上看，出现 C 级到 SSS 级的道具都是有可能的。说到底，还是概率事件。

作为祭品的道具与特定星座有关！出现与该星座相关道具的概率大幅增加。

嗯？这两条通知倒是出乎我的意料，但看起来对我没什么坏处。我攥紧的手心里满是汗，在网络游戏每月一次的抽取道具环节，我都没这么紧张过。拜托了，能出现个 A 级道具我就满足了。

生成高级道具！随机道具宝箱的可用次数变为 0 次。

接着，箱子不再震动，耀眼的光芒逐渐变暗。我回头看了看眼神发亮的刘尚雅和李吉永，说道："打开看看吗？"

"嗯！"

我们打开了箱子。

"呜，呜哇！"李吉永一声大叫把我吓了一跳，但箱子里的确装着足够让人这么吃惊的物品。在华贵的墨色护手之上，是洁白无瑕的剑身……但是这东西怎么和"折断的信念"看起来有点像呢？

我立即确认道具信息。

+

<道具信息>

名称：不折的信念

等级：星遗物

说明：这把剑属于曾经引领格伦西亚的大魔道时代的英雄——凯杰尼克斯。该道具中蕴含着凯杰尼克斯伟大的以太支配力，可分别生成具有火、暗、神圣之力的"信念之刃"

附加效果：在使用时，体力和力量等级各提高 2 级

+

我一时间忘了说话。不是……这是真的吗？出现的道具不是字母等级的，而是星遗物级别的？

"独……独子，这好像是很厉害的道具呢！"

确实是很厉害的道具。在《灭活法》的世界中，星遗物是唯一不计入等级表的道具。这不是因为它们具有强大的性能，而是因为这些道具本身就非常特

别。所有的星遗物都蕴含着星座在世时的力量。原星座是哪个世界的英雄、有多高的知名度，这些因素导致星遗物的性能千差万别，但星遗物中蕴含的星座力量本身就足以使其成为无价之宝。再加上这件道具还能把体力和力量等级各提高两级。只要能将综合能力值提高一级，道具等级就在 A 级之上，所以单从附加效果来看，这件道具至少是 S 级的。估计就连刘众赫也还没得到这种级别的道具。

出于礼貌，我回头问刘尚雅和李吉永："……这个让我拿走是可以的吗？"

"当然了，肯定是独子你的。"刘尚雅点头如捣蒜，李吉永也一直在点头。我瞥了一眼韩明伍的方向，他正傻乎乎地一边啃着蝼蛄腿，一边喃喃自语。我还以为他会说要跟我争之类的胡话呢……真反常。

**获得星遗物。星遗物的主人对你感到好奇。**

既然出现了通知，就说明这件星遗物的主人存在于某处。我打算之后再翻一翻《灭活法》，找找这个星座。

"那我们现在回去吧。外面也有很多蝼蛄，可以只带魔力火炉回去。"

"但是，我们要怎么回去呢？"

"我们来的时候使用了吉永的能力，回去也没问题，如果是'多元交流'的话……"

然而，李吉永的表情看起来不太好："哥哥，那个……"

"嗯？"

"这附近一只昆虫都没有。"

这么一想，刚才我和黑暗守护者打斗的时候，周围的昆虫全都在它的威压下自爆了。这个问题我还真没考虑过。

"真的一只都没有吗？应该还有那么几只活的吧。你稍微换个位置，再尝试使用一下能力……"

世界上有数不尽的昆虫，就算被恶魔杀掉了一些，也不可能连一只能交流的都没有吧。但是，李吉永的表情依然灰暗："那个，其实有一只能叫到的……"李吉永闭上眼，开始集中精力，低声喃喃。

"独子，吉永好像有点怪怪的？"

李吉永的眼睛渐渐上翻，接着，一道鼻血流了下来。

"吉永？"

突然，轰隆一声，上方传来震感，洞穴内灰尘四散。这是来自地面上的震动……

一瞬间，我全身的鸡皮疙瘩都立起来了："吉永！李吉永！清醒一点！"

"呃……哥哥？"翻着白眼的李吉永终于恢复了正常的眼神。

"吉永，别再使用技能了！快停下！"吓了一跳的李吉永立刻停止使用技能，那之后，震动才渐渐平息了下来。我松了一口气。这么一想，地面上到处都游荡着十分危险的家伙。

那里有包括7级怪兽尸毒犀牛在内的无数只高级怪兽。并且，其中还混杂着等级不明的虫王种。听名称就知道，虫王种也属于昆虫。

"你真是……"我本想说些什么，最终却只是把手搭在李吉永的头上。竟然能叫到地面上的虫王种……他是法布尔[1]吗？我们差一点就要被埋在这里了，"这个技能暂时不准用了，在我同意之前绝对不要使用，知道了吗？"

"好的……"李吉永闷闷不乐地答道。

既然如此，我们能做的就只有等待了。

"如果就这样进入'黑暗边缘'，我们一定会迷路的。最好再等一会儿，等周围出现小昆虫之后再行动。"

虽然进来的时候很轻松，但"黑暗边缘"其实是非常危险的地方。因为只要稍微走错路，不出一两天就会杳无踪迹。但是，刘尚雅举手示意："那个，如果只是回去的话，我应该可以代替吉永带大家走。"

"……你要怎么做？"难不成你要和"黑暗边缘"对话吗？我本来想这么说，但觉得有嘲讽的意思，于是换了种说法。

刘尚雅的语气有点没自信："我也有类似的技能。"

这么一想，我现在还不知道刘尚雅的特性和背后星。

---

[1] 法布尔：让-亨利·卡西米尔·法布尔（1823年—1915年），法国著名的昆虫学家、文学家、博物学家，代表作品有《昆虫记》《自然科学编年史》，被世人称为"昆虫界的荷马""昆虫界的维吉尔"。

"是什么技能？"

"那个，如果硬要说明的话，大概就是用线团找路的技能……"

线团？

"……不好意思，我能问问你的特性是什么吗？"

刘尚雅不是原著中的登场人物，我无法用技能得知她的内心想法。同样，我也没法知道李吉永和韩明伍的想法。

"呃，那个……"刘尚雅的表情很是为难。但凡我能对她使用"登场人物浏览"，现在也不会这么郁闷。我发动"登场人物浏览"技能，再次尝试浏览。

发动专属技能"登场人物浏览"。该人物未在"登场人物浏览"中进行登记。

果然是这样。但这次还多了一条通知。

正在收集该人物的相关信息。

嗯？这倒是之前没出现过的。不过，在之前的战斗中，刘尚雅发动"口译"技能时，我似乎听到过相关的系统通知，那也是我之前没听到过的。"登场人物浏览"是不是会随着时间的流逝而更新呢？不会吧……我整理了一会儿思绪，决定先放过面露难色的刘尚雅。

"我不该问这个的。话说回来，你做得很对，以后也请不要轻易告诉别人自己的特性信息。"

"不是那样的！我不是因为不相信你……"

仔细一看，刘尚雅似乎有话要说。一瞬间，我想到了什么："是不是你的背后星说了关于我的事？"

刘尚雅哭丧着脸，低下头："抱歉。"她的嘴唇颤抖着，好不容易才说出这句话。看她这副表情，很可能不是背后星说了什么，而是在契约签订的同时立下了誓约，估计是泄露信息会危及她的性命。虽然不知道究竟是哪个星座，但他似乎已经下定了决心要培养刘尚雅。

"没关系的，我能理解。"

"谢谢，真的……"

没必要谢我。我也不是一定要听她亲口说出来，才能知道她的背后星……这份紧张感反倒让我心跳加速，也许是出于我身为读者想要填补字里行间的空白的欲望吧。

"那我就试着使用一下我的技能吧。"刘尚雅的指尖上出现了闪着微光、类似线的东西，并开始向外伸长，"其实，我早就担心会变成这样，所以刚才被抓来的时候就把'线'绑上了。"其中一条线的终点是我，另一条线则向外延伸，大概是绑在李贤诚或郑熙媛身上了。"出发吧。"刘尚雅不可能本身就拥有这种技能，这一定是背后星提供的星痕。但是，她所使用的是摆脱迷宫的"线"。这……感觉好像是我知道的星座。

#BI-7623频道重新开启。

耳边再次响起星座们进入频道的通知。

少数星座向频道播放系统提出索赔！星座"深渊的黑焰龙"好奇随机宝箱中到底生成了什么。

啊，你没看到吧？那也太可惜了，要怎么办呢？

"可恶！这个该死的家伙把我的频道……哈哈哈！我不在的这段时间，各位过得还好吗？"还有令人感到开心的……不，令人感到熟悉的声音。鼻荆回来了。

\*\*\*

——听说在我不在的这段时间内，你又办了几件大事。

——你这段时间没能回来，是因为我吗？

——那个……是啊，的确和你有一些关系。是因为突然停播和长时间广告，管理局警告我了。

现在鼻荆的声音只有我能听见。这是鬼怪之间使用的"鬼怪通信"。当然，鼻荆允许身为化身的我使用，明显是违反了规定。

——我现在决定不去在意那种小事了，大不了就再去几次管理局呗。不说这个了……你是怎么知道"随机宝箱"的？

——就是正好看到了。

——该死的，真没想到我的黑历史还留着，那个箱子为什么偏偏在那里……

——黑历史？

……

——等一下,难道那个让人无语的道具是你设计的吗?

就连作为《灭活法》的忠实读者的我,也不知道这件事。

——可恶!要是我当时不贪心……

"哇,真的很好吃啊,这个。"

鼻荆的嘟囔声被郑熙媛的感叹打断。十分钟前,我们在刘尚雅的引导下,顺利与其他人会合。万幸的是,郑熙媛和李贤诚在我们回来之前一直守在地洞的洞口外。

"吃点肉,有助于身体恢复。"

"嗯,好像真的好了很多。"郑熙媛转了转肩膀,测试了一番,她的脸色看起来好了许多。熟透的地下怪兽的肉中含有的解毒成分发挥了作用。

"你们在那里面收获不少吧?除了魔力火炉,还有……"

"的确收获了几个道具。"

我看着李贤诚。从刚刚起,他就不断装备、卸下那副我给他的老旧铁制盾牌,现在他正在哈着气擦拭盾牌表面。别人看了还以为这是他提的新车呢。

**登场人物"李贤诚"对你表现出隐约的忠诚。**

郑熙媛羡慕地看着李贤诚,问道:"难道没有什么能给我用的吗?"

"没有。"

"那把剑呢?"

"那是我的。"

"这些肉你会分给其他人吧?"

"要收 Coin。"

"……真小气。"

"你不如说我的生存能力很强。"

我们一人背着一只烤熟的蝼蛄,你一言我一语,不知不觉走出了隧道。周围急剧变亮,开始能看到其他人的身影了。但是气氛有点不对,怎么有一种紧迫又忙乱的感觉呢?

**距离付费结算,还有20分钟。请准备好生存费。**

看到时间，我才明白过来。原来如此，竟然这么快就到时间了吗？"付费"一词听起来竟然如此可怕，真是让人吃惊。

"Coin，给我点 Coin 吧！"

"我家孩子没有 Coin 了！拜托给我点 Coin 吧……"

如果老老实实做任务，攒到 100Coin 应该不是问题，但老实人本就少见。

"100 万韩元[1]，不，我出 1000 万韩元！谁卖给我 100Coin 啊？"

Coin 的价格正在飙升。这事很荒谬。在世界灭亡之前，Coin 没有任何价值可言，此刻却产生了令人咋舌的溢价。而在远处看着人群幸灾乐祸的那些家伙，是千仁浩和铁头帮，那些家伙已经拥有足够多的 Coin 了。

有几个女人靠向铁头帮的方向，我听见她们在就什么事情讨价还价。

"你……你刚才明明说 100Coin！"

"嗯，我说过吗？不记得了。"

"什么？"

"现在不是情况有变嘛，两次 100Coin 怎么样？这种程度还算值当吧？"

铁头帮那群人发出一阵哄笑，我好像知道是怎么回事了。不知不觉间，郑熙媛已经拔出了刀，正盯着那边看："我非得把那群王八蛋……"

**登场人物"郑熙媛"的特性准备觉醒。**

郑熙媛也该觉醒了，现在觉醒虽然不是坏事……但时候未到。还需要一点耐心，才能让她获得我期望的那个特性。就在这时，系统通知出现了。

**稍后开始结算生存费。**

"救命啊！救救我吧！"听到呼救声，我的同伴们表情各异。李贤诚悲痛地低下了头，郑熙媛则握着刀咬紧嘴唇。所有人都知道"付费结算"的代价是什么，因为这里的人都亲身经历过。

"……独子。"刘尚雅看向我。

"嗯。"

在这个世界里，Coin 即权力。拥有 Coin 的人就能拥有好道具，拥有 Coin

---

[1] 100 万韩元：约合人民币 5400 元。

的人就能得到高能力值。拥有 Coin 的人，拥有着一切。

收到任务故事推荐的几个星座进入频道。星座"隐秘的谋略家"密切关注你的选择。星座"紧箍儿的囚徒"密切关注你的选择。星座"恶魔般的火之审判者"密切关注你的选择。

而我，则是金湖站里拥有最多 Coin 的人。

## 2

就在我准备张口的瞬间，我听见千仁浩的声音。

"啊，独子！你来得正好。"千仁浩发现了我们，正朝着这边笑。一阵不祥的预感袭来，千仁浩接着大声说道："这么一看，独子你有很多 Coin 吧？多少来着？我记得你好像是我们当中最有钱的人。"

登场人物"千仁浩"发动技能"煽动 Lv.2"！

人们慌里慌张地转头看向我。

"Co……Coin？"

"你刚才说谁的 Coin 最多？"

没多久，所有人的目光都集中在了我的身上。千仁浩，这家伙真会耍花招。

"你……你是叫独子吗？"

"救救我吧，求你了！"

人们喘着粗气靠近我，抓住我的裤腿。大概有二十几个人冲了上来，如果支付这些人的生存费，我就要亏损 2000 多 Coin。但如果不给他们，我就会立即变成金湖站的大反派。

你对登场人物"千仁浩"的理解度有所提升。

"哈哈，独子。我的 Coin 不够多，没法帮助这些可怜的人……但你和我不一样，不是吗？你难道打算就这样看着吗？"

我轻轻叹了一口气。他的这些小把戏，我最多配合一两次。

绝对善派系的星座将登场人物"千仁浩"定为"恶人"。

他不过是带着几个小喽啰就敢这样，我已经忍他很久了。

"救……救命！"

"救救我吧，拜托了！"

人们哭闹着冲向我，表情无比可怜。

"哈哈哈！故事的走向越来越有意思了呢，顺便一提，现在还剩10分钟哦！"鼻荆吵吵嚷嚷，听起来开心坏了。我的同伴们正用不知所措的表情看着我。我短暂地缓了口气，慢慢闭上眼睛后再睁开。

"这样啊，找我要Coin？"然后我笑了，"凭什么？"我环顾人群。第1个主线任务即为原罪，在场的人没有一个是无辜的。这群人明明都是通过践踏他人来苟全性命的，现在却连对苟得的性命负责都做不到。

"什……什么叫凭什么？！"

"你不是有很多Coin！难道就不可以分给我们一些吗？！"

在一片混乱中，千仁浩放声大笑："我就知道独子你会这样。"

"……"

"你刚出现在这里时就是这样做的。你不是用拿来的食物卖钱吗？如果不是那时候你让大家用Coin来换食物，你知道能活下来的人会有多少吗？"

"没错！你说得对！"

"啊啊啊！把我的Coin还给我！"不知不觉中，金湖站像是成了我的审判现场。也许这就是千仁浩想看到的画面吧。

"等等，各位！你们现在的行为……"

"独子不是那种人！"

刘尚雅和李贤诚试着安抚众人，但人们早已失去理性。接着，千仁浩进行了计划中的最后一步，他说："独子，最后给你一次机会，请把Coin还给大家。"

"如果我说不呢？"

"那肯定会发生最糟糕的事。"

二十多个人开始一步步向我靠近。

"你……你……快点！快交出Coin！"

即便如此，也没有人敢率先对我动手。最终，一个铁头帮成员看不下去，站了出来。

"干吗呢？杀了他！杀了他之后抢走 Coin 就行了，犹豫什么啊？"

这个狂妄大喊的男人的身材相当健硕。我发动"登场人物浏览"技能来确认这家伙的信息。

+

＜登场人物摘要浏览＞

姓名：韩民尚

专属特性：流氓（一般）

综合能力值：体力 Lv.8、力量 Lv.8、敏捷 Lv.8、魔力 Lv.2

+

区区一个流氓，综合能力值倒是相当可观。他不可能从一开始就有这么高的能力值……这些家伙果然是因为做了"那件事"吗？行吧，看来这是想依仗自己的能力值来压制我。

"畜生，去死吧！"

那家伙挥出手中的钢管，其中蕴含着 8 级的力量。如果是从前的金独子，这会是一个足以让我吓得瑟瑟发抖的危机……唰咔！被整只切断的胳膊和钢管一同滚落在地。

"呃啊啊啊啊啊！"

浸满鲜血的"不折的信念"吐露着白色的光芒，发出嗡鸣声。我的视线平静地扫过人群。

"呃，呃呃……"

我只用一击就打败了铁头帮成员。见状，周围的人都面色发白。秀已经做够了，是时候一步步开始我的计划了。

"太心寒了……你们怎么会相信情况变成这样是因为我呢？"在说话的同时，我的视线从左向右扫过每个人的脸。我看见了人群之后慌张的千仁浩，"你们明明都很清楚，其实不是因为我。"人们呆呆地张着嘴，仿佛生病的金鱼一般。而我则继续投下饲料，"你们只是在害怕那些家伙。就算知道是哪里出了问题，甚至就算处在丧命的危机中，却还仅仅是因为害怕他们，就在这里斗个不停。"

"哈哈，喂，独子！你说什么呢……"

"因为那些家伙比你们强！因为他们的综合能力值高，还有很多 Coin！但是各位，你们知道吗？"我向人群迈出一步，问道。而众人就像受惊的金鱼一样向后退去。然而，他们早就在我的鱼缸之中了。"那些家伙为什么比你们强？"我又向前迈了一步，"那些家伙的 Coin 为什么比你们的多？就因为他们是流氓？不至于吧。"

周围登场人物的内心正在动摇。

就算人们身陷恐惧之中，也能清晰地传达出某些感情。所有人的表情逐渐变得疑惑起来。

"这……这么一想，千仁浩怎么会有那么多 Coin……"

"哈哈，大家不是都知道吗？那个，我们卖了很多东西，然后——"

"你们觉得光凭卖东西就能拥有那么高的能力值吗？真的吗？"

千仁浩闭上嘴。我再次从左到右依次扫视人们的脸。

"几天前，我来到金湖站时，这里一共有 87 个人。"

"……"

"但现在的总人数是多少？要我看，最多也不到 50 个人。你们知道为什么吗？"

"那……那是因为我们早上轮流去侦察，然后被怪物……"

"怪物？你们到现在还相信这种话吗？"

"那到底是……"

"蠢货，用你们的脑子好好想想。那些人真的是被怪物杀了吗？那为什么铁头帮的家伙一个都没死呢？"

一瞬间，鸦雀无声。

"而且，为什么那些家伙回来的时候，都变得更强了？"

星座"隐秘的谋略家"对你的推理能力点头称是。

"难……难不成……"人们一个接一个地转头看向千仁浩，铁头帮的成员们瑟缩着后退。现在，轮到我来走出计划中的最后一步棋了。

"刚才那些家伙说过吧，如果杀了我，就会有 Coin。"

星座"紧箍儿的囚徒"兴奋地拔了一根头上的毛。

"但是，他们到底是怎么知道杀人就会有 Coin 的呢？"

"你，你们……仁浩！不会吧？"

"给我闭嘴！这都是诬陷！"就在千仁浩后退的同时，铁头帮成员们也都掏出了武器。恐惧万分的人群发出哀叫。

"哈哈哈！还剩七分钟哦！"我走到人们面前说，"要是你们还剩最后一点自尊，就用自己的双手去战斗吧。""信念之刃"发出可怖的嗡鸣声。相互对视的人们眼中满是愤怒，"至少要亲手夺回自己被抢走的东西。"

伺机而动的铁头帮成员们同时朝我扑来。我也迎着那些家伙跑去。

"因为这个世界就是这样的地方。"

白光一闪而过，人们发出尖叫。然后有人大喊道："是啊，他妈的！"

"这群狗东西！"人们也开始行动了。他们所有人，都是杀过人的。

"妈……妈妈！"

"多英，到这儿来！拿着这个！就像在地铁上那样！"其中有孩子和母亲。

"你们这群杂种！"也有上了年纪的中年人。

"这帮兔崽子！"

但是，这不是一场势均力敌的战斗。因为铁头帮的人和其他人的人数相当，而前者曾通过猎杀人类获取过 Coin，拥有压倒性的战斗力。不过要是算上我，就另当别论了。

唰咔咔！扑向我的几个铁头帮成员的胳膊和腿都飞向空中。我的虎口处传来斩断人体的瘆人寒意。失去战斗能力的铁头帮成员们抬头看着我："救……救我……"就在这一瞬间，有人抢至我身前，直接把刀戳进倒地不起的铁头帮成员口中。

"我说过，我会亲手杀掉他。"

已满足"潜伏者"特性的全部进化条件。登场人物"郑熙媛"的特性即将进化。

郑熙媛的身上散发出绚丽夺目的光彩。我点点头。时机已到。

登场人物"郑熙媛"的特性进化为"灭恶的审判者（英雄）"。

"灭恶的审判者"——三大审判者特性中最强的审判者，刚才从潜伏中苏醒了。

你为"潜伏者"的特性进化做出了巨大贡献！登场人物"郑熙媛"今后将会毫不犹豫地成为你的利刃。

"从现在开始，你暂时退后吧。"郑熙媛的眼睛泛着湛蓝色的光，她说，"处理这些家伙，是我的事。"

登场人物"郑熙媛"发动专属技能"审判时刻"。

绝对善派系的星座们同意使用该技能。

"审判时刻"已激活。

郑熙媛周身萦绕着血红色的光芒，她的刀在空中划出令人毛骨悚然的轨迹。刀身轻盈而精准地在铁头帮成员之间穿梭，顿时血花四溅。

"呃啊啊啊！"

这是一场彻头彻尾的屠杀。当然了，不只有郑熙媛在战斗。刘尚雅、李贤诚，甚至李吉永也都坚守着自己的位置，但郑熙媛无疑是其中最为积极的那个。仿佛生来就是为了杀人一般，郑熙媛斩杀了一个又一个人。我砍断敌人的胳膊，郑熙媛便刺穿对方的心脏；我砍下敌人的腿，郑熙媛便切断那人的脖子。

郑熙媛代我完成了收尾工作。她的动作毫不犹豫，就好像长久以来的潜伏只为了这一刻的杀戮。

"……"

周围全是血。不知不觉间，铁头帮成员只剩下千仁浩一人。而且，由于遭到人们的攻击，他身上已经没一处完好的地方了。郑熙媛看向我，我点了点头。

千仁浩望着我，露出了无耻的笑容："呵，呵呵……你，你这家伙……"这家伙的话没能说完。郑熙媛从后方出现，她的刀从千仁浩的头顶砍下，狠狠地将他劈开。

频道里的所有星座都感受到强烈的喜悦。

郑熙媛的这一击便是尾声，那之后所有人都停下了动作。战斗结束了。然而，没人能感知到这件事。不久前，我们还在分享烤肉，感受生活的意义，走在路上开着索然无味的玩笑，享受短暂的安宁——那一切都像是幻象一样。都是这个该死的任务。

刘尚雅正在哭泣。李吉永闭着双眼。李贤诚的嘴唇快被咬出血。体力耗尽的郑熙媛瘫坐在遍地血泊中。是啊,这才是这个世界的真实面貌。

**结算生存费**。

爆炸声从四面八方传来。获得 Coin 的人活了下来,没得到 Coin 的人死了。并且,不论是谁,都不能救下彼此。我面朝人群,说:"各位,请站起来吧。"在这个地方,就算抬起头也无法看见天空。我久久凝视着那片看不见的天空,就好像在抵抗某种宏大的命运一般。就连原本嘈杂的星座们也没在此刻发表任何评价,"任务才刚刚开始。"

正当大家沉浸在高涨的情绪中时,我独自思考着下一个任务。如同翻过一页书,又翻过了一个章节一样,我的内心很平静。我已经在金湖站拿到了所有该拿的。下一个舞台是忠武路。

## 3

时间来到第二天早上,金湖站发生了一些变化。首先,韩明伍不见了。从战斗开始时,他就没怎么出现过,战斗结束后更是不知去向。就连我也不知道他是去了下一站,还是藏在金湖站的某个地方了。

"估计是之后不打算和我们一起了吧。我从一开始就不喜欢他,而且也不是只有他一个人不见了。"

正如郑熙媛所说,昨天战斗之后,金湖站几乎没人了。这里的幸存者人数并不少,甚至比原著中的任何一次轮回时都要多。不过,他们中的大部分人都在昨晚的战斗后离开了金湖站。也许他们都有离开的理由吧。

"不知道留下来的人还好吗……"刘尚雅回头看向其他留下的幸存者,问道。

除了我、刘尚雅、李贤诚、李吉永,以及郑熙媛,其他幸存者只剩下五个人了。

郑熙媛率先开口了:"喂,你们,要和我们一起走吗?"

她无心的一句话却引起了那些人的慌乱,作为代表站出来的是一个牵着孩子的年轻女人。

"……我们自己走吧,也还剩一些 Coin。"

这对母女竟然能在这场血战中活下来，我内心感叹。以她们的胆识，即使不和我们同行，应该也可以生存下去。

郑熙媛的想法应该和我差不多，她点了点头，道："好吧，那祝你们好运。"

在郑熙媛转过身的瞬间，那些人都放下心来。其实他们的反应并不奇怪，昨天发生的事的确太有冲击力了。我能理解。我和郑熙媛，一个拒绝行善，另一个尽管有一定的理由，但还是进行了残忍的屠杀。也许对这些人来说，我俩和铁头帮成员看起来没什么差别。

我碰了碰身边表情呆愣的李贤诚："李贤诚？"

"啊，是！"一脸呆滞盯着郑熙媛的李贤诚被我的声音吓了一跳。我大概能猜到他的想法：眼前这个女人，和昨天那个锐气逼人、将铁头帮成员赶尽杀绝的人，真的是同一个人吗？不用问都知道他在想这些。

"东西都准备好了吗？"

"嗯！虽然还不算周全，但基本都准备好了。我找来了能做水桶的塑料瓶，防寒用品也都备好了，还有可以当饭盒用的备用物品……"果然，在这种时候，还是身边有军人在会比较省心，"……以上，就是这些了。如果还有需要的东西……"

没有其他需要的东西了……本打算这样回答他来着，但我突然想起一样东西："啊，能不能帮我找一个充电宝？"

"充电宝吗？"他感到惊讶也是正常的。因为这里连信号都没有，智能手机压根儿没什么用。

我胡乱搪塞道："我需要用一下。"

"我找找看。"李贤诚说完后，便开始翻找铁头帮留下的包裹。李吉永和刘尚雅也上前帮他。

郑熙媛则看着我，问道："现在要走了是吧？"

"要走了。"

郑熙媛没有问我"能不能一起走"之类的问题，就好像这已经是板上钉钉的事。郑熙媛就是这样的人吧。而站在我的立场来看，当然是欢迎她的加入了，"灭恶的审判者"可是刘众赫都想要得到的人才。

"我有很多想问的。"

"现在不行。"

"真是的，什么都不肯说。"郑熙媛用拳头轻轻捶了我一下。

登场人物"郑熙媛"向你支付了1500Coin。

"这是？"

"分给你的。我不好意思独吞这些钱，而且我已经和其他人分过了。"我立即明白了她的意思。昨天她一个人杀死了大部分铁头帮成员。也就是说，这些Coin原本是那些人身上的。但是……其实我不太愿意收下这笔钱。

"如果我是你，我就不会给别人。"

郑熙媛不知道的是，其实我拥有的Coin更多。

"但我又不是你。"她又对着我的胳膊捶了几下，之后便背着自己的包朝着隧道走去，"你们做完收尾工作再跟上来吧，我先去探探路。"

"别走太远，有些地方一个人去太危险了。"

像是在说不必担心，郑熙媛挥了挥手，离开了。

星座"恶魔般的火之审判者"喜欢你的袍泽之情。星座"深渊的黑焰龙"阴险地笑着。

我面无表情地看着出现在半空中的系统通知，然后说——昨天赚了不少吧？真不错呢。

没有收到回复，我再次开口道——别装蒜了，说话。我知道你在听。

——啊，哈哈哈……你发现了？鼻荆的声音听起来就像在我耳边说悄悄话一样。

——赚了多少？

——那个……嗯。

我无言地凝视着半空。

——呼呜，真是的。怎么又被你发现了，没法蒙混过关了。收下吧。

鬼怪"鼻荆"向你支付了4500Coin。

我就知道是这样。这个该死的鬼怪。

——星座们没有使用赞助系统，而是直接把Coin给了我。虽然不知道为什么，他们让我转交给你。啊，还有这些通知。

接着，一连串通知如同爆炸一般出现在我眼前。

星座"紧箍儿的囚徒"对你的任务故事很满意。

星座"恶魔般的火之审判者"勉为其难地接受了你的判断。

星座"隐秘的谋略家"很满意你的计谋。

……

难怪昨天我没有收到任何赞助消息。发生了这么大的事，获得的 Coin 却比想象的要少，我当时还纳闷呢。

持有 Coin：23050 C。

上次赚到的大部分 Coin 都被我用去投资能力值了，但现在我又攒到了相当数量的 Coin。也就是说，又到了升级能力值的时候了。那就来进行一些合理的投资吧。因为打不开自己的特性视窗，我必须记清楚自己提升的能力值等级数。首先，从十分重要的"体力"开始进行。

使用 1200Coin 投资"体力"。体力 Lv.12→体力 Lv.15。肉体的耐性提升。

我没有被动攻击技能[1]，所以"力量"等级也需要提高。

使用 1600Coin 投资"力量"。力量 Lv.11→力量 Lv.15。肌肉中涌现强大的力量。

"敏捷"等级只用提升到让我有一定的闪避能力即可。

使用 400Coin 投资"敏捷"。敏捷 Lv.10→敏捷 Lv.11。能够更加灵活地行动。

为了维持"白清罡气"，"魔力"等级也要突破 10 级才行。

使用 1200Coin 投资"魔力"。魔力 Lv.6→魔力 Lv.10。你的灵魂充斥着奇妙的灵气。

其实还可以再升几级，但我故意没那么做。因为在到达忠武路之后，多的是要用 Coin 的地方。再加上我已经花了 4400Coin……都说"花钱容易赚钱难"，还真是这个道理。要是我的初始能力值高一些的话，也就不用花这么多 Coin 了。但我的初始体力等级竟然只有 1 级……《灭活法》的点击数，不是，

---

[1] 被动攻击技能：无须主动操作就能自动释放的攻击技能。

连李吉永的体力等级肯定都比 1 级高。

——对了，差点忘了，有星座推荐了你的任务故事哦。你可真厉害，照这样下去，我的频道应该能升级了。

——那是应该的。

我不像其他化身那样，能够获得背后星的援助，所以必须收集更多的 Coin。鼻荆的频道规模现在还太小，导致我和它缔结契约的效果还不够明显。"少数"星座是远远不够的。真想攒下 Coin，至少要搭建一个能容纳"相当数量"星座的频道。等到了忠武路之后，应该很快就能具备客观条件了。

"如果大家都准备好了的话，我们就出发吧。没落下什么东西吧？"

已经聚集到我身边的众人点点头。看着他们紧张的神情，我想大家都因为昨天发生的事清醒过来了。终于，我们开启了前往忠武路的旅程。

*** 

在我们去往药水站的半途上，空中突然弹出了系统通知。

第 2 个主线任务已激活。

+

＜主线任务 #2：相遇＞

类别：主线

难度：E

完成条件：走完隧道，与第 1 个主要据点的幸存者相遇

规定时间：无

奖励：500Coin

失败惩罚：？？？

+

看到消息后，我才终于有了正式开始的感觉。与第 1 个主线任务不同，从第 2 个主线任务开始，存在一些"主要据点"。郑熙媛问道："主要据点？是指哪里呢？"无须作答，因为补充通知随即出现。

**下一个"主要据点"是忠武路。**

"如果是忠武路的话，我们马上就要到了吧？再走三站……"

低沉的震动声传来，与之同时出现的是挖开地洞、探出头来的蝼蛄们。这是一个数量高达30只的蝼蛄群。

郑熙媛面色凝重："……还得往前走三站。"

李贤诚率先站了出来："我来担任前锋吧。"在得到了背后星的赞助后，李贤诚的体力、力量、敏捷等级之和达到了37级。他赚的Coin比我的少得多，但综合能力值却已经快追上我了。果然，初始能力值高的人自带许多优势。要是早知道会这样，我以前至少会做做俯卧撑。

"我来断后。"虽然李吉永的综合能力值比较低，但他通过坚持不懈的技能训练，已经能够更加灵活地使用"多元交流"了。

"我也来断后。"刘尚雅正在以用魔力制成的线来阻止蝼蛄的移动。虽然攻击力不高，但她和郑熙媛的综合能力值应该是差不多的。

"不过是数量多而已，比想象中要好对付很多呢。"最后是无须多言的郑熙媛。综合能力值虽低于李贤诚，但她光是用专属技能就足以大杀特杀了。"灭恶的审判者"的专属技能是"审判时刻"。只要面前的对手是被星座们判定为犯下无可辩驳的不义行为的"恶人"，那郑熙媛就是战无不胜的。

不一会儿，最后一只蝼蛄也被打倒了。在我身旁拿着盾牌的李贤诚边擦汗边说："呼……这种程度的话，应该没什么问题。"实际上，这个任务并不是这么轻易就能完成的。因为不论蝼蛄的行为模式多么单一，30只以上的蝼蛄群也绝不是好对付的。在不发动"书签"技能的前提下，我也没有信心独自消灭这么多蝼蛄。这说明我的同伴们已经变强了。

不知又往前走了多久，一个新的地铁站台终于出现在了我们眼前。

"是药水站！但是怎么一个人都没有啊？……不对，不是没有。"药水站里堆满了人类和蝼蛄的尸体。死人身上的部分伤痕似乎不是蝼蛄导致的，而是由刘众赫造成的。

"继续走吧。现在只剩下两站了。"

我们继续往前走去。反正从药水站到东大入口站的直线距离已经不到一千米了，我想尽可能地往前多走些距离。就在快要到达东大入口站的时候，我们又一次遇到了蝼蛄群，并且击败了那些家伙。我们走过的距离不过两千米多一点，但由于艰辛的战斗，大家的体力都急剧下降。

"在这里休息一会儿再走吧。"

"反正只剩一站了，不如到那里再休息……"

"到了之后还不知道能不能休息。"听到我的话，大家都沉默了。的确，在这个世界上，危险的不只是怪物。我环顾四周，说道："这么一看，原先在这个站里的人应该走得很匆忙，说不定还落下了一些生活必需品。"

"啊，那……那就……"听到"生活必需品"时，刘尚雅的手微微抬起，她和郑熙媛对上视线。她们什么话都没说，却同时点了点头。

我默不作声地站在原地，郑熙媛问："怎么，你要和我们一起去吗？"

"不了，你们去吧。"话都说到这个份儿上了，我要是还没明白她们的意思就不正常了。就算世界变成这样，人类的生理现象也依旧存在。

就在这时，李贤诚也开口了："如果现在是个人休整时间的话，我也要去趟卫生间。"

在这种情况下，他竟然说要去卫生间？我下意识想"他在说什么胡话啊"，但仔细想了想，既然这里有建好的卫生间，也没理由不用吧。可能正是因为这样，人们才会在危急情况下去地铁站避难吧。

"我也要去。"

李吉永也同去了。看着他们二人并排往前走的背影，我仿佛看见了一对年龄相差巨大却情深义重的兄弟。

刘尚雅看着我，问道："独子，你打算一个人待在这里吗？"

"我要去一趟地面。"

"什么？出去的话应该会有毒雾吧……真的没关系吗？"

"我就去一小会儿。"

此话一出，郑熙媛眯起眼睛："……有点可疑哦，你为什么要去外面？"

"我想去进行一些宗教活动。"

"宗教……活动？"

盯着郑熙媛看了好一会儿，我做出如下回答："别看我这样，其实我还挺虔诚的。"

***

不久后，我站在了东大入口站的6号出口前。根据我读过的信息，应该就是这里了……

已暴露在剧毒雾气之中。

果不其然，这一站应该也受到了尸毒犀牛的影响。我这次没有购买"艾拉猴的肺脏"，所以必须赶紧把事情办了。我屏住呼吸，在通往东大[1]的扶梯上快速地奔跑起来。没过多久，一座散发着青灰色光泽的铜像就出现在我眼前。

一位身披袈裟的星座对你的举动表示期待。

这座铜像塑造了一位生活在朝鲜中期的僧人形象。他身着老旧长袍，手持巨大竹杖，虽然是铜像，但这位僧人的脸上却透露出不可名状的气度。我确认了铜像下方竖写的名称——"惟政四溟大师像"。

很好，就是这个。并且这里还没有他人造访的痕迹……我站在铜像前，双手合十。

一位身披袈裟的星座因你的举动而感到高兴。得到了100Coin的赞助。

紧接着，我毫不犹豫地用"白清罡气"发动了"信念之刃"。

一位身披袈裟的星座因你的举动而感到惊讶。

就这样，四溟大师的铜像被劈成了两半。

一位身披袈裟的星座因你的举动骇然不已！

# 4

几分钟后，我回到东大入口站，大口啃咬着蝼蛄肉，这是为了治疗被剧毒

---

[1] 东大：此处不是指地铁站或地铁站出入口，是指东国大学。韩国人习惯说简称。

雾气污染的皮肤。这种程度的污染，仅靠吃地下怪兽的肉就能痊愈，虽然痊愈过程需要一定的时间。

——喂！你疯了吗？你到底在干什么？

与此同时，我的耳边传来鼻荆怒气冲冲的声音。

——吵死了。

——这可不是能随便糊弄过去的问题！你怎么敢用那种方式去破坏星座的雕像！你想让我的频道完蛋吗？如果那个"秃头义兵长"疯狂留差评的话……

"星座的雕像"，每个国家都拥有"星座"，韩国也不例外。但是话说回来，四溟大师的"星座称号"竟然是"秃头义兵长"，我怎么想都觉得这个称号对于一位韩国的伟人来说有些不敬，但其实我也没资格这么说。

一位身披袈裟的星座因你的野蛮行径而火冒三丈。

星座"紧箍儿的囚徒"咯咯地笑着。

极少数星座感叹你的厚颜无耻。

虽然存在程度的差异，但所有雕像中都封印着星座的力量。如果使用正确的方法解除雕像的封印，化身就有一定概率获得该星座生前使用的力量——其道具或技能。不过，解除封印需要花费大量的时间，且不能保证最终一定能获得我想要的技能。我看着手机上的《灭活法》电子文档：

"可是四溟大师的铜像应该有封印吧，你是怎么获得技能的？"

"遇佛杀佛，不是有这样的话吗？"

"什么？你难道……"

"哈哈，我只是尝试了一下，结果竟然真的行得通。事实本就如此嘛，这些雕像都是偶像崇拜啊。"

在进入忠武路前的最后一道关卡中，四溟大师的"技能"是必不可少的。并且，能够确保我获得"技能"的最稳妥的方法，就是破坏铜像本身。当然了，也可以在"鬼怪包袱"里买到类似的东西……但 Coin 还是省着点用比较好。

"你的宗教活动还顺利吗？去了寺庙还是教堂？"听见有声音传来，我立刻按灭了手机屏幕。不知不觉间，郑熙媛等人都来到了我身边。

"我有东西要给各位。"

"什么东西？如果是十字架之类的就不用了，我不信教。"郑熙媛像是开玩笑一般说着。

我把获得的道具一一摆在他们面前。幸运的是，四溟大师的铜像不仅给了我技能，还吐出了两件道具——"四溟大师的念珠"和"四溟大师的长袍"。

看到破烂的长袍和老旧的念珠，大家眼中充满了疑问。我大概清楚他们在想什么。但在这个世界，越是旧东西，就越有可能是好东西。

"虽然看上去不起眼，但总归是伟人的遗物，都是些挺好的道具。"

"伟人？"

"你们知道四溟大师吗？"

一位身披袈裟的星座因你的举动而愣住。

郑熙媛呆呆地问："……那是谁？"

一位身披袈裟的星座因化身"郑熙媛"的话而震惊不已。

"啊！我知道！"幸好有人知道。不用说，这个"有人"正是刘尚雅，"我记得在准备韩国史资格证考试的时候看到过。四溟大师是朝鲜中期的僧侣吧？"

"是的，没错。"

"他曾在壬辰倭乱[1]时英勇杀敌，最后成功守护了朝鲜半岛……芦原坪战役和牛冠洞战役！"不愧是刘尚雅。虽然我也学过韩国史，但也不清楚这些细节。

一位身披袈裟的星座被化身"刘尚雅"感动。

我点点头，说："总之，在这些道具中，都蕴含着那位大师的力量。"

"……真的吗？"

"什么啊，竟然是真的！"

确认完道具信息后，郑熙媛和李贤诚吓了一大跳。

---

1　壬辰倭乱：1592—1598 年，日本进攻朝鲜的战争。

"独子，你是怎么知道这些的，又是怎么拿到道具的？"

"就，碰碰运气呗。我在四溟大师的铜像前合上双手，谁知天上竟然掉下了这些东西。"

"怎么会……"

连我自己都觉得这话是在瞎扯，但人在胡说八道的时候都是有理由的。我看着众人，故意用严肃的语气继续说下去："我认为，四溟大师专门送来这些东西应该是为了帮助韩国。"

"啊……"他们这声"啊"中有许多种含义。我努力忽略掉，接着往下说。反正这些话也不是说给他们几个人听的。

"就像在壬辰倭乱时那样，也许这次四溟大师送来自己的遗物同样是为了拯救国家。无论如何，现在韩国发生的事也相当于是在经历国乱了。"

**一位身披袈裟的星座因你的话而心头一热。**

并且，在国家动荡时，善欺诈者最易得势。

"……在我们目前所处的世界中，发生这样的事也没什么奇怪的。而且，说不定四溟大师还是'星座'的一员呢，是吧？"

让我没想到的是，刘尚雅似乎最先接受了我的说法。也许是不愿看我下不来台，她才站出来帮我把话圆了过去。好笑的是，在刘尚雅表示赞同后，心思单纯的李贤诚也立即表示认同。

"四溟大师先生……"可能是突然被激发了爱国之情，李贤诚的表情看上去似乎下一秒就要背诵陆军信条。李吉永也觉得很神奇。只有郑熙媛斜睨着我，一副"听你瞎扯"的表情。

**一位身披袈裟的星座亮出自己的称号。星座"秃头义兵长"饶恕了你的罪过。**

我抬头看向空中，用表情问鼻荆：这样总行了吧？鬼怪则是一脸无言以对的样子。

星座的力量和财力与其知名度直接相关。因此，所有星座都希望看到自己的故事以这种方式被人传颂。哪有星座会不爱被人称颂呢？

"这个念珠就送给知道四溟大师的刘尚雅吧。"

"真的吗？我真的能收下吗？"

"我觉得四溟大师先生也会很乐意看到你来使用这个念珠的。"

实际上,"四溟大师的念珠"虽然是星座自身使用过的道具,但性能却不怎么好。这是因为并非所有星座使用过的物品都能成为星遗物,而且四溟大师的名号没有传遍世界各地,这一点应该也影响到了道具的性能。尽管如此,这也是一件 B 级道具。"四溟大师的念珠"不仅能增加魔力恢复,还附带了加强魔抗的功能。

郑熙媛在旁边看着刘尚雅,有些眼馋地说:"真羡慕你知道这么多,尚雅。我就没有好好读书,根本不知道那些。"

"啊……那……那个……"

"开玩笑啦,开玩笑的。别露出那种表情。"

我对气鼓鼓的郑熙媛说:"也有给你的。"

"不会是那件长袍吧?"

"没错。"

"算了吧,我就是再想要道具也不会穿那种东西。"

"别这样,你先试试吧,总比没有强。"

短暂的犹豫过后,郑熙媛还是小心翼翼地披上了长袍。虽然她好好整理了一番,想让这件衣服尽可能看起来不那么寒酸,但其实怎么看都很破烂。

一位喜欢独吞的星座谴责你的行为。一位赞美友谊的星座欣赏你的行为。

如果出现的道具是星遗物级别的"四溟大师的竹杖",我肯定会自己收下,但这两样道具并不是我目前急需的。郑熙媛在地铁屏蔽门前仔细打量自己倒映其中的身影,神情复杂地说:"有种说不清的感觉……突然觉得充满了力量。"

"四溟大师的长袍"这件道具能够提高化身的正义感和意志力。虽然对我来说几乎毫无作用,但对于容易被情绪冲昏头脑的郑熙媛来说,是一件值得一用的道具。

"你刚才说的是'四溟大师'吧?我要记住他的名字。"

星座"秃头义兵长"欣慰地看着此情此景。得到了 100Coin 的赞助。

我半开玩笑地说:"你去双手合十拜一拜四溟大师吧,说不定他会感动得多给你些东西。"

***

我本来只是开个玩笑，结果郑熙媛还真去拜了拜四溟大师。因为暴露在剧毒雾气中，郑熙媛也中毒了。她在我旁边一边大口啃着蝼蛄肉，一边说："不过，铜像已经被人击碎了，不会是你干的吧？"

"……"

"……独子？"

"不说这个了，大家要做好准备，我们快到忠武路了。"我望着黑黢黢的隧道说。依靠李吉永的"多元交流"，我们一步一步安全地行进了二十多分钟。从东大入口站到忠武路的直线距离不到一千米，所以"那个"应该快出现了。

收到新的支线任务！

说曹操，曹操到。

"大家都往后退。"

+

＜支线任务：幻影监狱＞

类别：支线

难度：D～F

完成条件：请于规定时间内逃出"幻影监狱"

规定时间：1小时

奖励：300Coin

失败惩罚：？？？

+

支线任务"幻影监狱"已开启！

估计刘众赫也在这个任务中经历了一场鏖战。因为这个任务对回归者们来说，是十分危险的陷阱之一。

刘尚雅问："'幻影监狱'？会是什么呢？"

就算不问也会知道的。

"要来了，请大家打起十二分的精神。"我话音未落，一片灰蒙蒙的雾气就已经向我们涌来了。弥漫的雾气几乎充斥着整个隧道，我的视线瞬间被阻断，就连站得很近的同伴们也看不到。环顾四周，只能看到一幅天旋地转的扭曲景象。

"呃啊……我要吐了。"郑熙媛发出尖叫，她看到的东西应该和我现在看到的不同。

——独子啊。

是我不想听到的声音。这人的声音我已经忘记很久了，此刻却从这似真若假的飘忽景象中传来。如果连我面对的幻象都达到了这种程度，那其他人只会更严重。

"……感觉有点奇怪啊。独子！你在那边吗？"

"独子！独子！"

在扭曲的视野中，大家的声音离我越来越远。

幻影监狱——通过触碰心理创伤，把人引入疯狂的空间。

——独子，你什么都没看见，明白了吗？

我眼前的景象被打散，接着，某个人的脸出现了。我静静地瞪视着虚空，露出苦笑，就像在否认这是现实一样。

发动专属技能"第四面墙"！

受到专属技能的影响，你对"幻影监狱"免疫了。

心情变得舒畅起来，不适感也纾解了。

星座"隐秘的谋略家"感叹你的精神力。赞助了100Coin。一位充满好奇心的星座因没能窥探到你的记忆而感到遗憾。

幻影监狱的力量变弱了，我开始感知到周围的动静。

"大家冷静，慢慢地深呼吸。"

陷入幻影监狱的人将会丧失理智，向周围的事物发泄自己的疯狂情绪。因此，在幻影监狱里，身边的同伴是最危险的。刘众赫选择独自行动的部分原因，估计也是出于对这所监狱有所顾虑。

"二……二等兵李贤诚。抱歉，没听清！"

"我错了，我错了，妈妈！"

"你……你们这群狗崽子！"

太迟了吗？大家沉浸在疯狂中，我听见他们的呐喊声。然而，并非所有人都失去了理智。

"……独子？"瞬间，刘尚雅从幻影监狱中现出身形。她手腕上戴着的"四溟大师的念珠"散发出明亮的光芒。幸好这个道具是有效果的。我走近刘尚雅，对她说："帮忙掩护我，我要开始破坏这个空间了。"刘尚雅紧张地点点头。

**发动专属技能"破魔Lv.1"。**

相比于可以用Coin购买的"退魔"，"破魔"是更高级的技能。我就是为了获得这个技能，才一定要打碎四溟大师的铜像。

**专属技能"破魔Lv.1"解除了"幻影监狱"。**

也许因为这是四溟大师使用过的技能，效果立竿见影。要是买"退魔"的话，大概需要一分钟才能解除监狱。雾气退散，幻影监狱消失了，同伴们一个接一个地出现在我的视线中。

"我……我们的决心！我们是忠于国家和国民的大韩民国陆军！"

"呃……妈……妈妈。"

面前的景象，让人一眼就能看出他们的心理创伤是什么。李贤诚以头顶地，做了一个俯卧撑的姿势。李吉永则将脑袋埋进膝盖，瑟瑟发抖。

刘尚雅率先跑了过去："贤诚！吉永！快振作起来！"就在这一刻，锋利的刀刃从身后砍来。幸好刀的速度不快，不难躲开。"……我要把你们全都杀了。"郑熙媛像疯了一样怒视着虚空，举起了手中的刀。看着她逐渐变红的眼睛，我的心里咯噔一下。危险，这是"鬼杀"的征兆。啪！我以手为刀，狠狠地砍向郑熙媛的后颈，将她击晕。幸运的是，郑熙媛的身体立即放松下来。就因为害怕发生这种事，我特意把"四溟大师的长袍"给了郑熙媛，但她的精神状态似乎比我想象的更加脆弱。

"刘尚雅，拜托你照顾好郑熙媛。"

"……好。"

"现在还没结束。"

**已满足支线任务的完成条件。获得300Coin。**

任务完成的通知一弹出，我们眼前就出现了怪物。它们是一群形态缥缈的怪异生命体，很容易让人联想到灵外质[1]——8级幽灵，心魔。这群心魔就是制造幻影监狱的罪魁祸首。我使用"白清罡气"，发动了"信念之刃"。

"嘎咿咿咿！"幸好这个任务中的战斗难度不高。只要先破除幻影监狱，心魔就不难对付了。伴随毛骨悚然的怪异声音，所有心魔都消亡了。

"心魔的灵石"——这也是今后能派上用场的道具。我把心魔消失后掉落的灵石装进口袋。大概是刘尚雅的功劳，除了已经晕过去的郑熙媛，其他人都在迅速恢复神志。

"大家都还好吗？"

恢复速度最快的果然是心思单纯的李贤诚。听完事情的来龙去脉后，他叹了口气，低下头："……谢谢，真的差点出大事。独子，我又欠了你一个人情。"

"没有的事。"

"头好疼……"李吉永不停地敲打着自己的脑袋。见状，我默默护住他的头。这个孩子一直伪装坚强，但他的心理创伤也许是我们之中最为严重的。

远处有光隐隐约约地照进来。刘尚雅说："独子，我们好像快到了。"

我苦恼了一会儿。郑熙媛晕倒了，其他几个人现在也很难发挥出全部的战斗力。我们就这样进去，真的会没事吗？然而，我的顾虑很快就被人打消了。

黑暗中，突然现出一抹锐利的刀锋。但不是为了伤害我们，单纯是在进行威慑。

"你们是谁？你们不知道这片区域是我们的狩猎场吗？"

在照进微弱光线的入口，一个女孩持长刀而立。她的年龄在十七八岁，脸庞稚气未脱，穿着看上去很眼熟的女高校服。她披着一件拉链连帽卫衣，似乎是为了遮挡胸前的名牌，却无法藏住她显眼的外貌。

"啊，那个孩子是……"眼神好的刘尚雅最先认出了她。而我也知道她是谁。因为她是小说中的主要配角之一——台风女高唯一的幸存者，李智慧。她也是刘众赫不惜逞强也要在最短时间内直达忠武路的原因之一。

---

[1] 灵外质：被认为是鬼神附体者身上渗出的物质。

"……你们是处理完心魔才过来的吗?"看到我手中的灵石,李智慧露出吃惊的表情,"你们怎么做到的……那东西只有我师父才能打败吧?"

我立即发动了技能。

专属技能"登场人物浏览"已发动!

+

<人物信息>

姓名:李智慧

年龄:17 岁

背后星:海上战神

专属特性:受伤的剑鬼(稀有)

专属技能:剑术锻炼 Lv.3、鬼杀 Lv.1、绝对感知 Lv.2、鬼之步伐 Lv.1

星痕:海上战斗 Lv.1、号令大军 Lv.1

综合能力值:体力 Lv.13、力量 Lv.12、敏捷 Lv.13、魔力 Lv.9

综合评价:通过杀死挚友进化成"受伤的剑鬼"。该人物的背后星对你和你的同伴们抱有好感

★ 正在使用"新手礼包"

+

果然,没有变动。"海上战神"——李智慧的背后星和原著中写的一样。在之后的"海上战争"中,她将成为不可或缺的角色。

星座"秃头义兵长"因与老战友重逢而感动不已。李智慧的背后星亲切地迎接了"秃头义兵长"。

地铁站里已经不再通车,但我仍能感觉到微弱的风。看着微风不时吹起李智慧的发丝,我再次清醒地意识到——

"主线任务#2:相遇"已结束。进行奖励结算。

是啊,终于到了。

忠武路。

# Episode 7
# 屋主

## 1

李智慧领着我们直接进入了忠武路。看到站台上已经被砸碎的屏蔽门，刘尚雅说："……气氛有些吓人呢。"沿着3号线地铁的轨道往上走，我们看见了坐在地上闲聊的人群。

已进入忠武路。目前正在进行第3个主线任务。正在激活 #GIR-8761 频道。正在激活 #BIR-3642 频道。

从忠武路开始，任务的规模变大，进行直播的鬼怪频道数量也会随之增加。鼻荆那小子要受点苦了。就在这时，几个中年人发现了我们的存在，挥着手朝这边走来。

"哦，武士小鬼。你带新人回来了？"

"嗯。"

这人竟然叫李智慧"武士"。估计是因为不知道李智慧的背后星是谁，他们才这样乱叫。

"大叔，你又喝酒了？"

"哈哈哈！世界都变成这样了，除了喝酒，还有什么可做的事吗？"

这群中年人身材富态，就像小区里的房东大叔，他们优哉游哉，一点也不像正在经历灾难的人。而且每个人都理所当然地配备了武器。这里明显和金湖站不同。从现在起，要来真的了。

"这几位朋友,你们是通过东大隧道过来的吗?厉害啊……赚了不少Coin吧?"

这时,一个中年人将视线移向刘尚雅:"这位小姐,怎么称呼呀?我这儿有便宜的'房间',要租一间吗?"

"……房间吗?"

"哈哈,小姐,你还不太了解这里的运转体系吧?我们这里……"

李智慧打断了他的话:"各位大叔,别对新来的耍花招,赶快上去吧。"

"哎哟,反正他们也得知道这些,大家都是为了活着才这样的……"

"不想死的话……"

看见李智慧拔出湛蓝的长刀,那些中年人脸色一白。

"小东西,净学些不好的……"

"哎,老姜,别说了,走吧。"

大叔们的语气中满是遗憾,他们一边回头看我们,一边走远了。直到他们消失在4号线换乘站[1]之后,李智慧才将刀收回鞘中。

"我已经带你们进来了,接下来你们就自己看着办吧。我拒绝当保姆。"

这小孩说话真没礼貌。我环视着周边环境。忠武路——第3个任务的舞台,这里的规则和之前所有地方都不相同。

"滚……滚远点!再靠近的话,我就把你们都弄死……"在3号线的站台中央,一名持刀男子正颇具威胁性地瞪着周围的人。他的脚下踩着一块一坪[2]多点儿的地砖,地砖上正散发出绿色的光。

刘尚雅问:"他为什么会这样?"

"我也不知道。"其实我大概猜到了原因,但没必要这么早就让同伴们感到害怕。在3号线的站台里,四处都坐着与那名持刀男子神色相似的人。和我们刚才遇见的那群中年人不同,这些人的脸上都写满了绝望。我瞥一眼他们,问李智慧:"刘众赫也在这儿吧?"原本打算转身离开的李智慧,在听到"刘众赫"

---

1 忠武路站为韩国地铁3号线和4号线的换乘站。
2 坪:土地面积单位,一坪约合3.3平方米。

这个名字后猛地转过头来，她的眼神中透出戒备："……你是什么人？"从她说话的样子来看，刘众赫已经把这孩子教坏了。但我能够理解。因为翻遍整个韩国，也找不出几个"海上战神"级别的星座。如果我是刘众赫，也会一到忠武路就去找李智慧。

"我是刘众赫的同伴，我活着回来了。"

"同伴？不可能吧？"李智慧用怀疑的眼神看着我，而我厚脸皮地耸了耸肩。

"你跟他这样说，他会明白的。刘众赫现在在哪儿？"

"……师父现在不在这里。"

"这样吗？那就有些难办了，我有话要对他说。"

李智慧皱起眉头，盯着我看了一会儿，她的表情似乎在说"被背叛了"。真是的，这样一来，我就清楚她是怎么看待刘众赫的了。更何况她现在已经开始叫他"师父"……他用这种方式抢走"将军"，这就让我有些难办了呢。

李智慧对一个蜷缩在角落里睡觉的少年喊道："喂，你！"

"是，我在！"

"给我看好这群人！我去一趟师父那里。"

少年不明所以地看着我们问道："他们是谁啊？"

"不知道，说是师父的朋友！"

听到李智慧的话，站台周围的人都转过头来看着我们。他们的眼神中半是新奇，半是敬畏。

"……刘众赫的朋友？"少年上气不接下气地跑过来，探头看向我们。他看上去是李智慧的同龄人："你们真的是刘众赫的朋友吗？"

看着少年圆溜溜的清澈双眼，实在让人说不出谎话。但说到底，那只是对于普通人而言。

"我是他的挚友。"

不管怎么看，我似乎都不是个"普通人"——我最近产生了这种想法。至少，在这个世界里不是。

***

在刘尚雅照顾晕倒的郑熙媛时，我从少年那里听说了忠武路的事。这小子是和李智慧一起跟随刘众赫的少数追随者之一。

"……所以，我们都追随着刘众赫。那个，您在听吗？"

"在听。"当然了，我并没有认真听，因为刘众赫这个精神变态的英雄故事实属无趣。但如果要概括，就是这样的，"三天前，刘众赫出现在这里，从怪物群中救出了你和李智慧等人。不就是这个意思吗？"少年讲述的经历被我简单粗暴地缩略成一句话，这让他看起来有些纠结。

"呃，这件事真能说得这么简单吗？"从他的表情中就能看出，他已经完全被刘众赫迷住了。的确，一个有压倒性武力的人突然出现并且救了自己，少年不追随他才奇怪呢。但这个孩子不会知道，他能活下来并非因为刘众赫是个善良的家伙，而是因为他运气好，当时正好和李智慧待在一块儿罢了。

"那个，我有几件好奇的事，能问问你吗？"

正当我沉浸在自己的思绪中时，李贤诚开始毕恭毕敬地对少年进行提问。

"嗯，请说。"

"请问这里的食物供给是怎么进行的？"

"那个，说'供给'还真有点难为情……我们几个人都靠智慧呢。平时都是智慧去打猎，然后拜托刘众赫烹饪……"

也不知李贤诚什么时候准备了一份核对清单，他掏出笔记本，开始记录什么东西。好像生怕别人不知道他是军人似的。

"那请问饮用水的问题是怎么解决的呢？"

"把食物或Coin给楼上的'屋主联盟'，就能换来一点点水。"

"……屋主联盟？"

总算要讲到有趣的事了。我换了个坐姿。

犹豫片刻后，少年开口道："有一些房东大叔原本就控制着忠武路这一带。他们占领了楼上，我们叫他们'屋主联盟'。""忠武路屋主联盟"——这是《灭活法》中出现的名称。

"他们是什么样的人呢？"

"那个，该怎么说呢……"

实际上，根本没必要问这个问题。如果一切如我所知，目前掌控忠武路的应该是"十恶"之一。

"他们就是一群房东。"少年边叹气边回答。从某种意义上来看，他说的就是正确答案。他们是一群房东，是按照既定数额来收取租金的房东。就在这时，沉默良久的李吉永开口了。

"那个，哥哥。"

"嗯？"

"我想去卫生间。"

"很急吗？"

"嗯。"

李吉永的要求有点突然。在这之前，李吉永从没为这种事向我开过口，所以才更加令人惊讶。然而，在李吉永身边站着的，是满面通红的刘尚雅："那个，我能一起去吗？"

我忽然想起在药水站时，刘尚雅和郑熙媛曾一起去寻找生活必需品。我大概明白是怎么一回事了。李吉永这小子，还挺会察言观色的。

一直听着我们对话的少年说："要去卫生间必须上到地下二层，而且很难进去。"

"那边有什么事吗？"

"嗯，你们还是自己去看看比较好……正好我也打算上去一趟，要一起吗？"

"走吧，去瞧瞧。"我说道。当然了，我的真正目的并不是去卫生间，我上去只是为了确认一些事。与我所了解的第3次回归的刘众赫相比，现在的他，行事方式有着微妙的不同。那么，我必须弄清楚区别在哪儿。我背着还没清醒过来的郑熙媛，和大家一起爬上了地下三层。

"哟，这不是刚才那些新面孔嘛，各位是来看'房间'的吗？"站在4号线自动扶梯旁的中年人吹着口哨朝我们问道。

少年摇摇头，回答他们："啊，抱歉，我们只是来楼上办点事……"

"哎呀，真是可惜。那你们小心点啊。"中年人毫不留恋地挥了挥手。

看着他逐渐远去的背影，刘尚雅歪头问："那个……他们一直说的'房间'这个词，具体来说是指什么呢？好像不是我知道的那个意思。"

"简单来说，就是那个。"少年指向的地方是一块正方形的地砖。正是之前我们在3号线站台上看到的那种。果不其然，也是一块一坪多一点的、散发着绿光的地砖。仔细一看，地砖上方的空中似乎飘着一行字——

绿色区域 0/1

"那个东西在任务中的名称是'绿色区域'，我们都称它为'房间'。"

地砖旁边，两个男人正在厮打，仿佛是在为了地砖干架一样。这次提问的是李贤诚："那到底是什么？那些人为什么要打架？"

少年有些难以启齿，就好像如果告诉我们真相就会威胁到他的生存一般："到地下二层之后，各位就会知道了。"越往楼上走，围绕"房间"的打斗就越常见。每个房间显示的数字各不相同，最小的房间是"0/1"，也有"0/7"的大房间。斜线后面的数字应该就是房间内可以容纳的人数。

我仔细观察着周围，问："地下三层到地下一层都是屋主联盟的领地吗？"

"是的，虽然也有少数派的势力，但基本都被屋主联盟占领了。"

忠武路的所有基础设施都集中在地下二层和地下一层，所以实际上相当于是屋主联盟垄断着所有权力。

"刘众赫没有采取任何措施吗？不是说他救了你们吗？"

"那个……"面对我的问题，少年的脸色明显黯淡了下来。他的嘴唇张张合合，好不容易才说出口，"他让我们自己站出来……"

我就知道，我所了解的那个刘众赫当然会说出这种话。而且他应该也没说过让这些人追随自己，不过是这些人被刘众赫展现的强大武力所吸引，怀抱着一丝渺茫的希望而已。

没过多久，我们就到达了地下二层。少年的表情看起来很是紧张："从这里开始，就要小心了。"地下二层里，有着比楼下多得多的"房间"。但是，我却看不到像刚才那样招揽生意的人，只能看到用恐怖的眼神守护着绿色区域的人。

我们径直通过这些人身旁，朝着卫生间的方向走去。

"呃……为什么都停在这里了？"

走到去往卫生间的最后一个通道前，我们停下了脚步。因为几十个人堵在了岔口附近。

"去前面看看吧。"说完后，我拨开人群走上前去。

"弼斗先生！请再给我一次机会吧！我以后再也不会那样了！"

"拜托，求求你了！请让我多住一天吧，我就算去借Coin，也会交上租金的！"

人群最前方已经沸沸扬扬了。

"喂喂，大家都靠后一点，退后。"

在这群人对面，是一群看起来像是屋主联盟的人，他们手持武器，排成一列。我本能地察觉到——"十恶"应该就在这里。我虽然尝试根据小说中的描写来寻找"十恶"，但这些人都长得差不多，我很难从中找出"十恶"。难道成为屋主后，都会变成差不多的样子吗？我正感到腿边有什么东西在动来动去，这时有人探出头来，是李吉永。看起来挺危险的，我正准备抓住李吉永的肩膀，然而就在这一瞬间，有人推了他一把。"啊——"李吉永失去重心摔倒在地上，他踩到了地砖。

化身"李吉永"侵犯了私有地！

气氛骤然变冷，站在前排的几个屋主联盟成员看着李吉永。

"小鬼，你在搞什么啊？"

与此同时，本在往前推搡的人们尖叫着向后退去。

"疯了！"

"往……往后退！快点！"

仿佛看到了什么不该看的东西一般，拥挤的人群如潮水般退去。人们一退开，就能看见他们原先站着的地方有一条散发着红光的警戒线。一个男人来来回回地看着警戒线和李吉永，他说："哼，你好像迷路了。你知道这是哪里吗？"

"这不是去卫生间的路吗？"

"卫生间？哈哈，有段时间是这样的。但是你这个小崽子……你父母在哪儿呢？"

"……什么？"

"不能随便进入别人的领地，这个你父母有没有教过你呢？""别人的领地"——这个，错不了。男人的眼神捉摸不透，他抚摸着李吉永的头，说道，"小鬼，看来你不太懂这些啊。那现在就让叔叔来教教你吧。"

登场人物"孔弼斗"发动星痕"武装地带 Lv.3"！

伴随着嘎吱吱吱的声音，地板各处正在升起形似加特林机枪的迷你炮塔。

登场人物"孔弼斗"以侵犯私有地为由，向你收取 500Coin。如不遵从警告，四周的所有炮塔将立即进行射击。

男人说话了："交钱。"

装弹完毕，所有炮塔一致瞄准李吉永。李吉永慌慌张张地后退，回到我身边。那个男人在看见我之后，露出了笑容："啊，原来有监护人啊。那就让监护人替他付这 500Coin 吧。"说着，男人伸出手。我见状微微一笑……真有趣啊，刘众赫。你竟然直接放过了这群王八蛋！

## 2

"十恶"——随着刘众赫所经历的轮回不同，"十恶"的名单和实力排名也会发生变化，但他们始终是《灭活法》世界里主要的十个反面角色。忠武路的"武装城主"孔弼斗，正是"十恶"之一。所以，但凡是读完《灭活法》的人（虽然只有我），就不会不知道孔弼斗。

### 绿色区域 56/70

果不其然，他拥有的"房间"大小已经与众不同了。这个房间面积已经很难用坪数来形容，应该说，这一带都是孔弼斗的绿色区域。先用老办法试试吧。我把李吉永藏到身后，开口道："为什么要收 Coin？忠武路地铁站不是公共设施吗？"

"哈哈，八天前还是，现在不是了。"

500Coin 对于普通人而言绝非一笔小数目。然而，仅仅因为踏上他们的领地，就要收这么多 Coin……真是一群抢钱的。

"好，我给就是了。但我要给他本人。"

"什么？"

"你又不是孔弼斗。"虽然眼前这家伙装作自己就是孔弼斗本人，在这里耀武扬威，但他不过是屋主联盟的一号龙套演员罢了。你在哪儿呢？孔弼斗。我迅速用视线探查周围各处——不是这家伙，也不是那家伙……如果我是孔弼斗的话，我会在哪里呢……

"哈哈，你这家伙真搞笑。喂，你在跟我开玩笑吧……"

"孔弼斗，你在哪儿？快来收罚款吧。"我无视面前这个家伙，迈开了步子。

你侵犯了私有地！

升起的炮塔全都瞄准了我，但我没有因此而停下脚步。老实说，如果炮塔开始射击，就算是我也不一定能全身而退。但是，我必须在这里展现出自己的气魄。只有这样，孔弼斗才不会轻视我。

"停下，再往前走就杀了你。"终于，孔弼斗发话了。那是一把长椅，上面摆放着各种生活必需品，一个坐在椅子上看杂志的中年人正盯着我。果然和原著中描写得一模一样。微微啤酒肚，头发半秃，此人正是屋主联盟的代表——孔弼斗，"是张生面孔呢，你很有魄力。"

"让我付钱都够冤的了，我干吗还要看人眼色？"

登场人物"孔弼斗"对你产生兴趣。

看来，我是反派们会喜欢的那类人。之前金南云也是这样。

"你这家伙还真是能说会道，但我劝你最好不要太过狂妄。"他就像是小区里常见的大叔那样，和蔼地笑着对我说话，但我很清楚，孔弼斗绝不是普通的小区大叔。

专属技能"登场人物浏览"已发动！

+

＜人物信息＞

姓名：孔弼斗

年龄：48 岁

背后星：防御大师

专属特性：屋主（稀有）、地主（稀有）

专属技能：私有地 Lv.3、耐心 Lv.1、损益计算 Lv.2、领导力 Lv.2、煽动 Lv.1、武器锻炼 Lv.1

星痕：武装地带 Lv.3

综合能力值：体力 Lv.9、力量 Lv.11、敏捷 Lv.10、魔力 Lv.19

综合评价：孔弼斗是忠武路"屋主联盟"的代表。他的技能"私有地 Lv.3"与星痕"武装地带 Lv.3"相辅相成，能够在一对多的战斗中发挥最佳效果。建议尽可能避免成为他的敌人

★ 正在使用"新手礼包"

★ 正在使用"成长套餐"

+

"武装城主"孔弼斗。读取信息后，我有了更加真切的感受。任务才到这个阶段，他不仅已经拥有了两个专属特性，就连魔力等级也达到了 19 级。的确，只有到达这种程度，日后才能在"十恶"中占据一席之地吧。

"但是，你来找我的目的是什么？好像不只是为了上缴罚款吧。"他果然很敏锐。

我稍作思考：是和他谈判呢，还是直接动手？如果从一开始就使出全力，我可能是有机会的，但孔弼斗的"武装地带"绝不是好对付的星痕。如果想要制服他，那么我也要做好被炮塔击中后身负重伤的心理准备。该怎么做呢？我的 Coin 都有其他用处，按照目前的状况，是不能继续用来投资能力值的。

"我好心劝你一句，最好别胡思乱想哦。"孔弼斗笑着看向我的身后。在不知不觉中，全副武装的联盟成员已经包围了李贤诚他们。

我微笑着举起双手："请冷静，租客找房东，还能是为了什么？"

"要租房？"

"是的，请让我和我的同伴们住在你的绿色区域。"这是必须做的事。要想

安然无恙地完成第3个主线任务，就必须住在孔弼斗的绿色区域。不过孔弼斗的回答却和我预想中的一样。

"不行，联盟不接受外来者。不过，如果你们每人每天上交500Coin，我也许会考虑一下。"

每人每天500Coin？说得好像在推销Coin商品似的。这家伙真是比鬼怪还黑心。

"这有点困难，但是作为交换，我可以向你提供情报。"

"什么情报？"

"刘众赫的情报。"

刘众赫的名字一出，屋主们脸色突变。

"刘众赫？你说的刘众赫是那个不久前引发骚动的……"

"你这王八蛋！你和那家伙是什么关系？"

"弼斗！这小子有点可疑啊？"

果然，这话引起了他们的注意。刘众赫，他一定已经和屋主联盟发生过冲突了。其实也正是这一点让我有些不放心。在原著中，第3次回归的刘众赫现在应该和屋主联盟血战到底才对，但这家伙现在到底在哪儿，在干什么呢？

孔弼斗用怀疑的眼神看着我，问："你和刘众赫是什么关系？"

"我们是不同生不共死的同伴。"

"……不应该是同生共死吗？"

"总之，就是很熟的意思。"

"我凭什么相信你？"

"信不信由你，反正相信我对你来说也没什么损失吧？"我看似漫不经心地说。孔弼斗一定会接受我的提议，因为刘众赫是目前忠武路唯一能威胁到孔弼斗权力的人。

登场人物"孔弼斗"发动"损益计算Lv.2"。

"怎么会没有损失？"

"……"

"谁知道你是不是骗子？我走过的路比你吃过的盐还多，根据我以往的经验，像你这种人最后一定会不交房租就逃跑。"他的话真是一针见血，甚至让我有些委屈。但是，我不能在对话中落了下风。

"你不信就没办法了，反正最后都是你的损失。"听到我这样说，孔弼斗的表情变得复杂。我毫不犹豫地转过身去。重要的是展现不带一丝留恋的态度。只有这样，那家伙才会对这笔交易有所留恋。

"等等。"

不出所料。

"你还没交私有地罚款呢，想跑？"

原来他留恋的是另一件事。该死的家伙。我尴尬地笑了，转过去说："多少钱来着？100Coin吗？"

"不是啊，你和那小孩加起来总共是1000Coin。"

我额头上青筋暴起。这人把1000Coin当1000韩元吗？"那也太多了。"鬼怪都没从我这儿搜刮过这么多Coin，我是绝对不可能给孔弼斗这崽子1000Coin的。

孔弼斗笑了："那你就失去了当租客的资格。去死吧。"

我下意识地推开身边的男人们，跑向我的同伴。喔——炮塔开火了，手持铁制盾牌的李贤诚不知何时挡在我的身后。有这样的同伴真令人安心。

"……独子。"但即便是力量和体力等级都接近14级的李贤诚，此刻的声音听起来也异常紧张。看到他颤抖的手臂肌肉，我反应过来：李贤诚的第二个星痕还没觉醒，以他目前的能力值，是无法抵挡住炮塔的连续攻击的。再加上郑熙媛也不在，如果现在和孔弼斗展开正面对决，我的同伴中一定会有人因此丧命。

"孔弼斗，先等一下吧。"既然如此，我就不能打会带来损失的架。

"又干吗？"

"你最好不要现在和我们打。"

"为什么？"

得让其他人来承受损失才行。

"因为如果现在打，你会死在这里。"

孔弼斗的脸色一僵。就算我不继续说，他一定也察觉到了。此刻，有一个家伙正乘着扶梯从地下一层下楼。那人散发的气势异常强大，孔弼斗没察觉到才奇怪。

"我的挚友已经在路上了。"刘众赫——没想到我会这么欢迎那个浑蛋回归者的出现。

"师父，就是那个家伙，他谎称自己是您的同伴。"李智慧指着我，尖声说道。她身边的人正一步一步向我走来，这位就是我们的主角，他正独自耍帅，好像在拍电视剧似的。他杀气腾腾的眼神紧盯着我，让人印象深刻。

登场人物"刘众赫"的内心正在剧烈动摇。专属技能"全知读者视角"第二阶段已启动！

一瞬间，短暂的眩晕袭来，紧接着，我的耳边就传来这小子内心的声音。

——怎么这么快？

我大方地朝这小子挥了挥手："你好，众赫。"

……

"过得还好吗？脸色看起来挺不错呢？"

……

李智慧和孔弼斗用难以置信的眼神轮番打量着我和刘众赫，就好像我和刘众赫绝不可能是"同伴"一样。紧张的气氛开始在空气中蔓延开来。

"这些人不相信我和你是同伴，还是你来说句话吧！"

我了解刘众赫，这崽子虽然杀人不眨眼，却是个信守承诺的家伙。

少数星座密切关注着化身"刘众赫"的回答。星座"恶魔般的火之审判者"期待看到化身"刘众赫"坚持信义。

更何况，像现在这种星座们密切关注的情况下，他更加会守信。

……

刘众赫平静地看着我，慢慢张开嘴唇。但我先他一步开口道："啊对了，如果能让我们用一下卫生间就更好了！"

最后，刘众赫拔出剑，握在手中。

\*\*\*

不久后，我们顺利使用完卫生间，下到了 3 号线的站台。这一切都多亏了我的回归者同伴。我笑着说："很高兴见到你，浑蛋。"

"……果真还活着。"先说结果，刘众赫没有称我为同伴。他只是默默将剑对准了孔弼斗，以行动代替回答。幸好孔弼斗并不希望发生冲突，于是咬牙切齿地放过了我们。

"难道你盼着我死吗？"

"的确，那样比较好。"狗屁同伴。看到他这副傲慢的表情，我就更来气了。我真想现在就冲上去把他的下巴踢飞，但我做不到。

专属技能"登场人物浏览"已启动！该人物的相关信息过多，"登场人物浏览"将转换为"摘要浏览"。

——转换成完整版。

登场人物"刘众赫"的人物信息转换为"完整版"。

+

<人物信息>

姓名：刘众赫

年龄：28 岁

背后星：？？？

专属特性：回归者＜第 3 次＞（神话）、电竞选手（稀有）

专属技能：贤者之眼 Lv.8、白刃战 Lv.8、高级武器锻炼 Lv.5、护身罡气 Lv.5、精神壁垒 Lv.5、群众控制 Lv.5、推理 Lv.5、测谎 Lv.4……

星痕：回归 Lv.3

综合能力值：体力 Lv.24、力量 Lv.24、敏捷 Lv.25、魔力 Lv.23

综合评价：（该人物的综合评价过长，无法加载）

+

读小说的时候没什么感觉，但现在亲眼看到，我才知道这家伙是个多么不同凡响的人类。现在第 3 个主线任务才刚开始，而刘众赫的体力、力量、敏捷等级之和竟然超过了 70 级。再加上他的技能等级……该死的，所以才说"主角 buff[1]"啊。

"还有什么要说的吗？"感觉刘众赫的成长速度甚至比原著中第 3 次回归时还要快。迅速的成长意味着他同时承受着巨大的风险……这才只是第 3 次回归，这小子到底在打什么算盘？我有点不安，看来最近有必要开展一些暗中调查了……"我问你还有没有话要说。"

"没有，只是因为讨厌才盯着你的。"

——他果然是个有决断力的家伙。

说什么决断力。他"中二病"犯了吗？

——但他的放肆实在碍眼，干脆现在就杀了他？

"我开玩笑的。"我慌忙笑道。刘众赫转过头去，似乎并不在意的样子。

星座"紧箍儿的囚徒"对你感到失望。

反正我现在也没打算对刘众赫动手。要想完成今后的无数个任务，刘众赫是不可或缺的人物。也就是说，就算不能像真正的同伴一样相处，但他这个人还有着无穷无尽的利用价值……我明明是在陈述事实，为什么听起来却像是在狡辩呢？

"看来你已经有一堆同伴了。"刘众赫面无表情地盯着我和我身后的人。

登场人物"刘众赫"对你感到稍许失望。

啊？为什么？但我立刻知晓了答案。

登场人物"刘众赫"发动"贤者之眼 Lv.8"！

——我好不容易选择把李贤诚留下不带走，他却只能把李贤诚培养到这种程度？

因为这是事实，我瞬间哑口无言。的确，如果李贤诚和刘众赫一起行动的话，会比现在更加强大。但无论如何……你这小子，我不过是个侥幸知晓未来的普通读者而已啊。

---

[1] buff：在游戏中指增益。这里说的"主角 buff"可理解为"主角光环"，指虚构作品中作者会给主角创造各种（直接或间接）有利到可能不合理的条件。

——期待值以下啊。

听着他内心的声音，比实际听到他说出口更让人受伤。然而，盯着一行人看了好一会儿后，刘众赫的视线突然停住了。我第一次从他的眼神里看到了困惑。

——那是什么？

刘众赫正在查看除李贤诚以外其他人的信息。但偏偏另外三个人站得很近，我不知道刘众赫到底在看谁。

——怎么会这样？

他到底在看谁？虽然特别想问他，但搞不好会让他发现我的技能，我还是忍住了。刘众赫现在还不知道我能读到他的内心。从他的视线方向来看，他好像是在看郑熙媛的人物信息……

正好这时郑熙媛醒了过来，她和刘众赫对上视线："看什么看？"

……

郑熙媛，干得漂亮。

——我要杀了……

"刘众赫，"我赶紧插话，"有件事我很好奇。"

那家伙转头看我，眼神就好像在说"你倒是说说看啊"。

"你为什么没管孔弼斗？"

"如果你是先知，应该知道原因吧。"

"就算我是先知，我也不可能知晓所有事情。"准确来说，应该是"记不住"所有事情。

**登场人物刘众赫发动"测谎Lv.4"。登场人物刘众赫确认你的话为事实。**

还真是个谨慎的家伙。

"……这样吗？也是。就算你是先知，现在'未来视'的等级应该还比较低。"

随你怎么想。

刘众赫接着说："必须留孔弼斗一命。"

"是因为之后的任务吧？"刘众赫没有作答，就像在试探我知道多少情报一样,"我也知道之后的任务需要孔弼斗。但是也只需要孔弼斗,并不需要那家伙的追随者,不是吗?"

"……"

"你不是喜欢把不需要的东西都除掉吗?为什么只是看着不管?"

——真烦人。

什么?

"我要做的事很多,"刘众赫静静地凝视着我,接着说,"你不会理解的。"

"等一下!这个问题不能就这么过去了,如果你现在不行动,忠武路的大部分人都会……"

刘众赫的眼神冰冷刺骨:"无所谓。"

我并非人本主义者,也不相信这世界上每个人都有活下去的价值。所以,我现在发火,只是因为刘众赫这人的言行令人厌恶。

"我能揍你一拳吗?"

"你有那个自信吗?"

我愤怒地抬起拳头,然而就在此时,传来一条通知。

登场人物"刘众赫"正在使用"护身罡气 Lv.5"。

我放下了拳头。这个卑鄙小人。

"事情都办完了吗?"

"……"

"走吧。"听到刘众赫发话,李智慧一个激灵。她这才反应过来,跟上刘众赫,并且用不可思议的眼神看着我。

星座"秃头义兵长"被你的侠义之心所感动。得到了 100Coin 的赞助。

当然,这完全是个误会。

***

距离第 3 个任务激活,还有 1 小时 30 分钟。

没剩多少时间了,我的脑子很混乱。

星座"秃头义兵长"因民不聊生的状况而火冒三丈。星座"秃头义兵长"希望看到民众发动起义。

四溟大师在我脑海里嚷嚷个不停,而我却想不出什么好的解决办法。准确来说,第3个任务已经开始一周了。我估计刘众赫打的算盘是利用第3个任务进行的间隙来谋取其他好处。当然了,我不会放任不管的。但话虽如此……

星座"紧箍儿的囚徒"很好奇你在想什么。

"刘众赫个狗崽子。"

星座"紧箍儿的囚徒"感到满意。得到了100Coin的赞助。

其实眼前最要紧的问题并不是刘众赫,而是孔弼斗。如果想顺利完成第3个任务,我必须得到孔弼斗的帮助。不过,如果得不到他的帮助……我猛地抬起头来,看见了笑嘻嘻的郑熙媛。

"你刚才尿了吧?"

"……什么?"

"我说刚才那个男人,就是你在和刘众赫说话的时候。"

我立刻提起孔弼斗的事——这是因为郑熙媛晕倒了,所以没见到孔弼斗。但绝不是在转移话题。而郑熙媛也马上对我的话做出了反应:"哎,怎么会有这种人呢?他们怎么能占据给所有人使用的公共设施,而且还要收租金啊?"

"那些浑蛋就在楼上。"

"我现在就去收拾他们。"郑熙媛勃然大怒,她拔出了蝼蛄刀。这么一看,也是时候给大家换新的武器了。要做的事情太多了。

"目前还不行。"

"只要我们齐心协力,就能赢的。在金湖站的时候不也是这样吗?"郑熙媛的表情充满了自信。她的确有理由这样,毕竟她有"审判时刻"这个撒手锏一样的技能。她很聪明,适应能力也很强,应该已经完全掌握了自己的特性和技能,"别磨蹭了!赶紧去处决他们吧!"

而且只要对方是"恶人",她的"审判时刻"就能发挥最大功效。

登场人物"郑熙媛"发动"审判时刻"!绝对善派系的星座们对郑熙媛的请求保持沉默。技能发动已取消。

郑熙媛的脸上写满不解："不是，怎么会……这是什么情况？出故障了吗？"郑熙媛又尝试发动了几次技能，都没有成功，"为什么发动不了呢？那群家伙明明是恶人啊？"

听到郑熙媛的疑问，我露出苦笑："那应该只是我们人类的想法吧。"

"……这话是什么意思？"

"我是说，星座们的想法可能有所不同。没人能保证我们认为的善恶和他们认为的一样。"

"啊……"

"有时候，正义只是多数的判决。"而此刻，星座就是能够决定判决的"多数"。人类没有定义正义的权力，因为人类只是背后星的傀儡。

"什么啊……"

我看向另外几个同伴。虽然大家都不说话，但他们的想法应该和郑熙媛差不多。李贤诚沉默地擦拭着留下魔力弹痕迹的铁制盾牌，而刘尚雅和李吉永则并排坐在地上看着蟑螂。这种绝望感，我是完全可以理解的。他们解决了金湖站的混混，就以为自己算是小有实力了吧。但是，我们仅仅往前移动了三站地，就出现了远远强于那些混混的可怕角色。那么，现在就开始给他们一些不切实际的希望吧。

"也不是没有办法。"

"什么？"

"有一个打败那群人的办法，虽然很难做到。"

同伴们同时看着我。

李贤诚问："真的有办法吗？"

"什么办法？"

我转头看了看四周，压低声音说："让孔弼斗走到'武装地带'之外。"

"'武装地带'是什么？"

"是那家伙的星痕，也是最适合进行阵地防御的技能。"

"武装地带"——只要孔弼斗发动星痕，附近地区就会升起炮塔，这是一项强到离谱的技能。多人攻击孔弼斗时很难取得优势，原因就在于他的星痕。不过目前还只是"武装地带",比较好对付,等到以后那家伙的星痕进化为"武装要塞"时,若想打败他,就要做好开展攻城战规模的战斗的准备了。

不过,如此强大的孔弼斗也一定有他的弱点。

"当那家伙走出指定场所的瞬间,'武装地带'就会立即解除。那样的话,他的迷你炮塔就没用了。一般情况下,那种大范围防御技能总会受到很多制约。"

听完我的话,李贤诚和郑熙媛同时感叹道:"啊……有这样的弱点啊。"

"才见过一次,你就已经知道这么多了?独子,你的特性不会是'万事通'吧?"

类似的情况反复发生,大家看起来已经适应了我这样。这次是刘尚雅的提问:"但是,怎样才能让那个人走出'武装地带'呢?"

"这就得靠我们大家一起来想办法了。"

"啊,我最讨厌想办法了。"郑熙媛抱怨道。

在那之后,我们陷入了短暂的沉默。李贤诚最先提出自己的方案:"在他上厕所的时候发动突袭的话……"

"那我估计你没看到他长椅旁边堆积的杂物吧。"孔弼斗绝不会离开自己的"武装地带"。日常生活需要的所有东西都摆在他的安身之所——"长椅"旁边,包括睡袋、毛毯、食物、装着水的脸盆,甚至还有不知从哪里找来的尿壶。当然了,租客们会帮他清理垃圾。

"疯了吧,他是个终极死宅吧?他是在那块地里藏了什么宝贝吗?怎么能做到一动不动地待在里面的?"

"因为那块地是忠武路最大的'房间'。"

"'房间'吗?"这么一看,郑熙媛现在还不是很了解"房间"的意思。不过,也没有必要多作说明了。

**距离第 3 个主线任务激活,还有 1 小时!**

反正她很快就会知道了。"我们也该开始找'房间'了。"我们几人同时从地上站起来,把周围站着的其他人吓了一跳。

"别……别靠近这里!"戒备最强的是刚才那个守护 3 号线的"单人房间"

的持刀男子。但是还没等我们走近，其他几个男人就冲向了他："滚蛋吧！"遭到不分青红皂白的攻击后，持刀男子被赶了出去，绿色区域之上的字随之瞬间改变。"房间"的主人变了。

绿色区域 1/1 → 绿色区域 0/1

那几个男人围绕这个"房间"展开了血战。有人的大腿被刺伤，有人的鼻骨被打断。郑熙媛皱起眉头："不去阻止他们吗？"

"就算我们介入，结果也一样，总会有人死的。"

"也有可能全都活下来吧？"

"在这个任务中，那是不可能的事。"我的话音刚落，鼻荆就从空中降下来了。

"好啦，让我们来开始第3天的主线任务吧？今天还来了几个新人喔，应该会更有意思的吧？哈哈哈！"鼻荆说话的时候瞄着我们这边。共有三个鬼怪负责直播忠武路的任务。既然鼻荆作为代表出来发布任务，那么它应该就是负责跑腿的那个。在三个鬼怪中，鼻荆的频道最小，所以这也是理所应当的。接着，第3个主线任务出现在我的眼前。

+

< 主线任务 #3：绿色区域（第3天）>

类别：主线

难度：C

完成条件：占据地铁站内的"绿色区域"，应对每天午夜时像海浪一般涌来的怪兽群，并生存下来。此任务共持续7天

持续时间：8小时

奖励：1000Coin

失败惩罚：无

+

李贤诚瞪大了眼睛："这……这是……"

"规则很简单，抢在其他人之前占据绿色区域就行了。当然啦，也可以抢夺别人的绿色区域。但是各位要抓紧时间了哦。在午夜之后，如果没能占据绿色

区域，就会遭遇非常可怕的事情！哈哈，那就请各位加油吧！"听到鼻荆的话，同伴们的表情都变得僵硬了。而就在这种情况下，四周还在传来人们的惨叫声，甚至还有肉体被捣烂的声音。

"去死吧！给我去死！"

"我……我并不是因为恨你才这样的！我也是为了活下去！"

看着周围的情景，同伴们应该也意识到：眼前的激烈斗争，已经不再是别人的事了。刘尚雅用颤抖的声音询问："难道我们之间也要像那些人那样互相攻击吗？"

"我们没必要那样做，只要找到能够容纳多人的'房间'就行了。"

绿色区域有大有小。最小的"房间"只能容纳一人，但也有像孔弼斗的领地那种足以容纳七十个人的地方。

"当然，那是在有多余的'那种房间'情况下的事了。"

听到我的话，郑熙媛的嘴唇抽动着："真是的，独子就是擅长让人不安……那我们赶紧开始行动吧。说不定还有剩下的房间呢。"

"分头行动应该更快。我们分组吧，贤诚和尚雅一起，熙媛带着吉永。"

"独子，那你呢？"

"我单独行动。"

没有人问我一个人是否能行，他们的眼神中透露出对我的信任。最后，李吉永开口了。

"哥哥，那个……如果我们找不到的话，该怎么办呢？"

"如果在任务开始前二十分钟都找不到'房间'，就请大家回到这里来碰头。"

"明白了，那就出发吧！"同伴们井然有序地散开。郑熙媛和李吉永去往地下二层，刘尚雅和李贤诚去往地下三层。我看了一会儿众人逐渐远去的背影，打开了手机。打开《灭活法》的文档后，一行文字出现在我的眼前。

忠武路没有剩下的"房间"。

书中记录着简单明了的事实。估计我的同伴们不会找到多余的"房间"了。所以，事实上，摆在我们面前的其实只有一种选择，那就是杀死占据"房间"的人，以换取自己的生存。但是，李贤诚和郑熙媛真的能做到吗？这里的幸存者并非全都是"恶人"。虽然也有像孔弼斗那样剥削他人的人，但大部分人张牙舞爪都只是为了活命而已。面对这些人的时候，刘尚雅和李吉永究竟能否露出獠牙呢？我很快就能知道答案了。

## 3

鼻荆消失后，过了十几分钟，忠武路的3号线站台上开始出现伤亡者。现在3号线站台上仅剩一个"房间"。由于3号线里没有强者，于是弱者们毫不退缩，人人都朝彼此暴露杀意。

"去死吧！给我去死吧！"

距离第3个主线任务开始，还有30分钟。

就在周围正在变成人间炼狱的时候，我却安静地读着《灭活法》。也许今天的任务会按照我的预期发展。为了活下去，我必须把书中的有关情节一字不漏地记下来。

——你这家伙到底在干什么啊？

鼻荆的"鬼怪通信"传来的同时，我听见了星座们的系统通知。

星座"紧箍儿的囚徒"因你此刻的举动而感到惊讶。

一瞬间，我反射性地关掉屏幕。这样看来，有一件事我至今没考虑到，那就是为什么星座们看到我在读《灭活法》，却没有做出任何反应呢？在《灭活法》原著中有这样的情节：星座们在知道刘众赫是回归者的事实后，对任务的公平性发出了质疑。那么，看到我拥有原著的文档，他们本应该说些什么才对。

——你现在打开空白的记事本是想干吗？都是因为你，星座们都快郁闷疯了！

空白的记事本？我再次打开手机，屏幕上明明显示着《灭活法》文档。

——你是在说这个吗？

——是啊！你现在打开这东西，难道打算写什么作战计划吗？你要是再不采取行动就死定了！哈，我竟然相信你这种家伙，还和你缔结了契约……

我瞬间起了一身鸡皮疙瘩——鬼怪看不到这个"文档"。如果拥有星流直播系统最高管理权的鬼怪都看不到的话，星座们应该也是看不到的。那么把这个文档发送给我的作者……究竟是何方神圣？

"哇啊啊！"最后一声惨叫响起。终于，3号线站台上"房间"的主人之战决出了胜者。

绿色区域 1/1

"……请不要靠近这边。"少年动作生疏地用刀指着我。让我吃惊的是，胜者竟然是之前向我们介绍车站的那个少年。我还不知道他的名字。

"别担心，我不会和你争的。"为了让这小子放心，我故意离远了一点。就在下一刻，我身后传来了动静。

"是吗？大叔，你还挺从容的啊。看来你是想去死啊！"

听到这没教养的语气，我不用回头都知道这人是谁："你不也挺从容的吗？"

"没人敢动我的房间，因为大家都知道，敢动的话，他们就死定了。"李智慧挥动着蓝色长刀。是啊，以她现在的实力，除了刘众赫和屋主联盟，几乎没有化身能与之一战。

李智慧仔细地观察着我，再次开口："我希望大叔你别死，你刚才顶撞我师父的样子可是给我留下了非常深刻的印象。"

"我不会死的，不用担心。就算找不到'房间'，我也不一定会死。"我说的是事实，找不到"房间"也不一定就会死。因为这个地铁站里就有一个活生生的例子，那个人证明了这件看似不可能的事，这甚至就发生在三天前。李智慧眯起眼睛。

"大叔，你知道自己在说什么吗？"

"嗯。"

"你很强吗？跟我师父一样？"李智慧话音刚落，刘众赫就出现在她身后："该回房间了。"

"啊，好的，师父！"李智慧的态度立刻变得温顺了起来。

她离开后，刘众赫也准备转身，他瞥了我一眼："你要和怪兽打？"

我耸了耸肩。

"你会死的，你的同伴们也是。"

"走着瞧吧。"

离开的同时，刘众赫回头看我，他的眼中一时间充斥着难以捉摸的情绪。我没有发动"全知读者视角"，毕竟不是所有的情绪都只能通过言语来表达。

**距离第 3 个主线任务开始，还有 20 分钟。**

我听到有人从换乘通道的楼梯下来的声音。李贤诚、李吉永，还有刘尚雅……从大家黯淡的神色来看，结果应该和我预想中的一样。刘尚雅闷闷不乐地说："我们……没找到房间。"

"没关系，不过熙媛去哪儿了？"

"那个，她说要去楼上进行协商来着……"

话音刚落，郑熙媛就嚷嚷着跑下来了。

"一晚上 2000Coin？他们在开玩笑吗？真想把他们暴揍一顿，真是的！"郑熙媛情绪激动，鼻子都快喷气了，她接着说，"独子，你知道楼上那些人说了什么吗？哎，就是说……"

"他们突然涨租金了吧。"

"啊，你已经知道了？"

这件事不难猜到。如果二十分钟之后还找不到房间，租客们就会死。既然主动权掌握在屋主们手中，涨租金也是理所当然的事情。

"独子，你有什么发现吗？"

"没有，我也没找到。"

"啊……"

我的视线一一掠过他们每个人的脸。终于，到了要做选择的时候："现在有两个办法。"

听到我说有两个办法，大家的眼睛都发光了。但是我提出的办法可能会与他们的期待背道而驰："第一个办法很简单，还能让我们所有人都活下来。"

郑熙媛眯着眼睛问："一般在这种情况下，最后选的都是第二个办法……另一个办法是什么？"

"第二个办法非常困难，而且我们之中很可能有人会死。"

"那就选第一个办法吧。"

"其他人怎么看？"

李贤诚首先做出回应："如果能让所有人都活下来，第一个办法应该更好。"

李吉永也点点头。只有刘尚雅犹豫地说："可以先听听那个办法具体是什么吗？"

我点了点头，走上通往4号线换乘通道的楼梯："第一个办法就是那个。"大家望向我指的地方——那里有五个人，他们一边对周围保持警惕，一边发着抖。

绿色区域 5/5

"他们占领的'房间'正好是五人间，但是他们的能力值都不高。说实话，就算我们五个不全部出动也能……"

"等等，独子，你是说——"

"是的，第一个办法就是杀了他们，抢走'房间'。"听到我平静无波的陈述，同伴们的身体微微颤抖着。郑熙媛的表情看起来像是受到了很大的伤害。

"你以为我们是想不到这种办法，所以才没动手的吗？"

"如果哥哥打算用这种办法，我是可以做到的。"李吉永最先站出来，"我不怕，让我来吧。"

"不行，吉永！"刘尚雅抓住了李吉永的肩膀。我看着她，故意用不在意的语气说："他们也是通过杀人才占领了那个房间。说实话，一直这样的话，我们不可能完成之后的任务。"

"独子。"郑熙媛打断了我的话，"我在金湖站杀了人，的确是我自愿动手的，而且事后我一点也不后悔。但是，"郑熙媛满脸都是痛苦的神色，她继续说，"我并没有因为杀了人，就喜欢上杀人的感觉。我不想变成怪物。"

"……"

"……独子，我想听听第二个办法。"在李贤诚说完后，我暂时闭上了眼睛。

"我充分了解各位的想法了。"好，这样就够了，"那就用第二个办法吧。"

听到我的话，同伴们的表情都变得明朗起来。其实我从一开始就打算用第二个办法。尽管通过杀人生存也不失为一种方法，但如果从游戏一开始就只用这种简单的办法，是绝不会被星座们关注到的。不过，如果想使用第二个办法，就需要做好十足的心理准备。不光是我，同伴们也一样。所以，我需要确认他们是否真的有这样的决心，我必须知道这几个人心里是怎么想的。

郑熙媛虚脱似的笑了："我就知道你会这样。反正你最后是要选第二个办法的，干吗还要试探我们？"

李吉永抬头望着我，他的眼神稍有些不安，我摸摸他的头，说："我没有考验你们的意思，不论你们做出什么选择，我都会尊重你们的意见。"

刘尚雅叹了口气，开口道："独子，你太惹人厌了。"

"我不是个善良的人，抱歉。"

"第二个办法是什么？"

"用这个办法的话，我们不需要杀死任何人，但过程会很艰难。"我沉重的语调让大家的表情变得凝重起来，"如果选第二个办法，那就请各位务必无条件地听从我的命令。就算你们认为我在胡说八道，也请相信并跟从我。但凡你们之中有任何一个人不信任我……"

"……"

"我们全都会死。"

咕咚一声，有人咽了咽口水。同伴们几乎同时点头。李贤诚作为代表发言："我们相信你。其实我们能活到今天，都是多亏了独子你。"

距离第 3 个主线任务开始，还有 5 分钟。

"那就跟我来吧。"我和大家一起往 3 号线的铁轨方向走去。穿过破碎的地铁屏蔽门，我们来到通往乙支路三街的隧道入口处。在漆黑的隧道内部，"红色区域"散发着红色的光芒。

"怪兽们应该会从那个地方生成并涌出，然后横扫 3 号线，一层一层往上行动。"

李贤诚语气紧张地问："那我们要在这里和怪兽打吗？"

"不，打不了。如果在这里打起来，我们都会死的。"在没有绿色区域的情况下，想要和那些可怕的怪兽打到天亮，是只有刘众赫才可能办到的事。

这次换郑熙媛提问了："那我们要往东大入口站的方向逃跑吗？"

"那也是行不通的。任务激活后，一旦离开忠武路，就会死。"

"那到底……"

"这个计划需要将大家分组。李贤诚、刘尚雅，还有郑熙媛，怪兽出现后，你们就朝着怪兽们冲出来的方向跑。"

"什么？"

"听明白了吗？一定要面朝怪兽跑。然后，在即将和那些怪兽发生冲突时，一定要仔细观察左侧的墙面。到那时你们就会明白我的话是什么意思了。"他们似乎没听懂我的话，但没有时间详细说明了，"信我就行，不然大家都会死。千万别忘了，要看左侧的墙面。"

"明白了，独子。"刘尚雅似乎理解了我的话，首先答道。

"我再叮嘱一遍：一定要在怪兽出现之后再开始跑。"我捡起一个石块，朝隧道扔去，石头在空中溅出火花，然后弹回来落在地上。李贤诚和郑熙媛似乎也听懂了，他们点点头。

"独子，那你怎么办？"

"我和吉永一起去找别的办法。"

如果同伴们信不过我，这个办法就用不了了。朝着怪兽跑这种自杀行为——从正常逻辑来想，谁会听从这种话呢？接下来，就全看他们自己的意志了。

**第3个主线任务已激活！**

似乎有什么东西正在逐渐消失，阻隔通往乙支路三街方向隧道的结界解除了。

"跑！"听到我的喊声，保持预备姿势的三人同时起跑。

"呼噜噜噜——"红色区域内开始生成怪兽。那其中大多是9级地下怪兽蝼蛄，但也混杂着一些8级地下怪兽戈鲁尔。后者是一种长着黑色鬃毛、形似熊的怪兽，它们额头上的尖角极具威胁性。如果怪兽们一只一只地进行攻击，我们是能够打赢的，但问题就出在怪兽的数量上。它们密密麻麻地挤在一起，已经不能用"一群"这个词来形容了。如果与海浪一般汹涌的怪兽们发生冲突，我们必死无疑。

正当李贤诚准备和最前排的戈鲁尔展开对决时，我大声喊道："就是现在！"

刘尚雅最先发现了我提到过的墙面。那是一块在墙上隐隐发光的绿色砖块。"啊！"一瞬间，她全都懂了。

**有人激活了"忠武路站"的隐藏功能。隐藏空间"勇者的栖身之处"已启动！**

刘尚雅的手触碰到墙面，下一刻，墙面发出明亮的光芒，绿色区域被激活。

绿色区域 1/3

在她之后，身手敏捷的郑熙媛也立即碰到了墙面。

绿色区域 2/3

但是，李贤诚却错过了时机。因为蝼蛄们已经撞上了他的盾牌。"贤诚！快抓住！"刘尚雅使用"线绳捆绑"捆住李贤诚，她和郑熙媛一起用力拉动线绳，李贤诚瞬间腾空，好不容易才抵达墙面。

绿色区域 3/3

成功了。

"呼噜噜噜噜！"怪兽们似是生气了一般，瞪着他们三人，但无奈他们已经进入绿色区域，怪兽们不能攻击他们了。

"独子！"我听见刘尚雅在后方呼喊我的名字，但我正背着李吉永狂奔，没时间回头看。

在第3个主线任务中，有几个隐藏的"绿色区域"。这些隐藏区域每次都会在特定的"墙面"上激活，而且只有在任务开始后才会显现出来。"绿色区域"竟然贴在墙面上……但回过头想想，人类用"房间"的概念来指代"绿色区域"，本就是一厢情愿罢了。

《灭活法》原著中的刘众赫在经历了无数次回归后，才成功找到了忠武路中几个隐秘的绿色区域。"勇者的栖身之处"正是其中之一。并且在目前的3号线站台上，只有两个这样的"隐藏空间"。

"喀喀……"不知何时追上来的几只蝼蛄咬住了我的大腿。我的体力等级高，虽然没有受到重伤，但如果放任小伤口不断积累，我的身体最终还是会吃不消的。我背上的李吉永用钝器击打、牵制着扑上来的蝼蛄。但怪兽的数量实在太多，再加上它们的队列中还夹杂着速度极快的戈鲁尔。距离约十米远的地方，那个曾给我们带路的少年正在用惊恐的眼神望着我。

绿色区域 1/1

虽然很卑鄙，但有那么一瞬间，走捷径的想法诱惑着我。

"哈哈哈哈！故事的发展很有趣嘛，那么今天也要像昨天一样有任务惩罚吧？"鬼怪嘹亮的嗓音响彻地铁站的空气中，随之而来的是系统通知。

*新增任务惩罚！现有的部分"绿色区域"将被停用。*

"不，不要！呃，呃啊，呃啊啊啊！"忠武路站各处的惨叫声不绝于耳。距离我们最近的惨叫声来自那个少年。

"啊啊啊啊！"绿色区域刚一消失，少年的瘦小身躯就立刻被撕成碎片，被蝼蛄吞进肚子。

少年的尸体为我们争取到了一些时间，我背着李吉永在通道上拼命奔跑。然而，从破碎的地铁屏蔽门另一侧跑过来的怪兽们已经堵住了下一个路口。我把李吉永藏在身后，拔出"不折的信念"握在手中。唰喀喀！"白清罡气"形成的剑刃迅速砍过朝我们靠近的怪兽。但是，它们的数量丝毫没有减少。尽管只有一天，但刘众赫的确曾在这种强度的攻击中坚持到了太阳升起，刘众赫真是个怪物。就算把我身上目前全部的 Coin 都用来投资综合能力值，也无法保证自己能做到那种事。

这时，李吉永说话了："哥哥。"

"别和我说话，我正忙。"

"你把我扔下就走也没关系的。"

"什么？"

"我其实不太理解，你为什么要帮我和其他的哥哥姐姐呢？如果你一个人的话，应该能更顺利地活下去。"当死亡近在咫尺时，李吉永竟然能从容地说出这种话。说不定他的心早就已经死了。

"嗯，你说得对。"我又砍断一只蝼蛄的喉咙，看着它倒向地面，"一个人做完事情、独吞一切，一个人活着，一个人过着有声有色的日子，那当然会更舒服，但是……"

为什么要像现在这样做？如果有人提出这个问题，我也没信心给出确切的答案。但是有一件事，我可以明确地说出口："我知道一本类似这种剧情发展，但结局却很悲惨的小说。"

"什么？"

我终究不是当主角的料——这是我一贯的想法。我做不了英雄，也当不了救世主，不过……

李吉永的瞳孔颤抖着。我再次把这小子背到背上，对他说："抓紧我。"

李吉永不会死，至少今天不会。

# 4

看着如潮水般涌来的怪兽，我调整着呼吸，将力量集中至大腿。15级的肌肉力量凝聚于一处，将强大的推动力输送至整条腿。开始突围。蝼蛄们龇着獠牙从四面八方朝我们扑来，戈鲁尔坚硬的角插进我的肋下。15级的体力让我的皮肤坚硬无比，但接连被戈鲁尔的角刺中后，还是被扎出瘀青，开始流血。

1号书签已激活。

我发动"书签"，"妄想恶鬼"金南云的"黑化"技能效果笼罩我的全身。我用尽全力推开扑上来的怪兽，继续往前跑。我的身体各处都被怪兽的獠牙咬中，还被几只蝼蛄啃到了大腿。但我没有停下，只是跑着，不停地跑着。就在那里——我终于看到了原著中描述的那个墙面。我使劲踩着扑上来的蝼蛄的头，跳了过去。能容纳两人的绿色区域散发出草绿色光芒。然而……

绿色区域 1/2

有人捷足先登了。

我甚至短暂地忘了身后追杀不止的怪兽们，只是望着那个家伙。绝对不可能出现在那里的人，此刻却站在了绿色区域内。

"喂。"闻言，那家伙看向我，"能让一让吗？你不进绿色区域也能活下去，不是吗?"

"有点难办,我今天有些累了。"倒霉催的,我真想狠狠给他一巴掌。我不明白,第3次回归的刘众赫怎么会知道这个地方?在《灭活法》的原著中,直到第4次回归时,刘众赫才第一次使用隐藏的绿色区域。所以我原本很放心来着……可恶,难不成他是在小说中没有描写过的第2次回归时就了解到关于这里的情报了?那为什么他在原著里的第3次回归时没用这个地方?

"呼噜噜噜!"穷追不舍的蟛蜞在我身后发出呼噜声。现在埋怨作者也没用了,我能感觉到李吉永的呼吸在颤抖。我直视着刘众赫的双眼,我们几乎同时开口了。

"孩子可以进来。"

"至少让孩子进去。"

刘众赫愿意接受孩子,已经是很幸运的事了。虽然这应该是他刻意做给星座们看的。

绿色区域 2/2

放下李吉永的瞬间,绿色区域上的字也发生了变化。现在李吉永应该安全了。

"哥哥!等一下!哥哥!"李吉永焦急地跑向我,但刘众赫用他有力的手按住了李吉永的肩膀。我朝着扑上来的蟛蜞挥动了剑刃。

**星座"秃头的义兵长"闭上了眼睛。星座"恶魔的火之审判者"用同情的目光望着你。**

就在最后的一瞬,我看到刘众赫的嘴唇动了。

——我说过你会死。

怪兽的攻势如海浪般袭来。现在没有多余的绿色区域了。

"我才不会死。"我无视蜂拥而至的怪兽,而是将手插入怀中。其实我并不想用这个办法,因为哪怕是我,也无法预料使用之后会产生什么样的后遗症。但现在我只能相信"第四面墙"了。

——那是?

刘众赫的眼神充满惊讶。

你这小子，认出来了吗？也是，这可是你即便知道也绝对用不了的办法。

我低头看着手中发出白光的石头——"心魔的灵石"。在通往忠武路的路上，我通过猎杀幽灵物种"心魔"，获得了这件道具。

喀喀喀，几十只蟋蛄开始啃咬我的身体。鲜血从数不清的伤口中涌出，被戈鲁尔的角刺中的肩膀也被血染红了。就在肉体耐性迅速下降的时刻，我将手中的灵石囫囵塞进嘴里。我的口中开始冒出类似水蒸气一样的东西，这东西很快就化作雾气，覆盖了我的周身。

"幻影监狱"已激活。

原本在啃咬我身体的蟋蛄和戈鲁尔全都停止了攻击。站台、刘众赫，还有焦急地呼唤着我的李吉永，周遭的一切都开始扭曲变形。就这样，我变成了"幽灵物种"。

***

——独子啊。

听到母亲声音的瞬间，我立即明白自己身处梦境。我不断挣扎着以免陷进去，但这一次却难以轻易逃脱。地面有如沼泽一般下沉，我感觉自己被吞噬着。

由于过度投入，"第四面墙"的影响力暂时削弱。

不断膨胀的意识开始随心所欲地编织想象中的画面。在客厅的一片血泊中，有一具冰冷的男性尸体、低头看着尸体的女人的背影。不行，这段记忆可不行，我绝对不能想起这个。我拼命地摇头抵抗了十几分钟，眼前的场景才逐渐散去。这该死的心理创伤……我同样有不愿想起的记忆。我在是否吃下"心魔的灵石"一事上犹豫的原因就是这个。这件道具虽然能暂时将使用者变成"幽灵物种"，使之不会暴露在怪兽的视线中，但副作用就是把使用者的心理创伤最大化。所以我没有把这石头给其他同伴。因为如果是除我以外的人来使用这个办法，也许他们会当场变得癫狂。

虽然我头痛欲裂，但还能坚持下去。"第四面墙"的确是个近乎作弊的技能。但也多亏了这个技能的影响，才让我在吃了灵石之后没有感到太多痛苦，高级精神屏障都达不到这种效果。但"第四面墙"的功能又何止于此呢？如果我猜得没错，这个技能……

——刘众赫？你，是刘众赫吗？

我本以为心理创伤又开始了，但这次却不是我认识的声音。也就是说，这不是由我的记忆制造出来的声音。我回头看去，那里有一个陌生人。

——原来你不是刘众赫啊！你是韩国人吧，你到底是谁？

这是一个有着一头耀眼金发的外国人。这个个子小小的、穿着运动服的少女，一脸困惑地盯着我看了好一会儿。

——到底……我不理解了。我已经看到了好几次未来，但从没看到过像你这样的存在……

在她左眼的虹膜上，预示不祥的赤红色旋涡翻涌着。我在脑中快速回忆着原著的情节。我知道这个角色。不，我怎么可能不知道她？但怎么偏偏在这种时候……

专属技能"登场人物浏览"已发动！登场人物"安娜卡芙特"正在使用"精神壁垒 Lv.6"。

"登场人物浏览"无视"精神壁垒 Lv.6"。该人物的相关信息过多，"登场人物浏览"将转换为"摘要浏览"。

+

<登场人物摘要浏览>

姓名：安娜卡芙特

专属特性：先知（传说）、救赎者（传说）

专属技能：未来视 Lv.5、过去视 Lv.4、洞察力 Lv.8、千里眼 Lv.4、高级魔法锻炼 Lv.4、精神壁垒 Lv.6、测谎 Lv.7、大恶魔的视线 Lv.1……

+

视空间制约为无物，能够随意进入他人意识的她，既能看到未来，又想要根据未来去设计当下的世界。纵观《灭活法》中的所有角色，有这种思考方式的只有一个女人。

"安娜卡芙特。"

——你是怎么知道我的？

她睁大眼睛瞪着我。

我配合地答道："我也是先知。"

登场人物"安娜卡芙特"启动"测谎 Lv.7"。"测谎"确认你的话为谎言。

果不其然，在真正的先知这里，说谎是行不通的。

——请老实交代自己的身份，你到底是谁？

她的小嘴紧闭，仿佛在向我施压一般。我大概猜到为什么会这样了。如果"第四面墙"真是我预想中的那种技能的话，估计就是因为其影响力暂时削弱了，我的存在才会被先知发现。话说回来……真让人失望啊。

"你真是在不知道我是谁的情况下来的吗？"

——什么？

"我给你的鱼龙之核，你不是用得挺好吗？"

安娜卡芙特的嘴唇缓缓张开了。

"你应该是利用核的魔力，把'大恶魔的眼珠'植入了眼睛里吧，不是吗？"

——难……难道是你？交易所里那个要"折断的信念"的人？

"大恶魔的眼珠"，这可是件价值 100 万 Coin 的道具，而我面前的这位少女正是被星座赞助了这件道具的"钻石勺子"。还真让人羡慕啊！

——你！你到底叫什么名字？怎么会……

专属技能"第四面墙"的影响力正在逐渐恢复。

——怎么会这样……为什么什么也看不到？

她的眼神正在变得模糊。能介入他人意识的"大恶魔的视线"的技能效果变弱了，她的身影也逐渐消失。我朝她挥挥手，就像在送她离开一样。

"总有一天会见面的，你就在大陆的另一边等着我吧。"

专属技能"第四面墙"已完全恢复。

没多久，安娜卡芙特的身影已经完全消失了。她的气息消失后，我终于松了一口气。其实我从刚才开始，就已经处于精神恍惚的状态了，偏偏还遇到了安娜卡芙特。今天运气真差。

由于技能的效果，对"幻影监狱"产生免疫力。

该死的！太迟了吧。叮——忽然有种拨云见日的感觉。虽然还是有点不爽，但心情比刚才明朗了许多。我缓缓地吸气、呼气，如此反复了几次。我逐一回顾着明确的事实，试图一点一点找回理性：我是金独子。世界灭亡了，《灭活法》变成了现实。这个地方是……幻影监狱里面。我吃了心魔的灵石，暂时变成了幽灵。因为成为幽灵，就不会遭到地下怪兽的攻击。没错，就是这样。所以……我眼前的世界才会变成这样。

在似真似幻的景象中，我难以计算时间的流逝，于是逐渐感到不安起来。

刘尚雅和李贤诚，还有郑熙媛，他们怎么样了？

刘众赫那小子，应该不会杀了吉永吧？

难道第3个主线任务还在进行中吗？

如果蝼蛄还在地铁站里的话……

如果戈鲁尔为了吃掉我，还在周围徘徊的话……

如果那样的话……

——哥哥。

——求求你。

——独子！

我猛然清醒过来。

**专属技能"破魔Lv.1"已发动！**

是啊，现在也该回去了。

***

"嗬"，我猛地喘了一口气。

"独子！"

眼前灰蒙蒙的雾气散去，视线变得豁然开朗。我最先看到的是扶着我的刘尚雅，然后是李贤诚和郑熙媛，他们的脸上都写满了担忧。

"……任务怎么样了？"

"任务已经结束了，独子。你做到了，你成功了！"

是吗？原来我成功了啊。看着激动的同伴们，我艰难地活动着身体。也许是因为长时间保持着同一个姿势，我的肌肉根本不听使唤。

"现在高兴……还太早了。"

"什么？"

"我们只是撑过了一天罢了，昨天是任务进行的第三天，所以……"

看到我准备起身，李贤诚慌忙走近制止我："独子！别逞强，你一整晚都没休息。"

"现在几点了？"

"现在是上午八点半，任务已经结束半个小时了。"

八点半的话……幸好时间还没过去太久。然而，有一个人却迟迟没有露面。

"吉永在哪儿？"

"啊，吉永在……"

还没等郑熙媛说完，我就知道李吉永在哪儿了。将李智慧带在身边的刘众赫，在距离我们几步远的地方低头看着李吉永。

刘众赫那小子，为什么？忽然，我想起刘众赫在看到我的同伴们之后吓了一跳的样子。难道说，当时刘众赫通过"贤者之眼"看的人是……

"是什么时候完成……的？明明之前从没出现过……"

不知是否因为灵石带给我的后遗症，我听不太清刘众赫的声音。接着，李吉永开口了。

"是不久前的事情。"

"……你真的不跟我一起走吗？"

"是的。"

"比起那家伙，你和我一起走的话能更快变强。就算这样，你也……"

"是的，就算这样，我也不跟你走。"

"……你这小鬼，真是个傻瓜。"

刘众赫皱起眉头，朝我这边瞥了一眼之后就转过身去。

**专属技能"全知读者视角"第二阶段已发动！**

——走运的家伙。以后可能对我有用，再让他多活几天吧。

我本想还嘴来着，但无奈全身乏力。

"独子哥哥！"李吉永发现我已经醒了过来，于是眼泪汪汪地跑向我。刘众赫逐渐走远了，但他的思绪在我的脑海中仍不断回荡着。

——不能再拖了，我必须完成今天的攻略，否则……

攻略？他在说什么攻略呢？我应该……思考这个问题的。该死的，但我太累了。我浑身瘫软，刘尚雅慌忙抱住我。

"刘尚雅……"

"嗯，我在！"

"抱歉，我睡一会儿……"接着，我就陷入了睡眠。一觉无梦，真是时隔许久的酣睡。

***

两个小时后，我从沉睡中醒来。

——喂，到底要睡到什么时候啊？

吵闹的声音让我不爽地睁开眼睛，我的脸颊似乎贴着什么坚硬而厚实的东西。

"啊，独子醒啦！"我看到一张惊喜的脸，是正在低头看着我的郑熙媛，"我让刘尚雅去休息一会儿，我们昨天也没睡。"我转头一看，之前抱着我的刘尚雅此刻正倚着墙熟睡。郑熙媛笑道："不过，李贤诚的大腿你用得还舒服吗？"我转过头，看见上方的李贤诚在说梦话："今早的点名，呃……由值班士官亲自进行，嗯……"我就说这枕头的高度怎么有些不对劲，原来是李贤诚的大腿啊。难怪有股军用枕头的血腥味。"独子哥哥……"肚子上有重物压迫感，我往下看去，原来是像猫咪一样蜷缩着睡着的李吉永。我轻轻抬起头，正准备起身的时候，忽然听到了鼻荆的声音。

——哈哈，你醒了？那就接收一下这个吧。

接着，耳边传来了一串通知。

星座"恶魔般的火之审判者"对你的心理创伤感到惋惜。星座"深渊的黑焰龙"认为你的过往十分有趣。星座"隐秘的谋略家"对你的母亲感到好奇。星座们向你赞助了1800Coin。

这群王八蛋,竟然还趁机偷看别人的过去。系统通知还没结束。

你在没有"绿色区域"的情况下,坚持度过了忠武路的夜晚。你是忠武路站第二个完成"无尽之夜"成就的人!收到1000Coin的成就奖励。持有Coin:22650C。

无论如何,现在拥有的Coin已经达到了我的目标值。看来我昨晚没有白坚持。郑熙媛打了个哈欠,问道:"今天该怎么做呢?又像昨天那样……"

"不,昨天的办法只能用一次,今天已经行不通了。"当然了,如果今天运气好的话,说不定能发现随机生成的绿色区域。但不幸的是,《灭活法》原著中并没有详细描写第四天绿色区域的生成位置。

"那么……"郑熙媛的表情黯淡了下来。但她其实压根儿没必要感到担忧。

"今天要让第3个主线任务完全结束。"

"什么?"

我小心翼翼地让李吉永躺好,然后从地上站起来活动身体。我原本的计划并不是这样的,但既然已经知道刘众赫那小子心怀鬼胎,我也不能不采取措施了。昨天任务开始前剩下的时间不多没有办法,但今天就另当别论了。

"我们去把'地主'拉出来吧。"

"……要怎么做?"

听到郑熙媛的问题,我望着正在酣睡的李贤诚,回答她:"当然要用上我珍藏已久的秘密武器了。"

现在,到了该更换忠武路主人的时候了。

# Episode 8
# 紧急防御战

## 1

李贤诚就像在综合指挥室里值班的士官一样,脑袋一点一点地打着瞌睡。

如果是《灭活法》原著,应该会这样描述。并且,可能还会加上下面这句话。

李贤诚大概还不知道,今天在他身上会发生什么事。

"贤诚?"

"……啊,呃,我刚才犯困了。独子,你休息得怎么样了?"

"嗯,我恢复得差不多了。但是你刚才说梦话了。二等兵李贤诚什么的……"

李贤诚脸涨得通红:"那……那是因为,我还是士兵的时候,留下了一些心理创伤。"

"士兵?你不是军官吗?"

"那个……我在当上等兵时才插班到第三陆军士官学校。"

"我听说你这样的属于极个别的情况,看来军队很适合你。"

李贤诚露出苦笑。我完全可以理解他笑容中的含义。就算有人会因为做不了其他工作才留在军队，却很少有人仅仅因为适合军队就留下来。那么，我也该顺势发挥一下了。

"无论如何，幸好有你在。"

"什么？"

"有你在身前防守的话，我就非常放心。怎么说呢，像是有种被人保护的感觉吧。"

"……这样吗？"李贤诚微微一笑，尽管没什么气力，但也的确是受到了安慰的微笑。

简单寒暄过后，我从李贤诚身旁离开。在原著中，刘众赫第3次回归时，李贤诚本应与铁头帮斗争，并守护金湖站的人们，从而迎来特性进化的契机。但实际是，那个机会被郑熙媛把握住了。回神发现，走到我旁边的郑熙媛、刘尚雅和李吉永都在盯着我看。我迎着他们的视线，低声说："大家都看到我的示范了吗？像我刚才那样做就可以了。"

"嗯，就……看了个大概吧。但是我们为什么要这样做呢？"

还能为什么，当然是为了那个——

**登场人物"李贤诚"开始感受到责任感。**

李贤诚表情天真，哼哧哼哧地擦拭着铁制盾牌。看着这样的他，我再次意识到，"全知读者视角"的确是个作弊技能，至少在对"登场人物"使用时是这样的。

"因为我觉得这样能帮到贤诚。他最近看起来有些意志消沉……所以如果周围的人鼓励他一下，他不就很快能振作起来了吗？"我这话说得好像是真心为李贤诚着想一样。

单纯的刘尚雅点了点头："就像'赞美能让鲸鱼跳舞'的俗语那样吗？"

"差不多吧。"

"我明白了，我也希望贤诚能快点振作起来！"

和刘尚雅不同，郑熙媛的表情还带着一丝怀疑："独子。"

"你说。"

"你的背后星该不会是'独眼算命师'吧？"

"那是什么？"

"你没听说过弓裔[1]吗？"

倒是挺会起"称号"的，甚至让我短暂地怀疑她是否就是《灭活法》的作者，但这当然不可能。因为原著中弓裔的星座称号是"独眼弥勒"。

"不是的，只是因为我有一个特殊的技能，就当是可以让我更加了解其他人的技能吧。"

"反正就算我问那是什么，你也不会告诉我，那我还是不问了吧。"

"谢谢了。"

"但是你不会也在对我使用那个技能吧？"

我的表情差点露出破绽，天知道我有多庆幸郑熙媛没有"测谎"技能。

"这个技能并不能看穿一切。"

郑熙媛仔细打量着我，似乎在思考着些什么，随后她笑了笑："呵呵，好像的确是那样。"

她刚才到底在想什么？我故意提高声调说："总之，请大家多费点心。郑熙媛打头阵，然后是刘尚雅，最后是吉永。请各位按顺序，一有时间就去跟李贤诚说两句吧。"

"'我相信你！重燃希望吧！'对他说这种话就行了吧？"

"麻烦用点说话的技巧。"

"好，好，我知道啦。"

无论如何，这是我们必须做的。让李贤诚"特性进化"是成功实施计划的必要条件。如果一早就知道刘众赫会那样做的话，我一定会早些制订计划……但只要我们做出努力，就算时间紧迫，也能在今天之内看到成效。

实际上，他们三人虽稀里糊涂地执行了计划，但效果似乎不错。

"贤诚，我很欣赏你始终如一的品质，你就像松树那样稳重可靠。"

---

1 弓裔：出生日期不详，918年去世，新罗第47代王宪安王的庶子（一说为贱民出身）。早年出家为僧，法名善宗。新罗末年追随农民起义领袖梁吉，后将其反噬，901年建立后高句丽，定都松岳（今朝鲜开城）。即位后自称弥勒转世。

"哈哈，谢谢你，熙媛。我喜欢的军歌正好是《长青苍松》来着。"

登场人物"李贤诚"感到欣慰。

"……我没问你喜欢什么军歌。"

登场人物"李贤诚"有些难过。

"像你这样有正义感的人真的很少见呢。"

"啊……也没有啦。说实话，像我这样的人……但还是谢谢你，刘尚雅。"

登场人物"李贤诚"开始思考正义的内涵。

"贤诚哥哥的肌肉是最棒的。"

"谢了，小子。"

登场人物"李贤诚"的自尊感得到提升。

这些毫无灵魂的夸奖竟然全都起到了作用，我无比庆幸李贤诚是个单纯的角色。就这样，类似的对话重复了几次之后，系统通知也开始发生变化了。

登场人物"李贤诚"正在等待特性进化的契机。

很好，非常顺利。刘尚雅用有些担忧的声音对我耳语道："贤诚好像感到有点压力。"

刘尚雅果然很善良。在这种情况下，她还在关注着大家的心理状态。这是我无法得到的能力。

"应该会有些负担的，但这都是必要的过程。在这个世界上，也有那种背负越多就会越强大的人嘛。"

"啊……"

"事情会顺利发展的，不用担心。另外，吉永，我拜托你的事，你去打听了吗？"

"是的，哥哥。"李吉永就在我身边待命，听到我问就立刻回答。在他头上，有两只竖起触角的蟑螂，"它们说那个姐姐在地下一层。"

"谢了。"

李贤诚的事已经处理得差不多了。我现在该去"窃取"其他人的战斗力了。我独自从换乘楼梯上了楼，刚来到上一层，屋主联盟的成员就来"欢迎"我了。

"哈哈，这是谁啊。这不是逃租的租客吗？"

"……"

"你搞出那种事,还敢明目张胆地上楼啊。我听说你昨天在没有'房间'的情况下活了下来,真的吗?看来是刘众赫帮了你吧?"

我无视他们的话,继续走自己的路。他们可能以为我害怕了,就一直挖苦我。

"当刘众赫的小喽啰不累吗?加入我们的联盟吧,弼斗说过他会考虑一下的。"

我装作没听见的样子,从他们身边目不斜视地走过,同时暗暗数着每一层中剩下的绿色区域的数量。一、二、三……如果想完成计划,这些区域一个都不能落下。

"当然了,前提是把那两个女人也带过来。"

目前还剩下十一个绿色区域。经过昨天的任务之后,绿色区域的总量似乎大大减少了。以目前这个数量,想要实现我的计划还有些难度。

"喂喂,你是在无视我们吗?"

"我听着呢。麻烦转告他,我会考虑的。"

听到我的话,那些人互相对视发出嗤笑。他们现在还笑得出来,但之后就不好说了。我不顾那些家伙的反应,转身走上扶梯。从背后探出的刀刃已在不知不觉中抵上我的脖子。我几乎没有察觉到任何动静……在早期就能够表现出如此出色的隐藏能力的技能只有一个——"鬼之步伐"。

"真叫人失望啊,大叔。"李智慧这孩子虽然讲话没教养,但实力出众。她能被"忠武公[1]"选择并不是没有原因的,"大叔,你和那些家伙达成交易之后,你那边的两个女人会变成什么样,你不会不知道吧?"

"我当然知道。"那些家伙将会被郑熙媛先手处决。但李智慧还不了解郑熙媛是什么样的人。

---

1 忠武公:李舜臣(1545—1598),朝鲜王朝中期武臣,朝鲜半岛历史上著名的军事家、民族英雄。曾在1592年日本入侵朝鲜的"壬辰倭乱"中出海打击日军,取得"闲山岛大捷"等战果。1597年,带领朝鲜水师取得"鸣梁海战"的胜利。1598年,在"露梁海战"中中弹牺牲,享年54岁。死后谥号"忠武",追赠"德丰府院君",策"效忠仗义迪毅协力宣武功臣",立忠愍、忠烈、显忠等祠奉祀。

"明明知道，你还这样？你还不如昨天就死掉呢。"

"把刀拿开，我来是有话要对你说的。"

"有话说？你是特意来这儿找我的吗？"

"没错。"闻言，李智慧乖乖收起长刀。我回头一看，她已经不在我身后了。李智慧站在地下一层检票口的路口处，也不知道她是什么时候到那里的。应该是再次使用了"鬼之步伐"吧。

"你要说什么？"

"你为什么要站在那儿？"

"师父让我守在这儿，所以大叔你也不能过去。"

李智慧的刀碰了碰检票口，然后做了一个抹脖子的动作。我看着从检票口另一侧延伸出去的通道。那里标示了通往地面的出站口号码，但并非所有的出站口都直接与地面连接。瞬间，我产生了不祥的预感。难道说，刘众赫这小子正在走"那条路线"吗？如果刘众赫让她守着这里，那他的目的只可能有一个——那就是这小子在任务进行的间隙，偷偷攻略忠武路的"隐藏地下城[1]"。攻略隐藏地下城，听起来是不错，实际上主角的实力变强对我来说也没坏处。但问题是，第3次回归的刘众赫绝不可能通过那个关卡。看来我必须加快动作了。

"我来找你，是因为需要你的帮助。"

"我的帮助？"

"我今天要击败孔弼斗那群人。"

"……你认真的？"李智慧看我的眼神好似在揣测我的话中包含多少真心。

你对登场人物"李智慧"的理解度有所提升。

"就凭大叔你的力量是办不到的，加上你那群小喽啰一起上也不可行。"

"你帮忙也做不到吗？"

---

[1] 地下城：源自古欧洲、日本等城堡中地下关押犯人的地牢，往往被人们联想到"黑暗""恐怖""残酷"等所在，后来此概念被引入电子游戏中，游戏中的地下城怪物聚集、藏有宝藏，玩家需要击败怪物、克服困难，最终在地下城深处获得宝藏。另外，游戏中地下城入口一般会隐藏在地图某处，玩家也可选择是否要攻略地下城。

好像被伤到了自尊一样，李智慧猛地转过头去。她的反应不出我所料。在李智慧来到这个地铁站的第一天，她应该就挑战过孔弼斗了。但最后还是逃跑了吧。要不是刘众赫正好出现救下她，她应该会直接死掉的。

"我有办法。只要你肯帮我，这个计划就能实施。"

"……但师父让我守在这儿。"

"如果你不帮忙，这一站里的大部分人都会死。"

"反正他们迟早都要死的。"

"是刘众赫这么跟你说的吗？"

李智慧的瞳孔剧烈颤动了一下。

"昨天和我们聊天的男孩死了，你知道吧？"

"……知道。"

"也许，他原本能活下来的。也许他今天本来可以活蹦乱跳地跑过来，跟我们讲刘众赫的英雄事迹。"

"那个……"

"是刘众赫杀了他。刘众赫原本有能力救下他，但最终还是选择杀死了他。"说话的同时，我的心情也很复杂。虽然我现在正冠冕堂皇地讨伐刘众赫，但我和他在本质上并没有多大区别。在地铁车厢、在金湖站……我也对那些本可活下来的人见死不救，仅仅是因为可能会威胁到我自身的安危。然而，越是伪善者，就越会说这些冠冕堂皇的话。

"在地铁车厢里，我看到了你的任务视频。"

李智慧瘦小的肩膀一个激灵。

"在那个视频里，你杀死了班里的同学，然后活了下来。"

"……别说了。"

"但你其实并不想那样做吧。"

登场人物"李智慧"的内心正在剧烈动摇。

"大叔你懂什么？"

"我能知道什么呢。我当然不了解内情，只不过随口一提罢了。"

"……"

"但我已经跟你念叨了这么多，接下来这句话我也必须对你说：如果你今天选择了逃避，你会后悔一辈子的，一定会。"

登场人物"李智慧"陷入深深的苦恼。

我虽不太了解李智慧这个人，但我对小说中的"登场人物李智慧"了如指掌。如果我不插手，这个少女将会成为刘众赫忠实的部下。但这是后来的故事了，目前还没到这个程度。此刻的她虽然憧憬刘众赫的强大，但她和刘众赫在本质上是截然不同的两类人。

几分钟之后，李智慧终于开口："如果我帮忙，大家就都能活下来吗？"

"虽然不是全部，但应该能让很多人活下来。"

"……我要怎么做？"

"今天晚上七点开始行动……"我告知了自己的计划。当然，我只挑出了整个任务中李智慧必须做的那部分。

李智慧默默听着我说话，然后木然地开口说道："你没疯吧？真的打算这样做吗？"

"没错。"

"……说实话，我估计事情不会那么顺利。事先声明，我还没答应帮你呢。"

"怎么选择是你的自由。"话虽这么说，但我知道李智慧一定会有所行动。因为这个没教养的小孩不是平白无故就被"忠武公"选中的。

星座"隐秘的谋略家"欣赏你的厚颜无耻。得到了100Coin的赞助。李智慧的背后星对你抱有好感。得到了100Coin的追加赞助。

至此，所有的准备工作都结束了。

## 2

约定的时间到了，我和同伴们在3号线站台上集合。大家都在检查自己的武器，看来李贤诚完美地完成了任务。

"独子，你之前拜托我的东西，我已经全部分发给大家了。"

他们几人之前使用的武器磨损得太过严重，于是我拜托李贤诚帮忙制作新的武器。所用的材料取自我昨晚拼死一搏时杀死的8级地下怪兽戈鲁尔。李贤诚用它们的角制作了刀和矛。虽然这些武器也没法长期使用，只是权宜之计罢了。

郑熙媛露出了满意的微笑："更轻便结实呢。"

"啊……独子、贤诚，谢谢你们，真心的。"刘尚雅也深深地低下头。

只有李吉永仍然拿着蝼蛄骨头做的武器，因为戈鲁尔的角无法制成钝器。李吉永默默低头看地，我摸摸他的头。这孩子不开心了……

"那群人不好对付，等会儿的情况也许会比昨天更加危险。大家都做好准备了吗？"四人重重地点头，"那么，就按计划行动吧。"

从现在起，抢夺时间的战争打响了，我们必须尽快行动。也就是说，必须在屋主联盟察觉到不对劲之前行动。郑熙媛、刘尚雅和李吉永的身影消失在通往各自任务楼层的楼梯口，而我则和李贤诚一起上楼。他不太自信地说："独子，不知道事情会不会顺利进行？"

你可是这个计划的关键人物，怎么能说这种话呢？

我故意用更加坚定的语气回答他："必须顺利进行。"

但是，李贤诚的表情依然充满怯懦："大家好像比想象中更加依赖我，这让我很有压力。我也不知道自己能不能做好。"

"你是个值得依靠的人。"

"谢谢你这么说。其实我还是第一次有这种经历，我在军队的时候从没得到过别人的信任。"

我还是第一次听说这件事。这样看来，其实我对李贤诚的军队生活一无所知，因为《灭活法》原著中也只是简单提及了一下而已。

"这次行动结束后，我想听听你的故事。"我的一句无心之言，似乎对李贤诚产生了比想象中更大的影响。

登场人物"李贤诚"开始向你敞开心扉。你对登场人物"李贤诚"的理解度大大提升。

"和你聊着天，偶尔会有种奇怪的感觉。"

"嗯？什么感觉？"

"好像你很久以前就已经认识我的感觉……虽然我没法说清楚，但……"李贤诚挠挠脸颊，吞吞吐吐地说，"啊，我没有其他意思，无论如何……"

"嗯，我明白你的意思。"

"谢谢。说到这儿，我也越来越好奇独子你的故事了。"

"我的故事吗？"

"是的，我还是第一次见到像你这样神奇的人。在灾难发生之前，你是做什么工作的呢？我对这之类的很多问题都很好奇。"

不知怎么回事，我的心情忽然变得有些奇怪。我看过的小说中的"配角"开始对我感到好奇……在别扭的同时，我也有些难为情。

"我的故事没什么意思。"

"那我还是想听。"

忽然间，我的脑海中掠过一个疑问。在《灭活法》还没变成现实的时候，"李贤诚"也和我生活在同一个世界吗？还是说，他是在小说成为现实后，突然"生成"的人物呢？答案无从得知。我能确定的只有：不论答案如何，李贤诚现在都是活生生的人，并且此刻就站在我面前……仅此而已。就在这时，几个中年男人冲我们迎面走来。

"哦，刘众赫的朋友，你是来和我们谈判的吗？"

来了，屋主联盟。

"哼，只有你们两个来了吗？其他人呢？"说话的中年男人紧紧揪着一个女人的衣领，她正是昨天还拥有五人间绿色区域的几人之一。也许是注意到我的视线，男人扑哧一声笑了："啊，因为她不愿意卖地……不关你的事。"

"救……救救我。救命啊！"女人可怜巴巴地看着我。在我的耳畔，绝对善派系星座们发来的系统通知响个不停。但是我却只是默默等待着，因为有人会代替我出面。

"请放开她。"李贤诚发话了。

"你谁啊？"面对中年人倒胃口的提问，李贤诚看向我。他的眼神似乎是在征求我的同意，我点了点头。

出于自己的意志，登场人物"李贤诚"想要践行正义。登场人物"李贤诚"的特性即将进化。

屋主联盟的成员们拔出武器握在手中，凶相毕现。我确认了下时间，可以开始行动了。我用多余的 Coin 提高了能力值。

使用 1200Coin 投资"体力"。体力 Lv.15 → 体力 Lv.18。体力等级增加！

使用 1200Coin 投资"力量"。力量 Lv.15 → 力量 Lv.18。力量等级增加！

当下，我必须用最少的 Coin 投资换取最大的收益。

持有 Coin：20450C

因为剩下的 Coin 另有他用。

哐哐哐！地铁站各处传来小型的爆炸声。接着，传来了或大或小的骚乱声。这是同伴们发出的信号。

"贤诚！"

李贤诚点了点头。我们朝着前排的男人们奔去，联盟的成员们惊慌失措地大喊："什么啊！这些王八蛋！"

专属技能"白清罡气"已发动！

"呃啊啊啊！"抓着女人衣领的胳膊整只飞向空中，喷溅出的鲜血让中年男人们瞬间僵化。我和李贤诚则无视他们，继续向前奔跑。终于回过神来的中年男人们开始追赶我们："那两个疯子！快拦住他们！"我们来到地下二层的走廊，不远处就是孔弼斗的"私有地"。

你侵犯了"私有地"！

"包围他们！"在前排站岗的屋主联盟成员发现了我们。可能因为他们的部分成员不在，目前的人数比我预期中要少：后面二十个人，前面有十二个。但即便如此，仅凭我们两人也很难对付三十几个人。不过，我们的计划本来就不是和他们打。就在我们将要与最前面的联盟成员发生冲突的瞬间，李贤诚举起铁制盾牌，挡在了我的身前。

登场人物"李贤诚"使用星痕"力推泰山 Lv.1"！

"呜哇啊啊啊！"李贤诚的肌肉力量是惊人的，面前的男人们就像多米诺骨牌一样，被疾驰的李贤诚推翻在地。

登场人物"孔弼斗"的星痕"武装地带 Lv.4"已启动！

紧接着，私有地各处都升起了炮塔。填装了鲜红色魔力弹的炮塔准备开火。

现在共有五个迷你炮塔，看来孔弼斗"武装地带"的级别又提高了。

"独子！"

在加速超过李贤诚的同时，我接过了他的铁制盾牌。在手掌触碰到坚固盾牌的下一瞬间，我就被沉重的冲击轰开了。哐！哐！哐——沉甸甸的力道令我感觉自己像正在遭受大炮的轰击，痛感袭上我抓着盾牌的手臂。魔力19级的"武装地带"果然十分强劲。不过，我现在还是可以抵挡住孔弼斗的攻势的。

由于道具"不折的信念"的附加效果，体力等级突破20级。更高级的坚韧性保护着你的躯体。

"狂妄的租客来了呢。"孔弼斗冷冷的声音从盾牌另一侧传来。

看见我们被魔力弹的攻击困住后，联盟成员们的表情也变得从容了。铁制盾牌的耐久度在接连不断的攻势下逐渐损耗，大概只能承受接下来十五发左右的炮弹了。

孔弼斗饶有兴味地说："既然你们是带着武器来的，那应该就不是来交罚款的吧。二位有何贵干？"

"我们不想再当租客了。"

"真有意思，你们对我的地感兴趣是吗？"

"不好说，与其说是那样——"

因登场人物"孔弼斗"的"私有地"影响，非法侵入者的能力值被部分削弱。

开始了。正因如此，孔弼斗的能力才可怕。他不仅拥有能造成减益效果的"私有地"，还有"武装地带"带来的特殊守城效果。赤红色的魔力开始在炮塔通红的炮身上凝聚。

登场人物"孔弼斗"的"迷你炮塔"准备填充"强化魔力弹"。

只要"私有地"和"武装地带"的组合技不被打破，初期几乎没有化身能够与孔弼斗抗衡。

"去死吧！"

就在强化魔力弹即将发射的瞬间，远处传来其他人的惨叫声。浑身是伤的屋主联盟成员们慌里慌张地朝这边跑来："弼……弼斗！地……"他们身上留有锋利刀刃造成的伤痕，这说明李智慧开始行动了。

现在是时候了，我看向李贤诚。

"贤诚，就是现在。"

李贤诚的瞳孔颤抖着。

"去粉碎一切吧。"

像是等待许久一般，李贤诚高高举起拳头。尽管眼神中流露出不安和焦躁，但他的表情却带着绝不退却的坚定之意。

登场人物"李贤诚"的特性进化了！

在耀眼的光芒下，银色的光晕在李贤诚周身流动。看着这幅画面，我的心情有些感动。李贤诚的"特性进化"是《灭活法》中我很喜欢的场面之一。"钢铁剑帝"李贤诚之所以能成为最强配角，正是因为——

因特性进化，开启新的星痕。

李贤诚的"一击"中蕴含的压制力，绝对是《灭活法》中首屈一指的。

登场人物"李贤诚"使用星痕"粉碎泰山 Lv.1"！

李贤诚拳头上的银白色魔力逐渐汇集，他的手臂肌肉也随之胀大至不可思议的程度。

"哈啊啊啊啊！"李贤诚的拳头径直砸向地面。周围传来震耳欲聋的爆裂声，破碎的砖块飞向空中。大惊失色的屋主联盟成员们发出尖叫："什……什么啊？！"地上的裂痕瞬间向外延伸开来，扭曲了炮塔的位置。导致魔力弹偏离原本的轨迹，击中了目标之外的地方。爆炸持续着，我们周围灰尘弥漫。不久后，伴随着剧烈的震动，地下二层的地面开始崩塌。

"绿色区域"遭到破坏。登场人物"孔弼斗"的"私有地"遭到破坏。

看着正在坍塌的地面，我朝面如土色的孔弼斗微微一笑。

"让我们一起回到谁都没有地的时期吧。"

3

孔弼斗在接下来的任务中还有用处，所以我不能杀了他，但我也没法让他离开自己的地。当事情陷入两难的境地时，直接想方设法消除问题的前提条件，可能会更有效果。既然我面临的问题是"孔弼斗始终待在'私有地'里",那我想办法去摧毁"私有地"就行了。

"呃呃……救……救我出去。"

"你个狗东西……"

只是,要想使用这种方法,我需要强大的武力。那种仅用一击就能粉碎偌大"私有地"的、摧枯拉朽的力量。我着急推动李贤诚特性进化的原因也在于此。

"呃呃呃……"坠落到地下三层后,被压在地板碎块之下的人们发出痛苦的呻吟声。

计划成功了。绿色区域消失了,屋主们失去了"房间"。在飞扬的尘土中,孔弼斗正怒不可遏地看着这边。在那家伙正要开口的一瞬间,鼻荆的声音抢先传进我的耳中。

——你到底在干什么啊?呃啊啊啊!

——给我安静。

——你个疯子!都是因为你,忠武路的鬼怪们都炸开锅了!

不用它说,我脑中正不断传来星座们发出的系统通知,已经让我很头痛了。

星座"紧箍儿的囚徒"喜欢你的兴风作浪。星座"秃头义兵长"喜欢你发起的革命。星座"深渊的黑焰龙"喜欢破坏和混乱。得到了300Coin的赞助。

"抓……抓住那个浑蛋!"

"杀了他!"

屋主联盟成员们一个接一个地站起身来,朝我们高声喊着。我和李贤诚则跑向下一层的站台。

**专属技能"登场人物浏览"已发动!**

+

< 登场人物摘要浏览 >

**姓名:李贤诚**

**专属特性:重拾正义者(稀有)**

**专属技能:刺刀术 Lv.2、伪装 Lv.2、耐心 Lv.1、正义感 Lv.2、武器锻炼**

Lv.3

星痕：粉碎泰山 Lv.1、力推泰山 Lv.2

+

李贤诚的特性成功进化了。准确来说，现在还只是迈出了第一步，但只要他能够使用星痕"粉碎泰山"，我们团队的作战能力就会大幅增强。

"贤诚，你的星痕还能使用几次？"

"最多也就一两次吧。"

气喘吁吁的李贤诚看起来十分疲惫。这是理所当然的。因为"粉碎泰山"这种级别的星痕，是非常耗费体力和魔力的一种大招。如果单看物理攻击力，强化肉体型的技能中没有比得上"粉碎泰山"的了。

我看到分头去地铁站各处行动的同伴们在朝这边跑来。最先跑过来的是刘尚雅，我朝她问道："没有遗漏的地方吧？"

"全都粉碎了！"

"真没想到'房间'会以这种方式被摧毁。我们先是一起用力敲整块地面，然后'房间'突然一下子就破了……"紧随其后的郑熙媛补充道。

刘尚雅、郑熙媛和李吉永每人负责破坏一些小规模的绿色区域。除了孔弼斗的绿色区域，大部分"房间"的容纳量都不超过三个人。虽然也有一些不大不小的绿色区域，但负责这些地方的另有其人。

——喂！你听不见我说话吗？你现在到底打算怎么办啊？！

另一边，鼻荆还在"鬼怪通信"中声嘶力竭地咆哮。

——有什么好担心的？

——你不记得了吗？忠武路里不只有我的频道啊。你真的不明白这么做会有什么后果吗？

我当然知道。在那个对孔弼斗进行直播的频道中的星座们肯定都乱成一锅粥了。

——孔弼斗在哪个频道？

——他在鼻流那家伙的频道，BIR-3642。

——鼻流？就是不久前替你直播了的那个鬼怪吧？

——对，就是那小子。

——它的频道里主要是哪种类型的星座？

——它那里主要是"寻找乐趣"群体。

鼻流的频道里大部分是"寻找乐趣"的群体……所以它代班鼻荆进行直播的时候才会那么过激啊。那正好。现在鼻流频道里的反应会比我预期中的更加激烈，那些星座应该都被这一幕气得七窍生烟了。

沿着4号线的换乘楼梯下到站台，我看到了一张令人开心的脸。那人手中的长刀大大咧咧地在空中晃动着。

"全都破坏了？"

"嗯，小菜一碟。"

李智慧负责的是五到八人规模的绿色区域。我把郑熙媛难以独自完成的任务都交给了她。她这实力，真不愧是刘众赫的徒弟，不，不愧是"圣雄[1]"的化身。那么现在，忠武路已经不存在绿色区域了。

"那你现在打算怎么办？那些家伙会疯了一样地跑过来找你吧。啊，他们来了。"李智慧看着我的身后，嬉皮笑脸地说，"顺便一提，这次我不会再帮你了。"

"我也没指望你会帮我。"

看着瞬间退开的李智慧，郑熙媛翻了个白眼："她谁啊？"

这么一看，郑熙媛好像还不认识李智慧。但我也没时间向她介绍了。

——哈……你要完蛋了，浑小子。

与鼻荆的声音同时传来的是系统通知。

**产生悬赏任务！**

+

<悬赏任务：暗杀委托>

类别：支线

难度：C

---

[1] 圣雄：指忠武公李舜臣。

完成条件：#BIR-3642 频道的星座们要求杀死特定人物。请消灭忠武路站的化身"金独子"

规定时间：10 分钟

奖励：2000Coin

失败惩罚：无

+

我早就知道会出现这种状况。事情的发展越来越有趣了。现在地铁站里所有的化身都会聚集到 3 号线的站台来杀我。

站在我身边的郑熙媛问道："现在杀掉你的话，就能得到 2000Coin 吗？"

"怎么，你想杀我吗？"

"哎呀，怎么会呢？如果悬赏 20 万 Coin 的话，我倒是会考虑一下。"

这个人到底知不知道 20 万 Coin 是多大一笔钱啊？

"独子，请到我身后来。"

李贤诚率先挡在我的前面。郑熙媛守在李贤诚身边，刘尚雅和李吉永接着挡住了我两侧的路线，就像形成了以我为中心的防御阵形。

郑熙媛笑了："终于能还你的人情了。"

"独子，我们会想办法阻止的。"

人们带着敌意向我们靠拢。这些人中不仅有愤怒的屋主联盟成员，还有被悬赏任务蒙蔽了双眼的租客。

看着紧握武器的李吉永，我开口道："不用紧张。"我轻拍李吉永的肩膀，往地铁轨道的方向看了一眼，"他们要对付的并不是我们。"

不记得是第几次轮回的内容了，但我明确记得曾看到过这样的场景——时间紧迫，导致我现在没法进行确认。总之，内容大致是：因反复回归而癫狂的刘众赫，一来到忠武路就把所有绿色区域毁坏了。也就是说，当时刘众赫面临的处境和我此刻一模一样。

由于地铁站内的所有"绿色区域"都遭到破坏，主线任务系统崩溃。根据剩余任务进程，自动调整任务难度。主线任务内容已更新！

+

<主线任务#3：紧急防御战>

类别：主线

难度：B-

完成条件：由于地铁站内的所有"绿色区域"都遭到破坏，原本根据剩余天数生成的怪兽将一次性全部登场。请在任务时间内与铺天盖地的怪兽们战斗，并生存下来

持续时间：8小时

完成奖励：1000Coin

失败惩罚：无

+

原本的任务剩余天数是四天。绿色区域任务崩溃，就会一次性放出接下来几天里生成的所有怪兽。简言之，就是——

**紧急防御战已开始！**

——防御游戏开始了。

"什……什么?!"原本在缓慢向我们靠近的人们开始慌张地尖叫。在地铁的屏蔽门之外，传来了颇具威胁性的吼声。不一会儿，怪兽们的影子如惊涛骇浪般涌现在人们的视野中。

"疯了！那是什么鬼啊?!"3号线的站台瞬间乱成了一锅粥。看着从四面八方涌来的怪兽，人们面无血色。不知不觉中，悬赏任务已经被他们忘得一干二净了。跑在最前面的戈鲁尔们用嘴撕碎了一个屋主联盟成员，慌乱的人群无头苍蝇似的边跑边叫，四散而逃。

机会就在此刻。我向同伴们喊道："往换乘通道跑！"我们一行人全力跑上换乘楼梯。就在快到达上一层楼的时候，我们堵住了逃生路径，身后人们不满的声音此起彼伏。

"干吗呀?!快让开！"

"找死吗？"

我踢开了几个跟在后边的人，然后拔剑握在手中。"白清罡气"缠绕的锋利剑刃将人们吓得退后了些。

"看来你们现在还没搞清状况。"

"什……什么?"

"就算上楼,你们也活不下来。"

绝望爬上了人们的脸颊。现在已经没有"房间"了。不论逃到忠武路地铁站的哪一处,都没有能够庇护他们免遭怪物攻击的地方了。

"那你让我们怎么办啊?!"

"能怎么办?和怪兽战斗啊。"

"别胡说八道了,快滚开!这还不都是因为你吗!要不是你把我们的房间都摧毁了……"

我发动"信念之刃",猛地将其插进换乘楼梯。

"呜哇啊啊!"

楼梯从中段位置裂开并轰然倒塌,人们坠落下去。虽然我的行为很残忍,但这是我必须做的。

"疯了!快去找别的楼梯!快点!"

是吗?但应该不会如你们所愿的。

我看到已经跑到远处的李贤诚的背影。除了被我破坏的这个,现在只剩下一个换乘楼梯了。紧接着,对面传来轰隆隆的声音,有什么东西被粉碎了。

"不要!呃啊啊啊啊!"被困在3号线站台上的人们爆发出阵阵嘶喊。

不知什么时候,李智慧也上了楼,她神色僵硬地对我说:"大叔,这跟你和我说的计划不一样啊。如果就这样放任不管,他们都会……"

"我也知道。"我俯瞰着正在变成人间炼狱的下一层站台,说道。如果就这样放任不管,他们都会死的。那之后,蜂拥而至的怪兽们就会以彼此的身体为垫脚石爬到楼上。但那并不是我想看到的画面。

专属技能"书签"已发动。"人物书签"已激活。可使用的书签槽:3个。调出可启用书签目录。

+

<已添加至书签的人物目录>

1."妄想恶鬼"金南云(理解度35)

2."钢铁剑帝"李贤诚（理解度 65）

3."煽动家"千仁浩（理解度 20）

+

——激活 3 号书签。

3 号书签已激活。书签技能等级较低，缩短使用时间。持续时间：5 分钟。

对登场人物的理解度低，只能激活登场人物所拥有的部分技能。已激活"煽动 Lv.2"。

忽然间，我的舌头像是有了生命一般蠢蠢欲动。原来这就是千仁浩的感受啊。

我看向楼下，在那片混乱之中，一个中年人茫然地站在原地，我望着他的后脑勺说："喂，孔弼斗，你打算发呆到什么时候啊？"

听到我的声音，孔弼斗横眉竖眼地瞪着我："你个狗东西！"

"如果想活下来，你难道不该有所行动吗？只要你行动起来，其他人也都能活下来。"

煽动的力量悄然渗透到恐惧的人们耳中。

"弼……弼斗！"

"弼斗，救救我们！"

孔弼斗的表情逐渐扭曲。

我仿佛被金湖站的千仁浩附体了一般，继续说道："第 3 个任务并没有想象中那么难。如果所有人都放弃'房间'并参与到防御战中，系统也只会生成我们能够对付的数量的怪兽。"

我的话有一半是真的。如果在我们到达之前，忠武路的人们就团结一心进行战斗，那么受害者将远比现在少得多。说到底，这个任务中的最大陷阱就是绿色区域。

"在此基础上，如果孔弼斗也和大家并肩作战，那么所有人都能活下来。"

并肩作战者生，为苟活而逃者死。

李智慧的背后星亮出自己的称号。星座"海上战神"点了点头。

"现在可供你们逃避的'房间'已经没有了。不论是屋主还是租客，都请赶紧忘记那些，进行战斗吧。不然大家都会死的。"越是这种危急关头，"煽动"技能越能起到最大的效果。

"该死，你个王八蛋！"

"弼斗！请帮帮我们！"

屋主联盟成员们围在孔弼斗身边。如果他现在一个人逃命，孔弼斗的屋主联盟将会全军覆没。最后，孔弼斗下定了决心。

"该死的……大家都靠过来！"楼下的人们开始以孔弼斗为中心聚集起来，"重新设置'武装地带'需要一段时间，大家坚持一会儿！"

孔弼斗的"武装地带"是核心要素。然而，这一技能的弱点恰恰是每移动一次就需要花费时间来重新设置。下方的楼层各处血肉横飞，四肢被撕裂的人发出阵阵惨叫声。

"呃，呃啊啊！"一切如我所料，楼下的阵形中最先被抛弃的并非联盟成员，而是"租客"们。

"刘尚雅。"

"嗯，交给我吧。"

我还没有说明，刘尚雅就已经明白自己该做些什么了。她发动"线绳捆绑"技能，展开魔力之线逐一救起没有战斗能力的人。反正那些人要做的也只是为孔弼斗争取设置"武装地带"的时间。

"呃……呃呃……谢……谢谢。"在细线捆绑下晃动着的租客，被一个个救到楼上。

这些被营救的租客包扎着伤口，瑟瑟发抖。在此期间，有几个和我对上视线的人竟然小心翼翼地拿起了武器。

我笑着对他们说："啊，你们是想要悬赏金吗？"

悬赏任务时间结束。化身"金独子"的悬赏金取消。

"真是可惜，你们怎么不早点来找我呢？"

"对……对不起。"

租客们羞愧不已地放下武器。楼下传来了孔弼斗洪亮的嗓音。

"都让开！"

登场人物"孔弼斗"使用技能"私有地Lv.3"！登场人物"孔弼斗"的星痕"武装地带Lv.4"已发动！

伴随着机械的系统通知语音，地面上升起了五座炮塔。就在下一秒，所有炮塔都开始发射赤红色的魔力弹。遭到"武装地带"炮弹攻击的蝼蛄们发出悲鸣，戈鲁尔们的势头也有所减弱。人群中爆发出欢呼声。

"不……不愧是弼斗！"

"呜哇啊啊啊！"

不愧是孔弼斗。至少在防御战类别的任务中，没有任何化身的战斗效率能敌得过这家伙。"十恶"的名号也不是白得的。

"狗东西，都给我去死吧！"神情激动的孔弼斗胡乱发射着魔力弹。

李贤诚语带感叹地说："他的星痕真厉害啊。但是魔力消耗似乎很大，真的没事吗？"

"这种星痕的性价比很高，短时间内应该没问题。"

"可要是我们不帮忙……"

"靠孔弼斗一个人就足够了，我们下楼只会妨碍他开炮。"

孔弼斗的背后星"防御大师"对这类任务相当狂热。所以，只要这家伙继续赞助孔弼斗，孔弼斗就绝对不会死在这里。不过，只有在可以源源不断提供"赞助"的情况下，这一点才能够成立。

我舒适地伸开腿坐下，说："我们可以在这里偷会儿懒了。"

"……这么快就到个人休整时间了？"郑熙媛问道。

李贤诚跟着我一起坐下后，其余几人也放松了警惕，一个接一个地坐下来。

"谢谢啦，本来就没睡够，现在正好能休息一会儿。"

"请便。"

就这样，大概过了十分钟，郑熙媛干脆躺在地上，甚至打起了呼噜。我虽然说过请她自便，但也不知道她怎么能睡得这么香。

"……我们这样放松也没关系吗？"刘尚雅有些担心地询问我。也是，她的确应该感到混乱。因为到目前为止，我们从未经历过如此"轻松"的任务。事实上，偶尔救起几个陷入危机的人就是我们现在的全部工作了。

"你可以当作自己站对了队。"

"那么那些人……"

"他们当然是站错队了。"

此刻，楼下的孔弼斗几乎成了一摊烂泥。

"呜呃呃呃啊啊啊！"

所以才说平时就该活得善良一点嘛。

"这群狗东西……该死的！"

在看不到尽头的怪兽群中，回荡着孔弼斗的吼声。

## 4

在战斗开始一个多小时后，孔弼斗仍在鏖战。尽管怪兽们的数量几乎没有减少，但能够坚持这么久，说明他的表现已经十分出色了。他的确有成为"十恶"中名列前茅的"最强防御"的实力。

"畜生，都给我去死吧！"

登场人物"孔弼斗"的"武装地带"等级提升！登场人物"孔弼斗"的"私有地"等级提升！登场人物"孔弼斗"已获得"防护墙"技能！

由于孔弼斗长时间使用"武装地带"，他的技能也在迅速升级。或许这家伙的背后星也感到着急了，于是配合其化身的成长速度进行源源不断的赞助。如果能在此次任务中存活下来，孔弼斗就能迎来巨大的成长。但前提是他能够活下来。

"嗬呃呃呃……"

根据任务时间，孔弼斗还要再坚持七个小时。这里要是有爆米花就好了，可惜呀。

而在我的身边，李智慧咯咯地笑着观看着楼下的"风景"。她刚才还谴责我不去救人来着……不愧是刘众赫的徒弟，变脸比翻书还快。

"刘众赫怎么还没回来？"

"我怎么知道？师父一直都很忙。"

一直忙……是啊，的确有这个可能。想独吞所有好处的家伙总是最忙的。我俯视着快要燃烧殆尽的孔弼斗，试探道："刘众赫是几点进入地下城的？"

"大概是今天上午九点。"话还没说完，李智慧瞪我一眼，"等等，你怎么知道师父进了地下城？"

我无视了李智慧的问题，而是在心里算着时间。现在是晚上八点，距离刘众赫进入地下城，已经过去了十一个小时，但他到现在都没现身……该死，事已至此，我不得不行动了吗？我拨通"鬼怪通信"。

——鼻荆。

闻言，半空中笑嘻嘻的鼻荆转头看我。

——干吗？突然叫我。

——把"鬼怪包袱"打开。

——什么？哎，不行！现在订阅数量正在急速增加呢！

也不奇怪。我刚才的活跃表现应该导致孔弼斗的跌停板一直在更新呢。他本就已经处于顾此失彼的境地，却还掉进了我的陷阱，上赶着犯傻，那些急性子的"寻找乐趣"群体的星座不可能继续留在直播孔弼斗的频道里。那么离开频道的星座们会去哪里呢？

**许多新星座进入频道！**

毋庸置疑，他们会来到我所在的鼻荆频道。

#BI-7623 频道准备扩张。

——哈哈，哈哈哈。喏，你看，现在我的频道也……

所以鼻荆的兴高采烈也不无道理。但是，现在并不是连我都可以嘻嘻哈哈的时候。

——不想让频道完蛋的话就赶紧打开。你就说频道准备升级，所以要放一会儿广告，这样不就行了吗？

——啊，真不愿意听你的……

鼻荆虽嘟嘟囔囔的，但还是乖乖播放起广告，然后打开了"鬼怪包袱"。终于是时候用掉我之前攒着的 Coin 了。

——给你 5000Coin，把我升级成黄金会员。

鼻荆默不作声地盯着我，最终还是叹了口气。接着，系统通知依次弹出。

花费了5000Coin。祝贺你！你已成为"鬼怪包袱"的黄金会员！

在会员等级改变的同时，"鬼怪包袱"的背景画面也发生了变化。有Coin的感觉真好。新增的道具目录出现了，我把自己需要的东西加入购物车。

★ 背后契约书—10000C

★ 中级魔力恢复药水 ×10—5000C

先买一张"契约书"、十个"中级魔力恢复药水"……这些应该够了吧。虽然这次的花销挺大，但鼻荆的频道很快就要升级了，我用不了多久就能赚回这些钱。看到我加入购物车的物品后，鼻荆开始发脾气了。

——你买契约书干什么？你这么快就忘记我们的契约内容了吗？你不是跟我说好了不签背后星契约吗？！

——你说什么呢？都到现在了，我为什么要签背后星契约？

而且就算我打算和背后星签约，我干吗还要用自己的Coin买契约书？不管怎么说，鼻荆这小子还真是个厌包。

花费了15000Coin。已获得"背后契约书"。获得十个"中级魔力恢复药水"。

我购买的物品从半空中降落下来，刘尚雅表示好奇。

"那是什么？"

"这是把甲方变成乙方的契约书。"

我仔细地拟定了合同，在"甲方"后写上自己的名字，然后静静等待着。"乙方"应该就快要有反应了吧。

登场人物"孔弼斗"的背后星向周围的星座们寻求帮助。

孔弼斗的背后星终于达到了极限，他开始通过其他频道发送信息了。这个背后星本就没有特别多的Coin，这也是理所当然的举动。并非所有的星座都是富豪。

星座"紧箍儿的囚徒"发出一声嗤笑。

孔弼斗自讨苦吃，频道内的其他星座应该都会停止赞助，而星座"防御大师"唯一的化身正在因魔力耗尽而走向死亡……一切尽在我的计划之中。

鼻荆察觉到了什么。

——等一下，你难道是想……

我朝半死不活的孔弼斗那边喊话："喂，叫你呢。"突突突突！疯狂开炮的孔弼斗艰难地抬头望向我这边，"你是打算就这样死掉，还是想和我缔结契约呢？"

"什……什么？"

"我不是星座，不能成为你的'背后星'，但如果你愿意，我可以成为你的'背后者'，怎么样？"

"说什么屁话啊，你个疯子？！"

"孔弼斗，你给我闪一边去，这些话不是跟你说的。"

"什么？"

我一只手拿着"契约书"，另一只手晃了晃"中级魔力恢复药水"："快点回答，如果你和我缔结契约，我就把这些都赞助给你。"不一会儿，系统通知浮现在我眼前。

登场人物"孔弼斗"的背后星亮出了自己的称号。星座"防御大师"哭笑不得地看着你。

原来如此。意思就是他还没做好成为乙方的心理准备。我没有步步紧逼，反正随着时间的推移，他才是会越来越着急的那个。

鼻荆看着我，一脸不解。

——那个……请问您是疯子吗？

——又怎么了？

——我活到现在，你是我见到的第一个想赞助星座的家伙呢。

——为什么不可以？

——对面可是星座呀！怎么可能和渺小的人类缔结契约啊！

——那是你的想法。

星座"防御大师"——与其具备的能力不符的是，他是个低级星座。很久以前，他生活的世界在经历"任务"之后彻底走向了灭亡，于是"防御大师"的传说也早已不再脍炙人口。

传说消失后的星座将无法维持 Coin 的供需平衡，总有一天就连自身的存在也会消失不见。

"防御大师"这类星座之所以执着于"寻找化身",正是出于这一原因。因为星座们想通过自己挑选的化身,使得世界记住自己的存在。

——那家伙,现在已经没有剩余的 Coin 了。

——什么?

从刚才开始,孔弼斗的力量急剧减弱。与"鼠辈的君主"那种星座不同,"防御大师"是十分爱惜化身的。但是孔弼斗的力量正在逐渐枯竭,这意味着"防御大师"的 Coin 已经见底了。

同样理所当然的是,没有 Coin 的星座也将无法签订新的"背后契约"。那么,无法拥有新化身的星座会怎样呢?

——如果孔弼斗死了,那个星座的传说就会被遗忘。

对于星座来说,被遗忘意味着死亡。鼻荆的眼睛里流露出微弱的恐惧。

——你到底……

如果我能将孔弼斗收入麾下,无须多言,他将成为一张好牌。就连那个不可一世的刘众赫也在无数次回归中的好几次试图将其收为部下。当然了,他一次也没成功过。

刘尚雅说话了:"……独子,再这样下去,那个人就要死了。"

孔弼斗死死咬着嘴唇,几近流血。"武装地带"中剩下的迷你炮塔仅有两个。他的背后星也该是时候看清现实,不再胆怯逃避了。

**星座"防御大师"想知道契约的内容。**

果然来了。看到这一景象,我身边的鼻荆眨了眨眼睛。

——真的吗?不是,这是真实的吗?

我马上把契约书给"防御大师"看。

**星座"防御大师"开始阅读契约书。**

在楼下流着血的孔弼斗突然开始大喊大叫。毕竟是那家伙背后星的发言,他应该也听到了如上的系统通知。

"什么啊!这条通知是什么意思啊?!"

还能是什么,当然是你要被卖掉了的意思啦。

"出……出什么事了，弱斗？"

星座"防御大师"希望能有短暂的考虑时间。

没过多久就传来了好消息。

星座"防御大师"追加了契约条款。若你同意追加条款，星座"防御大师"也将同意与你缔结契约。

我立即阅读修改后的契约书。

14.化身金独子（以下简称甲方）承认星座"防御大师"（以下简称乙方）的财产权，并将保障乙方私有财产"孔弱斗"的生存权。

15.为了实现乙方的私有财产"孔弱斗"的顺利成长，甲方必须在旁给予帮助。

保障生存权和成长权。其实这两项都是无须明说的条件。如果孔弱斗成为我的手下，我自然会在不让他死掉的前提下，好好使唤并培养他。所以，对我来说，真正重要的只有第3条。

3.自契约生效时起，甲方将拥有对乙方的私有财产"孔弱斗"的命令权。（每天最多十次）

检查完契约的所有内容后，我点了点头："签约吧。"随即，一道若隐若现的细线将孔弱斗和我连接起来，系统通知开始播放。

契约已缔结。根据契约，你已成为化身"孔弱斗"的"共同背后者"。根据契约，你已获得化身"孔弱斗"的命令权。该契约的有效期限为5年，若无更新则将自动延长。

"武装城主"孔弱斗被我如此轻易地收入麾下，如果刘众赫知道这件事，肯定会气晕过去。要不是读到了《灭活法》原著的后半部分，我也不会知道"背后契约书"有这种用法。

我递给刘尚雅一些恢复药水："把这个给孔弱斗吧，每过四十分钟给他一个就行了。"

只有这样，那家伙才能完成这个主线任务。

孔弻斗通过刘尚雅的线接到了药水，他看向这边，问："这是什么？"

"喝完继续打吧。"

下一刻，原本在怀疑的孔弻斗二话不说就打开了药水的盖子。身上升起蓝色烟气的同时，那家伙被摧毁的炮塔也恢复了原貌。

登场人物"孔弻斗"的魔力已恢复。

孔弻斗擦了擦沾了药水的嘴唇，抬头看着我说："蠢货，你以为这样做，我就会原谅你吗？我从这里出去的那天就是你们这些人的忌日……"

"闭嘴，孔弻斗。"

根据契约条款，发动"命令权"。

"嗯，嗯嗯？嗯嗯嗯嗯？"

可怜的家伙，他甚至都还没明白自己的处境。

"你就努力战斗吧，别招惹我的同伴。"

"嗯！嗯嗯嗯！"

突突突突突！

看着老实听话的孔弻斗，刘尚雅的眼睛瞪圆了："独子？那个人怎么突然变成这样了？"

"我把'甲方'变成了'乙方'而已。以后可以对孔弻斗安心了。"

就在这时，星座们的系统通知炸开了锅。

星座"隐秘的谋略家"认为你的想法很有趣。因你的计划，星座"紧箍儿的囚徒"把如意棒掉落在了地上。星座"深渊的黑焰龙"认为你太过放肆。

……

尽管我自认为隐秘地缔结了契约，但已经有几个星座察觉到发生了什么。"防御大师"虽不是排名靠前的星座，但毕竟也是星座。区区一个人类竟然和"星座"成了"共同的背后者"，星座们遭受的冲击是巨大的。其中肯定也有像"深渊的黑焰龙"那样不认同我的家伙，但是——

相当多的星座在关注你。相当多的星座希望成为你的背后星。

更多的星座意识到了我的价值。只要能成为我的背后星，甚至还可以使用"防御大师"的战斗力，这的确让他们垂涎欲滴。就在这时，孔弼斗所在的频道的主人——鬼怪鼻流出现在空中。

"星座大人们！各位怎么突然都离开了呢？！别……别走呀！各位再耐心等待一会儿！"

鼻流的频道顷刻间崩溃了，它向空中呼唤着。这个在金湖站施加"生存费"和"食物惩罚"的该死的鬼怪。

"咿……咿咿咿咿！不……不要……"鬼怪鼻流的身影逐渐变得模糊不清。

由于订阅数减少，频道 #BIR-3642 被强制终止。

亲眼看到一个频道归于虚无的鼻荆用颤抖的声音跟我说话。

——那个……独子先生？

——干吗？

——你……不会从一开始就盯上了孔弼斗吧？疯了……人类怎么能……我到底和什么东西签订了契约啊？

我耸了耸肩。至此，忠武路地铁站这边的事情都顺利得到了解决，是时候出发去下一个地点了。我对仍未搞清状况，还在犯迷糊的同伴们说："不好意思，各位。我得暂时离开一下。"

"什么？现在吗？"

"我急着去一个地方，麻烦李贤诚和刘尚雅留在这里。现在没有什么事要做，在任务结束之前，你们只需要一边在这里休息，一边给孔弼斗那家伙扔药水就行了。"

郑熙媛发问了："那我和吉永呢？"

"你们跟我一起去。"

"去哪儿？"

"嗯……很难解释清楚，总之是有一个坏蛋。"

"坏蛋吗？"

"是的，有一个不管其他人死活，只顾着自己独吞道具然后消失不见的大坏蛋。我们现在就要去给他的后脑勺来一拳。"而且是一记重拳。

考虑了一会儿后，郑熙媛问我："那家伙比孔弼斗还坏吗？"

我犹豫了一会儿才答道："坏太多了。"

"那就出发吧。"

"路上再和你们解释清楚。"

我带着兴冲冲的郑熙媛和李吉永一起出发了。突然，有人抓住了我的肩膀。原来是李智慧。

"慢着，大叔，你现在要去哪儿？"

这丫头第六感真准。我说："正好，你也一起去。"

"去哪儿？"

"刘众赫有危险。"

李智慧似乎当我这句话是在说笑，她扑哧一声笑出来："放什么狗屁？你说师父有危险？"看到我依旧一脸严肃，李智慧脸上的笑意也很快消失了，"……认真的吗？不是，大叔你怎么知道的？"

我怎么会不知道？在关于你师父的事情上，我就是世界第一，不，世界第二有发言权的人。我边确认时间边说："那小子进入1号出口的隐藏地下城了吧？"

"哦，哦？"

"而且距离他进去，已经过去十一个小时了吧？"

"呃呃……"李智慧发出呆滞的声音。

我记得在《灭活法》的原著中，刘众赫曾八次试图攻略忠武路的隐藏地下城。其中两次失败，六次成功。但问题是，他失败的两次都集中在回归的前期——分别是第8次和第11次。而且第8次回归时的刘众赫，在忠武路的隐藏地下城中死掉了。但现在的刘众赫……还只是第3次回归。

"这样放任不管的话，刘众赫今天就会死。"如果我猜得没错，我们那可恶的回归者现在正在走那条"翻车鱼[1]路线"。

---

1 翻车鱼：2014年，《活下去！翻车鱼！》游戏在韩国上线，斩获超高人气。在这个游戏中，翻车鱼总是以各种奇葩理由死去。此后，在网络和媒体中，"翻车鱼"就成了"弱小、容易死"的代名词。

# Episode 9
# 全知"翻车鱼"

## 1

我们四人径直前往位于负一楼的隐藏地下城的入口。我让李智慧和郑熙媛领头,自己则一边看着手机,一边和李吉永跟在她们二人身后。

……

头痛欲裂,刘众赫的神志逐渐模糊了。

"只能放弃这次轮回了。"

这就是刘众赫第 8 次回归的一生。

难道说……不会吧,应该还没变成那样。该死的,这家伙不过才第 3 次回归,就敢这样乱来!如果他像第 2 次回归时那样谨慎行事,应该能混到中后期。我抬起头,发现郑熙媛正盯着我看。

"独子,你在看什么呢,这么认真?"

"啊,我在看日历……现在这种情况,我对时间都没知觉了。"

日历应该比我现在看的文档更有意思。有时候我甚至怀疑自己到底是怎么坚持读完这本小说的,也太不可思议了。

郑熙媛面带怀疑地盯着我看了一会儿,然后她的视线转向了李智慧。

"不过,你是叫智慧吗?你也用刀?"

"嗯，我喜欢用刀。"

"对吧。刀就是最棒的，应该说砍东西的感觉很爽吧……"

"看来姐姐你也明白那种感觉呢。"

郑熙媛笑意盈盈的。她静静地看向李智慧的长刀，一眼就能看出这是把档次很高的武器，流光熠熠。估计是刘众赫给李智慧的。

"你的刀看起来真不错。"

"啊，这是我师父给我的，姐姐你的呢？"

"我的……我……我的也挺好的。"

郑熙媛那把用戈鲁尔角制成的刀相比之下就有些拿不出手了，她低头看了一眼，悄悄将刀藏至另一侧的腰间。其实我也没做错什么，却莫名感到有些抱歉。我故意找李智慧的碴儿："喂，你对熙媛这么礼貌，为什么对我一点儿都不尊敬？"

"啊……因为我对帅气的姐姐没有抵抗力。"李智慧用不情愿的口气回答我。而郑熙媛似乎觉得她很可爱，抬起胳膊勾住了她的脖子。看来同为"鬼杀"拥有者的人似乎意气相投。

好不容易从郑熙媛的束缚中逃出来，李智慧问："但是大叔你为什么要救我师父呀？"

"他是我的同伴嘛。"

"别胡说了。"

"留着他还有用。"

"……你这语气莫名有点像我师父呢。"

星座"隐秘的谋略家"好奇你的内心所想。

这么一来，不仅李智慧，就连星座们也觉得我的行为出乎他们的意料。刘众赫那家伙可是一有机会就想杀了我，我却赶着去救他，这的确看起来很奇怪。

星座"恶魔般的火之审判者"认为你想让误入歧途的知己改过自新的心意十分令人欣慰。得到了100Coin的赞助。

这儿还有一位完全误会了我意图的星座。不同于这位"恶魔般的火之审判者"，或者说大天使乌列尔的期望，我完完全全是为了自己才去救刘众赫的，即为了阻止那家伙的"死亡回归"。

刘众赫拥有的星痕"回归"会让他在每次死亡的时候都回到过去。不愧是主角，能拥有这种令人难以置信的技能。但问题是，对于除了那家伙之外的配角来说，这一能力则会引发一些复杂的思考。

"但是，在队长回归后，世界又会变成什么样子呢？"刘众赫的回归次数突破两位数的某一天，曾有一个配角向刘众赫提出这样的问题。虽然我已经忘了那人的名字，但当时刘众赫的回答我还记得清清楚楚。

"……我也不知道。我只是选择能够让更多人活下去的世界罢了。"

这话说得倒是冠冕堂皇，但其实他想表达的是：被抛弃的世界与他无关。

实际上，在《灭活法》中，作者不曾从理论的角度叙述过那家伙回归以后的世界。不论是从科学、魔法，甚至随便什么角度的论述，都没有。这也正是让我感到不安的原因。

回归者消失后的世界会变成什么样呢？会和回归者一起重置吗，还是会又产生另一个平行宇宙的分支呢？如果是后者，那倒是不幸中的万幸了，但如果是前者，那么我的存在……

"哥哥？"

"啊，嗯？"

身边的李吉永抓着我的衣角，担心地看着我。

"好像已经快到了。"

已经接近圈外地区。请注意，不要脱离任务区域。

弹出了一条警告通知。但是没关系，反正忠武路的隐藏地下城属于任务区域。绕过拐角后，1号出口出现在视野中。出口旁晃动着预示不祥的阴影，地下城入口映入眼帘。

发现"隐藏地下城"！由于该地下城已经被其他人发现，你无法获得"最早发现"的成就。收到新的隐藏任务！

+

＜隐藏任务：剧场地下城＞

类别：隐藏

难度：A-

完成条件：请解决剧场地下城的主人

规定时间：无

奖励：4000Coin

失败惩罚：无

+

李智慧被吓到了，有点犹豫地退后："……这是什么啊？剧场地下城？"

李吉永也露出惊讶的表情。也是，其他人都是第一次收到"隐藏任务"。

郑熙媛也说了一句："电影院竟然是地下城……感觉有点浪漫呢。"

她竟然说浪漫。也只有在不知道电影院有多可怕的情况下，才能说出这种话吧。

我们径直走进了剧场。紧接着，就来到了熟悉的多厅影院的地下大厅。

**已进入"剧场地下城"！**

与我们的紧张兮兮形成鲜明对比的，是地下城的内部空荡又荒凉。这是一座从负一层到地上八层，共计九层高的多厅影院。

"哥哥，海报都被撕破了。会是谁干的呢？"

"我也不知道。"嘴上虽这么说，但我其实知道原因。这个剧场地下城的核心就在于墙上贴的"海报"。应该是刘众赫把海报中的所有关卡都逐一打通，并去往了楼上。显而易见，这家伙一定是想把所有关卡的奖励统统收入囊中。

除了被撕破的海报，我们没在负一层发现其他什么异样的地方。没有道具，也没有怪兽。唯一异常的就是一边角落处的电梯门被人摧毁了。

李智慧问："确定这就是地下城吗？怎么什么都没有啊？"

"上楼之后应该会有东西。"

"大叔你是不是知道些什么？"

"一点点。"

"你是怎么知道的？有点不对劲啊，难道这是你的第二次人生吗？"

——你说的是你师父的情况，何况那家伙还不是第二次，而是……

郑熙媛打断了我们的对话："因为他的背后星是弓裔。"

"真的吗？"

正当我无视这两个肆无忌惮开着玩笑的女人，准备迈向地上一层的瞬间，李吉永突然抓住了我。这孩子头上的蟑螂触角正在剧烈地抖动。就在李智慧拔出刀的同时，我抬手至嘴边示意噤声："嘘，除了我们之外，这里还有别人。"我们屏住呼吸后，就听到楼上那层传来了细微的说话声。我最初以为是刘众赫，但那不是他的声音。

"……也就是说，确定了吧？这里到处都是那个。"

"放心啦，这可是我花了1000Coin从他们那边买到的情报。"

"你是说'先知者们'吗？"

"是啊，虽然那些家伙看起来阴森森的，但他们提供的情报都挺准的。"

听着喋喋不休的交谈声，我们一步步走上扶梯，靠近谈话者的附近，看到四个男人聚集在一层大厅里。

李智慧耳语道："那些人是谁？我从没在忠武路见过他们。"

"他们应该是从地面的入口进来的。"

"地面的入口？那不是有剧毒雾气吗？何况任务也还——"

"每个地铁站进行的任务类型和进行的速度都不同，他们那站可能比我们更早完成任务。而且如果是轻微的雾气中毒的话，吃地下怪兽的肉就能痊愈。"话虽如此，但我内心其实也一样慌乱。

"先知者们"？不论在刘众赫的哪一次回归中，都没出现过有关这些人的信息。这个隐藏地下城的情报本应该只有我和刘众赫两个人知道才对。到底发生了什么变数？无论如何我都得打探清楚。

"那我们就进去看看吧。"伴随着男人们的说话声，半空中忽地亮起了青蓝色的聚光灯。明亮的灯光照射着那些人，不一会儿，他们的身影就从我们的视野里消失了。

"那是怎么回事？"郑熙媛问。我没有回答，而是仔细观察着墙上贴着的海报。这张被撕破了，那张也是……直到走到墙面的尽头，我才看到唯一一张没有被撕破的海报。我读出写在海报上的文字：此时此地，那个被人类遗忘的时代再次出现。

刘众赫这小子……为什么偏偏只留下这个？果然还只是第 3 次回归。就在此刻，灯光再次亮起。在嗡嗡的声响中，聚光灯忽然照向我们。吓了一跳的李智慧和李吉永惊慌后退，但无处可逃，因为这光束原本的目标就是我们。

我在最后一刻问郑熙媛："熙媛，你喜欢看电影吗？"

"当然了，大家不都喜欢看吗？"

"那从现在开始，你说不定会变得不喜欢了。"

"啊？你突然这么说是什么意思——"

被放映光束照射到。该层放映已开始。

我们周围的风景缓缓发生了变化。"第四面墙"并没有像之前那样启动，也许是因为这并不是单纯的幻影吧。陈旧的油地毡地板变成了翠绿的草丛，接待台和卖爆米花的小卖部则变成了茂密的雨林。而原本的天花板也变成了万里无云、无边无际的蓝天。

惊慌的李智慧喃喃道："这到底是什么鬼地方？"之后，她大叫着，肆意砍伐着周围的树木和草丛，但没有任何变化。李吉永则冷静地开始寻找昆虫。

我尝试着触摸了一下附近的树木，指尖传来坚硬而潮湿的触感。这是再现了中生代[1]的热带雨林，有着与心魔的幻影监狱不同级别的真实感。果然，这就是位于地下城八层的"剧场主人"的力量吧。

"这是在电影里。"

"怎么一天到晚都在发生离谱的事……"

小说都能变成现实，电影当然也能变成现实。适应能力很强的郑熙媛露出接受事实的表情。

"大叔，这是什么电影啊？"

"你很快就会知道的。"

"你就不能直接告诉我吗？慢着，小鬼，你在干什么——"那一刻，草丛晃动着，有什么东西跳到了李吉永面前。那是一只酷似巨型螳螂的昆虫，体长约四十厘米。惊恐万分的李智慧摆正了长刀的位置，大声喊道："喂，小鬼！快

---

1 中生代（Mesozoic）是显生宙的三个地质时代之一，可分为三叠纪、侏罗纪和白垩纪三个纪。

退后！"

然而，李吉永却露出了"有什么好大惊小怪"的表情："这是一种巨翅目的三叠纪昆虫。"

"什么？"

李吉永直接将手伸向了巨翅目昆虫，而后者并没有拒绝。不久后，李吉永和昆虫的周身开始出现青色的光。

李智慧一脸呆滞地看着我："他……到底是什么人？"

"法布尔。"

带李吉永来的决定果然是正确的。有了这小子的能力，我们说不定可以比预期中更加轻松地通过关卡。巨型螳螂的口器一动一动，李吉永连连点头。虽然看不太清，但他们应该是在进行对话。然而过了一会儿，李吉永的脸色开始变得苍白起来。

这是怎么了？

李吉永慌慌张张地回头看我："哥哥！"他话音刚落，我们就听见了大地颤动的声音。参天的椰子树林被冲毁，有什么东西正在以惊人的速度向我们这边冲来。

"吼哦哦哦！"雨林之中，一只巨大爬行动物的嘴被鲜血染红了。在它前方，几个浑身是血的男人跑向我们。正是那几个比我们先进来的男人。

"哇啊啊啊啊！"

"救……救命啊！"

犹豫着退后的李智慧对郑熙媛说："我知道是什么电影了。"

"嗯，我也是。"

身高十余米，硬实的表皮，遍布全身的壮硕肌肉——中生代最强的捕食者出现在我们眼前。只看一眼，我就知道这家伙已经达到了7级怪兽的水平。虽然这只是一层，通关难度就这么高，但反倒让人心跳加快。因为隐藏地下城的关卡越难，奖励就越丰厚。

我拔出剑，说："大家请准备。"

刘众赫可能在看到这部电影的题材之后就选择了跳过，因为剧场地下城的主要奖励都与电影的题材有关。他也许会认为，在这部只有恐龙的电影中，不可能出现可以派上用场的奖励。但这家伙不知道的是，这部电影里也隐藏着非常重要的奖励。

李智慧用惊恐的声音问道："认真的吗？要跟那个东西打吗？"

"如果想要创造出口，就必须击败那个家伙。"

"创造出口？"

"这可是在电影里，你忘了吗？"

身形巨大的霸王龙大步流星地向我们逼近。在它身后的岛屿上，有一个中央研究所，而研究所的天台上则停着一架用于逃生的直升机。这里是电影中，被剧场地下城的主人实物化的电影中，所以，逃出生天的办法只有一个——

"来打造一个精彩的结局吧。"

## 2

霸王龙黄澄澄的瞳孔看向我们，吼声响彻云霄。

7级地龙"霸王龙"感知到了你的存在。"霸王龙"发动技能"猎食恐惧"。专属技能"第四面墙"阻隔了"猎食恐惧"的技能效果。

多亏了"第四面墙"，我的内心变得平和了，但这个技能无法阻止我浑身的汗毛竖起。这大概就是身为猎物的恐惧吧。

"大家都躲开！"短暂一滞的郑熙媛和李智慧瞬间清醒过来，而我则抱着身边的李吉永往后逃跑。

哐哐哐哐！粗壮的尾巴扫过，整片树林都被摧毁了。

"喀呃呃呃！"

朝我们跑来的男人们背上受了伤，吐着血跌倒在地。万幸，郑熙媛和李智慧也有惊无险地脱离了危险地带。我放下李吉永，喊道："吉永往后退，熙媛和智慧左右分开！"就在这时，我身旁出现了一条通知。

登场人物"李吉永"发动技能"恐龙图鉴"。

嗯？

"霸王龙虽身形巨大，但比较敏捷；它们的视野狭窄，很容易受到来自视线死角发动的攻击。"

"这是什么？"

"我小时候在图鉴上看到过。"

"小时候？"

"……就是比现在更小的时候。"

也是，现在不是挑字眼的时候。

专属技能"白清罡气"已发动！

我不断挥动着璀璨夺目的剑刃，牢牢吸引住了霸王龙的视线。李智慧和郑熙媛都不是坦克型角色，李吉永就更不用说了。也就是说，现在能"拉仇恨、担伤害"的人，只有我。

"我吸引这家伙的注意力，你们绕后……"我还没说完，李智慧和郑熙媛就已经奔向了霸王龙的身后。挺会见机行事的，不错。

7级地龙"霸王龙"将你视作目标。

好不容易躲过了这家伙锋利的牙齿，它的后爪就朝我踩过来了。我还来不及挥动"不折的信念"，那家伙的尾巴就已经从我的头顶扫过好几次了，我顿时毛骨悚然。我的体力等级已经突破了20级，所以就算被它击中也不会立刻送命，但即便如此，在霸王龙强大的武力压迫下，该有的恐惧感还是分毫未减。也许，迄今为止都在走运的人其实是我。或许一碰就死的"翻车鱼"并非刘众赫，而是我自己。

唰咔！在这段时间内，郑熙媛和李智慧在霸王龙身后造成了切实的打击。在"剑术锻炼"和"剑道"的组合技之下，绚丽的剑击在霸王龙粗壮的后腿上留下了道道伤口。在现在这种状态下，发动"鬼杀"虽然需要一些时间，但只要发动这个技能，我们就可以顺势轻松地杀死霸王龙。

"哥哥！我来吸引它的视线！"

——这小子，都说了让你退后了，怎么就不听话呢？！

"不行，吉永你……"

"我可以做到的！"李吉永忽然走上前去，比画起不明所以的手势。那又是在干什么？我正这样想的时候，不知从哪里飞来一只巨型螳螂，刺中霸王龙的眼睛后又飞走了。正是刚才那只巨翅目昆虫。

"吼哦哦！"视野被螳螂扰乱后，霸王龙的眼珠胡乱转动着。从李吉永令人眼花缭乱的手部动作来看，那只螳螂很可能是被他操控的。我有些惊讶地低头看向李吉永。刚才的图鉴技能也是如此，这小子其实是一个出奇厉害的角色吧？那的确值得刘众赫眼馋。

"吼，吼喔喔喔！"得益于李吉永的出色表现，战况瞬间逆转。霸王龙的动作变得迟缓了不少，不知不觉中，郑熙媛和李智慧的眼中也迸发出红色的杀气。

"鬼杀"——这一技能虽有精神攻击不耐受的缺点，但技能持有者的兴奋度越高，战斗力就会越强。眼中似乎有火光迸溅的二人在雨林中飞速穿梭，这一场面真是令人叹为观止。

看着这一幕，再想到李智慧已经被刘众赫抢走，我的心里就很不是滋味。但是从潜在的成长价值来看，郑熙媛有着绝对的优势。因为"灭恶的审判者"是非常好的特性，而且郑熙媛还没有签订背后星契约。

霸王龙的体力似乎也在急剧下降，我该打出最后一击了。

"信念之刃"已发动！

我开始将剩下的魔力都集中至剑刃上。我没有背后星，也不像郑熙媛和李智慧那么敏捷，但这不代表我的战斗力弱，因为我有足以弥补这一切的超强道具。

"不折的信念"的特殊效果已发动。以太属性转换为"火焰"。

霎时，剑刃伸长至一米以上，其上火焰环绕。大量魔力被一次性吸走，疲惫感瞬间入侵我的身体。我径直跑向霸王龙的后方："大家都让开！"动作变慢的霸王龙停顿的一瞬间，我乘势出击，顺着这家伙的尾巴跑了上去。由于没有"平衡感"这一技能，我好几次都险些摔下来，但我把剑刺进霸王龙的表皮以固定位置，使出浑身解数避免了掉下去。"吼哦哦哦！"浑身是血的霸王龙在地上翻滚。我肆意地往它身上捅剑，每次拔剑时，它的伤口都会燃起火苗。霸王龙痛苦地喘着粗气，用它那黄澄澄的眼睛瞪了我最后一眼，然后就咽气了。

首次成功猎杀7级地龙"霸王龙"。作为奖励，获得1000Coin。

"啊……竟然真的杀掉了。"

"我说过我们可以做到的。"听到我的话，呼吸急促的郑熙媛露出了志得意满的表情。霸王龙在7级怪兽中名列前茅，这次成功的猎杀的确值得骄傲。

姗姗来迟的李智慧对我嚷嚷道："什么呀，明明都快被我打死了！"

"哪有，明明还要再打好一会儿才能杀掉。"我一边有意显摆，一边擦拭着自己的剑。

郑熙媛问道："但是，这部电影里有杀死霸王龙的场景吗？"

"那倒没有，不过这样更有意思，不是吗？"

"……什么？"

"既然是奇幻动作冒险片，那至少要做到这种程度才行嘛。"

这时，我的脑海中弹出了系统通知。

**剧场主人对改变后的电影结尾感到满意。**

郑熙媛好像认为这一提示很荒唐似的，难以置信地大喊道："啊？！"

没错。剧场地下城的攻略方法并非上演"真正的结局"。如果真是那样的话，就连刘众赫也无法通关这个地下城。这个地下城的核心是打造剧场主人想要的结局。顺带一提，剧场主人是个极度崇尚痛快结局的家伙。

"现在明白了吧？只管摧毁一切就行。"也就是说，在扫清了通往结局的一切障碍之后，电影自然就会结束。

**现在可以移动至下一层。前往研究所上层的直升机场。**

"等会儿再去吧，还要拿奖励。"说完，我开始查看霸王龙的周围，没多久就发现了一个比我们先进来的男人，而和他一起进来的其他人似乎都被霸王龙吃掉或撕碎了。

"喂，振作一点！"

"呃，呃呃呃……"男人的背部不断涌出鲜血，那是霸王龙的脚趾造成的伤口。男人的整根骨头暴露在外，已经救不回来了。

"慢慢吐气。"

"喀，喀喀！……救救……"

我把带来的饮用水给男人喝下，他咕咚咕咚地喝着水，却再次吐了血。无奈之下，我决定先问紧要问题。

"你是怎么知道这里的？"

"先……先知……"

"'先知者们'到底是谁？"

男人的呼吸越来越吃力。

"获……获得了……启示……的人……"

启示？

"我不……想死……"

噗哈！男人的口中吐出一摊血，然后就断了气，全身瘫软下来。

郑熙媛等人从后方走过来，说："那个人……"我摇摇头，低头看着倒地的男人。

"启示"，真是非常有趣的胡扯。这是因为在我所了解的《灭活法》中，与"启示"类似的能力只有"未来视"，而具备这种能力的只有先知"安娜卡芙特"。如此一来，答案就只有一个了。在这个世界，除了我，还有别的"读者"，但他们不像我这样了解这个故事。

证据就是他们并没有亲自来这里，而是放出情报，让其他人前来探路。

"独子？"

"休息一会儿再走吧。"

我们用巨大的树叶将男人的尸体掩盖后，便聚集在死去的霸王龙附近。要想追上刘众赫，我们必须抓紧时间，但要是没有好好休息就急着去追人，没准儿我们还没遇到那家伙就全军覆没了。

我翻遍了霸王龙的尸体。头部和心脏内侧都找过了，可惜并没有发现怪兽的核心，但也并非一无所获。看着被火焰烤熟的霸王龙，郑熙媛咽了下唾沫。

"……这个也能吃吗？"

"这是用魔力火焰烤熟的，可以吃。如果有没熟的部分，再用魔力火炉烤熟就行。"

我们围坐在霸王龙的后腿旁，在袅袅的热气下，把熟透的肉一点点切下来。

李吉永发出赞叹："新的肉类！"

性急的李智慧率先冲上前，撕下一块肉，我们几人也各拿了一块肉。竟然能吃到这么大块的肉，简直是我之前作为一介上班族时连想都不敢想的奢侈。闭着眼睛细细品味的李智慧用恍惚的口气喃喃自语："啊，这就是世界上最好吃的……"

是真的很美味。紧致的肌肉之间夹杂着不多不少的脂肪，霸王龙与蝼蛄的肉质完全不在一个档次。每咬下一口，缠绕在舌尖上的嚼劲……如果刘尚雅也在这儿，估计她会边吃边掉眼泪吧。

我们默默无语地吃了许久，在饱腹感来临的同时，体力也恢复得差不多了。这就是高级怪兽肉所具有的特殊功效。但是有些怪兽肉是不可食用的，这也需要注意。

郑熙媛语带遗憾："呼呜……吃好了。真的很好吃，但我实在吃不下了，好可惜……感觉要哭了。"

稍作休整后，我们朝着岛中央的研究所出发了。虽然在路上碰到了几只盗暴龙，但我们既然已经成功猎杀了霸王龙，解决盗暴龙肯定也就不在话下了。

实验室里各处都摆满了烧瓶和浓缩液。小型孵化器里还有呈胚胎状态的恐龙，还有用于采集血液样本的琥珀石。只是空无一人罢了。一走进内室，我就发现了几件引人注目的道具。

**体力强化浓缩液。魔力强化浓缩液。敏捷强化浓缩液。力量强化浓缩液。**

果然是有的。趁着其他人都被周围环境吸引的时候，我开始收集浓缩液。和鱼龙之核一样，这些也是初期任务中为数不多能提升综合能力值的道具。

还不是一两瓶，这里有接近二十瓶的浓缩液。这些浓缩液能使我的能力值得到爆发性的提升。我一直没花太多 Coin 用于投资综合能力值，就是因为提前考虑到了这个隐藏任务。这些浓缩液只有在目标能力值等级不足 30 级时才能使用。

"大叔，你在收集什么东西啊？"

这个神出鬼没的丫头。

"什么啊，'体力强化浓缩液'？"从我手中抢走一瓶浓缩液之后，李智慧的眼睛瞪大了，"你不会是打算独吞吧？"

"怎么可能，当然是要和大家分享了。"

"姐姐，你快来看看这个！这大叔……"李智慧的大呼小叫把另外两人也引来了。确认完道具信息，郑熙媛也大吃一惊："我的天啊……还有这样的道具吗？"

"就……因为这是隐藏任务。"我用有些不爽的语气解释道。可恶，这就有点难办了。霸王龙不是我一个人杀死的，全部一个人私吞的话会有些良心不安，但要分给其他人，我又不太舍得。

喜欢吃独食的几位星座对这一状况感到不满。

快要把"力量强化浓缩液"盯穿的李智慧先开口了："不能把'力量强化浓缩液'给我吗？我的力量等级特别不够用呢。"

已发动专属技能"登场人物浏览"！

——转换成只显示综合能力值的摘要。

+

＜登场人物摘要浏览＞

姓名：李智慧

专属特性：受伤的剑鬼（稀有）

专属技能：剑术锻炼 Lv.4、鬼杀 Lv.1、绝对感知 Lv.2、鬼之步伐 Lv.2

星痕：海上战斗 Lv.1、号令大军 Lv.1

综合能力值：体力 Lv.13、力量 Lv.17、敏捷 Lv.13、魔力 Lv.10

+

这个狡诈的丫头竟敢说谎……

"嗯？熙媛姐姐，那个能给我吗？"

"嗯，既然是独子发现的，那就由他来决定……"

坦白说，把这些浓缩液给我的其他同伴都无所谓，但是给李智慧就有些可惜了。她总归是刘众赫那边的人。

星座"恶魔般的火之审判者"期待你的公平。

公平……是啊，我倒是知道一个非常公平的游戏。我笑着说："猜拳决定，怎么样？"

"猜拳？"

"每次赢到最后的人都能拿走一个。"

瞬间，李智慧的脸上闪过了贪念："好啊！嗯……如果你想用这种方式，那就这样吧。但是真的没关系吗？弄不好可能都会被一个人拿走。"

"那就说明那个人运气好呗。"

李智慧已经跃跃欲试了。估计是想到她自己也能捞到一份，于是就开始兴奋了吧，但情况不会如她所愿的。

"首先从'力量强化浓缩液'开始吧。"

我拿出"力量强化浓缩液"，对李智慧说："你和我来吧。"

"我很擅长猜拳的，没关系吗？"

"啊哈，是吗？"我看着这样的李智慧，微微一笑。

专属技能"全知读者视角"第一阶段已发动！登场人物"李智慧"准备出"剪刀"。

## 3

星座"隐秘的谋略家"好奇你的骗局。喜欢吃独食的星座向你赞助了200Coin。

猜拳瞬间就分出了胜负——脸蛋微微涨红的李吉永，以及一脸满足的郑熙媛，还有瘫坐在地上茫然若失的李智慧。

"……这也太离谱了！"

可惜我读不到李吉永的内心想法，所以被他赢走了两瓶浓缩液。

"不用给我，我没关系的……"

"你拿着吧。"我抚摩着李吉永的头说。

除此之外，我还故意输给了郑熙媛两瓶体力浓缩液。郑熙媛笑眯眯地收下："谢啦，我正好因为体力问题很困扰来着。"

只有李智慧，一瓶浓缩液都没拿到。

"一共二十局，怎么能一个人赢了十六局啊？你作弊了吧？"

"我本来就很擅长猜拳。"

"你是不是用了'读心术'啊？别这样啊，就给我一个吧……"

"你可以去找刘众赫要。"

看着可怜兮兮、泪眼汪汪的李智慧，我理直气壮地打开了浓缩液。郑熙媛拍了拍闷闷不乐的李智慧的肩膀，盯着后者锃亮的长刀看了好一会儿，又瞥向我这边。

"那个，独子。"

"嗯。"

郑熙媛犹豫了一会儿，挠了挠头，然后打开了自己的浓缩液，说道："我会好好享用的。"

***

突突突突，耳边是直升机的螺旋桨转动声。看着渐渐远去的恐龙岛，李吉永发问了："哥哥，我能把它带到下一层吗？"李吉永的膝盖上坐着刚刚和他对话过的巨大螳螂。也许是因为关系变亲近了，螳螂的触角在李吉永的下巴上蹭了蹭。

"很遗憾，你不能带走它。"

像是在进行最后的告别一般，快快不乐的李吉永紧紧地抱住了螳螂："……再见，翅翅。"

看来李吉永早就给它起了个小名。但很可惜，剧场地下城中生成的怪兽无法移动到下一层。不过，道具倒是可以带走。比如我刚才获得的提升能力的浓缩液，以及现在我手握的这件道具——"霸王龙的 DNA 浓缩液"。我选择这部电影的决定性原因，正是这一小瓶闪耀着金黄色光芒的浓缩液。在服用这瓶浓缩液后的三十分钟内，所有能力值都将提升 10 级。其缺点是只能在剧场地下城中使用，但如果没有这个道具，我绝对无法突破地下城的最后一层。万一刘众赫陷入了我能想到的最糟糕的情况，就更不可能了。李吉永松手放开巨大的螳螂，它飞向空中，然后消失不见。昏暗的天空场景开始崩塌。

抵达第一个"片尾名单"。演出人员：金独子、郑熙媛、李智慧、李吉永。分别获得出演费 500Coin。

伴随着些许眩晕感，我们打起精神来，发现自己已经回到了剧场的地上一层。墙上那张我们顺利逃脱的电影海报已经被撕破，证明我们已经通关。这时，李智慧开始抱怨了。

"还要再这样走几层啊？"

"有一些楼层应该已经被刘众赫打通关了，我们的进度估计会比想象中快一些。"

我们踏上自动扶梯，直奔二层。从二层开始就是正式的放映厅了，所以这里的空间相对更狭窄些。郑熙媛问："这里没什么变化呢。"

我们等了又等，二层的环境始终没有任何改变。没有出现摄像机，也没有"开始上映"。仔细查看后，我才发现二层的海报已经全被撕破了。李智慧似乎也看出了些什么。

"是不是只有海报完好的电影才会上映啊？"

我逐一确认被撕破的海报。吉尔莫·德尔·托罗导演的《环太平洋》……这是那部巨型机器人互相打架的电影吗？真可惜，如果这张海报完好的话，我们应该可以得到"强化装甲"之类的通关奖励。克里斯托弗·诺兰导演的《盗梦空间》……幸好这张已经被撕破了。

"哇，我挺想看这部电影的。"

我看向李智慧指着的那张海报。

"你喜欢超级英雄电影吗？"

"嗯。"

"那真是太好了，如果那张还没被撕破的话，你就会开始讨厌这类电影了。"

"那倒是。"

在李智慧指着的那张被撕破的海报上，一个绿色的怪物正望着我们咆哮。我们接着走上三层。"这层也被通关了。"果不其然，三层的海报也全被撕破了。刘众赫应该是在这里扫荡了一通。不过这样更好，因为三层有很多危险的电影。

James Wong[1] 导演的《死神来了》……刘众赫这小子到底是怎么打通这一关的？

"我们应该会比预想中上去得更快吧？"和乐观的郑熙媛不同，每上一层我心里就会变得更加不安。如果我们想在剧场地下城通关，其实需要一定的运气。因为每一层都有一些《灭活法》没有描述过的电影海报。这是因为原著中的刘众赫也没有走完所有的电影关卡。

当我们进入四层的一瞬间，系统通知响起了。

进入地上四层。

甚至没来得及看清海报，聚光灯就指向了我们。像是在祈祷一般，郑熙媛乖乖地双手合十："拜托了，千万别放鬼片……"这不太像是郑熙媛会说出来的话，于是我瞥了她一眼。

郑熙媛辩解道："用刀可砍不死鬼啊。"

该层放映已开始。

一阵"唰啦啦——"的感觉过后，所处场景发生了变化。等到我们再次睁开眼时，已经在船头吹着海风了。

"这里是……"咸咸的空气带着点湿意，一望无际的海平面映入眼帘。由于太久没有见过大海的波澜壮阔，我有那么一瞬间看得有些失神了。之前终日受困于工作，我已经好几年没去旅行了。

"这次会是什么电影呢？"我看向身边，发现郑熙媛穿着翩翩的连衣裙。游轮内传来乐队的小提琴声，以及人们激动的交谈声。如果说这只是单纯的电影场景再现，那这浪漫的氛围也太让人难以置信了……

啊，我知道这是什么电影了。就在这时，我听到李智慧的声音："啊，我的胃突然……"

回头一看，李智慧正干呕不止。郑熙媛连忙跑过去帮她拍背。

吐了很久，李智慧才哭丧着脸说："我晕船。"

"没事的，吐吧。"

我不久前就一直在想，真不知道李智慧为什么会被忠武公选中。其实我看

---

1 James Wong：中文名黄毅瑜，美籍华裔导演、编剧、制作人。代表作有《X档案》《死神来了》《死神来了3》。

过小说，知道其中的原委，但还不如不知道。

"但是，姐姐……这部电影是那个吧？船沉了的那个。"

"好像是的。"

"姐姐，你是不是女主角啊？"李智慧略带羡慕地看着郑熙媛的连衣裙，然后瞥了我一眼，"那个大叔是男主？呃唠唠！"

这丫头竟然在说出这种话后狂吐不止，我的心情莫名有些不爽。而就在这时，李吉永从后面跑出来了："哥哥！"穿得破破烂烂的李吉永来到我们面前，他这身打扮总会让人产生一种联想……总之，我们几个人都聚集在了一处，我接着道："没时间了，赶紧构思一下结局吧。"

这艘船快要沉没了。但不幸的是，《灭活法》中并没有这部电影的通关方法。在这艘注定要沉没的船上，我们究竟该如何上演令人畅快的结局呢？难道要和大海搏斗吗？

李智慧率先提出了自己的意见。

"反正是要沉没的船，不如我们直接动手让它沉了？"

"那个就有点……"

难办了。如果这本就是一部打打杀杀的电影，那我们就能干脆利落地通关了。

"把坏人干掉吧，哥哥。"李吉永提出了意见。虽然不知道这部电影中有没有明确的坏人，但也没有什么好办法了。我于是决定先按照他的想法去做。

"那就先试着处理一下反派吧。"

我们暂且先展开行动。但是应该用什么办法来寻找这部电影里的反派呢？距离我最后一次看这部电影其实都已经过了……但我其实没必要苦恼的，因为反派已经自己送上门来了。我这时才想起来，没错，这其实是一部反派折磨主角的电影。一个衣冠楚楚的背头男子正盯着我们这边看。

"你！"

他指向的人并不是我。

"……我吗？"

——难道你才是男主角吗？我看着李吉永，叹了一口气。

***

不久后，我们绑架并囚禁了我们认为的电影反派，但剧场主人没有做出任何反应。也就是说，光是绑架还不够……我犹豫了一会儿，开口道："那就……"

"把他杀了吧。"李智慧率先拔出刀来。那个被捆得结结实实的男人不断挣扎着，"不是说剧场主人喜欢痛快的剧情吗？赶紧把这个人杀了就行了吧？"

坦白说，我也是这么想的。不，其实不是想法，而是百分之百确信。因为在《灭活法》的原著里，在和这部电影类似的其他电影中，李智慧所说的方法就是通关的结局。但是，郑熙媛仔细观察着男人深陷恐惧的神态，突然说出了一句令人意想不到的话。

"可是……和真人一样呢。"

"什么？"

"这不是电影吗？但他像个真人一样。"

几天前郑熙媛还在毫不留情地剿杀反派，此刻却说出了这样的话，这让我的心情有点微妙。仔细一想，郑熙媛其实说过"就算是杀了人，我也不想变成怪物"之类的话。

李智慧问："姐姐，现在是说这种多愁善感的话的时候吗？你的意思是不要杀他吗？"

"不，不是那样的……"

"如果不杀这个人，我们就会死。我们几个都是活生生的人，但这个人只是'登场人物'而已！"

"登场人物"，闻言，我短暂地迷茫了一下。

"……的确应该是那样吧？"

"就算这个男人是'真正的人'，那他也是个之后要干坏事的人！杀了他有什么不好的？"

也许李智慧说得没错。这个男人的确是任务中的"反派"，今后一定会做坏事，所以杀了这人也无妨。但可笑的是，这是《灭活法》中刘众赫经常套用的逻辑——

"未来早已注定。"

我正准备开口，李智慧却一骨碌站起身拔出刀来："哎呀，有什么好犹豫的？我师父都快死了！"刀刃刺破空气，贯穿了男人的胸腔。咕咚咕咚，鲜血涌出。这血太过真实，我很难相信这是一个假人。紧接着，系统通知传来。

剧场主人认为改变后的结尾差强人意。船尾处开启了连接下一层的通道。

"你们看，这不就行了嘛。"李智慧得意地嚷嚷道。她的选择的确没错——剧场主人承认这是令人痛快的剧情，星座们也会因我们的行为赞助 Coin，而我们将利用这些 Coin 继续活下去。这就是灭亡世界中的生存方式。但是……如果用这种方式走到这个世界的尽头，我们真的能问心无愧地面对彼此吗？

到达第二个"片尾名单"。

答案无从得知。

演出人员：金独子、郑熙媛、李智慧、李吉永。分别获得 500Coin 的出演费。

这部电影中没有我中意的奖励道具，于是我们按照系统提示的指引，直接进入下一层。

已进入地上五层的奖励之房。

通过扶梯上楼后，"奖励之房"出现在了我们眼前。

"奖励之房？所以这里不会放电影了吗？"

"这里可能本来就是陈列电影道具的地方。"

其实我早就知道了，但还是选择了装糊涂。

房间中心摆着玻璃柜，其中展示着似曾相识的电影道具，都是各类电影的主角们使用过的装备、服装和现场道具……但有趣的是，它们已经不仅仅是道具了。靠近玻璃柜后，郑熙媛发出了惊叹："嗬，快来看这把刀！"

三日月宗近[1]——仿制品：A 级刀剑。

---

1　三日月宗近：日本国宝，天下五剑之一。

郑熙媛看着玻璃柜，眼睛一亮。我点了点头，说："终于有一把不赖的刀了，熙媛。"

"呜哇……"

一看就知道这是一把高级的刀。她现在用的角刀就不用提了，即便与李智慧的长刀相比，这件道具也毫不逊色。

郑熙媛手握长刀，不断挥舞着："这也太赞了吧？刀刃很锋利，拿着还很轻便！"我还是第一次看到郑熙媛这么开心的样子。

**登场人物"郑熙媛"对你怀有深深的感激之情。**

我选择来攻略剧场地下城的主要原因就是这第五层的"奖励"。剧场地下城是寻找同伴们的初期道具的最佳场所。尤其是一直没有好武器的郑熙媛，在拿到这把刀后，她的实力定会大幅提升。

**每人最多领取两件奖励道具。**

这些只是电影中的道具，并没有真正的"星遗物"级别的性能，但至少也是"仿制品"，也就是复制了真品特性的道具。这种程度的 A 级道具在初期几乎可以称得上是作弊了。话说回来，刘众赫应该已经来过这里了，因为有两个道具不见了。

"带些道具走吧。每人只能拿两个，请大家一定要谨慎选择。"我让郑熙媛帮刘尚雅选一件可以使用的道具，自己则拿一件要给李贤诚的道具。正好，我看到了合适的道具——

**赫拉克勒斯[1]之盾—仿制品：A 级盾牌。**

很好……把这个给李贤诚就行。老旧铁制盾牌根本比不上这个，这件道具可以充分发挥出李贤诚的能力。

不久前自称是超级英雄电影粉丝的李智慧，正为了拿出角落里的道具而使出了吃奶的力气："啊，这个怎么拔不出来？！"她在拿什么道具？我这样想着，走近一看，才发现原来是这件——

**雷神之锤—仿制品：A 级钝器。**

---

1　赫拉克勒斯：古希腊神话中的英雄，力大无比。

那是雷神托尔的锤子。如果这个是真的星遗物，绝对是件非常了不起的道具……不过，既然真品的性能那么强大，复制品的性能应该也相当不错。李智慧哼哼唧唧地抓着纹丝不动的锤子，我看着她说："那个不是只有特别的人才能使用的吗？"

"该死的，我也很特别的好吗？"

就在这时，从后方出现的李吉永把手伸向了"雷神之锤"。

"喂，小家伙！这是我的……"

李吉永非常轻松地拿起了"雷神之锤"。

李吉永尝试着挥动锤子，然后看着我问道："哥哥，我能拿这个吗？"

"可以，它很适合你。"

李智慧再次露出茫然若失的表情。

"只有我倒霉……只有我……"

我忽略了她的话，继续查看剩下的道具。让我来看看，最后一件要选什么呢？

**外部强化套装—仿制品：A级防御道具。**

也不知道今后会面临什么情况，还是先给自己补上一件防御道具吧。套装一上身，就立刻紧紧包裹在我的四肢上。

**外部攻击带来的伤害减少10%。你对敌人的感知能力有所提升。能够比之前更加敏捷地移动。**

虽然感觉有些束手束脚，但一想到楼上几层将要发生的战斗，还是觉得比没穿防具的时候有安全感多了。那么，现在一切就准备就绪了。目前地下城还没有发生什么特殊变化，这说明刘众赫肯定还活着。如果我们走得够快，就能在六层遇到他，再不济也能在七层见面。就算发生了最糟糕的情况，就算他已经和八层的Boss[1]发生了冲突……但至少他还活着。好了，那就去参观一下我们回归者先生的后脑勺吧。

---

1 Boss：在游戏中，一般指出现在最后关卡的怪物，较难击败。

## 4

  事与愿违，刘众赫不在六层。但令人感到慰藉的是，六层的电影不难通关。这是一部反战惊悚电影，我看过，知道犯人是谁，所以我们杀了犯人之后就快速地通关了。

  剧场主人对改变后的电影结尾感到满意。获得500Coin的出演费。

  李智慧无语地问："那家伙真的是犯人吗？"

  "还是别剧透了，这里可能还有没看过这部电影的人。"

  星座"隐秘的谋略家"讨厌剧透。

  总之，不知是否源自这部电影的特点，通关后出现的奖励也很特别。

  已获得技能书"冷静洞察"。

  "冷静洞察"——出现了一个相当有用的技能。在使用该技能时，能通过观察登场人物的行动，估算其综合能力值。如果是我能够使用"登场人物浏览"的对象，这一新技能没什么意义，但对刘尚雅和李吉永等那些我无法发动"登场人物浏览"的人来说，"冷静洞察"应该会很有用。我想，也许是因为我果断地指认了演技高超的犯人，所以才能获得这样的技能吧。

  已获得专属技能"冷静洞察"。

  但我心里还是有些遗憾。剑斗士也好，战争也罢，要是出现这些题材的电影就好了，尤其是我还没有一个满意的战斗被动技能，所以心情更加急切。尽管我可以用Coin购买类似"武器锻炼"的技能，但任务已经进行到这个阶段，在这种等级的技能上花费Coin实在不划算。

  "我现在已经受够了电影。"我十分认同郑熙媛的发言，短时间内我连电影院都不想看到了。但我们至少收到了很多出演费，也该知足了。我们径直走上第七层。我还以为终于能见到刘众赫了……但七层的海报也大多被撕破了。这意味着此刻刘众赫已经身处Boss关卡中了。事已至此，我们真的不能再耽搁了。

  "跑吧，马上就到最后一层了。"

  我们立刻跑了起来。必须尽快追上那小子，在他失去理智并放弃一切之前，我们得赶紧了。路过放映厅，我们在走廊上狂奔。七层的墙壁上贴了一排世界各国的票房电影海报。拜托了，拜托了，希望所有的海报都已经被撕破了……然而，事与愿违，最后一张海报还完好无损。

"该死的……"

**该层放映已开始。**

青蓝色的聚光灯灯光覆盖在我们身上，周遭的场景也随之改变了。视野中的画面一片混乱，鼻尖也嗅到了一阵咸湿味。这一次的演出舞台又是大海。但……不是在游轮上了。空气中弥漫着呛人的硝烟味，板屋船[1]的触感十分粗糙。我站在晃动不止的船舷上，抬头的瞬间，不知传来了谁的叫喊声。

"大家快趴下！"

我下意识地遵从指令原地俯趴下去，下一刻，子弹如雨点一般落在我周围。嗵嗵嗵嗵——有几个士兵流着鲜血倒下了。

"击退舰船！"

身穿朝鲜王朝时期水军战服的士兵们在火急火燎地准备填装火炮。令人心惊胆战的战争让我汗毛倒立。郁陶项[2]的旋涡汹涌澎湃，远处传来昭示着海上战争的击鼓声。

该死的。只要是韩国人，就不可能不知道这是什么电影，因为这是韩国高票房电影之一的影片。不知什么时候来到我身旁的郑熙媛望着海平面喃喃道："那东西……我们要怎么打啊？"

只有出现大快人心的结局时，才能成功突破剧场地下城。

喀嘚嘚嘚嘚嘚——三百三十艘敌船将面前海域的视野压得一片漆黑。我急忙确认了我方的战斗力。再怎么说，这也是一部以历史事实为依据拍摄的电影，所以应该还是有希望的……吧？

"……这是什么情况啊？"原本应该剩下十二艘板屋船，此刻却只有孤零零一艘。我慌忙抓住周围的水军，问道："统制公在哪儿？"

"……统制公？"

---

1 板屋船：朝鲜王朝时期带有木房的宽底战船。
2 郁陶项：鸣梁海峡，珍岛和陆地之间的海峡。1597年，李舜臣在此地大败倭寇。

"我说的是李舜臣将军!"

水军似乎还是一头雾水的样子,我的心瞬间凉透了。我有种预感,这和我看过的电影不一样。剧场主人那家伙改变了剧情,不知不觉间,我们与敌军的距离正在迅速缩小。这也太不像话了。是要让我们在没有忠武公帮助的情况下打赢"鸣梁海战"吗?我环顾四周,焦急地喊道:"李智慧!"

***

我的确考虑过这种情况。实际上,我带着李智慧一同前来,不仅仅是为了利用她的战斗力,也是为了以防万一。

**星座"海上战神"对化身"李智慧"恻然怜悯。**

找到李智慧并不难。反正只有一艘船,再加上忠武公的间接系统通知是从一个固定不变的位置传来的。

"哕哕,哕,哕哕……"

她此刻正身处一层甲板的角落处,低着头呕吐不止。

"喂,你还好吧?"

眼睛湿漉漉的李智慧仰头望着我:"不行,我……我做不到!"

这句话不是对我说的。

**星座"海上战神"鼓励化身"李智慧"。**

"我绝对……我绝对不会出去的!哕……"

接着又是一阵干呕。这个不仅讨厌大海,还不怎么关心正义的孩子,究竟怎么会被忠武公选中的?原因我是知道的。

**因专属特性的效果,对已读书页的记忆增强。**

我在脑海中飞快地翻阅着《灭活法》,大概在《灭活法》的第40话,明确记叙着如下片段。

"喂,你一个连大海都害怕的孩子,怎么会被忠武公选中呢?"

"我也不太清楚。嗯……听说我的祖先中出过一位将军,难道是因为这个?"

"……你该不会是忠武公的后人吧？"

除了我之外，还有几位读者读到了《灭活法》的第40话，所以当时连载到这里时，作者遭受了很多非议。不是，伟大的忠武公竟然只因为血缘关系就选中了她，这像话吗？但我读完了除尾声之外的所有章节，所以我知道，李智慧并非忠武公的后人。

星座"海上战神"看着化身"李智慧"，思念着多年前的战友。

"那你也是德寿李氏[1]吧？"
"不，我是全州李氏。"

星座"海上战神"望着多年前的战友的后代。

李智慧的祖先是忠武公的战友，全罗右水使李亿祺。毅民公李亿祺——他与忠武公一同引领了唐项浦、闲山岛等战役的胜局，也是在忠武公以莫须有的罪名被朝廷抓走时，为数不多的愿为李舜臣辩护的战友。由于没有留下足够多的传说，所以没能成为伟人级星座。

星座"海上战神"用惋惜的眼神望着化身"李智慧"。

所以忠武公选择了李智慧——他并没有成为自己后代的背后星，而是选择了那个曾守护过自己的好友的后代。也许这才更像是忠武公会做出的选择。看到为自己辩护的好友的后代亲手杀死了珍贵的朋友，并逐渐沦为了"恶鬼"，他应该没法坐视不管。嗯……至少在《灭活法》的设定中，是这样的。

悬赏任务已发布。

+

<悬赏任务：生即必死，死即必生>

类别：支线

难度：B+

---

[1] 德寿李氏：籍贯为德寿的李姓家门。下一句的"全州李氏"同理。

达成条件："海上战神"寻求你的帮助。希望你鼓励忠武公的化身"李智慧"，带领电影《鸣梁海战》走向胜利

规定时间：2小时

奖励：忠武公的星痕之一

失败惩罚：无

+

看到消息的瞬间，我甚至不敢相信自己的眼睛。几乎从未出现过伟人级星座单独发布悬赏任务的情况。我正想着会不会有什么奇怪的地方，仔细一看，才发现他给出的奖励果然与众不同。忠武公的星痕？也就是说，如果我完成了这个任务，即便不签订"背后契约"，也能使用忠武公的星痕。我晃了晃李智慧。

"李智慧，快起来！快！"

"不要！哕哕……你们三个自己看着办吧！"

"你就不能稍微坚持一下吗？"

"……坚持？大叔，你不懂。"

不懂……行，你就爱说这种话是吧。但我没时间听任你在这儿使性子了。

"不，我懂。我知道你这样做其实不是因为晕船。"

"……什么？"

"你死去的朋友不是很喜欢这部电影吗？"

像是被击中了要害的拳击手一般，李智慧的下巴微微颤抖。这一刻她脑中闪过了什么画面，不用说我也知道。一定是第1个任务中，在台风女高里她亲手掐死朋友时，她自己的样子。

"那……那个……那个……你怎么……"

"不要问我是怎么知道的，没有时间解释了。"李智慧呆呆地抬头看着我，"你为了活命，亲手杀掉了朋友，但现在却打算就这么死在这里吗？"嘭喀喀！铁钩穿过一层的甲板，我徒手抓住射向李智慧的那根。李智慧浑身发抖地看着我，"无论你现在是否选择逃避，都无法获得原谅。但是——"

"哇啊啊——"伴随着进攻的叫喊声，外面传来敌军登船的声音。

"如果你现在站起来,至少还能救下几个人。"

我扔下还在颤抖不止的李智慧,冲向二层的甲板。在那里的李吉永和郑熙媛已经被敌军包围了。我将剑拔出,握在手中。我面对的敌人都是普通士兵,如果一对一的话,我不可能会输。但问题就是对面的人数实在太多了。"呃啊啊啊!"我挥剑砍向冲上前来的敌军,接着再次举剑砍下,一次又一次,即便如此,仍有数不清的敌军蜂拥而至。远处的敌军舰船正在开炮射击。如果我们所在的这艘船被击沉,那我们也会一起完蛋。电影将会以悲剧收场,而我们将死在这里。

"李智慧!"

我这才得以一窥圣雄的伟大——忠武公究竟是如何在这样的战斗中取得胜利的!

"给我打起精神来!"

这是一个被诅咒的任务。这里没有与忠武公并肩作战的那些人,不论是鹿岛万户宋汝悰,或是平山炮台长丁应斗,都不存在于此次任务。在这里,只有受到忠武公庇护的懦弱少女。而那个少女正蹒跚爬上二层甲板。

"我……我令人厌恶。我……我的确没有资格活着……"

——也许你确实令人厌恶,但更令人厌恶的是不得不利用你的我。

"资格这种东西,谁都没有。"

"啊,啊呃……"李智慧泪流不止。

我转身背对她,用"赫拉克勒斯之盾"抵御炮火攻击。

"但既然活下来了,就给我负起责任!用你的一辈子来赎罪,或者继续像个垃圾一样活着,但无论如何,都给我继续活下去!"

炮弹如雨,在这般狂轰滥炸之下,我们所在的船体已经千疮百孔。

我用冷冰冰的眼神看着她说:"还是说,你真的想死在这里?"

**你对登场人物"李智慧"的理解度非常高。**

李智慧的抽泣逐渐平息,我从她身上感受到了十分复杂的感情——愤懑、自我蔑视、对世界的绝望,三者凝聚一处的阴郁感情。但尽管如此,在这些感情中,还是流露出了一句坦诚的告白——我不想死。

星座们总是随心所欲。他们不一定每次都因化身的请求而给予帮助，甚至不在乎化身死活的星座也不计其数。但是——不论是哪个星座，在成就自己"传说"的舞台之中，都不会回避其化身的请求。

星座"海上战神"对化身"李智慧"的意志做出回应。

一阵耀眼的光闪过，李智慧周身迸发出红色的光晕。虽然她的进化对刘众赫那小子有利，但这也是没办法的事，反正我也能从中获利。

登场人物"李智慧"获得了新的"星痕"。

"受伤的剑鬼"，李智慧。将助她日后成为"海上提督"的最强星痕出现了。忠武公生前经历的战场的历史从她的刀尖倾泻而出。

"今臣……"

李智慧握着刀柄看向大海。敌人多如牛毛，我方无一援军。她沉默地向着天地间拔刀。

"战船尚有十二。"

她的刀尖一扫，血红色的斗气朝各方分散开。

登场人物"李智慧"已发动星痕"幽灵舰队 Lv.1"！

嗡嗡嗡嗡，伴随着震颤，附近海域里的水蒸气全都升腾而起。水流破出海面，蹿行而上，在海域上形成了十二艘幽灵舰船。

"此仇若报……"

敌军乱了阵脚，慌忙击鼓。炮弹朝幽灵舰船飞去，但是由于没有实体，所以幽灵舰船并没有切切实实地遭受到敌方的攻击。

"死而无憾矣。"

终于，李智慧的舰队开始向前进军。十二艘船突破炮火的重围，乘风破浪。温度高至发白的炮台开始发射炮弹，一切挡路的敌船都只能毫无还手之力地被击毁。

轰轰轰轰轰！不再哭泣的少女指挥着战局。

面对气势磅礴的幽灵舰队，敌船束手无策。不仅是我，郑熙媛和李吉永也呆若木鸡地盯着眼前的场景，久久不能移开视线。这就是真正的"星痕"的力量。这就是"海上战争"中无人能敌的、忠武公的力量。日落西山，在晚霞余晖之中，敌人的惨叫声在硝烟中消散。郁陶项的旋涡吞噬了浑身是血的敌军尸体。从幽灵舰队出动到击败最后一艘敌船，只用了不到一个小时的时间。

剧场主人对改变后的电影结尾感到满意。已到达第四个"片尾名单"。

出演者：金独子、郑熙媛、李智慧、李吉永。各自获得500Coin的出演费。

刚拿到片尾名单的奖励，追加通知就出现了。

已完成悬赏任务。作为悬赏任务的奖励，得到"海上战神"的星痕。

实话实说，我是有点期待的。说不定他会给我"幽灵舰队"呢。如果能获得这个星痕，就算以后发生海上战争，我也不用靠李智慧了。

已习得星痕"刀之歌[1]"。

这条通知传来后，我怀疑自己是不是听错了。星痕"刀之歌"在原著中，李智慧在小说剧情过半后才习得这一星痕，但忠武公却把它送给了我。

星座"海上战神"向你表示感谢。

从某种意义上来说，比起"幽灵舰队"，这才是我此刻急需的技能。有了这个星痕，即便剧场八层发生了最糟糕的情况，我或许也能拼一下了。

周围的场景慢慢变回原状，我们回到了电影院里。

精疲力竭的李智慧看着我说："……大叔。"

"你在这儿休息一会儿再上来，我们去救刘众赫。"

"但是……"

"听话。"

尽管获得了新的星痕，我也顾不上开心。因为如果这个世界终结，那无论获得多么好的星痕都没有意义，所以，为了阻止这一终结，我必须救下刘众赫。我把先前舍不得用的综合能力浓缩液一次性喝完了。能力值每到达一个整十等级，提高等级时使用的 Coin 量就会增多。考虑到性价比，我选择先用 Coin 提升等级，再喝浓缩液。

共花费 4000Coin。使用综合能力值强化浓缩液。

体力 Lv.18 → 体力 Lv.24。力量 Lv.18 → 力量 Lv.24。敏捷 Lv.11 → 敏捷

---

[1] 刀之歌：一本描写李舜臣的韩国小说。

Lv.20。魔力 Lv.10→魔力 Lv.15。所有综合能力值都大幅提升！

我们走上最后一级台阶。

"请大家做好准备。"

已进入地上八层"空中花园"。

剧场八层是被不透明的穹顶包裹着的天台，让人不禁联想到歌剧院的小圆顶。一踩上铺着绿色草坪的天台，就看到了那个让我苦苦找寻的回归者的背影。啊——一想到先前为了救那家伙而遭受的苦难，我就气不打一处来。幸好，那家伙的后脑勺安然无恙，还能让我狠抽一下。

"喂，刘众赫！"我径直跑向刘众赫，抬手抽向那家伙的后脑勺。

# 5

痛快的击打感缠绕指尖，我的心情也变得畅快无比。该死的家伙，天知道我有多想揍他。但是……事情好像有点不对劲。

"……刘众赫？"这家伙没有回头。灰白的光从刘众赫身体中流泻而出，充满不祥的意味，光是看着就让人毛骨悚然。我下意识地退后一步，再一看，刘众赫身上的光连接着坐在八层深处椅子上的一个老人。在看到老人的那一瞬间，我明白了一切。

"剧场主人思模莱西翁"（Simulation[1]）显现身形。

糟了，果然已经到这种地步了吗？周身散发灰白色光芒的刘众赫缓缓转身面对我。这是最糟糕的情况。

"剧场主人思模莱西翁"拥有登场人物"刘众赫"的控制权。

刘众赫丧失了理智，浑身杀气腾腾。此时，在这个世界上没有任何"登场人物"能够阻止他。

登场人物"刘众赫"使用"发劲 Lv.4"。

我艰难地开口道："喂，慢着！"剧烈的疼痛从腹部炸开，我的意识变得模

---

[1] Simulation：常译作"模拟""仿真"；这里取其音作拥有"拟象"等特性的剧场主人"思模莱西翁"的名字。

糊起来。周遭环境飞速移动着，我的脑海中胡乱翻动着记忆中的书页。是我疏忽了。

第 8 次回归的刘众赫之所以在"剧场地下城"中死去，并非他实力弱小。严格来说，是刘众赫运气不好。因为对于回归者刘众赫来说，"剧场地下城"的魔王是他最大的克星……

终于能喘上气来了："喀嚓……嘀呃。"
外部强化套装受到损伤。削减部分防御力。

我用颤抖不止的手紧紧捂住腹部，从地上缓缓站起身来。他的战斗力简直强到了不可思议的地步。我喝下了那么多浓缩液，竟然被他的一次攻击伤成了这样。这一击中究竟蕴含着多么恐怖的力量？我甚至被直接击飞，最终钉入天台的侧面。

登场人物"郑熙媛"使用"鬼杀 Lv.2"！

远处，郑熙媛的眼神变得赤红，她冲了上去。尽管我想拦住她，但身体却不听使唤。

登场人物"刘众赫"使用"百步神拳 Lv.2"。

现在的郑熙媛根本不可能与刘众赫抗衡。因为有"鬼杀"这一技能，她才能撑过几个回合，但是很快，遭受内伤的郑熙媛口吐鲜血。现在的刘众赫，比我预想中的还要强很多。

专属技能"登场人物浏览"已发动！该人物的相关信息过多，"登场人物浏览"将转换为"摘要浏览"。为方便用户，只显示指定的部分。

+

＜登场人物摘要浏览＞

姓名：刘众赫

专属特性：回归者＜第 3 次＞（神话）、电竞选手（稀有）

专属技能：贤者之眼 Lv.8、白刃战 Lv.8、高级武器锻炼 Lv.5、精神壁垒 Lv.5、百步神拳 Lv.2、朱雀神步 Lv.1、破天罡气 Lv.2……

星痕：回归 Lv.3、传承 Lv.1

综合能力值：体力 Lv.28、力量 Lv.27、敏捷 Lv.26、魔力 Lv.25

★该登场人物正处于失去理性的状态

+

这该死的家伙。新的星痕果然已经被激活了。星痕"传承"——随着时间的推移，刘众赫在之前的轮回中所掌握的技能也将逐渐苏醒。拥有这一星痕后，刘众赫将正式走上成为"怪物"的道路。

"师父！"就在这时，李智慧从楼下爬上来了。刘众赫那原本飞向郑熙媛的拳击，瞬间将目标转定为李智慧，"哇啊啊！"不知道是因为忠武公的保护，还是多亏了升级的"鬼之步伐"，李智慧幸运地躲过了这一击。

我对李智慧喊道："那家伙被操控了！攻击剧场主人！"然而，李智慧一时之间也无暇分身，所以我们最终面对的情况是：如果不打败刘众赫，就无法接近剧场主人。一瞬间，郑熙媛和李智慧交换了一个眼神，接着两人的刀同时指向了刘众赫。她们发动了"剑道"和"剑术磨炼"的组合技，但这个曾打败霸王龙的组合技，却对刘众赫不起作用。"喀嗨！"被刘众赫的"百步神拳"击中面部后，李智慧吐着血向后倒下。

登场人物"郑熙媛"发动"审判时刻"。绝对善派系的星座们对郑熙媛的请求保持沉默。技能发动已取消。

郑熙媛骂出脏话："妈的……对这家伙也不能用吗？"

这是理所当然的事。即便刘众赫是个冷血无情的人，但他本质上还是深明大义的。刘众赫的崩拳击中了郑熙媛，后者被打翻在地，手中的刀顺势落地。而就在这千钧一发之际，原本站在后面的李吉永使用了他的特殊技能"雷神之锤的天雷"。

登场人物"刘众赫"以"雷电耐性"抵消该攻击的伤害。

刘众赫回头看向这边。

妈的，我知道他很强……但没想到他会强到这种程度。我撑着李吉永的肩膀，步履蹒跚地走到前方。

"吉永啊，拜托你了。你知道该做什么吧？"

机灵的李吉永立刻点了点头。

"知道的，哥哥。"

"对不起。"

"没关系。"

李吉永马上开始喃喃自语，他的眼睛开始慢慢往上翻。这本不在我的计划之内，但我现在不得不动用手中所有的牌。

使用"霸王龙的DNA浓缩液"。30分钟内，所有能力值将会暴涨！

行啊……那就打一架吧，你这个该死的"翻车鱼"。

体力 Lv.24 → 体力 Lv.34。力量 Lv.24 → 力量 Lv.34。敏捷 Lv.20 → 敏捷 Lv.30。魔力 Lv.15 → 魔力 Lv.25。

浑身上下迸发出活力！肌肉中的潜在力量爆发！能够比之前更加迅速地移动！心脏中翻涌着不知名的力量！

我决定用压倒性的能力值等级来弥补技能的差距。如果刘众赫的"传承"已进化至完全状态，我再如何提高能力值都无济于事，但现在这家伙的技能等级还不高，我还是有可能压制他的。尽管这将是很短暂的优势，但只要一瞬间就够了。

专属技能"白清罡气 Lv.1"已发动！由于熟练度的积累，"白清罡气"的等级有所提升！白清罡气 Lv.1 → 白清罡气 Lv.2。

萦绕于指尖的魔力发生了变化。就算我没有先行出击，刘众赫也会选择向我冲来。可能是察觉到我非同寻常的气势，这小子第一次从腰间拔出剑握住。

登场人物"刘众赫"使用"破天罡气 Lv.2"。

相撞的剑刃溅出火花。不论是我还是刘众赫都没有退后半分。我握剑的手感受到了惊人的压力。刘众赫的剑刃上燃烧着蓝色以太，他强大的程度已经不只是让人感叹了，简直是让人叹为观止。目前我的能力值达到了30级以上，而刘众赫只有20多级。在《灭活法》的世界里，能力值整十级差异中的能力差距是绝对无法跨越的。但即便如此，刘众赫却表现得与我旗鼓相当。不，应该说我稍有疏忽就会处于劣势。我咬紧牙关。

专属技能"全知读者视角"第二阶段已发动。

在技能发动的瞬间,刘众赫混乱的思绪一股脑涌入我的脑海。

——好痛苦。

——之后还要经历几次?

——我必须一直重复这些事吗?

我怒火中烧。这个浑小子,这么快就开始了?

"给我打起精神来,你这个浑蛋!"

我用尽全力推开刘众赫的剑,而后向他的下颌出拳。攻击手段是不入流了些,但多亏了"全知读者视角",我才得以提前知晓他的移动方向。啪!我的拳头以分毫之差擦过他的下巴,第一次被击中的刘众赫趔趄了一下。

——一旦开始回归,一切都会回到原点。

——同伴们会丧失记忆,而我经历过的一切都会被抹去。

"蠢货!"

——接着,一切都会循环往复。

了解翻车鱼的人都知道,翻车鱼其实是一种身体十分坚硬的生物。这东西之所以容易死,并非因为肉体的弱小,而是因为承受不住压力。正如我面前这小子一样。

刘众赫不稳定的精神状态给了剧场主人可乘之机。剧场主人虽然身体能力不强,却拥有最高等级的精神攻击技能。但凡刘众赫的"精神壁垒"超过8级,也不会沦落到这种境地。

——我是为了什么……

刘众赫的眼神是涣散的。看着眼前这个陷入悲观困境的家伙,我顿时火冒三丈。

"你真的是主角吗?"更准确地说,这是作为一名读完了3149话《灭活法》的读者应有的愤怒,"不过是回归三次,就已经变成这样了吗?"再一次,我用尽全身力气击打刘众赫的头部。发生奇迹了吗?他的动作竟然变得迟缓了些。我把握住机会,踢向他的胸部:"你真的是那么想的吗?你第1次回归时坚定的决心,这么快就全都忘了吗?"

——在这个世界上活着的人，只有我一个。

刘众赫的神情中满是心灰意冷。

"你不是下定决心，不让自己陷入这种情绪的吗？"

他冲向我，我挡开他的剑，喊道："你不是当时下定决心，就算找不到眼前生命的意义，为了大义也会活下去的吗？"

**专属技能"第四面墙"正在震动。**

我也不知道自己这句话究竟是对谁说的。激烈碰撞的剑刃上迸出灼热的火花。我的眼角滚烫，皮肤也在急剧升温。在说话的同时，我的呼吸越来越急促，我可能也暂时失去了理智。

——我孤身一人。

仿佛自己变成了刘众赫，或者自己曾以刘众赫这个身份而活一般，我的胸口像被勒紧似的堵得慌。

"……你说你孤身一人？"

——我……

"我费了多大的劲儿才追到这里的，你好意思说你孤身一人？"

——我……

剑刃的数次交锋让我的手掌几欲断裂，皮破血流的我仍像疯子一样不断地挥动着手中的剑。

我咬牙切齿地说："你怎么就孤身一人了？你像个傻瓜一样死在剧场地下城的时候！你抱着死去的妹妹痛哭流涕的时候！你被先知背叛的时候！你第一次和心爱的人生下孩子的时候！"在说着这些话时，很神奇地，我回忆起了其他往事。这一个字又一个字，唤起了我读《灭活法》这些年来自己生活中的记忆。

"你的孩子死后，你陷入癫狂的时候！"

我那复杂的家庭纠葛，以及十几岁时被校园暴力的记忆。

"你和魔王斗争，与归来者交战！"

我在军队时遭到前辈们的凌虐，那段噩梦般的记忆。

"你帮助异界人，和该死的重生者正面对决！最后终于站在星座们面前的时候！"

我为了找到一份工作而苦苦挣扎，对职场上司点头哈腰，熬过一天又一天，仅仅是为了活下去，为了生存而活。

"看着你拼尽全力，只为挣扎着活下去的样子！"

尽管如此，每当我在回家的路上，想到有一部追更的小说可以看，我的心就会变得安定。

"我也一样。"

我握剑的手止不住地颤抖。太丢脸了，我的情绪竟然这么激动。该死，本来只是打算拖延时间的。我调整着粗重的呼吸，看向前方，但是……总觉得有些不对劲。是我的错觉吗？

尽管只是短短一瞬，微弱的光芒重新回到了刘众赫的眼中。

——你是……

有些事，就算能读到内心的想法也无法理解。但在看到刘众赫表情的瞬间，我心中一颤。

**由于过度投入，"第四面墙"正在动摇。**

刘众赫的双眼直勾勾地盯着我。

——你……到底是谁？

"什么？"

——你，到底……

这家伙突然改变的思绪让我吃了一惊。不会吧，难道他听了我的话之后找回了理智？这是有可能的吗？我有些慌乱，毕竟我当初执行这一计划时并没有抱着这样的期待。

**"剧场主人思模莱西翁"感到慌张。"剧场主人思模莱西翁"加强了对登场人物"刘众赫"的控制！**

"呃呃呃呃！"刘众赫的眼神再次变得恍惚起来。

不出所料，尽管我稍微有所期待，但让这家伙凭借自己的信念醒过来还是太勉强了。我叫他"翻车鱼"并不是没有原因的，他没自杀我就已经感激不尽了。刘众赫剑上环绕的蓝色以太正在震颤。

**登场人物"刘众赫"的"破天罡气"升级了！**

在这种情况下，他之前的轮回传承的技能竟然还升级了。这该死的主角光环。

啪滋滋滋！不知是因为技能本身的局限，还是个人能力的差异，在激烈的冲突下，"白清罡气"渐渐屈居下风。我瞥了一眼李吉永那边，他的眼珠上翻，流着鼻血。现在是时候了。

"喂，众赫。"也许过了今天这个瞬间，刘众赫会变得惊人地强大。我用尽全力推开他的剑，"我之前是不是有问过能不能揍你一拳？"

我们存在着不可逾越的先天实力差异，几年后，刘众赫将成为我难以望其项背的强者。

但他现在还不是。至少，现在——

"你当时，明明说过可以的。"

——现在的我拼尽全力的话，至少能在短短一瞬把这小子……

**"信念之刃"已发动！"不折的信念"的特殊效果已发动。以太属性转换为"火焰"。**

把这个强到不像话的家伙制服。

锵咿咿咿咿！以太刀锋。半空中盛开的火焰以太直指刘众赫的破绽之处。在突如其来的强大攻势下，刘众赫一时间惊慌失措地退后几步。这家伙应该也凭借本能感觉到我不好对付。但为时已晚。

**星痕"刀之歌"发动了。**

"刀之歌"——这是超强的战斗增益技能之一，也是伟人级星座"忠武公"引以为傲的星痕。

**忠武公留下的句子将融入你的刀剑中。**

尽管融入的句子是随机抽取的，所以战斗力的增幅不太稳定，但这一技能对于目前的我来说，已经算求之不得了。

射矢如雨。放各样铳筒。

万幸，融入我剑中的是《乱中日记》[1]中的一段话。大量魔力被技能吸取，我剑尖燃烧的以太汇聚于一点，而我直接用这把剑砍向刘众赫。

乱如风雷。[2]

火焰以太变成了箭的形态，宛如一场倾盆大雨，射向刘众赫。我的魔力不够，只能爆发一瞬间的攻击，但这种程度已经足够了。"喀呃呃呃呃！"以太在刘众赫全身不断地留下道道鲜红的伤痕。

在这个 Coin 代表一切价值、星座们决定故事发展的世界里，我还需要刘众赫。所以，至少就今天一天，让我来保护你吧。熊熊燃烧的火焰让刘众赫的行动慢慢地停了下来。"火焰耐性"帮他削弱了攻击所造成的伤害，但即便如此，我的这一击造成的伤害也足够让他失去行动能力。我望向坐在空中花园最边缘的剧场主人。

"剧场主人思模莱西翁"对你极度戒备。

机不可失。我迅速奔跑起来，远处的剧场主人神色僵硬，然而——

登场人物"刘众赫"使用"起死回生 Lv.2"！

该死的，刘众赫已经开始追赶我了。

"起死回生"——这个每天只能使用一次、作弊一般的技能，能让人在遭受致命打击的情况下瞬间恢复气力。谁能想到，刘众赫已经通过"传承"得到了这一技能。

嗒嗒嗒！不论我跑得有多快，也比不过使用了"朱雀神步"的刘众赫。剧场主人近在咫尺，但刘众赫的剑也避无可避。此刻只能寄希望于我最后的一张牌了。

我拼尽全力大喊道："吉永！"在我叫出李吉永名字的瞬间，空中花园的天花板上出现了巨大的裂痕。覆盖着天台的穹顶正在裂开。在这一瞬间，不论是扑向我的刘众赫，还是操纵刘众赫的剧场主人，都不约而同地看向天花板，神

---

1 《乱中日记》：朝鲜王朝时期著名将领李舜臣自 1592 年 1 月 1 日至 1598 年 11 月 17 日的日记，记载了"壬辰倭乱"期间的事情。

2 "射矢如雨。放各样铳筒。乱如风雷。"出自李舜臣的《乱中日记》。

色满是讶异。隐藏任务的屏蔽区域竟然被打破了，在正常情况下，这样的事情几乎是不可能发生的——这意味着，如果存在"非正常情况"，这件事就有可能发生。

远处的李吉永流着鼻血，哀号道："呃，呃啊……呃啊啊啊啊！"

一只巨大的昆虫前足从这道裂缝中探入。穹顶脆弱得如同薄薄的玻璃一般，屋顶随即全部裂开。惊恐万分的剧场主人爆发一阵尖叫。这是一只足以破坏隐藏任务屏蔽区域的怪兽，它的外形酷似螳螂，是只巨大无比的虫王种。这是我们为了应对"怪物"而召唤来的怪物。

6级虫王种"巨翅目"出现了！

光是看着就让人不寒而栗。这就是几天前与"尸毒犀牛"交手的那只怪兽。这家伙对李吉永的"多元交流"做出了回应，从而来到这里。

李吉永露出笑容："嘿，嘿嘿……翅翅……"

翅翅？难道说……虽然外形相似，但这应该不是那只吧？

咔咔咔咔咔！螳螂的巨型前足挥向剧场主人，接着，刘众赫挡在了他身前。

登场人物"刘众赫"使用"护身罡气Lv.5"！

随着一阵震耳欲聋的爆裂声，刘众赫的身体嵌进了天台的地板。尽管如此，刘众赫还在顽抗着。这是真实发生的吗？这个不可思议的怪物回归者。他想用目前的能力值对付6级虫王种吗？刘众赫甚至还做出了反击。喀喀喀！狂风骤雨般的刀剑攻击。令人难以置信，刘众赫和6级虫王种展开了势均力敌的激战，甚至让我产生了"他刚才给我放水了"的想法。剧场主人的表情慢慢恢复了从容淡定。刘众赫十分强大。尽管遇到了这个突发事件，剧场主人应该还是觉得刘众赫可以赢吧。

但他错了。他该关注的人是我。我向着剧场主人跑去。"多元交流"不能持续太久，这是李吉永使出浑身解数帮我争取到的时间，绝不能白白浪费掉。

"信念之刃"已发动！

剧场主人这时才发现我，他冲着我大喊着什么。剧场主人思模莱西翁——在《灭活法》的设定中，这是某个星座呕心沥血打造的杰作。尽管随着时间的流逝，他已经逐渐被削弱，只担任隐藏任务的Boss……即便如此，也不是随便谁都有能力突破刘众赫的"精神壁垒"的。受星座庇护的怪物——也就是说，他绝不是一个好对付的家伙。

"剧场主人思模莱西翁"发动"拟像"！

比起心魔的幻影监狱，这一技能会引发更高程度的精神错乱。周围空间扭曲，各种幻影出现，幻影中的怪兽甚至超越了幻影，倒不如说是极度接近现实的怪兽。蝼蛄、戈鲁尔、尸毒犀牛、霸王龙……迄今为止我见过的怪兽都朝我扑来，它们锋利的牙齿撕咬着我的身体，但我依然没有停下脚步。我不害怕。这都是假象，都是不存在的。这一切都——不过是小说中的虚构罢了。

就在"信念之刃"即将碰到剧场主人脖子的瞬间，时间被近乎无限地拉长。

"剧场主人思模莱西翁"尝试"精神侵蚀"！

"精神侵蚀"，这就是让刘众赫变成现在这样的高级认知操纵技能。但是我有"第四面墙"，所以并不畏惧。然而，就在这家伙侵入我的脑海的瞬间，意想不到的事情发生了。

"剧场主人思模莱西翁"感到惊慌。

漆黑一片的自我深渊。在这一片黑暗中，《灭活法》的书页振动着。

——怎……怎么会？这……到……底……

无数文段在黑暗中飘浮着，散发出微弱的光芒。这些都是我读过的《灭活法》中的故事。

**专属技能"第四面墙"已发动！**

闯入我脑中的剧场主人神色骤变。在看到自己身边环绕的文字时，这家伙的脸色越发苍白。

——你……难……道……是……啊啊！

这就是他最后的结局了。很奇怪，这家伙一脸惊愕的样子。在"信念之刃"砍中他脖子前的一瞬间，他的躯体忽然如烟雾般散去，就像是接触到神圣光芒的幽灵，或是因违反禁忌而受到了处决一样。这家伙消失了，无影无踪，仿佛不曾存在过一般。

我很是不解地低头看了看自己的手掌。刚才到底发生了什么？

**首次解决了"剧场主人思模莱西翁"！作为奖励，获得9000Coin！**

**满足了隐藏任务的完成条件！作为奖励，获得4000Coin！**

紧接着，空中弹出了几条系统通知。我回头望去，看见逃脱了剧场主人魔爪的刘众赫昏倒在地上。幸运的是他还没死。透支身体使用"多元交流"的李吉永也还活着。

"哥哥……"

我急忙跑过去，一把抱住李吉永，失去力气的男孩在我怀中发出沉重的呼吸声。

**覆盖"剧场地下城"的结界已消失。**

笼罩在天花板之上的结界消失了，虫王种正盯着我。我咽了一口唾沫，想着是不是应该拔腿就跑，没想到对方先转过身去，就像是失去了兴致一般离开了。我这才松了一口气，同时感到一阵虚脱。一切终于结束了。

"……你没事吧？"

郑熙媛和李智慧互相搀扶着，跟跟跄跄地走过来。

"没事，熙媛你呢？"

"我还好，幸好智慧也没有大碍。"

也许是刘众赫下手太重，导致李智慧的脸颊高高肿起，连话都说不出来。

**已接近第3个主线任务的结束时间！**

估计地铁站那边的任务也到了快结束的时候。从天台眺望四周，远方的天空逐渐变得明亮起来。如果李贤诚在这儿，这一壮观景象应该会让他情不自禁地开始背诵《祖国祈祷文》[1]吧。

郑熙媛喃喃着："啊……首尔。"

晨光熹微，街道成了一片废墟，远处间或传来爆炸声。现在已经没有了剧毒雾气，因为尸毒犀牛被压死在坍塌的建筑物之下。我还看到了人们在打斗，那应该是比我们先完成任务的队伍吧。而这所有一切共同构成了一幅完整的画面，被罩在巨大无比的穹顶里。打破一个结界之后，就能看见一个更大的结界。目前，整个首尔都被关在一个透明的穹顶内。

---

1 《祖国祈祷文》：韩国军队每天早上都会朗读的文章。

郑熙媛叹息道:"真的……全完了。"

尽管已经说过很多次这种话了,但眼前的景象让人不得不再次承认已经发生的事实。看着倒塌的大楼,我突然想到,那片废墟中的某处可能就是我曾经就职的 Minosoft 公司。

李吉永在我怀中动了动。"醒了?"我问。李吉永轻轻点了点头,他指向天空。我看见天边落下的流星雨。流星雨本就是主线任务的征兆。但流星数量比以前更多了,这一现象意味着"异界虫洞"即将开启。全世界应该都在下流星雨。

郑熙媛感叹:"该死,这画面还挺美的……"

郑熙媛不会知道,这些远看是流星雨的东西,会给其坠落地点的人类带来多么可怕的噩梦。现在,更大的灾难就要降临了。李吉永双手合十,低声自语。郑熙媛和李智慧也都沉默了一会儿,或许她们也在祈祷。可笑。翻遍整个宇宙,估计也只有人类会向将要成为他们噩梦元凶的存在许愿了。

片刻后,李吉永睁开眼睛,抬头看我:"哥哥,你不许愿吗?"

我低头看了一会儿李吉永,回答他:"我也许愿了。"

"是什么愿望呀?"

"说出来就不灵了。"郑熙媛插嘴道。

我看了郑熙媛一眼,又看向地上昏迷的刘众赫,最终将视线移至坍塌的首尔市,开口道:"我的愿望是看到某部小说的尾声。"

李吉永抬头看着我,一脸疑惑不解。

我沉默地仰望天空。首尔上空的穹顶出现了一丝细微的裂痕。

等到日上中天时,鬼怪们就将开启新的地狱。

# Episode 10
# 未来战争

1

**主线任务#3：紧急防御战已结束。作为奖励，获得1000Coin。**

我本以为下一个主线任务会在日上中天之后开始，但没想到在第3个主线任务结束后不到十分钟，就发布了新任务的预告。

**第4个主线任务即将开始！**

该死，怎么这么快就……我径直走向李智慧："你在这里陪着刘众赫。"

"……这样可以吗？"

"反正你现在下去也帮不上忙，而且等那小子醒来后又会有新的问题。"

李智慧看着依旧昏迷不醒的刘众赫，点了点头。

"他醒来之后你记得告诉我，我要再给他后脑勺来一下。"

我带着郑熙媛原路返回地铁站。李吉永数着流星雨昏睡了过去，我就背着他下去了。地下城消失后，这个地方变成了正常的电影院，五层的奖励道具也变成了普通的舞台道具，仿佛昨天发生的一切都是一场梦。这时，传来鼻荆的声音。

——你知道我要说什么吧？

——知道。

——呼……我真的，差点要吓死了。

听着鼻荆的抱怨，我稍微放心了些。

尽管星座们拥有强大的能力和财力，但他们不是全知的，因为任务中的所有声音和影像都是通过鬼怪的"频道"传送给他们的。换句话说，我的意思是——

——消音功能正常启动了吧？我刚才太激动了，说了很多不该说的话。

——当然启动了。难道我要让自己的频道完蛋吗？那种程度的信息频道会自动过滤的。

要是我猜得没错，我刚才对刘众赫说的话，是以下面的方式传达给星座们的：

——你真的是那么想的吗？你第一次■■时坚定的决心，这么快就全都忘了吗？

——你怎么就孤身一人了？你像个傻瓜一样■■■■■■的时候！你抱着■■■■痛哭流涕的时候！■■■■■■■■！你第一次和心爱的人■■■■的时候！

——你帮助■■■，和■■■■■■正面对决！最后终于站在■■■面前的时候！

其实我也不知道消音了多少内容。不过就算不知道，消音程度也只会更严重，不可能比我预期中少。我记得在《灭活法》原著中描述过，频道在对刘众赫是"回归者"的相关信息进行直播时，初期是以这种方式进行保密的。

——星座们什么都没听到，你不用担心。问题是我也基本上没听到什么……

——你也没听到？

这就有点奇怪了。难道还有鬼怪听不到的信息吗？

——是啊，你小子到底说了什么啊？

连鬼怪也听不到的信息……如果是这样，我倒是有一个猜想。难不成……"盖然性[1]"的制约已经开始了吗？我自然而然地想起了《灭活法》中的某些内容：

---

[1] 盖然性：有可能但又不是必然的性质。

"盖然性"是控制着星星直播系统的强大抑制力。

虽然我想起了这句话，但其实目前也没多大用处。《灭活法》人气不高的原因之一就是书中包含了太多作者本人也不明就里的设定。

——其他星座有什么反应？

——闹翻天了呗，现在还在吵着问你刚才说了什么呢。

想想也是，对于在直播中听到消音信息的星座们来说，就像是有声电影忽然变成了默片。

但如果是有头脑的星座，就不会把时间浪费在质问管理局上，而是开始关注我身上的潜在可能。我的话被消音了——反过来想，这意味着我知道一些现在还不能透露的信息。

想探究秘密的少数星座仔细地盯着你。星座"隐秘的谋略家"对你的存在很感兴趣。获得了2000Coin的赞助。

像才想起来似的，鼻荆补充了一些信息。

——刚才弹出了太多间接通知，我没有专门发给你，你知道的吧？

——今后也这么办，只发我那些赞助Coin多的家伙的消息。

——你以为我是你经纪人吗？

鼻荆看起来有些不爽，说完就从空中消失了。怎么回事？为什么相处时间越久，就越觉得这家伙可爱呢？不管怎么样，一件事已经结束了，而接下来的另一件事……

"独子，你不累吗？换我来背吉永吧。"

"啊，那就太感谢你了。"

我把李吉永交给郑熙媛，她的表情看着有些严肃，我犹豫片刻，开口道："熙媛。"

"怎么？"

"你是不是有什么烦恼？"

"没有，我就是……"郑熙媛迟疑了一会儿，叹了一口气，"唉……好吧。以我的性格，实在是憋不下去了。"不出所料，郑熙媛没有绕圈子，而是开门见山地问道,"独子,你到底是什么人?"

"……你刚才听到什么了吗?"

"听到了一点。"

我本以为距离那么远,她是听不见的,但不幸的是,她应该是听到了些什么。也是,郑熙媛比李智慧离我更近,人类之间的声音传播又不能消音……

看着打着呼噜的李吉永,我决定向她坦白一半。

"我知道一部分的未来。"

"真的吗?"

"嗯。"

郑熙媛似乎在苦恼着什么,可能在思考我的话是否属实。尔后,她像是终于下定决心一样,咬紧嘴唇。

"刘尚雅和李贤诚知道吗?"

"现在还不知道。"

我老实作答后,背着李吉永的郑熙媛却和我拉开了几步距离。

"……你不会突然杀了我吧?"

"这是什么话?"

"一般来说都是这种剧情嘛,就是'你知道得太多了'那种……"

她口中的"一般剧情"到底是从哪儿看来的?怎么感觉我莫名其妙成了个坏人呢?

"如果真有这种打算的话,我应该早就对你和其他同伴动手了。下手的机会还挺多的。"

"这一点的确有些奇怪。"

"我说这些并非出于恶意,我的目的恰恰相反。"

"恰恰相反吗?"

我盯着郑熙媛的眼睛说:"以后的任务会更危险,我们将面临好几次生死危机,说不定还会失去很珍贵的东西。"

"……所以呢?"

"所以……"看着郑熙媛逐渐变得焦急的眼神,我接着说,"以后也请留在我身边吧。"

"……这是什么意思？"

"意思是希望你能成为我的'同伴'。"

我也该开始拉拢"站在我这边的人"了，至少要找到不会轻易叛变的"可信之人"。在我的帮助下促成了"觉醒"，而且能被我"读心"的郑熙媛就是最合适的人选。郑熙媛短暂地陷入了迷茫，她的嘴唇抽动了一下。

"看来到现在为止独子你都没把我当成同伴吧？"

"确切地说，恰恰相反。如果只有我自己认为是同伴，那其实并非真正的同伴吧。"

郑熙媛的眼神微微动摇。我故意后退一步。

"如果你觉得做同伴会有压力，那么可以把这当成一笔交易。我需要你的战斗力，而我提供的信息也会帮到你，相当于是一种互相交换。重点是今后我们的关系也不会改变。"

"这有点突然……我现在就必须给你个答复吗？"

"那倒不是。"

对于郑熙媛这样的人来说，比起急于打感情牌的方式，温水煮青蛙更容易博取好感。实际上郑熙媛的表情也并没有太排斥。

*登场人物"郑熙媛"因你的坦诚而感到安心。登场人物"郑熙媛"开始认真考虑你的提议。*

估计她不会考虑太久。因为我在郑熙媛的觉醒事件中发挥了举足轻重的作用，我的存在已经深深烙印在她的潜意识中了。这次任务结束后，第二次选择背后星应该要开始了。到那时郑熙媛才会获得背后星，随后她的真正潜力才会开始显现。

"那我能再问一个问题吗？"

"当然。"

"在你所了解的'未来'中，我在做什么呢？"

我仰望天空，消音功能应该在正常运转吧？

"我也不知道。"

"……什么?"

"因为在我所知道的未来中,没有你。"

"那是什么意思……"

"所以你非常需要和我做这个交易。"

郑熙媛双眼瞪圆。这个在《灭活法》原著中没有受到关注的角色,是我亲自培养的变数。她的特性已经足够强大,只需获得一个合适的背后星,日后她就能成为改变任务的核心角色,其实要和那些拥有我尚不可知的"其他变数"的家伙战斗时,情况更是如此。就在这时,我听到楼下传来吵吵闹闹的声音。

"好好考虑,尽快给我答复。"

我飞速穿过检票口来到站台上,然后就看见多数人围住了少数人,并对他们施压。我很快明白了眼前的状况,看来屋主联盟这些人还没弄清事态。

"金独子那个王八蛋去哪儿了?还不赶紧交代?"

仔细一看,身处联盟成员包围之中的李贤诚正面露难色。我故意踏出脚步声,走近人群。

"李贤诚、刘尚雅。"

"是那家伙!"我刚踏上4号线站台,就有联盟成员大喊出声。

我看到了熟悉的房东大叔,他浑身上下留有鏖战整晚的痕迹,同时一眼就能看出他的整体能力值大幅提升了。对于这一结果,我很满意。

"孔弼斗。"

孔弼斗瞪大眼睛,他的"武装地带"中足足有八个迷你炮塔。以孔弼斗为中心的联盟成员们再次扬扬得意地看着我,也不想想我可是他们的救命恩人,真是世风日下、人心不古啊。

"马上把那小子……"就在这时,想说什么的孔弼斗突然抖了一下。*滋滋滋的电流声在半空中蔓延。*

**第4个主线任务将于5分钟后开始!**

鬼怪鼻荆和系统通知一同出现了。

"哈哈哈,各位过得还好吗?"

这家伙奸邪的嗓音吓得人们瞬间表情一僵。

"从各位的表情来看，日子应该过得很是安稳吧！"

"你又来干什么?!"

"当然是来发布第4个主线任务的通知呀。"

"你这……"

"好啦，别发那么大的火啦，好好听着吧。各位都知道怨声载道的人死得最快吧。第4个主线任务要和其他地铁站一起进行。趣味满满的故事正在等着大家哦，想必各位也会很满意的！"

听到要和其他站一起进行时，人们的脸色更阴沉了。光是在忠武路这一站，任务过程就惨烈到了如此地步，如果再牵扯到其他地铁站，会变成什么样更是不言而喻了。

鼻荆笑嘻嘻地说："但是为了进行下一个任务，必须先满足一个前提条件哦。如果只是人数多的话，可不就容易乱成一团吗？所以需要一个能够统领各位的人。也就是说，每个车站都必须有一个'代表'！"

"代表"……终于要开始了。

"现在要开始的游戏是'前哨站'，也可以称为热身游戏。游戏规则嘛……嗯，各位看了就会明白的！"鼻荆微笑着隐去身形，接着所有人面前都弹出了一个信息视窗。

收到新的支线任务。

+

＜支线任务：代表遴选＞

类别：支线

难度：C

完成条件：请抢占位于站台中央的"白色旗帜"

规定时间：30分钟

奖励：1000Coin、忠武路代表

失败惩罚：无

★每一站的代表可以对其所属成员行使强力的控制权

+

还没等消息完全浮现出来，孔弼斗就已经解除了"武装地带"朝着旗帜跑去。他果然是个很会判断局势的人："都给我滚！"就像一辆疾驰的火车，孔弼斗将人群猛地冲散，不知不觉间，"白色旗帜"已经近在他眼前了。

这可不行。就在他短粗的手指快碰到旗帜的瞬间，我开口了："孔弼斗，趴下！"

根据合同条款，发动"命令权"。

"呜啊啊！"孔弼斗趴倒在地上，我踩着他的背，轻盈地跳过去，将"白色旗帜"拿在手中。

你已从旗座拔出"白色旗帜"。你已成为忠武路站的"代表"。获得了走上"君王之道"的资格。

## 2

在握住旗帜的瞬间，我感受到体内涌动着强大的力量。虽然这面旗本该被第3次回归的刘众赫拔下……不过应该也没关系吧。就算没有这面旗，那小子不也很强了吗？

"金独子"抢占了"白色旗帜"。在接下来的5分钟内，若"白色旗帜"的所有者不发生变化，忠武路站将被他控制。若旗帜被抢走，则所有者发生变化，5分钟倒计时也将重置。

随后，空中显示出倒计时——

5∶00

面色苍白的孔弼斗指着我，喊道："抢走旗帜！只要能在5分钟内抢走就行！"

这才回过神来的联盟成员们向我跑来。啊哈，你们真打算和我抢吗？

李贤诚看向我："独子！"

"贤诚，接着！"

"赫拉克勒斯之盾"从我手中飞出，稳稳地落在李贤诚的手上，咔的一声，佩戴成功。

"这……这是？"

"给你挑了个新的，之前那个可以扔掉了。"

李贤诚开心地咧嘴笑了。

登场人物"李贤诚"发动特殊技能"广域防御"。

以"赫拉克勒斯之盾"为中心，一个半透明的防护罩展开，将我们几人围在一个小圈内。果然，等级达到 A 级的道具都会附带一些好用的辅助技能。

"呜啊，这是什么？！"撞上防护罩的人发出一阵痛呼。联盟成员试着用老旧的武器猛烈敲打，但这些 E 级或 F 级的装备怎么可能突破防护罩呢？到最后，他们能依靠的只有一个人。

"弼斗！"

"都让开！"

也许是因为这段时间以来，"武装地带"的等级大幅提升，孔弼斗的脚下已经设置好了小规模的武装地带。看来他是想把战斗限制在局部范围，从而减少技能的冷却时间，还真是动脑筋了呢。看来得好好敲打一番，才能让他认清局势。

"孔弼斗，我还没让你起来吧？"

"呃啼？"咣的一声，孔弼斗的头撞到地上，再一次扑回地面。

根据合同条款，发动"命令权"！

"在我让你起来之前，给我把脑袋钉死在地上。"

听到孔弼斗的怒吼，惊慌失措的联盟成员大喊道："弼……弼斗？！"

"快……快把我扶起来！赶紧！"联盟成员们急忙靠近，手忙脚乱地想扶孔弼斗起来，但可能因为孔弼斗原本就体形较大，他们很是费了一番力气。

"然后……那些炮塔也很碍眼，都收了吧。"

登场人物"孔弼斗"的"武装地带 Lv.6"已解除。

"你……你个狗……"

"把你的臭嘴闭上,接下来的三十分钟内不准说话。"

**根据合同条款,发动"命令权"!**

"嗯嗯嗯!"

我仅凭几句话就让屋主联盟成员们信任的孔弼斗失去了战斗能力,其他人自然也没了斗志。当然了,李贤诚、刘尚雅、郑熙媛也面露惊讶。

我咧嘴一笑,说:"好了,各位应该都了解目前的情况了,那我来说几句……"

人们畏畏缩缩地向后退去。我粗略地数了一下,剩下的人总共有29个,其中屋主联盟成员有20个,包括我们一行在内的边缘人共9个。虽然总人数不多,但这或许反倒是件好事。因为如果一开始就有很多人,管理起来也很麻烦。

我看着人群说:"现在各位有两个选择。"是时候让他们站队了,"第一,离开忠武路,去往其他地铁站。第二,和我一起留在这里。"

"你……你突然在说什……"

"我只需要你们的回答——是打算留在这里,还是去其他地方?奉劝各位最好还是在主线任务开始前做出决定,不然大家都会有生命危险。"

人们的视线不断游移着。有人看向我,有人看向孔弼斗,还有人看向通往另一个地铁站的隧道——仅从他们的视线方向就能猜透他们的想法。

"我不会挽留执意要离开的人。但是,如果选择留在这里,那就必须听从我的管制。"

"管制?"

"我不会继续容忍屋主联盟的存在,也不允许再出现针对边缘群体的暴行。"

之前偷偷察言观色的几个边缘人开始一个个地往我这边靠拢,他们都体会过屋主联盟的横行霸道,可能都觉得跟着我会更好。

几个联盟成员喊道:"说到底,你不就是要称王称霸吗!"

"我不否认,但即便如此,我也不会像某些人那样收取房租或是生存费用。"

"如果加入你的队伍，你能保障我们的安全吗？"一个从属于屋主联盟的男人问道。

——也是，你们曾经那样折磨租客，当然会有这样的担忧。

"如果是外部的危险，我能做到一定程度的保障，但我不会干涉组织内部发生的纠纷。私人矛盾就请自行解决吧。"

"那……那……"

"我给各位一分钟的时间，请做出决定吧。"

没必要等到一分钟结束，因为这些人都已经决定好了去向。一些屋主联盟成员似乎是坚定了决心，低下头走向我，他们都是联盟中相对较年轻的成员。

"今后请多关照。我们之前做了一些错事，请您大人有大量，原谅我们吧。"

"请多关照。虽然你们该道歉的对象不是我。"

**组织内的部分成员对你表现出信赖。**

但其他成员似乎还是决定离开忠武路，他们使出浑身解数尝试扶起俯趴在地的孔弼斗。

我看着他们说："啊，放下孔弼斗吧，他是我的所有物。"

"那是什么话？！"

"既然做了决定，就请赶紧离开吧。"

听到我冷冰冰的发言后，五个联盟成员皱着眉头退后了。

"老姜！你真的不跟我们一起走吗？在那家伙手下没有任何好处！"

"大家都快离开吧！你们真的要把他当老大吗？他是什么人你们不都看得清清楚楚了吗？"

然而，依旧没再出现其他想走的人。五个男人大骂一通后，依依不舍地往这边回头看了好几次，随即走向了明洞方向的隧道。他们可能计划去别的地方占据领地，成为新的"屋主"，但不幸的是，他们的算盘终将落空。因为在第4个任务中，脱离组织的"流浪者"就是捕食者的绝佳猎物。正好过了五分钟，系统通知弹出。

**支线任务已结束。作为奖励，获得1000Coin。**

由于"白色旗帜"的效果，你成为忠武路站真正的"代表"。目前你的队伍：24人。现在的你默默无闻，无法获得"王"的称号。

"王"的称号……也是，单凭"白色旗帜"就想获得"王"的称号是很难的。要想走上真正的"君王之道"，我必须设法改变旗帜的颜色。当然了，"白色旗帜"也有一定的"权限"。

由于"白色旗帜"的效果，你获得了对忠武路队伍的控制权。你可以惩罚反对你的队员。目前有5名逃脱者。

考虑着要不要让离开的5人尝尝"惩罚"的效果，但我最终还是放弃了这一想法。尽管恐怖统治能够掌控队员，但这种暴政并不适合我。

"那么，请多关照。"我和队伍里的每一个人对视着说道。李贤诚看向我的眼神中充满信赖感，刘尚雅和郑熙媛则是松了一口气。其他人都在相互观察对方的眼色。尽管这些人目前还只是一群乌合之众，但作为我踏出的第一步，情况还不算太糟。

不久后，鼻荆在空中现身："哎哟，看来你们选出代表了呢，那就让我们正式进入游戏吧！"

第4个主线任务已激活。

+

＜主线任务#4：旗帜争夺战＞

类别：主线任务

难度：C

完成条件：（由于内容过多，视窗已隐藏）

规定时间：12天

奖励：2000Coin

失败惩罚：？？？

+

我点击"完成条件"。接着，眼前弹出了长篇幅的消息。

+

完成条件：

1. 所有地铁站都拥有可以用于抢占"旗座"的"旗帜"。

★只有地铁站的"代表"才能携带旗帜。

2. 必须守护"旗座",防止被其他队伍抢占。如果站内的"旗座"被插上其他队伍的旗帜,则意味着该站被抢走。抢占"旗座"的队伍可自行决定如何对待被占领站点的人员。

3. 可以在其他地铁站的"旗座"上插入"旗帜"。只有各站"代表"才拥有插旗的权限,若该过程中因暴力冲突导致"代表"死亡,其权限将被转移给最先拿到该站旗帜的人。若旗帜被其他站抢走,抢走旗帜的队伍可自行决定如何对待被抢夺的队伍人员。

4. 必须在规定时间内抢占"目标站点"的"旗座"。若失败,你的队员将全部死亡。

5. 你的队伍必须占领的"目标站点"是"昌信站"。

+

郑熙媛思考了一会儿后开口道:"守护我们站的旗帜和旗座,并且在别的站里插上我们的旗帜……好像是这个意思,我理解得没错吧?"

"我也是这么理解的,而且我们要插旗的站点是昌信站。"李贤诚也接了一句。

我接着他们的话说:"应该是这样的,大家的理解能力都很不错。"此言一出,郑熙媛悄悄翻了个白眼,好像在说:你明明早就知道了,干吗在这儿装傻。她毕竟知道我知晓未来的事,我这副模样的确会遭到她的反感。我朝郑熙媛咧嘴笑了下。

双臂环抱胸前的刘尚雅则低声道:"又要……和其他人打架了吗?"

李贤诚想了想,回答她:"这里说了,只要抢占'旗座',就能自行决定如何对待被占领站点的人员……如果一切顺利,我们可以避免造成伤亡。"

"啊,这么一看的确是。规则里没有说如果地铁站被抢走就会马上死亡呢。在决定如何处置时,只要我们接受那一站的成员……"

"是的,说不定我们能在不造成人员伤亡的情况下完成任务。"李贤诚微笑着回答道。

看着眼前这两人，我的心里并不舒坦。我有时甚至会觉得，刘尚雅和李贤诚似乎在尝试用一种无比善良的逻辑来理解这个世界。

没有伤亡的主线任务——这是不存在的。

第 4 个主线任务中的伤亡人数将多于以往任何一个主线任务。郑熙媛似乎察觉到了我内心的想法，她稍稍皱着眉打断了二人的对话。

"昌信站在几号线上？我们应该先查清楚这个。"

确认完路线图后，李贤诚说："在 6 号线上。如果我们在地铁隧道里移动的话，可以回到药水站那边走换乘站……"

"那我们就要给队伍分组了。留一些人守在这里，其余的人去那边侦察，怎么样？"

我还什么都没说，同伴们就开始积极地讨论方案、交换意见，这让我感到莫名的慰藉。

**由于任务激活，"忠武路站"的安全结界被解除。目前可以自由通往其他地铁站。**

在同伴们各抒己见的时候，我走向了孔弼斗。

"孔弼斗，你现在可以说话了。"尽管命令解除，孔弼斗仍然不愿开口，只是咬牙切齿地盯着我，"我知道你讨厌我，但你也必须适应新形势啊。你当房东的日子已经一去不复返了。"

"……"

"我知道你执着于'地'的原因，但也适可而止吧。如果想继续活下去的话，你还有要做的事，不是吗？"孔弼斗的眼神动摇了，我接着说，"守护这一站的任务就交给你了。"

不仅是第 3 个主线任务，孔弼斗在第 4 个主线任务中也大有用处。如果派孔弼斗守护这里，只要不是刘众赫那种级别的疯子闯入，忠武路就一定不会失守。

"我凭什么听你的话……"

"这次我不会强行命令你，并且如果你答应我的请求，就能得到等价的回报。"

"……"

"好好考虑吧，想一想和你分开的家人。"

听到我的最后一句话，孔弼斗的眼睛瞪大了。

"你，怎么会……"

就在这时，隧道方向传来阵阵噪声。伴随着刺耳的喇叭声，车前灯的光在通往东大门历史文化公园站的 4 号线铁轨上不断闪烁。摩托车引擎轰鸣作响，还有嘈杂的排气管声。有什么东西正在靠近忠武路。

## 3

任务才开始没多久，这么快就有人来了？我试着回忆原著的情节，但我的记忆中并没有出现过如此迅猛的侵略行动。这意味着出现了变数。很快，黑暗中的车前灯熄灭，我听见有人在小声嘀咕。

"啊，终于能来忠武路了。"

"真是的，区区这种程度的任务，他们怎么用了这么长时间才通关啊？"

"喂，安静点，别人都能听见的。而且每个站点的任务都有差别，你不知道吗？"

看到我使眼色，同伴们立刻拿好武器站起来。在战斗中，抢占先机至关重要。我走在最前方，李贤诚和郑熙媛紧随其后，最后是刘尚雅。李吉永还在睡觉，所以没叫醒他。大概过了几秒，我看见四名男女从黑暗中朝这边走来。

我开口道："停下。"

"哦？这……这真是……"

对方看见我的剑已经指向他们，便有些惊讶地停在了原地。摩托车的车身是雪白的，黑暗中传来抽出武器的声音，对面的男人抢先开口。

"等等，请冷静一下。这真是太可怕了，弄得我都不敢说话了。"

"放下武器，慢慢向这边靠近。"

男人乖乖把自己的武器放在地上，举起双手朝这边走来。等他走到有光线照射的地方，我才发现他的长相是那种比较容易博得他人好感的类型。他的眼睛细长，带着盈盈笑意。

"别太戒备，我们不是来打架的。"

"那是……"

"先来自我介绍一下吧。我是'东大门队伍'的副代表，姜日勋。"

姜日勋？我没能第一时间从记忆中搜索出这个名字，而且还是东大门的副代表……总觉得事情的发展有些不对劲。

**专属技能"登场人物浏览"已发动！**

既然这个技能可以成功发动，那就可以确定这个人是小说中的登场人物。

+

＜人物信息＞

**姓名**：姜日勋

**年龄**：31 岁

**背后星**：无耻的八卦者

**专属特性**：谣言专家（普通）

**专属技能**：武器锻炼 Lv.2、口才 Lv.3、谣言散播 Lv.1

**星痕**：引发骚乱 Lv.1

**综合能力值**：体力 Lv.12、力量 Lv.13、敏捷 Lv.13、魔力 Lv.10

**综合评价**：很不幸，由于没遇到好的背后星，他的进化失败了。但他的能力值等级不低，可以当作手下指使。此人擅长真假参半地散布谣言，须多加注意

+

谣言专家……这么快就轮到这种家伙耀武扬威了？

姜日勋眼神有些迫切地看着我："请问你是……"

"我是金独子。"

"啊，金独子……"听到我的名字后，姜日勋的表情闪过一丝惊讶，但这惊讶只是短短一瞬，"很高兴见到你，金独子。既然是你拿着旗帜，那你应该就是这一站的代表了吧？"

"是的。"

仔细打量了我的衣着和长相后，他开始逐一观察起我的同伴们，似乎是在确认我们的战斗力。倒是个会相时度力的家伙，可惜他遇上了不好惹的对手。

"看完了就进入正题吧。"

"哈哈，失礼了。我们也要考虑自身的安全嘛。"姜日勋没有慌张，继续说了下去，"再说一次，我们不是来打架的。怎么说呢，我们是来献上'不错的提议'的，如何？"

我打量着姜日勋那伙人，其中没有一个是携带了旗帜的。

"我为什么要相信你？"

"嗯，如果你已经确认了规则，那就应该很清楚了吧？如果我们真是来打架的，那一定会和代表一起来啊，毕竟只有每一站的代表才能'插旗'。"

的确如此，虽然事实是这样……

"你的提议是什么？"

"我们是来邀请结盟的。"

听到"结盟"二字，我这边队伍的成员们开始议论纷纷。

姜日勋信口说道："啊，忠武路站才刚刚开放，你们应该还不太清楚吧。其实早在两天前，第4个主线任务就已经开始了。"

"……两天前？"刘尚雅下意识地重复了一遍他说的话。

姜日勋点了点头。

"是的，每个站点里第3个任务的内容和时间都略有不同……各位难道不知道吗？"

"啊……"

第3个主线任务刚刚结束，忠武路站的人怎么可能知道这些消息。在《灭活法》的原著中，忠武路也是比其他站点更晚加入到第4个主线任务中的。也就是说，与其他站点相比，忠武路站在一开始启动任务时就有些信息滞后。从这一点来看，姜日勋的结盟提议无疑是一个时机正好的诱惑。我们需要信息，他们需要我们的力量。但问题的关键是，他们的目的到底是什么呢？

"我没法直接答应你，毕竟我也不知道你有没有其他目的。"

"嗯，你说得没错。我们一来就提出结盟，你肯定不会信任我们，所以还是先公开我们的底牌吧。我可以非常直白地告诉你，我们的目标站点不是'忠武路站'。"

"你怎么证明自己说的话？"

"你信也好，不信也罢，但我希望你能好好思考一下。如果忠武路站是我们的目标，那我应该带着大队人马过来。坦白说，在地铁站刚开放的时候，旗座是最容易抢占的。"

这话也不是没有道理。

"那要是我们的目标站点是'东大门'，你打算怎么办？"

"哈哈，这我倒不担心。我早就知道我们是哪一站的目标站点。我不是无缘无故来这儿找各位的。"

"因为各自的目标站点不同，所以希望互帮互助完成任务……你是这个意思吗？"

"是的，这种情况下，互帮互助不是很好吗？"姜日勋笑着点了点头。

在我短暂沉默的时候，刘尚雅开口了："那个，我有一个疑问。"

"好的，请说，这位小姐。"

"……你们为什么偏偏来了忠武路？如果你们是从东大门来的，应该也可以和其他地铁站结盟吧？"

一针见血。姜日勋的表情有些慌张。

"啊，那个……我刚才说过，是因为忠武路站'刚刚'开放。我这句话的意思就是……呃，其他站点都已经结盟了。但是我认为忠武路应该还没结盟……哈哈，以防万一，请问一下，你们已经和其他站点结盟了吗？"

哼哼……

"不，还没有。"

听到我的话，姜日勋发自内心地感到庆幸。

"那就请和我们东大门结盟吧，各位绝对不会后悔的。最重要的是，我们有这个任务的'必胜解法'。"

"必胜解法吗？"

"是的，其实我们队知道这次任务中隐藏的秘密。"姜日勋露出微笑，说出了最后也是最重要的一句话，"如果你们同意结盟，我就会告诉各位这个秘密。"

***

过了一会儿，我叫上刘尚雅、李贤诚和郑熙媛一起坐下来讨论。

刘尚雅率先开口道："我们现在该怎么办？先同意和那些人结盟吗？"

"我反对。我不相信他们，总觉得心里不踏实。"

郑熙媛话音刚落，李贤诚马上接着说道："但他们知道这个任务的情报，和他们认识一下好像也不错。就像熙媛说的，虽然无法信任他们……"

最后，同伴们一齐盯着我，我耸了耸肩。

"那么，我们首先……"

做完决定后，我们叫回了正在忠武路站各处参观的姜日勋和东大门队伍。

"我要先和你们的代表见面，然后再做决定。"

"啊，这样吗？"

"你们代表在哪儿？"

"在东大门那边，不介意的话，我们可以带你们过去……"

"就这么办。"我、李贤诚、刘尚雅，还有郑熙媛都坐上了摩托车的后座，一同前往东大门站。李吉永则被我留在孔弼斗身边。因为"多元交流"耗费了很多心力，他至今还没苏醒。当然，我没有忘记下达让孔弼斗保护李吉永的命令。

"那就出发喽。"

伴随着引擎的启动声，摩托车开动了。大约过了二十秒，我开口道："但是啊，姜日勋……"

"怎么了？"

"那些人没有透露关于忠武路的其他信息吗？"

"什么？这是什么意思……"

"比如说，忠武路有个叫'刘众赫'的男人非常可怕之类的……"

"哈哈，我不太明白你说的……"

我这句话就是行动信号，我们四人几乎同时跳下了摩托车后座。

"刘尚雅！"

"线绳捆绑"从空中探出，刘尚雅将四辆摩托车的轮子绑在了一起。被其他车辆的动向影响的摩托车撞作一团，发出了阵阵轰鸣声。哐哐——"呃啊啊啊！"原本骑着车飞驰的东大门队伍成员们惨叫着摔了出去。而我们几人牢牢抓住了刘尚雅绑在天花板上的线绳，安然无恙地悬挂在半空中。这也算是一种特殊的安全带吧。刘尚雅的技能太过神奇，就算说她的背后星是"蜘蛛侠"我也会信。

滚落在地的姜日勋浑身是灰，大喊道："你……你们这是在干什么？！"

"干什么？我倒想问问你呢。"我望着隧道前方，说，"既然要搞突袭，就该提高自己的隐身级别才对啊。"

他们这种程度的埋伏，就连没有"绝对感知"的我都能发觉……姜日勋眼看计划败露，厉声道："给我上！"话音未落，藏匿在隧道深处的人都冲了过来。

我早就猜到了，他的目标果然是夺取我的旗帜。

登场人物"郑熙媛"发动专属技能"审判时刻"。绝对善派系的星座们同意使用该技能。"审判时刻"已激活。

"嗯？我还以为行不通呢……判断标准完全是看星座们的心情吧？"郑熙媛似乎有些意外，笑着说，"想找个坏蛋还真是难死了。"

郑熙媛的嗓音变得有些阴森，她的刀指向了黑暗的隧道。我只能看到她赤红色的瞳孔在不断地闪动。每当黑暗中劈下一道血色刀光，就会传来一个敌人的惨叫声。

"什……什么！"

"那个疯婆娘……呃啊啊啊！"

唰咔！唰咔咔！对面有十个人，看似是他们以多对少，但郑熙媛仍以不可阻挡之势将手中的刀砍向敌人。看着眼前的景象，就能知道她在打通了剧场地下城之后，能力值得到了显著提升。

我也用"白清罡气"轻松制服了姜日勋。几个小时前还在和刘众赫交手的我，制服这种小喽啰自然是小菜一碟。

"独子，忠武路……"听到李贤诚的喊声，我回头望去，忠武路那边也传出了骚乱声。应该是趁我们四人一离开就去偷袭忠武路的一伙人。拜托刘尚雅将姜日勋绑起来之后，我径直奔向忠武路。站台上已经展开了混战。但我打算暂时按兵不动，因为要先确认一些事。

"这群浑蛋是谁啊？！"

从明洞方向跑来的几十个队伍成员正胡乱对着忠武路的人挥动武器。但是仔细一看就能发现，这些人手里拿着的武器有些眼熟。

"那……那是老金之前拿着的武器！"

看来往明洞方向去的屋主联盟成员已经被这些人杀害了。毕竟对这些人来说，离开队伍的流浪者就相当于活生生的 Coin 储存罐。

在来势汹汹的敌人之中，最引人注目的是一个头上缠着红色旗帜的家伙："之后再打他们！插上旗就结束了！"

原来如此，这家伙就是"代表"。

# 4

"给我杀出一条去旗座的路！"

从这群人来的方向判断，我猜这个人正是"明洞队伍"的代表，而且他们似乎已经和东大门那边联手了。

明洞代表"金贤泰"使用"红色旗帜"的附加效果！

这家伙的旗帜颜色这么快就已经改变了，而且还变成了"红色"。实际上，"旗帜争夺战"的核心就是旗帜的"颜色"。从白色到红色、蓝色、褐色、紫色，直到最后变成黑色。随着旗帜的颜色变化，其附加效果也会更上一层楼。

明洞队伍获得"红色旗帜"的增益效果！攻击力和防御力各增加5%！

他的旗帜是红色的，这意味着他们已经占领了一个以上的地铁站，或是已经杀死了另一个地铁站的代表，并抢走了旗帜。单凭目测我也能看出他们的战斗力相当不错。不过……这种程度就敢觊觎忠武路，他们的如意算盘怕是要落空了。

登场人物"孔弼斗"激活星痕"武装地带 Lv.6"！登场人物"孔弼斗"激活"私有地 Lv.6"！

孔弼斗出手还不算太晚。

"这群杂碎！"

一旦孔弼斗懈怠，我就打算使用"命令权"，幸好他很自觉。如此一来，我就可以放心地让孔弼斗来守护忠武路了。

面对跑向旗座的明洞队伍，八个迷你炮塔同时开火。

"什……什么？！"

"哇啊啊啊！"

顿时血肉横飞。如我所料，孔弼斗的确强到离谱。

"喀呃呃！所有人都靠过来！"明洞队伍的成员们这才集结成紧凑的队形，但这还不足以抵挡达到 6 级的"武装地带"的炮火。果然，我当时让孔弼斗独自完成紧急防御战是个很正确的选择。

不知发射了多少枚炮弹，在强化魔力弹的洗礼之下，明洞队伍的成员们瞬间被打成了马蜂窝。孔弼斗作为敌人值得忌惮，但作为队友却让人安心。

"没……没有这种情报啊！"

"撤退！"

但这些家伙已经无路可逃。

"各位想去哪儿？"

已发动"不折的信念"的特殊效果。以太属性转换为"火焰"。

剑刃上生发出的火焰以太在明洞成员们的逃跑道路上竖起了火墙，就在惊慌失措的他们犹豫的瞬间，孔弼斗继续进行扫射。

"开……开路！快点……喀喀！"

魔力炮弹击中了明洞代表的脑袋，他头上缠着的旗帜落下了。孔弼斗发现了旗帜，他的眼睛亮了起来。这家伙还真是……

"又想被我踩住后背吗？"

慌慌张张跑过来的孔弼斗仿佛石化了一般，僵在原地不动了："该死的……"

我一口气跑过铁轨，捡起明洞代表的旗帜。明洞代表绝望的双眼逐渐失去了焦点。

你获得了"明洞队伍"的旗帜。你的"白色旗帜"已吸收"红色旗帜"的累积经验值。你的"白色旗帜"已进化为"红色旗帜"。

我能感受到体内涌动着更加强大的力量。

你距离"君王之道"更近了一步。

升级到红色之后，旗帜不但能提高代表的能力值，还能提高周围成员的能力值。如果想培养基础战斗力，除了提高综合能力值或获取 S 级以上的道具，升级旗帜也是为数不多的方法之一。因此，很多队伍不仅想抢占"目标站点"，同时还会觊觎其他站点。为了改变拥有的旗帜颜色，其他"王之候补"们应该已经正式发动了战争。因为在这个世界里，越是强大的人，越能享受到更多的好处。

"明洞队伍"剩下的成员正在等待你的处置。

我揪住一个瘫倒在地的明洞队伍成员，问道："你们为什么盯上了忠武路？"

从听到姜日勋的第一句话开始，我心里就隐约有些不踏实。从正常逻辑来看，就算知道忠武路会开放，但他们像等待许久一样突然闯入的情况也不合情理。姜日勋观察我们时露出的微妙眼神，以及他知道代表是我之后脸上的怪异表情……这伙人来之前就知道这一站的情况了。

剑刃抵上明洞成员的脖子，我再次发问："说，忠武路的情报是谁告诉你们的？"

我觉得嫌疑最大的还是"先知者们"。在剧场地下城中遇到的男人曾跟我们提起过，"先知者们"了解别人不知道的"隐藏情报"。我细细搜索过《灭活法》的文档，其中从未出现过"先知者们"这一名称，那么他们究竟是谁？有以下两种可能：

第一，由于某些未知的变数，出现了"安娜卡芙特"之外的其他先知。

第二，除了我，还有其他"读者"。

坦白说，我更倾向于后者，因为"先知"这一特性并不多见，更何况"先知者们"这个复数形式的名称也不太对劲……反正,我能确定的是:从现在开始查清楚就行。

我看着孔弼斗,问:"……我说过让你适可而止吧?"

"我为什么要对这些劈头盖脸冲上来的家伙手下留情?"孔弼斗不耐烦地说道。

很可惜,明洞队伍的成员们可能被炮弹打得太狠,根本无法回答我的问题。还没等我问出些什么,他们就都吐血断气了。那就只有一个人可以回答我的问题了。我低头看着被李贤诚扛回来的姜日勋,他被"线绳捆绑"束缚着,眼珠子不安地转来转去。

刘尚雅问我:"这一切都是计划好的吗?"

"很有可能。忠武路站刚一开放,就有两个队伍联合起来攻击我们。也就是说,他们一定事先就商量好了。"

"他当时那么和善地接近我们……"

"你是因为没能结盟所以在遗憾吗?"

"……有一点。"

"不要太相信他人,未来也不会像尚雅你想象中那样一切顺利。"

听到这话,刘尚雅看了我一眼。

"我知道……但我还是想尽量试着相信。我就是因为相信他人才走到今天的。"

"那个,你们俩要嘀咕到什么时候啊?赶紧开始问情报吧。"郑熙媛突然插话。

也是,现在提供人生建议也不太合时宜。我拿出塞在姜日勋口中的线团。

姜日勋正在尽力保持冷静:"……你打算怎么处置我?"

"这取决于你提供的情报有多大价值。"

"价值的标准不也是由你决定的吗?"

这家伙比我想象中的更有骨气呢,在这种情况下还敢顶嘴。那我就只能采取强硬的手段了……

郑熙媛说:"反正星座们也把这家伙定为'恶人'了,要不严刑拷打一下?"

"何必那么麻烦！如果他不肯说，直接杀掉不就行了。"

"什么？"

我毫不犹豫地拔出剑握在手中，姜日勋颤抖着抬头看我。

"从现在开始，我数三个数。数到'三'的时候还不肯说的话，我就杀了你。没有商量的余地。"

我故意发动"白清罡气"，猛地把剑插进地面。

"一。"

喀喀喀！"白清罡气"的力量劈裂了地面，剑刃朝着姜日勋的脖子移动，地砖的碎片溅到他脸上。

"二。"

不知何时，剑刃已经近在咫尺，其上喷出的热气正灼烧着姜日勋的脸颊，下一刻以太刀锋就要把他的眼珠子切成两半了。

"三……"

"东庙前站！"

我笑了。严刑拷打？根本没必要。

姜日勋喘着粗气喊道："在……在东庙前站，有人告诉了我关于忠武路的情报。"

东庙前站……那里有谁来着？

"谁告诉你的？"

"他……他们自称是'先知者们'……"

不过，姜日勋的状态有些不对劲，他的眼珠子逐渐向后翻，然后像死人一样伸出舌头并咬住。不祥的预感袭来——难道说他被下了"暗示"？

"刘尚雅，用线团堵住他的嘴！"

幸好刘尚雅在姜日勋的下巴咬合之前召唤出线团，堵住了他的嘴。这让我稍稍起了些鸡皮疙瘩。他们竟然用"暗示"来掌控情报……那些人比我想象的更为心思缜密。但另一方面也让我产生了一个想法——事情会出乎意料地迎刃而解。

"暗示"这种技能，只有在面对面时才能使用。

我低头看着姜日勋，喃喃道："还真是个走运的家伙。"有这家伙在，我至少能揪出"先知者们"中的一个。

***

在正式出发去一探究竟之前，我来到了电影院的天台。

"那小子还没醒吗？"

大概是没留意到我来了，李智慧吓得浑身抖了一下。刘众赫枕着李智慧的膝盖睡着，仍在昏迷中。"主角"的命也太好了，身为"读者"的我现在快累死了。

"楼下怎么样了？"

"别担心，好好休息。"

"我师父……会没事的吧？"

"应该没什么事，虽然可能会留下一些心理创伤。"

"……心理创伤？"

"这小子的精神状态比看起来差，等他睡一觉起来就没事了，还是要辛苦你一下。"

"说得好像你很了解他似的。"

"我是这世界上最了解他的人。"我敷衍道。

我从怀里拿出便笺纸，开始用圆珠笔写字。然后，我把写得满满的便笺纸折好，递给李智慧："你别看，等刘众赫醒来就给他，知道了吗？"

"……知道了。"

话虽如此，但是李智慧这丫头肯定会偷看的。反正我写的都是只有刘众赫才能读懂的东西，就算李智慧看了也理解不了。话说回来，这些便条上的信息在星座看来也是■■■吗？

**星座"紧箍儿的囚徒"讨厌■。**

原来如此。我正准备转身离开，李智慧开口了："我能问你一个问题吗？"

"什么问题？"

"那个，刚才天亮之前，大叔你和我师父……"

我似乎猜到了李智慧要问什么。该死的，不光是郑熙媛，难道李智慧也听到了吗？我也太蠢了，光顾着考虑星座，却没顾及旁听的还有两个人。这下就算刘众赫嘲笑我蠢，我也无话可说了。我该怎么狡辩呢？

"那个，什么来着，就是你们俩……"

"什么？"

我暂且决定装傻。见状，李智慧的表情变得更加严肃了。

"就是说啊，刚才大叔你不是说了嘛。"

"就是说什么啊？"

"……你不是下定决心不让自己陷入这种情绪的吗？"李智慧模仿着我的声音喊道。

听到这话从其他人口中说出，我感觉自己要疯了。

"第一次，呃……呃，那什么时候的决心！这么快就全都忘了吗？"

"……"

好像有点不对劲吧？这丫头听到的版本基本上就是消音后的嘛！

"我因为什么才一直跟着你，你好意思说你孤身一人？我们是一起的啊！"

"不是，你等等。"

"我一直在你身边啊！不要失去希望！想想我们的孩子！"

"我没有说过那种话！"

"我因为你才追到这里的！"

我无语凝噎，只能干望着李智慧。

不是，她是怎么听成这些内容的？

"真……真的是这样吗？大叔你，还有我师父，就是说……"

我叹了口气："你这家伙。"

"……果然是这样。别担心，我一定会好好转达这封情书的！"

她好像暂时还听不进我说的话，我只好摇摇头，转过身去。好吧，刘众赫，这个烂摊子就留给你收拾了。下一瞬间，爆炸般的系统消息在我脑中响起。

**相当多的星座因消音信息的实际内容受到冲击。**

星座"紧箍儿的囚徒"尊重你的取向。星座"恶魔般的火之审判者"喜欢你们的袍泽之情。星座"隐秘的谋略家"无语了。

收到了600Coin的赞助。

这里还有一群蠢货。

总之，我已经把要对刘众赫说的话都写在字条上了。我从电影院天台下了楼，脚下步伐加快了几分。在刘众赫变身为"睡美男"的这段时间里，我要把这小子本该获得的好处通通拿到手，但时间已经所剩无几了。

## 5

从电影院回到地铁站后，我带着李贤诚和刘尚雅直奔明洞站。东庙前站固然重要，但我必须先处理这边的事——既然杀死明洞代表并抢走了旗帜，我们得赶紧占领失去首领的站点。

李贤诚忧心忡忡："只有我们三个去就行了吗？"

"我们不是去打架，而是去处置剩余成员的。如果放任不管，他们很快就会死的。"

失去队伍的"流浪者"只要稍不走运就会成为其他队伍的猎物，就像那五个离开忠武路站的屋主联盟成员一样。但等我们到达明洞站时，却看到了令人意外的景象。明洞站的人似乎早已惨遭毒手，而且对方手段还极其残忍。几个在明洞站"旗座"附近打转的特攻服男人发现了我。他们吓了一大跳，然后迅速朝会贤站的方向逃了。他们也是骑摩托车行动，导致我们很难追上。但看他们的表现，似乎早就猜到我会来这儿。实在是疑点重重。

李贤诚问："那些人是谁？这是怎么一回事？"

"我也不清楚。"

"竟然连你都不清楚……"李贤诚紧张地咽下唾沫。

但不幸中的万幸是，明洞站的"旗座"还没被插旗。

目前没有队伍占领"明洞站"。是否要占领该站？

我把背上的旗帜插在旗座上，再拔出来。接着，明洞站的旗座上出现了一面和我的旗帜一模一样的旗。

你占领了"明洞站"。在"大本营"或旗帜被抢走之前,你占领的站点不会被抢走。目前占领站点:忠武路(大本营)、明洞。"红色旗帜"的经验值增加。

旗帜上的红色更深了。

由于占领了新的站点,你的势力得到扩张。收到新的隐藏任务!"君王之道"已开启!

+

<隐藏任务:君王之道>

类别:隐藏

难度:A

完成条件:在规定时间内,至少占领十个地铁站

规定时间:10天

奖励:"王"的特性觉醒

失败惩罚:如果每天不能至少占领一个新的站点,你和你的队员都将死亡

+

我终于接收到了这个可怕的隐藏任务。只要开始做这个任务,就再也没有回头路可走。成为王,或者死去——"王"的命运只有这两个走向。

新的"王"候补开始走上自己的道路!

这一刻,"旗帜争夺战"才正式拉开帷幕。

***

回到忠武路后,我把自己收到的隐藏任务告知了同伴们。郑熙媛似乎认为这个任务很有意思,但李贤诚的眼神却十分复杂。最后是一如既往忧心忡忡的刘尚雅:"这个任务也太难了吧……独子,你还好吧?"

"还好。"

她到底是天使还是傻瓜啊……在这种情况下,她不仅不羡慕我收到的隐藏任务,反倒真心实意地为我感到担忧。

李贤诚说:"我觉得万幸的是,你成了王之候补。"

"谢谢。"

"那……以后我们该叫你'陛下'了吗?"

李贤诚语气显然是认真的,我连忙摆了摆手。

"……你开玩笑的吧?我可没想着让……"

"哎哟喂,陛下,如果隐藏任务的内容确凿无误,那您现在就该出发去占领新的站点了吧?请您务必保护臣等的小命啊。"

听到郑熙媛的话,我苦笑着答道:"首先应该去查一下攻击我们的那些人。我们直接出发去东庙前站吧,郑熙媛和李贤诚可以跟我一起吗?"

闻言,刘尚雅稍稍举起手:"那我……"

"请你留在这里吧。"

"啊,好,果然……我留下来,更……"

听着刘尚雅失望的回答,我的心里很不是滋味。刘尚雅可能在思考自己能派上什么用场。因为她不像郑熙媛那样具有强大的攻击力,没有李贤诚那般的体力,也没有吉永那样强大的技能。

"刘尚雅。"

"……怎么了?"

她在旧世界中的"资历"如今已成为无用之物。但她太过善良,以至于无法嫉妒他人,只好任自卑感默默腐蚀自己。

"每个人都有自己擅长的事。"

"嗯,我知道。"刘尚雅露出一个无力的笑容。

我小心翼翼地接着说,尽量避免听起来像在对她进行说教:"你还记得我们在地铁上说过的话吗?独子拥有的就是独子的人生,尚雅拥有的……"

"就是尚雅的人生。嗯,我记得的。我还把这句话记在手机的记事本里了。"

虽然我很想问问她到底为什么要把这种东西记在记事本里,但这就是刘尚雅的性格吧。看着她斗志昂扬的脸庞……总之,这个人真是让人讨厌不起来。

我轻叹一口气,继续说:"我留你在这里,是因为有需要你做的事。吉永还在昏迷，我们不能放他一个人在这里，而且孔弼斗可能会动歪脑筋，需要有人留下来监督他，再加上需要有一个人来引领其他不安的队员们。"

刘尚雅的眼神微动。

"然后，我们必须牵制会贤站队伍的力量，那些人可能趁我们离开时发起突袭。虽然这里有孔弼斗，但战斗中可能还需要用到你的'线绳捆绑'技能。"

听到我这么说，刘尚雅思考了一会儿，随即悲壮地点了点头："我明白了，因为我目前能做到的事也只有这些——"

"结合以上几点……我想给你安排一个职位，其他人的想法如何？"

"什么？"

短暂地考虑后，李贤诚和郑熙媛都点了点头。

"同意，我相信刘尚雅。"

"王啊……您大可按照您的意愿去做……"

我瞪着郑熙媛看了好一会儿，最终还是无奈地摇了摇头。

使用代表的固有权限。

忠武路站代表"金独子"将部分权限授予成员"刘尚雅"。成员"刘尚雅"成为忠武路站的"副代表"。今后，成员"刘尚雅"可以代替代表，对成员施加"惩罚"。

刘尚雅似乎还没弄明白发生了什么事，她看着我，吞吞吐吐地说道："那个，即便给我这个职位……"

"因为是你，我才会做出这样的决定。"这句话是发自内心的。就像我刚才说的，每个人都有自己擅长的事。并且，如果是我记忆中的那个刘尚雅，一定能出色地完成我交给她的任务。

经历了这么多事，我可以很确定地说：刘尚雅并不只是个"让所有人都羡慕的漂亮又单纯的人事部女员工"，只有小说中才可能出现这种设定的"登场人物"，而在真实的世界里根本不存在这种人。而且，正如我无法对刘尚雅发动"登场人物浏览"那样，她本来就不是小说中的登场人物。

不知过了多久，低着头的刘尚雅慢慢抬起了头："我会竭尽全力的。"她的眼中透出坚定的决心，这才是我记忆中那个刘尚雅应该有的眼神。

"我相信你。"

***

我们径直奔向通往东大门历史文化公园站方向的隧道。到达东庙前站之前，要先经过三个站点。我们决定带着昏迷不醒的姜日勋一起行动。坦白说，这家伙其实是个累赘，但为了让他指认给他下"暗示"的人，我们不得不带上他。忽地，我回头望向越来越远的忠武路，刘尚雅的声音传来。

"各位，请集合一下！"

不出所料，刘尚雅是那种在看不到的地方会付出更多的类型。也许是已经完成了人员分工，人们吵闹了起来。我听见有人在接受指令，刘尚雅在设置哨兵、指定负责各项工作的成员。但成员中有一些房东大叔，那些老顽固不见得愿意听从刘尚雅的安排……

**忠武路站副代表"刘尚雅"使用了"惩罚"。**

传来一阵惨叫声……应该没事吧？嗯，不会有事的。郑熙嫒留意着我的表情，说道："你做得很好，刘尚雅最近好像有点郁郁寡欢。"

"这个决定不是为了照顾刘尚雅的心情。我只是在想，如果是我了解的那个刘尚雅，一定能顺利地完成任务。"

"啊，是吗？那也给我个职位吧，适合我的。"

"刽子手怎么样？"

"……算了吧。"郑熙嫒嘟嘟囔囔，转过头去接着说道，"天台上那个浑蛋，我们真的不用管他吗？"

"你是指刘众赫吗？"

"好像是叫这个名字吧。"

"应该不用管他。"

"说得好像你跟他很熟一样，你们到底是什么关系？"

"那个……"我想了想，反问道，"熙嫒，你有弟弟妹妹吗？"

"……有，怎么了？"

"弟弟，还是妹妹？"

"弟弟。"

"他几岁了？"

"今年应该上初一吧……"

"有弟弟的感觉怎么样？"

"很讨嫌，又麻烦，动不动就顶嘴……之前他闯了祸，我还替我妈去了他的学校……"抱怨了好一会儿，郑熙媛的声音逐渐变小了。

郑熙媛凝望着空中，我看着她问道："但你现在还是很担心他吧？"

"嗯……不管怎么说也是我的家人嘛。"

"我也差不多。"

"你也有弟弟吗？"

"没有，我说刘众赫。"

"什么？啊……"

想了一会儿，郑熙媛反应过来，她点点头，说："听你这么说，好像也不是真的讨厌他吧？"

"不，我讨厌他。都是因为他，害得我和很多人起过争执。"

在《灭活法》的连载初期，并非只有我一个读者。可能是因为好奇，前10话还有很多人关注，直到更新到第50话，都还有12个读者和我一起追更。那时候我也和金南云那小子一样，是个"中二病"患者……不知道当时在评论栏里和我吵架的家伙们现在过得好不好。也许，我现在要去抓的人就是他们其中之一。

"二位好像亲近了不少呢。"

听到李贤诚的话，我才意识到自己和郑熙媛挨得太近了。

郑熙媛扑哧一笑，问他："怎么，军人叔叔，你羡慕了？"

"呵呵，倒也不是因为这个……"

这么说来，李贤诚在原著中的设定是读了男子初中、男子高中、工科大学然后去了军队吗？想起这段设定后，我眼中的李贤诚变得有些可怜了。

"是因为快到东大门历史文化公园站了，我才打断你们对话的。"

已经可以看到远处的东大门历史文化公园站的站台入口了。猜测会有人把守在入口处，我们便紧张地贴着隧道墙，一点一点往里移动。但我们的担忧好像毫无意义。

郑熙媛说："真奇怪，连个放哨的都没有。"

"旗帜争夺战"正在进行中，没有哨兵意味着这个站已经被其他队伍占领了。确认站内没有人之后，我们立即朝东大门历史文化公园站的旗座走去。

**该站点已经被"东庙前站"占领。若想占领该站点，请抢夺"东庙前站"的旗帜或旗座。**

就在这时，昏迷的姜日勋突然扭动起来。他的身体颤抖不止，我本以为"暗示"又发作了，但他的状态好像有点奇怪。拿出堵住他嘴的线团后，姜日勋喊道："不……不要！"

"……突然这是怎么了？"

"东……东大门……东大门站！"姜日勋结结巴巴地说着，他的口中流出口水。不会吧？我的手无意间搭上了他的肩膀，紧接着——

**登场人物"姜日勋"目前已成为"流浪者"。**

刚才还是"东大门"成员的姜日勋的归属突然发生了变化。

郑熙媛问道："发生什么了？"

"看来东大门站已经被占领了。"

"……什么？"

忽然之间一切都说得通了。是这样吗？泄露情报的人从一开始就打着这样的算盘啊。

"……原来是双重陷阱。"

煽动明洞队伍和东大门队伍对忠武路发起攻击的人，从一开始就知道那些人会死在忠武路。那些人的诡计就是趁此机会占据明洞和东大门两站。我们在明洞站遇到的那几个身份不明的特攻服人员很可能也是他们的成员。但是……他们怎么知道我们一定会赢呢？他们不可能事先知道我的存在啊。原本在第3次回归时，忠武路站的代表是……

啊，原来如此。这群王八蛋是在觊觎"那个"吗？

通过这件事我就能做出准确的判断了。制订这个计划的"先知者们"百分之百是想……

说时迟，那时快，李贤诚发话了："有人来了。"

的确，有一群人正通过连接东大门的隧道向我们走来。他们持有的武器等级还都不低。

这些道具的等级基本都在C级以上。如果只是通过普通的成就积累，在现阶段是很难获得这种程度的武器的，他们的战斗力不容小觑。站在人群中心的那个男人率先和我们搭话。此人身形瘦长，手臂和脖子上戴着各种各样的道具。

"哦，是姜日勋吗？真是的，你怎么带了一大堆没用的东西过来啊？"

姜日勋的身体瑟瑟发抖，他口吐白沫，晕了过去。这样看来，我要找的人就是面前这家伙吗？

**专属技能"登场人物浏览"已发动！**

过了一会儿，传来了两条令人惊讶的提示。

**无法使用"登场人物浏览"对该人物进行阅览。该人物未在"登场人物浏览"中进行登记。**

哎哟？男人的视线转移到我们身上："你们要做自我介绍吗？还是说……"他话音未落，那群人同时拿出了武器。

我站到前方，回答他："我们是从忠武路来的。"

"忠武路？"就在这一刻，伴随着啪滋滋的声音，半空中溅出火花。

**有人对你使用"特性探索"。专属技能"第四面墙"阻隔了"特性探索"。**

就像是遭到了精神攻击一般，男人的身体晃了一下。犹豫片刻后，他用慌张的眼神望着我，提出疑问："……抱歉，请问您尊姓大名？"

我看了一眼郑熙嫒，又看了一眼李贤诚，然后，我笑着对男人开口了。用上了我认知中最为严肃、最为低沉的嗓音："我是刘众赫。"

## 6

并非我的错觉。

在听到我的名字后，对面那家伙的眼睛瞬间瞪大了："不会吧……"那人仔细打量着我的脸。话说回来，《灭活法》中用了大量笔墨来描写刘众赫，尤其是多次提到他"长得很帅"，但我的长相……

"怎么？"

"没……没什么。"那人的语气变得更加恭敬了。我虽然看不到他的内心想法，但我知道他的心理活动一定十分复杂。至少能确认一点——面前这家伙一定读过《灭活法》。他没有在"登场人物浏览"中进行过登记，而且听到"刘众赫"之后会感到惊讶，这让我更加确信我的猜想。

他急迫地看向我身边的李贤诚。"特性探索"……原来如此，他是想打探我们的情报？

我故意留出足够的时间让他来观察李贤诚，然后才开口道："最好别乱转你的眼珠子。"

"……"

就这样，那家伙确认了李贤诚的名字，并且得知了"特性探索"无法探知我的特性视窗的事实。虽然不知道他读了多少《灭活法》，但他作为一个从没见过刘众赫的人，要想确认我是否是刘众赫，其实并没有太多能用的办法。在这些办法中，最具代表性的就是刘众赫那可以探知万物并防止他人窥探的SS级技能——"贤者之眼"。而现在，这家伙应该开始相信我拥有"贤者之眼"了。

"你以为我不知道你在用B级技能窥探我吗？"

他眼中的颤抖很快就蔓延到了整张脸上，而他游移的眼神最后落在了我后背上的忠武路"红色旗帜"上。都被我猜中了。准确来说，这就是他能找到的全部证据，来证明"我是刘众赫"。

"……哎，你这浑蛋！"也许是还没有弄清事态，站在队伍前方的一个男人将手中的长矛指向我，以示威胁。而就在郑熙媛和李贤诚准备上前来保护我的那一刻——

啪！那个举着矛的男人顿时头破血流，鲜红的血仿佛喷泉一般喷涌而出。对面那群人发出畏惧的尖叫。血滴哗啦啦地落地，方才和我们交谈的人露出严肃的表情。

这小子还挺出人意料的呢！

他推开人群，慢慢走到我面前："十分抱歉，在您面前丑态百出。"

"什么呀，你小子？"听到我冰冷的语调，他拼命控制着自己的表情。

——的确，如果我是你，我的心脏也会紧张得快爆炸了。

"正式向您做自我介绍，我的名字是李圣国，是东庙前站的'副代表'。"

不知不觉间走到我面前的家伙毕恭毕敬地低下了头。那就让我正式开始假扮刘众赫吧。

我一眼扫过去，然后用冷酷的嗓音说："东庙前？知道了，滚吧。"

"……什么？"

"从现在起，这一站就是我的了，你们可以直接滚了。"

那家伙呆呆地张开嘴："这是什么意思……"

"你是听不懂人话吗？"

我低头看着插着东庙前旗帜的旗座，李圣国终于明白了我的意思。

"但……但那是不可能的，已经被占领的站点不能转让……"

"你当我是傻瓜吗？你这家伙不是副代表吗？"

"什么？"

"如果拥有副代表以上的权限，就能任意转让站点，你连这个都不知道？"

"……"

"我数到三，如果还不交出旗座，我会砍断你们的脖子。一。"

李圣国的表情渐渐变得凝重起来，他的队员也将我团团包围，目露杀意。而不知道我为什么突然做出这种疯狂行径的郑熙媛和李贤诚，看起来却是万分焦急的样子。

我继续说道："我听起来像是在开玩笑吗？二。"

因为他是在十年前看的小说，所以记不太清了吗？这人好像忘记了刘众赫是个什么样的角色。那就让我来帮他回忆一下吧。

专属技能"白清罡气 Lv.2"已发动！"信念之刃"已发动！

看到剑刃上燃烧着白色的光，李圣国脸色一白。这是一场"懦夫游戏[1]"。既然这家伙记得刘众赫的名字，那就代表他多少还是了解刘众赫的。如果知道初期的刘众赫有多冷酷无情，他就绝对不敢继续和我僵持下去。那要是这家伙并不了解刘众赫呢？没关系，那就打一场呗，打不过我还能逃跑。对于现在的我来说，这点能力还是有的。

"三——"在我张口的瞬间，剑拔弩张的气氛到达顶点。

"请……请稍等一下！我……我把这一站给您！"这小子，的确是读过《灭活法》的人啊。但是他一定没有仔细读。

"不用了。"

"……什么？"

"你回答得太慢了。"

"什么？"

"就这一个站点不够，你把东大门也交出来吧。"

郑熙媛露出惊讶的表情，就像在说："你这么乱来也行？"当然可以乱来了。不，我必须乱来。因为我现在在扮演刘众赫。为了让对方相信这一点，我必须更嚣张地惹是生非。

我用剑指着李圣国说道："不然交易免谈。"

"但……但是……"

"我再数三个数。一。"

李圣国的表情骤变。既然他已经开始相信我就是刘众赫了，那么他的心里应该会很焦急。因为他非常清楚，如果现在与"主角"为敌会落得什么下场。这家伙究竟会如何应对呢？他接下来的反应将决定我们二人日后的关系。

"东……东大门历史文化公园（站）可以用我的权限送给您！但是……"

"但是？"

"我无法决定能否转让东大门站……您方便的话，能见一下我们的代表吗？"

---

[1] 懦夫游戏：在博弈中，首先胆小退出的人失败，冒险坚持到最后的人胜利。

很聪明的回答。用上了合适的理由，让我想要接受他的建议。

李圣国不停地说着话："刘众赫先生，您的大名如雷贯耳。所以，我们的代表非常期待见到您。希望您能给我们队伍一个对话的机会。"

"你认识我？"

"我怎么会不认识您呢？"说完，李圣国的肩膀一个激灵。他自己也察觉到这句话的怪异了吧。因为此刻距离刘众赫出名还早得很呢，"总……总之，如果您能与我一道回去，那将会是我一辈子的荣幸。"

我盯着这家伙看了好一会儿，然后做出回答。行了，这种程度算及格了。

"好，带路吧。"

李圣国的表情瞬间明朗起来，接着，他又开始说废话了："您完全不必担心。赌上我服侍的'王之名誉'，我发誓绝对不会给刘众赫先生带来任何伤害。"

**东庙前站副代表"李圣国"赌上了"王之名誉"。若违背誓言，李圣国将对自己施以刑罚。**

这家伙还真是个急性子。但如果他认为我是刘众赫的话，这些举动就是理所当然的事情了。看来他比我想象中更加了解初期的刘众赫呢。那我就该给予他相应的回报了。

"伤害我？就凭你们？"

"即便我们一起上也无法撼动您的一根手指。哈，哈哈，呃，那么……请往这边走。"

"慢着。"

"怎么了？"

我指着东大门历史文化公园（站）的旗座。

"先把这个给我。"

"……"

**已接收"东大门历史文化公园站"的转让。目前占领站点：忠武路（大本营）、明洞、东大门历史文化公园。"红色旗帜"的经验值增加。**

眼前的站点旗帜发生了变化。非常好的开始。不是，这也太顺利了吧？

"出发吧。"

看着肩膀发颤的李圣国，我的心情变得有些微妙。就这样继续以刘众赫的身份活下去，好像也挺不错的呢。

***

不久后，我们在李圣国的带领下进入了东庙前站。尽管那些不知道我身份的东庙前队伍的人一直在窃窃私语，但李圣国的态度非常强硬，他们也无法提出反对意见。

我和同伴们走在人群的最后，早在刚才就在犹豫要不要开口的李贤诚终于出声了。

"那个，独……"

有眼色的郑熙媛赶紧杵了一下李贤诚的腰。就像是从肺部喷出一口气，李贤诚发出一声痛吟。不愧是郑熙媛。虽然她也不清楚现在具体是什么情况，但是能做到配合我。

我用口型说：就算我不说，你也知道该怎么做吧？

——嗯，大概知道。

我看了一眼郑熙媛，又看向李贤诚背上的姜日勋——现在最需要警惕的就是这家伙。

——别让他说漏嘴了，明白了吗？

郑熙媛轻轻点了点头，然后在我面前单膝跪地，用无比夸张的音量作答："是，众赫先生，属下明白！谨遵您的吩咐！"

别人看了还以为她是什么中世纪的骑士呢。好笑的是，被她吓了一跳的李贤诚也跟着做出了同样的动作。

"属……属下遵命！"

也许是听到了这两人的声音，走在队伍最前面的李圣国吓了一跳，然后回头看向我们这边。虽然此情此景分外尴尬，但从结果来看还是不错的。我不能读出李圣国的内心想法，但如果能对他使用技能，一定会听到这种话——他百分之百是刘众赫。

和我对视后，李圣国迅速转头看向前方。原来这就是"主角"的感受啊。

没过多久，我们就抵达了东庙前站的站台。也许是因为这个队伍的势力强大，站台上聚集了很多人。其中也有像李圣国的部下那样佩带武器的人，但大部分人没有装备武器。他们估计是那些失去队伍后，成为流浪者的人。

"动作快点！"

"好……好的。"

他们在东庙前队伍的监视下分割蝼蛄肉，或是分解怪兽的尸体并制造装备。这些人就是所谓的"奴隶"阶级。王的时代到来后，这种情况并不罕见。

郑熙媛皱起眉头："又不是什么王国……"

我对她说："不要轻举妄动，你先在这里观察周围的情况。"

"遵命……"

我无视郑熙媛开始观察四周，主要是因为担心还存在其他我不知道的变数。东庙前在《灭活法》的原著中也是相当重要的站点。如果我的记忆没出错，这里的代表应该是那个"废人"。然而，如果"先知者们"介入其中，故事的走向很可能会大相径庭。

我看着前方已经走出了很远距离的李圣国的后脑勺，思绪不断。目前，我有两个疑问：

一、那个叫李圣国的家伙手中到底有没有我所拥有的"文档"？

二、像他这样的"先知者们"共有多少人？

如果非要提出第三个问题，那我想知道他是否也拥有和我一样的"技能"……但他应该没有。不然他一开始就会发动和我一样的"登场人物浏览"，而非"特性探索"。再加上我在对他使用"登场人物浏览"时，并没有弹出防御类的消息，由此看来，他应该也没有"第四面墙"。这意味着，李圣国和刘尚雅、李吉永的情况相同。

也对，读完了三千多话小说的人只有我一个，如果连那些只读过几十话的人都能得到和我相同的特殊技能，那未免也太不公平了吧。如果照这样推理，那么"先知者们"没有"文档"的猜测就是合理的，但要是情况有变……

不过那小子从刚才开始就在很认真地看着什么呢？队伍最前方的李圣国一

直在看自己的手机。

使用 5000Coin 投资敏捷。敏捷 Lv.20 →敏捷 Lv.30。你的全身都充斥着不可思议的灵敏。

我用近乎鬼魅一般的速度靠近李圣国。

"看什么呢？看得那么认真。"

"嗨呃，什么也没有！"

这家伙慌忙按灭屏幕，把手机藏到身后。尽管只是一瞬间，我还是看到了手机上显示的画面——是熟悉的黄色对话框[1]。我忽然产生了一阵怪异的感觉。如果我没看错的话，刚才显示的一定是"群聊"画面。难道这里现在可以上网吗？不可能的。自打任务开始后，由于鬼怪们的频道激活，整个首尔的网络都被切断了。不对，等等，这里是那个"废人"所在的东庙前站……原来如此，所以才能上网吗？

李圣国不安地观察着我的神色，开口道："那个，刘众赫先生？"

"干吗？"

"已经到了，我们的代表在里面等着您呢。"

站台中央草草搭建了一顶中型帐篷。怎么说也是名义上的代表，这帐篷尽管看起来松松垮垮，但至少是完整的。

"你走前面。"

李圣国低头给我带路。掀开帐篷进入内部，这才显露出相当华美的内饰。帐篷的外表破旧，内里却奢华到令人难以置信的地步。地面铺设着红毯，床仿佛是从高级酒店里偷来的一样豪华。不仅有会议圆桌，甚至还有放着电脑的小型书桌。最有意思的是那个正在用电脑上网的男孩。他看起来比吉永大几岁，正穿着睡衣坐在椅子里，他乌黑的眼睛里蒙上了一层阴影，以及被他紧抱在怀里的蓝色旗帜。真厉害。这个少年竟然已经走完了一半以上的"君王之道"。

专属技能"登场人物浏览"已发动！

---

[1] 黄色对话框：韩国人常用的聊天软件 KaKao Talk 中的对话框是黄色和白色的。

+

<人物信息>

姓名：韩东勋

年龄：17岁

背后星：幕后暗影

专属特性：高贵的隐遁型废人（英雄）

专属技能：广域网络 Lv.5、网络水军 Lv.3、键盘攻击 Lv.3、小鸟胃 Lv.6、声波阻隔 Lv.2……

星痕：存在缺乏 Lv.2

综合能力值：体力 Lv.10、力量 Lv.10、敏捷 Lv.19、魔力 Lv.26

综合评价：他是隐遁型废人中最高级的"高贵的隐遁型废人"，并且能够通过"广域网络"技能突破鬼怪们的频道，在特定的机器上安装虚拟的网线

虽然他在煽动舆论一事上具有超凡的能力，但由于目前防御机制尚未形成，所以精神状态十分脆弱。该人物的背后星对化身目前的处境非常不满

★目前该人物正处于被强力催眠的状态

+

我清楚地想起来了。东庙前的王。也许在不久的将来，这个男孩将会成为"隐遁暗影之王"。但现在，这个可怜的少年王却沉溺于网络留言。

——但是听说现在只有首尔被隔离了，真的假的啊？江南的地价估计要大跌喽。地主们都悔不当初了吧，该怎么办啊？

——nono，不光是首尔，现在所有国家的首都都变成那副鬼样子了，都被关在那种圆圆的穹顶里了……

——夺回首尔之战的进展如何？不是说昨天就开始行动了吗？

——hhh，我这儿有小道消息，说是那里面的人现在都觉醒了什么超能力，hhhhhh，疯了吧，这又不是什么奇幻小说……

——从怪兽出现的那一刻，就已经是奇幻小说了。

难得看到网络上的对话，这让我感到十分陌生。我再次意识到：没错，我

们现在的处境已经成了这样。穹顶之外，还有很多人到现在都不知道事情的真相。没多久，少年王的手指动了。

——朋友们听说过"先知者们"吗？虽然不知道具体是什么人，但他们宣称自己知道这件事背后的秘密呢，hh。

**登场人物"韩东勋"发动了"网络水军 Lv.3"。**

发动技能的提示刚出现，几十条评论仿佛吸铁石一般，紧紧地跟随在少年的留言下。

——肯定是吹牛皮啊，你这都信？蠢货！
——nono，我本来也以为是他们在胡说八道，但好像不是那样的……不久前他们就透露了一些启示还是预言之类的信息，结果事情全都照他说的那样发展了，真的！
——真的假的？那些人一般会在哪里出现？发个地址给我看看。

这些评论产生了巨大的影响力，蔓延到了网络的各个角落。完全没想到，他们竟然已经开始以这种方式来运用这一能力了。

"韩东勋代表？"听到李圣国的呼唤，少年才抬起头，"来了一位贵客，请打个招呼吧。"

韩东勋用他那双没有神采的双眼望着我。

"你……你、你你、你好……呃。"

这个少年不太对劲。在《灭活法》中成为"首尔七王"之一的人，竟然如此憔悴不堪。虽然他的确患有严重的社交恐惧症，但应该没严重到这个地步。

韩东勋摇摇晃晃地站起来，坐在圆桌附近的椅子上，接着就开始啃指甲。

李圣国露出了满意的微笑。

"那么，刘众赫先生，现在就请您和我们的代表聊聊吧。"

我盯着韩东勋看了好一会儿，然后扑哧一声笑出来。

"聊聊？聊什么？"

"什么？"

"你是在跟我开玩笑吗？"

韩东勋的眼睛空洞无神。

"……你说这家伙是'代表'？"在原著中，这个少年的确是这一站点的代表。至少名义上如此。但是……"代表"之名并非意味着"掌控实权"，"你想耍我到什么时候？你打算让这个傀儡和我谈吗？"

我转头一看，李圣国的双手颤抖着。他应该不知道"贤者之眼"可以看透一切。这家伙飞速打开手机，确认了什么之后，叹了一口气。

"……刘众赫先生，您果然非同一般，请您原谅我的过失。"

"这个站点的实权掌控在你手中，是吧？"

"是的。"

"其他人知道吗？"

"只有几个干部知道。"

把能力强大的人物变成自己的提线木偶，从而掌控站点——《灭活法》中经常出现这种情节，但当我亲眼看到这一切时，心情却十分微妙。

"既然你才是实权人物，为什么非要带我来这儿？"

"自然是为了避人耳目。不知道您是否察觉到了，这顶帐篷上有'声波阻隔'技能。"

这我倒是猜到了，毕竟韩东勋有这个技能。

"这事有那么重要吗？"

"是的，无论是对您，还是对我们所有人来说，都是非常重要的事情。"深吸一口气之后，李圣国继续道，"我是'先知者们'，更准确地说，我是'先知者们'之一。"

看来这家伙终于要说出我感兴趣的情报了。我不动声色地等着他的下一句话。

"您绝对不会知道，此刻我们是多么喜悦。因为我和我的同伴们长久以来一直在期待这一天，我们的愿望就是您能获得伟大的胜利。"

这家伙的嗓音突然变得有些奇怪。

"我们知道您拥有特殊的能力，那就是不管您死去多少次都能回到过去这一奇迹。在这个世界上，只有您拥有这种特别的力量！"

虽然我有些担心给星座们听的版本有没有好好消音，但还是决定暂且先听下去。

"您应该已经经历了几次轮回。您曾和恐怖的敌人交手，也曾为了拯救人类，与异界的存在展开殊死搏斗。您独自带着孤独的记忆……我们都真心景仰您这种崇高的精神。"

这小子可真会拍马屁。如果刘众赫听到的话，应该会感动到泪流不止吧。要是以后刘众赫情绪低落，我就把这些话说给他听，而且要说得像是我自己想出来的一样。

"但是您也可能通过上一次轮回领会到，即便是像您这样强大到堪称奇迹的人，也无法凭借自己一个人的力量来对抗即将来临的灾难。"

而且他说的都是对的。

"不过，这次轮回必定不同，因为我们'先知者们'将为您提供特别的保护，我们是为了助您一臂之力才被派遣到这一轮回的。"

哇，真会编啊。

李圣国露出微笑。

"您一定非常惊讶吧。您是不是在想，上一次轮回都没出现的家伙，为什么这次突然出现了呢？虽然您可能会感到混乱，但希望您能够相信我们，因为我们早在十年前就获得了启示，它教会了我们如何应对这一切。"

"……启示？"

"是的，在您这次回归的世界里，有一本《启示录》在我们'先知者们'之间秘密流传。这本神话中记录着您如何生活至今，也描述了您日后将做出什么事情。这是唯一一本《启示录》，记载着一切过去与将来。"

慢着，他说的《启示录》不会是那个吧？

"您看起来好像还不相信我呢。我们早就知道您会将'钢铁剑帝'李贤诚收入麾下，'妄想恶鬼'金南云和'海上提督'李智慧应该也是您的部下了吧，虽然他们没和您一起来。但仅凭他们的力量是不够的，至少根据《启示录》……"

我掩饰住内心的急躁，问道："你说的《启示录》在哪儿？"

"很可惜，目前已经被销毁，找不到原件了。但您不必担心，我们都记得《启示录》的部分碎片。我们正准备通过这些碎片，帮助您走上正确的道路。"

哎哟喂。

"如果您继续用曾经的方式，您将……再次迎接死亡。但如果您和我们联手，结果一定截然不同。"李圣国还在絮叨。

我缓缓闭上眼睛，然后睁开："原来如此。"

李圣国急忙止住话头，这家伙估计很紧张。因为刘众赫有"测谎"技能。当然了，我没有这一技能。即便我有，这家伙的话也不会被"测谎"判定为谎言。因为他说的话包含一些隐喻，"测谎"难以分辨这类话语的虚实。所以，我现在的心情更是——

"……令人惊讶。"确实如此，我这话是真心的。李圣国嘴里的"设定"不只让人感到惊讶，甚至可以说令人惊愕万分。在如此短的时间内，竟然能编出这样的设定。人类的创造力还真是了不起。

"你叫李圣国？"

"是的，刘众赫先生。"

这家伙都可以去当《灭活法》的作者了。

为了帮助像"翻车鱼"一样容易死去的主角，读者们获得了启示，从小说外穿越了进来？

与《灭活法》的原著相比，这种故事明显更有趣。但一码归一码。

"别绕圈子了。"

眼下重要的是——

"你最好回到正题。"

既然我已经耐心听完他编造的设定，现在就该轮到我发言了。

"就当你们真的获得了未来的启示，那你们到底想干什么？"

李圣国飞快作答："我们想和您结盟。就……就是说，虽然名义上是结盟，但实际上是成为您的部下……"

——真是个可笑的家伙。你的目的就只是这样吗？这话的意思不就是想抱"主角"大腿，然后躺赢吗？

"原来如此，结盟是吗，你想要的就是这个？"

"是的。"

"这个提议很有意思。"

"您的意思是……"

我的手指敲了敲书桌的桌面。

"但顺序错了。"

"什么？"

"我凭什么和一些来路不明的家伙结盟？如果想和我结盟，那就该先报上你的真实身份才对吧？"

"您……您说真实身份……我刚才不是已经充分地……"

忽地，我从椅子上起身，然后坐在房间里的豪华大床上，跷起二郎腿，开口道："跪下。"

"什么？"

"让你跪下。"

短暂的慌乱之后，李圣国尽力控制着自己的表情，离开了椅子。等到这家伙的膝盖慢慢接触到地面之后，我开口了。

"报上你的特性。"此人能给"王之候补"施加强力催眠，所以我大概推测出了他的特性。但我必须确认自己的猜测是否正确。

李圣国用复杂的眼神望着我。估计他正在努力转动他的小脑筋，他应该在这样想：刘众赫可以通过"贤者之眼"看到我的信息。既然是已知的信息，他为什么还非得问我呢？

苦恼许久，李圣国终于开口了。

"我的特性是……催眠师。"

果然是"催眠师"。

"原来如此。"

看到我点头，李圣国的表情稍微好看了些，像是认为自己已经通过了我的考验似的。

"没了？"

"……什么？"李圣国的视线不安地晃动着，"其……其实还有一个。"

我点点头："说。"

"第……第9个……"

"第9个？"

李圣国似乎觉得说这话很羞耻，他缓缓低下头，接着说："第9个……下车者。"

原来如此。这家伙是"第9个"啊……

哎，等等。那到底有多少个"先知者们"啊？

# Episode 11
# 先知者们之夜

## 1

"'第9个下车者'……我还是第一次听说这种特性。"

"您……您应该是没听说过的,因为我们'先知者们'在之前的轮回中没有出现过。"

——你小子还真会狡辩。我忽然想逗逗他。

"不对吧,如果你们真的获得了'启示',那为什么你的特性不是'启示者',而是'下车者'呢?这个词到底是什么意思?"

"那……那个……应该是《启示录》它……不是,是《启示录》……"李圣国吞吞吐吐的,为了不被"测谎"发现破绽,他绞尽脑汁。我很好奇他究竟会说出多少实话。李圣国紧闭双眼,接着说,"我想这应该是放弃继续阅读《启示录》……的顺序吧!"

"放弃继续阅读?为什么?"

"因为《启示录》的内容很难懂,宏大又深奥……"

"所以你是第9个放弃阅读的,是这个意思吗?"

"是的……"

"既然只读了这么一点,那你应该不太能帮到我吧?"

"不……不是的!我真的可以帮到您!"明显感到慌张的李圣国开始语无伦次,他按开手机屏幕又锁上,动作间尽是焦急不安。

"为什么总是看手机？"

"抱……抱歉，因为我手机成瘾……"想都不用想，他一定是打算向其他"下车"的人寻求建议。但是我没有放任他的小动作。

"我刚才好像看见你用了网络？"

"呃，是的。我利用那个隐遁废人的能力……"

听到这话我瞥了一眼韩东勋的方向。被催眠的少年眼神无动于衷，忙着啃自己的指甲。他是拥有强大的信息操控能力的"隐遁暗影之王"。我不能继续让"先知者们"掌控这个少年。如果"先知者们"都以这种方式来干涉剧情，原著的内容就会全被搅乱，我的计划也将付诸东流。在一切不可挽回之前，我必须阻止这些家伙。

"其他'先知者们'也有下车者的特性吗？"

"……是的。"

"总共几个？"

"那个……"李圣国犹豫了一会儿，还是回答了我的问题，"目前已经出现的大概有 48 个。"

48 个？比想象中要少呢。《灭活法》第 1 话的点击量大约是 1200 次，第 10 话的点击量也有 120 次左右，所以我以为至少会有一百多个"先知者们"。

李圣国接下来的话解答了我的疑惑："原本可能有更多的'先知者们'出现，但大部分都没活过第 1 个主线任务吧……这是我的猜测。"

"提前知道未来，但还是死了？"

"那个……虽然我们获得了启示，但都是在近期才意识到那是'真正的'启示。"

这还稍微能说得通。在任务开始的那一瞬，估计没什么人会认为十年前连载的小说变成了现实，而且那些读者应该也把当时读过的内容忘得一干二净了吧。不过，从这个角度来看，李圣国的存活就显得很诡异了。而且他说自己是"第 9 个下车者"，所以他很有可能只读过几页《灭活法》，那么他到底是怎么活下来的？

"我能活下来也是多亏了运气好。如果不是我附近正好出现了另一位先知者，我可能当时直接就死了。"

同一个地点还有其他的先知者?

"那——"就在李圣国准备继续说的时候,地面传来细微的震动。这震动竟然能穿透"声波阻隔"传进来——我和李圣国一同跑出了帐篷。我本以为是突然发布了新的支线任务,但事实并非如此。震源处站着两个人,那是正在对彼此发出怒吼的一男一女。那个男人我不认识,但那个女人则是……

"连配角都算不上的东西……竟敢顶撞我?"

"你个王八蛋,到底在胡言乱语些什么啊?"

果不其然,是郑熙媛。

"什么?王八蛋?"男人从背上拔出了巨环刀握在手中。据我目测,他的综合能力值应该相当不错。但是,仅凭他就想挑战郑熙媛,纯属异想天开。因为郑熙媛的身手早已远超同等能力值的其他化身了。她轻而易举地躲过了男人的攻击,挥动了手中的刀。

登场人物"郑熙媛"发动"三日月宗近"的特殊技能"死神的足迹"……

"郑熙媛!"在男人的脖子被砍断之前,郑熙媛停下了动作。而那个男人双目瞪圆,脖子上都是密密麻麻的鸡皮疙瘩。他们的行动速度存在着不可逾越的差距。要不是我出言劝阻,男人会直接被郑熙媛杀死。吓了一跳的李圣国急忙冲过去。

"郑民燮!你在干什么?!"

看到李圣国慌张的表情,我忽然明白过来。

专属技能"登场人物浏览"已发动。

接着,弹出了两条我预料之中的通知。

无法使用"登场人物浏览"对该人物进行阅览。该人物未在"登场人物浏览"中进行登记。

原来如此,这家伙也是先知者。

\*\*\*

不久后,李圣国和另一个先知者一起跪坐在我面前。

"对不起，我这朋友什么都不知道，就……喂，你也赶紧道歉！"

直到这时，他身边背着巨环刀的男人才肯向我低头。

"……抱歉。"估计是个自尊心很强的人，尽管是在道歉，但他的表情却依然怒气未消。

我对郑熙媛说："郑熙媛，我说过不要轻举妄动吧？"

"是那个浑蛋先……"

"郑熙媛！"

郑熙媛第一次露出了吃惊的表情："……对不起，刘众赫先生。"她低下头转身离开，李贤诚不知所措地追着她去了。我很清楚郑熙媛不是那种毫无理由地对他人用武的人。但是，在我们目前的处境下，贸然行动十分冒险。

巨环刀的主人看着我，问道："您说您是刘众赫先生吗？"

"嗯，你也是先知者？"

"……是的。"男人的表情有些复杂，他看了我一眼，又回头看了看逐渐远去的郑熙媛和李贤诚，最后对李圣国说："那个，刘众赫先生，很抱歉，我们需要暂时离开一下。圣国，我们谈一下。"

那人一离开帐篷，李圣国就诚惶诚恐地向我鞠躬。

"我不会等很久。"

"明白！"

如果是刘众赫本人，估计不会像我这么有耐心。但我允许他们离开也是有原因的。李圣国也出去了，等到他的动静远去，我直接呼唤鼻荆。

——喂，鼻荆。

——干吗？我这正看在兴头上呢……

——听力强化，2000Coin。

看来鼻荆现在也基本适应了我的方式，没过三秒，频道里就开始播出广告，它也把我需要的东西卖给我了。

花费了2000Coin。习得专属技能"听力强化"。

鼻荆开始唠叨了。

——喂，从第4个任务开始，你最好小心点。这种大范围的任务，会由中级鬼怪管辖……

我无视鼻荆的话，直接使用技能。

**已使用专属技能"听力强化 Lv.1"。**

我来到蒙上一层"声波阻隔"的帐篷外面，然后就听到那两人的声音了。尽管他们二人想尽力隐藏交谈内容，但他们的位置离我却并不远。

"喂，你不觉得有点奇怪吗？"

"什么奇怪？"

"你觉得那个人长得帅吗？"

"你突然在说什么呢……"

"作者不是写了刘众赫长得帅吗，但是那个人的五官也不是很立体——"

那小子说什么呢？幸好李圣国挽救了他的失言。

"每个作者的审美可能都不一样嘛……那位肯定是刘众赫，性格那么差，不是和小说里写的一样吗？"

"你这小子，不过是'第9个'，你懂什么……"

"你不是也说自己是很久之前读的小说，已经记不清了吗?!"

"我至少在收到'记忆力特典[1]'之后，对一些情节的记忆还是非常清晰的好吗？但你就算有特典也只记得序言部分吧？明明就是个没有我都活不下来的家伙……"

争论了好一会儿，两人的声音离我越来越近了。

"怎么看都不对劲，先不说李贤诚，那个奇怪的女人又是从哪儿来的？如果我没记错，第3次轮回里明明没有那样的女性角色啊。"

"那你就确认一下，看他到底是不是真的刘众赫。"

"但如果是真的，该怎么办啊？"

"那就继续按计划来。如果我们现在就能把握住刘众赫，那就能把读到50话之后的那些人一网打尽。"

倒是听到了很多有用的情报呢。在评论里说主角是冤大头、骂主角傻不拉

---

[1] 特典：字面意为"特别的恩典"，常用引申义，指优惠或附送的小礼品，一般是购买产品本体附送的衍生礼品。

几的家伙们，却在自己进入小说情景之后如此缺乏警惕性。我看见李圣国和"巨环刀"离我越来越近。

"很抱歉，让您久等了。请进。"

我们再次回到帐篷里。

"刘众赫先生，我为自己刚才的无礼道歉。并且再次向您问好，我是郑民燮。"

男人挤出一个笑容，低下头去。我再次观察这个被郑熙媛压制的男人，这才发现他拥有的道具相当不错，尤其是他脖子上戴着的"逃亡者的假面"，这是一件可以自由改变长相和外形的实用道具。

我开门见山地说道："所以，你是第几个下车者？"

郑民燮瞪着李圣国，眼神中充满了指责的意味，好像在怪他怎么连这个都抖搂出去了。

"……我是第 1089 个下车者。"

第 1089 个……数字忽然增多了不少……但《灭活法》第 1 话的点击量大约是 1200 次，第 10 话的点击量也有 120 次左右，所以这小子也是很早就下车的人。也许他就是在第 1 个任务中救了李圣国的人吧。

"作为一名阅读过《启示录》的先知者，能够见到刘众赫先生，是我一生中最大的荣幸。但是，刘众赫先生……很抱歉，我能问您几个问题吗？"

"问题？什么问题？"

"那个，就是关于您的一些……"

"你怀疑我不是真的刘众赫？"

"……不……不是那样的。"

在我强硬的目光的注视下，他的脸涨得通红。

"问吧。"

"什么？"

"让你问。"

惊慌失措的郑民燮点了点头，说道："呃……那么，很抱歉，失礼了。"

要想真正骗过这两个人，我也有几点需要弄清的情报。

"据我所知，在第3次轮回时，您身边的同伴应该有'妄想恶鬼'金南云。但是今天好像没有看到金南云，而是出现了一个陌生的女人。"

"……"

"她的武器是长刀，所以我本以为是李智慧，但她的外貌明显不是十几岁的少女，再加上您刚才也叫了她的名字，的确不是李智慧。"

这个人的记忆力和观察力都相当不错。正如他所说，这个世界已经与我和他们所知道的"第3次轮回"不同了。那么从现在开始，我要做的就是，将这变化过后的世界最大限度地引导成"合我口味"的剧情。

"如果你是在问我为什么没带着'妄想恶鬼'，那么答案很简单：这次轮回里不存在'妄想恶鬼'。"

"什么？不……不存在吗？难道……他死了？"

"是的。"

面前二人脸上满是困惑。郑民燮似乎认为这是不可能发生的事情，他问道："不是，怎么会……请问到底是谁杀了金南云？"

"'妄想恶鬼'金南云……"看着这两个缓缓张开嘴的"先知者们"，我掷地有声地说道，"死在了像你们这样的先知者的手中。"

"是……是我们这样的先知者干的？"

"没错，我本来还不知道那人是先知者，但现在看来好像是那样。因为他也像你们一样知晓未来。"

"……怎么会？"

"而且好像比你们知道的多得多。那个人不仅杀死了'妄想恶鬼'，还独吞了任务前期的隐藏任务的奖励。都是因为他，我的计划才一直无法顺利推进。"

"怎……怎么会有那样的人？"

——当然有啦，而且就在你眼前。

"他甚至好像还在冒充我招摇撞骗。上次遇到他时，我就把他打得只剩一口气了，他现在很有可能还在忠武路附近活动。"

星座"隐秘的谋略家"感叹你的厚颜无耻。

"……忠武路？不会吧？"郑民燮吓了一大跳，他像李圣国那样打开手机点击键盘。估计是在向其他"先知者们"传达这个信息吧。

除此之外，郑民燮还向我提了几个问题，我用寥寥数语进行了回复。

"原来如此！啊……所以在第 3 次轮回中才会发生这样的变化……您真的是刘众赫先生啊。"郑民燮的表情看起来心服口服了，"我现在也理解为什么那个女人会代替'妄想恶鬼'的位置了。而且她应该完全能替代金南云，她刚才仅用一招就能压制我……"

这两个人的误会帮了我大忙。

思考了一会儿，郑民燮接着说："但是听了您的话，我好像知道杀害'妄想恶鬼'的人是谁了。"

"……你知道？"

"是的，在说这件事之前……我想提前告诉您另一件事，那就是我们'先知者们'并不都是一伙的。"

其实我已经通过刚才的对话推测出来了。既然有 48 个知晓未来的人，那么其中肯定有人在动歪脑筋。

"那些人称自己为'十二使徒'，认为只有他们才读到了真正的《启示录》，并且能够改变这个世界。"

十二……这个数字和《灭活法》第 50 话的点击量完全一致。

"那些人和你们有什么不同？"

"他们……读过的《启示录》比我们多。"

果然如此。

"到目前为止，公布身份的使徒共有十一个，所以我推测，您遇到的身份不明的先知者很可能是最后一位还没亮出身份的使徒。"

果然，这些人的想象力足够丰富，只要扔出一个信息点，他们就会自动套入设定。他们的误会倒是方便我行事了。不，等等……好像也不算误会。如此看来，剩下的读过第 50 话的十二个人之一应该就是我。

"看来你不喜欢那些自称'使徒'的人？"

"说实话，是的。那些人和我们不同，他们在计划利用《启示录》来掌控这个世界。"

他明明不是在说我，为什么我会有点心虚呢？

"比起帮助您阻止世界灭亡，那些人更追求个人利益和富贵荣华。如果非要作比较的话，他们就是和'十恶'一样的家伙。"

"'十恶'………"

"所以我们才会向您提出这种请求，请您将我们收为部下，并且希望您能阻止那些人。"

这样吗？这两个人的真正目的是这个啊。说实话，这让我有些意外。竟然是因为"先知者们"的内讧，所以才需要拉拢刘众赫。

我考虑了一会儿，开口道："好，我接受你们，缔结同盟吧。"

"真……真的吗？"

"但是，我有条件。"

闻言，李圣国和郑民燮的脸上都写满了紧张。

"先把昌信站交出来。"

"什么？昌信站的话……"

"就是东庙前的上一个站点，你们应该已经占领了吧？"

"啊，这么看来，'忠武路站'的目标站点是……"郑民燮似乎明白过来。

其实这才是本次结盟最重要的内容。在"旗帜争夺战"中，我必须争夺的目标站点是昌信站。如果我没拿到这一站，那么即便走完了"君王之道"，我也无法完成第4个主线任务。到那时，我和我的队伍成员都会自动死亡。

然而，李圣国的表情有些奇怪："那个，刘众赫先生，实在抱歉……昌信站的话，可能有些困难。"

"为什么？"

"昌信站不属于我们东庙前队伍。"

"不是你们的？"这就很奇怪了，因为昌信站对东庙前站来说，近在眼前。

李圣国叹了口气："那里被'暴政之王'占领了。"

暴政之王？

"……那家伙这么快就成为王了？"

"首尔七王"之一的"暴政之王"，是目前为数不多的能够与刘众赫一较高下的角色。但是在我的印象中，他成为王应该是几天后的事才对吧？况且，大本营在道峰区的家伙，竟然已经将领地向南拓展到这里来了？这无论如何也说不通啊。

我看向李圣国，他垂下眼睛："其实是……因为几个先知者的些许失误，这才导致'暴政之王'的势力迅速壮大，也导致了一些先知者的死亡……在这之前一共有 53 个先知者。"

我对这二人的信任骤然下降。如此看来，他们对小说的前半部分一知半解，我刚才为什么会产生他们能帮上我的错觉呢？

"但……但是，请您不用太过担心。我们目前正在准备强力的武器以铲除'暴政之王'。准确来说，这些武器不仅是用来对付'暴政之王'的，也是对付'十二使徒'的。"

郑民燮接着李圣国的话说："您现在可能还不太清楚，我们真的排除了万难才掌握了启示，所以……"

不，我现在心里有数了。我不能放任这些家伙不管。我必须在他们搞砸一切之前，赶紧阻止他们的计划。

"啊，正好，很快就有机会确认那个武器的作用了。"

"确认武器的作用？"

"明天将会举行'先知者们之夜'聚会，届时，除'十二使徒'之外的先知者都会参加。那个，如果可以的话……"郑民燮用恳切的眼神望着我，"希望您能和我们一同前往。"

***

对话结束后，我和郑熙媛、李贤诚在李圣国安排的住处内集合。我看向之前被我绑在背上的忠武路站旗帜。整个下午，我走遍了他们占领的周边站点，并且接受了"东大门站"和"青丘站"的转让。不知不觉间，我的旗帜颜色变成了"蓝色"。

可激活"蓝色旗帜"的新特典。已使用 3500Coin 激活"蓝色旗帜"的特典。

现在起，你可以和队伍成员们使用"群聊"。

从今往后，就不用在对话时有所顾忌了，因为只有附近区域的队伍成员才能听到群聊内容，除了激活这个特典需要花费很多 Coin 这一缺点……

我简明扼要地向同伴们解释了今天的事。郑熙媛似乎早已猜到了什么，但李贤诚却露出了无比惊讶的表情。

——我的天啊，真是难以置信。竟然有知晓部分未来的人存在……所以你才假装自己是刘众赫吗？

——是的。

——呼……那我们要暂时住在这儿了吧？毕竟还要查出更多这些人的相关情报……

——不。

——什么？

——我们今天就要把这些人干掉。

接着，我看着郑熙媛说："还有，刚才很抱歉，熙媛。"

——没事，虽然我的心灵受到了一点点伤害。

……

——我开玩笑的。你不是在假扮那个浑蛋吗？如果真的感到抱歉，就把刚才那小子交给我来处置吧。

郑熙媛笑着继续说道："那么，我们仨今晚要度过一个难得的热辣之夜了吗？"

——热辣？

郑熙媛的玩笑让李贤诚大吃一惊。

而我摇了摇头："在那之前，还有件事要做。"

——什么事啊？

——现在就行动很容易打草惊蛇，后续会很难处理。

说完，我从怀里掏出一件小披风，披在身上。下一刻，我的身形消失了，李贤诚慌张地喃喃道："咦？独子呢？"

——等我发出信号再行动吧。

我刚才悄悄召唤了鼻荆，花费 3000Coin 购买了这件黄金会员特典道具"隐遁者的披风"。这是件只能使用五次的消耗品，但一旦使用，就可以维持至少二十分钟的"绝对隐遁"状态。我悄无声息地融入黑暗之中。

虽然这件道具在面对拥有 6 级以上"绝对感知"的人时无处遁形，但在这里并没有人拥有这种技能。我走过那些打瞌睡的岗哨，往韩东勋代表的帐篷处移动。因为帐篷上设有"声波阻隔"，所以进入内部后反而不用担心被偷听。小心翼翼地掀开帐篷后，我看见了那个独自敲打键盘的少年。他眼下的青黑比白天时更重了。他依旧驼着背，在孤独地写着评论。

"先知者们"想把这个少年变成一台磨损的机器，散布一些真假参半的情报，成为能够影响未来走向的煽动机器。虽然现在收效甚微，但时间长了，这个少年的价值会越来越明显。

我静静地来到这小子的背后，捂住他的嘴。呼吸困难的韩东勋在我怀中挣扎，但他的力量等级还不到 10 级，不可能反抗得过我。我把手伸进口袋里，拿出和披风一同购入的"精神觉醒剂"。这件道具同样价值 3000Coin。如果说我不心疼这笔钱，那肯定是在说谎，但如果能用 3000Coin 收获"隐遁暗影之王"，反倒是一笔划算的买卖。过了一会儿，被我灌下觉醒剂的韩东勋眼神变了。"催眠"效果解除，他的理智逐渐回归。

"呃，呃呃，你……"

被催眠时的记忆并不会消失。现在这个孩子的脑海中可能已经充斥着各种心理阴影。但既然"催眠"已经解除，他的背后星也会进行一定程度的介入吧。

登场人物"韩东勋"的背后星亮出了自己的称号。星座"幕后暗影"向你表示感谢。得到了 500Coin 的赞助。

韩东勋紧攥着旗帜，一点一点地向后退。我盯着那面旗帜看了一会儿，故意后退了一步。

"别担心，我不是来抢旗帜的。"

"呃，呃啊，啊……"

"你这么聪明，应该很快就能明白吧。如果我是来杀你的，就不可能帮你解除'催眠'了吧。"

"那，那那，那，那么……"

"和哥哥交个朋友吧。"

听到"朋友"二字，韩东勋的眼神颤动不止。我耐心地等待了一会儿，直到他脑中的疑虑风暴平息，但是韩东勋却说不出话来。是了，这小子好像有社交恐惧症来着。

"很难开口说话吗？如果你愿意的话，就用这个来对话吧。"韩东勋看着我拿着的手机，口中念念有词。

登场人物"韩东勋"在你的手机上使用了"广域网络Lv.5"。除非登场人物"韩东勋"失去意识，不然你可以在"首尔穹顶"的任何地方使用网络。

过了一会儿，我的手机短信里出现了韩东勋的名字。

——你是谁？

——我找你很久了。

——李圣国也是这么说的。

——我猜也是。

——我……

男孩的手指颤抖着，看着可怜兮兮的，他没法继续打字了。我本能地意识到，想要现在就说服这个少年是不可能的。因为在过去的十多天里，他的创伤持续加深，已经到了无法轻易治愈的地步。

——我理解你。你应该感到很害怕、很混乱吧？

登场人物"韩东勋"的内心正在剧烈动摇。

——别搞笑了。

——我和那些家伙不一样。

——我不信。

——你恨"先知者们"吧？

看到这句话，韩东勋的眼神颤抖了。曾被"催眠"成傀儡的少年的瞳孔深处，愤怒正在激起波澜。

——只要你允许，我就能消灭他们。

——为什么？"先知者们"对你……

——不能放任他们继续存在，不然会影响我想要的"尾声"。

韩东勋用不知所云的眼神看着我，然后咬紧嘴唇敲击键盘。

——反正你也是为了利用我的能力。

——不，我想要的恰巧相反。

我抬起头，看着韩东勋的眼睛，一字一顿地说道："从现在起，你什么都别做。"

***

"不顺心的日子也该到头了，明天就都结束了啊。"

"呼……这种时候该吹一瓶烧酒啊。"

"就是说啊，你白天的时候看到那家伙的眼神了吗？'贤者之眼'死死地盯着我，我吓得心脏都快爆炸了。"

"哈哈，你这个只看了'序言'的人怎么知道那是'贤者之眼'还是什么别的？"

其乐融融地闲聊。太有意思了，我甚至还想继续听下去。

"喂，但是其他'先知者们'还是很怀疑……要怎么说服那些人呢？他们从刚才开始就吵着要去忠武路……"

"我来说，把手机给我。真的是……嗯？"郑民燮抢走手机敲打键盘，忽然，他的表情僵硬了，"什么啊，怎么突然连不上网了？"

"那小子是不是又在打盹啊？你去看看。"

正准备走出帐篷的郑民燮猛地撞到了虚空中的什么东西，就在他面色铁青地将手伸向巨环刀的瞬间——

"这……这里有什么……呃啊啊啊！"郑民燮惨叫着倒在地上。

我轻轻脱下"隐遁者的披风"，拔出"信念之刃"握在手中。

"刘……刘众赫先生，您怎么？"就在惊慌失措的李圣国结结巴巴的时候，郑熙媛朝帐篷里探进头来。

"大概处理了几个人。但是人数太多，我们估计没法撑太久！"郑熙媛说完就出去了，帐篷外传来了武器碰撞的声音。这一站的岗哨们即将涌向这里。

"您……您难道不知道做这种事会导致什么后果吗？就算您是刘众赫，也无法一次性击败我们所有人！"

"所有人？我没必要击败所有人，只要处理代表就行。"

此话一出，李圣国的嘴唇抽搐了。

"很抱歉，但事情绝对不会按照您的意愿——"

喀喀喀喀喀！我手中挥动着以太刀锋，轻而易举地将倒地的郑民燮身上的盔甲劈成两半。

郑民燮惨叫道："呃啊啊！"盔甲裂开后，郑民燮怀里的一块布掉了出来。趁着他被吓得失魂落魄，我轻轻捡起了这块掉落的布。

你获得了"东庙前队伍"的旗帜。

你的"蓝色旗帜"已吸收"蓝色旗帜"的累积经验值。

你的"蓝色旗帜"已进化成"褐色旗帜"。强大的旗帜正庇护着你。

"果然，你才是东庙前的真正代表。"

"您……您怎么……"

"你们再蠢，也不可能把旗帜放在那么明显的位置。"

他们称自己将"韩东勋"立为代表，这事本身就很奇怪。他们可是知晓未来的家伙，不可能把代表职务让给小说中的登场人物，但李圣国不是代表，所以答案只有一个。

"东庙前队伍"的剩余队员正在等待你的处置。

现在岗哨们已经失去了意义。

绝望的郑民燮结巴道："刘众赫先生！如……如果其他'先知者们'知道了这件事的话……"

"现在应该上不了网，你要怎么告诉他们？"

直到这时，李圣国才意识到所有的计划都泡汤了，他缓缓爬向我。

"为什么……您为什么这样对我们?！"

"谁知道呢，你现在问这种问题真的还有意义吗？就算我是真正的刘众赫，也不会和你们这样的家伙结盟。"

"那……那是什么意思……难不成……"

面前的两个人脸色苍白，我咧开嘴笑了。

"是啊，你们应该读到最后才对嘛。"

## 2

我难得进入深度睡眠，这是一场久违的酣睡。

由于深度睡眠的效果，精神力完全恢复。你拥有的部分"专属技能"已更新。

一看时间，已经是下午四点了。昨晚我在东庙前站占领的周边站点完成了插旗，看来这事还挺耗费体力的。

**目前占领站点：**忠武路（大本营）、明洞、东大门历史文化公园、东大门、东庙前、新堂、青丘、药水、新设洞。

由于吞并了东庙前队伍，现在我已经拥有九个站点了。只要再占领一个站点，"君王之道"的任务就能结束了。并且再过一段时间，我就能达成我在初期任务的核心目标之一——"不杀之王"。

一出帐篷，我就看见了等候中的郑熙媛和李贤诚。

"已经准备好出发了，什么时候动身？"

"请稍等。"

我让他们二人暂时回避，然后对旁边的两个男人开口道："都睡好了吗？"我已经在昨晚决定了对东庙前队伍的处置，而面前的两个男人，也是这一决定的结果。

匍匐在我脚下的郑民燮开口了。

"……请您饶我们一命。"

"嗬呃……求您了。"

如果按照原本的计划，我会直接处死李圣国和郑民燮，但是我没有那样做。因为，在完全消灭"先知者们"之前，这两个人还有可用之处。我把这两人收进了"忠武路队伍"，也把旗帜的颜色进化成了"褐色"。旗帜颜色变为褐色时，我就能对"成员"施加行动限制了。

行使代表的权利。已限制成员"李圣国"和成员"郑民燮"的行动。

看到弹出的系统通知，李圣国和郑民燮的表情变了。

"第一，从现在起，你们不能向别人透露我的真实身份。"

"好……好的。"

"第二，你们必须无条件服从我的命令，禁止未经我允许就擅自采取行动。"

"那是自然！"

成员"李圣国"和成员"郑民燮"欣然接受限制。此限制是"性命制约"。若违反"限制"，成员"李圣国"和成员"郑民燮"将会死亡。

我点点头说："嗯……很好。虽然不知道我什么时候会改变想法，但是你们都加把劲儿吧，我会根据你们的表现再做决定。"

两人咽着唾沫，表情竟然莫名兴奋起来。真不明白他们到底在想什么。也许是觉得反正不能傍上刘众赫，那么傍上我说不定会更好吧。

"但是代表，我们以后该怎么称呼您呢……"

"像现在这样称呼就行，在其他先知者面前叫我'刘众赫'。啊，对了，郑民燮。"

"在。"

"把'逃亡者的假面'给我。"

郑民燮虽然不太情愿，但还是把道具给了我。既然要去"先知者们之夜"，我就得暂时继续装作刘众赫的样子。另外，为应对可能出现的意外情况，我需要用到这个"假面"。戴上面具后没多久，我脸上的肌肉开始发生变化，一点一点地改变了形状。虽然感觉有些奇怪，但我很快就习惯了。

"哇啊……这就是'刘众赫'的真面目吗？"

"长得真帅……《启示录》里果然没说错。"

这两个家伙……本想凶他们几句，但我最终还是没开口。没必要为这点小事生气。不过，以防万一，我最好还是提前掌握一下他们俩的详细信息。

"郑民燮，你的特性是什……"就在我开口的瞬间，突然弹出了系统通知。

该人物的相关信息已更新。

什么？我试着发动"登场人物浏览"。

+

＜人物信息＞

姓名：郑民燮

年龄：25岁

背后星：受诅咒的剑斗士

专属特性：狂斗士（稀有）、第1089个下车者（一般）

专属技能：剑术锻炼Lv.2、强力一击Lv.2、狂暴化Lv.3、记忆力强化Lv.5……

星痕：以怨报怨Lv.1

综合能力值：体力Lv.18、力量Lv.16、敏捷Lv.12、魔力Lv.10

综合评价：该化身拥有相当出众的综合能力值和特性。虽然背后星的赞助不多，但作为一名战士，他的能力是相当高的。如果再多一些耐心，他应该会成为"十二使徒"之一，真是令人感到遗憾啊

+

"登场人物浏览"更新是这个意思吗？直到昨天，我还看不到这两人的特性，今天他们就突然变成了"登场人物"。他们是先知者，都是小说之外的人物，为什么突然变成了"登场人物"？

"啊，我的特性是……"

"不用了。"

"好的。"

我还确认了李圣国的特性。幸好，他并没有骗我，的确是"催眠师"和"第9个下车者"……尽管后者是个垃圾特性，但前者还是相当有用的。

"把你们的手机给我。"

"好的！给您。"

我从他们手上接过手机，打开群聊……但是他们的手机已经不能上网了，啊，对了。因为昨天已经断了网……

登场人物"韩东勋"使用"广域网络Lv.5"。该设备已连接到网络。

网络忽然连上了。我看了一眼韩东勋所在的帐篷，接着，我听到嗡嗡的振

动声，打开我的手机一看，发现自己收到了一条信息。

——信你一次。

也许就在昨晚，韩东勋的身上也发生了一些变化。我给韩东勋回消息。

——谢了。

不久后，我还会有机会和他谈谈。我先用李圣国的手机打开了"先知者们"的群。

群聊成员：9号下车者、15号不想活、124号下车者、763号、887号下车、645号下车者……共36人。

每个昵称里都包含数字，我大概猜到这些家伙是什么人了。但是，总觉得有些奇怪。

"……共36人？"

听到我的疑问，郑民燮急着向我解释。

"那个群里的'先知者们'都是初期下车的人，其中没有使徒。"

原来如此。

"那个，代表，您昨天说'应该读到最后啊'……请问您也知道《启示录》的存在吗？"

看着郑民燮充满期待的眼神，我扑哧一声笑出来。我当然知道了。岂止是知道！

"跟着我而不是刘众赫，你们一定不会后悔的。"

***

不久后，我们适当远离了有争议的地区，前往安国站，"先知者们之夜"将在那里举行。我拿着李圣国的手机，看着那帮人的群聊页面。

-----

519号：真的吗？？今天晚上刘众赫真的会来吗？

67个：绝对没错。昨天第9个和第1089个跟我保证了。

887号下车：第9个就是个白痴，但如果第1089个也这么说，也许还有些可信度……

124号下车者：如果这次搞砸的话，我们全都死定了，大家都知道吧？

887号下车：124号，你这家伙又不是首尔人，死什么死啊，浑蛋，别再气我了好吧！

124号下车者：当然了，除我之外都死定了。这是属于非首都居民的胜利，耶！^ ^

887号下车：我也想像我们众赫哥那样回归……如果当时读完这本小说……不，就算只读到第50话也好啊……真羡慕那群使徒啊……

15号不想活：但说实话，读到第50话的人应该不太正常吧？这种小说要怎么坚持到第50话啊？ hhh

124号下车者：同意，那群精神变态者。hhhh

_____

果然，只有隐藏在昵称背后时，人类的本性才会显露无遗。昵称前面的数字估计就是这帮人的"下车"顺序。

_____

888号：但是你们确定那本小说没有盗版资源吗？

124号下车者：我从几天前开始就一直在搜索了，但是网上真的什么都没有……啊啊……连盗版电子书都没有的悲惨小说……（泪目）

763号：如果现在谁有电子版的话，那就真的属于作弊器了吧？如果我有，我也不会共享的。

_____

还敢提什么盗版电子书。还是花钱看正版吧，你们这帮人。

总之，看着对话页面，从前读《灭活法》的时光也一幕幕重现眼前。这帮人就是当初和我一起追更的那些人。人生万事如同塞翁失马，焉知非福。

"已经到了。"我本想说"什么情况，这么快？"但安国站的站台已经出现在我眼前了。我还看到了提前到达的"先知者们"。但是，总感觉有些奇怪。

"这里好像没有被占领？"

"是的，这是'先知者们'之间的约定。如果在被占领的车站见面，还是太危险了。可以说，这是一个类似DMZ[1]的地方吧。"

这时，一个先知者朝这边挥手致意："哎呀，第1089个！"

"哦，763号大哥。"郑民燮高兴地挥手回道，"这段时间过得还好吗？脸色看起来不错啊。"

"好什么啊，'暴政之王'都快把我害死了。"

"哎呀，我不是说过别往道峰区那边去吗？为什么不听劝呢？"吵闹的763号瞥了我一眼，忽然面色一僵，"请……请问……那位是？"

郑民燮点了点头。763号的眼神中染上惊讶："见到您是我的荣幸，刘众赫先生！"

多亏了这个热情且聒噪的先知者，分散的其他"先知者们"也一个接一个地聚集到我身边。

"难道那位就是？"

不约而同飞奔过来的"先知者们"一个个凑到我跟前。其中也有极少数的女性先知者。

"比想象中帅多了呀！我是第998个！"

"刘众赫先生！我是第1055个！"

这是什么情况……我有种自己真的成了王，被万众簇拥的感觉。这些人的眼神中都流露出想费尽心思讨好我的意图。等他们意识到我不是真正的刘众赫，又会做出什么表情呢？我大致看了一眼，其中大部分人的水平都不怎么样。基本上都是些对未来的了解很浅薄，实力也不过尔尔的家伙。但是，其中也有吸引我视线的人。

"您在第2次回归时与魔王'阿斯蒙蒂斯[2]'交锋的场景，给我留下了非常深刻的印象。"

瞧瞧这人。

---

1 DMZ：英文"demilitarized zone"的缩写，在中文中常称作"隔离区"，也称作"非军事化区"。
2 阿斯蒙蒂斯：原名Asmodeus，西方神话中的恶魔，盛怒与欲望的魔神始祖，是次经《特比亚传》(The book of Tobia)中的恶魔之王，也是所罗门王七十二柱魔神之一，在"七大罪"的传说中司掌"淫欲"。

"虽然在《启示录》中只是以'回忆'的形式提及了这一事件，十分可惜……但我还是想着如果哪天能见到您，一定要听您亲口讲述那段往事。"

《灭活法》是从刘众赫的第 3 次回归开始写的，所以第 2 次回归的故事全都是回忆场景。话说回来，既然知道阿斯蒙蒂斯，那他掌握的情报还挺多的呢。但是这个声称自己"印象深刻"的家伙，为什么没读到最后呢？

"你是第几个？"

"我是第 1168 个。"

几乎快读到第 50 话了，他也许是这些人当中读得最多的那个。

第 1168 个下车者向我提问道："不好意思，请问您现在是第 3 次回归吗？"

"是的。"

"啊，果然……"

有几个先知者的表情不约而同地变得晦暗了。行吧，我也预料到他们的反应了。《灭活法》的设定是主角无限循环，这群人知道刘众赫还在回归初期，一定会感到非常失望。这些家伙……回归初期的刘众赫也有可爱之处嘛……真是的，根本没读完小说的人还在这儿挑三拣四。

就在这时，我身后突然一阵骚动。

"李贤诚先生！"

"请问你是'钢铁剑帝'李贤诚先生吗？"

被人们包围的李贤诚满脸通红。

"各……各位这是在做什么啊？我不是钢铁什么的！"

"天啊，真的和《启示录》里描述的一模一样。看看这胳膊！"

"哦哦哦！好结实啊！"

可能是因为李贤诚长得也很帅，他在女性先知者中人气颇高。这时，一个路过的先知者对郑熙媛产生了兴趣。

"那个，请问……您是'海上提督'李智慧吗？"

"不是啊。"

"那请问您叫什么名字……"

"郑熙媛，怎么了？"

"啊，这样吗？打扰了。"

面露失望的先知者离开了郑熙媛，前去欣赏李贤诚了。远远看着那人，郑熙媛通过"群聊"向我问道：

——为什么他们对我没兴趣？

——因为你在未来不出名。

——喊！

——所以从现在开始，好好表现吧。

我选择无视郑熙媛哀怨的眼神。不过"先知者们之夜"就是这种夜市级别的聚会吗？我不能再让他们继续吵吵闹闹地浪费时间了。

"武器在哪儿？"

"什么？"

"我是说你们的隐藏'武器'。先从这个开始进行确认吧。"

"啊，您是说那个啊！"

兴奋不已的第 763 个先知者移动到站台中心，一块用于遮盖什么东西的布料突然被掀开，其下是一块巨大的石头。那一瞬间，我回想起了不久前在电影院的天台上看到过的流星雨。

不是，等一下！

"那个难道是'陨石'吗？"

"哈哈，正是。您现在可能还不太清楚，但是在我们费了好大功夫才获得的《启示录》中有提到过，这里面有着强大的武器！"

"武器？"

"是的！正是如此。这里面应该有不亚于星遗物的武器。"

"孵化陨石需要时间，现在应该还用不了吧？"

"哈哈，我们轮流向其中输入了魔力，最迟在今晚就能孵化。因为我们几天前就开始准备了……"

看着这个邀功似的说个不停的家伙，我的心越来越凉。红色陨石。难以置信。至少要读到第 4 次回归之后，才能知道这东西的存在吧。

"谁提供的情报？"

"什么？"

"我问你陨石是谁带来的？"

"啊，那……那个……第1124个，好像是那家伙……"

第1124个？在小说连载初期就"下车"的人怎么可能知道这种情报？

"那家伙在哪儿？"

话音刚落，环顾周围的郑民燮就喃喃道："呃……好像还没来。"

提供情报的人却没到场。我在原地呆立片刻，开口道："必须离开这里。"

这是个陷阱。

"什么？"

"现在，马上！"

《灭活法》成为现实之后，除了与刘众赫初遇时，这还是我第一次满背冷汗。把那东西当武器用？这是哪个疯子想出来的……"先知者们"都在用单纯的眼神看着我，我咬牙切齿地瞪着他们。就在这一刻，站台开始震动了。轰轰轰轰……我看着晃动不止的"陨石"，一点一点地往后退。我本来是打算将"先知者们"一网打尽，但现在搞不好就要被人一网打尽了。

"什……什么情况，突然这是？"郑民燮说了一句蠢话。

该死的。第4个任务还没结束，第5个任务的"灾殃"却马上要出现了。郑熙媛和李贤诚正在向我靠近，我朝他们喊道："快逃！"就是因为这样，那些没读完小说的人的话才不可信。都怪那个该死的早期下车者，说不定今天我们都会死在这里。红色陨石上泛起赤红的光晕，很快，这光芒便射向整个站台。

"哦哦！终于！"几个先知者大声叫好。

郑熙媛和李贤诚急忙走到我身边："为什么要逃？怎么了……"

太迟了，红色光芒蔓延至整个站台，一个若隐若现的结界包裹了地铁站。现在不论是哪个先知者，都无法离开安国站了。

本在抗议消音过多的星座们放下了抗议牌。相当多的星座因"征兆"而双眼发光。

星座"紧箍儿的囚徒"用好奇的眼神观察着情况。星座"隐秘的谋略家"期待你的出奇制胜。

就连星座们也兴奋地不断向我发送间接通知。在《灭活法》的世界里，最危险的情况就是星座们像现在这样全都沸腾起来的时候。

我朝紧张的郑民燮问道："今天说要聚会的也是那个第1124号吗？"

"什么？那我就不清楚了，我只知道大家都商量好了……"

我忽然有种如鲠在喉的感觉，没想到事情会变得这么复杂。

——都到我身后来。

我关注着陨石的动向，同时保护自己的同伴们。

——不逃跑吗？

——跑不了了，看看后面就知道了，有结界。

——什么？什么结界？

我没有回答，只是盯着站台中央的陨石。"陨石"是第5个任务中的主要事件。根据沉睡"陨石"的颜色和亮度、大小和种类，其中蕴含的危险或孵化后的奖励各不相同。但据我所知，我们现在面对的这块陨石，是绝对不该孵化的那种。因为在第3次回归中，出现星遗物的陨石是"亮红色"的，所以这些先知者可能都误会了……

"如果出现星遗物级别的道具，要让给谁呢？"

"那当然是……"

至今还没弄清状况的几个先知者用手触碰到陨石，而就在此时——

第5个主线任务的征兆已出现。

通知突然弹出。

"嗯？这是什么？"

"为什么突然有主线任务……"

咔咔咔咔——陨石的表面裂开了一道缝隙，红色光芒喷射出来。最先被光照到的是那个惊讶地探查陨石的先知者。唰——被红光照到后，那个先知者的脑袋迅速融化，身体像断了线的木偶一般缓缓倒地。

"这是什么啊？！""先知者们"惊恐万分地尖叫着后退，但事情的发展已经脱离了掌控。我带着同伴们退到结界的边缘观察情况。我记得自己在《灭活法》中看到过那种颜色的陨石，但记不清里面具体是什么了。

拜托了，千万不要是"大灾殃"。陨石裂开后，红色的岩浆喷涌而出。站台被岩浆烤得炽热，随着周围温度急速上升，所有人的呼吸也变得越发困难了。周围的环境正在发生变化。这是……熔岩地带吗？这意味着……

5级火龙"幼龙伊格尼尔[1]"登场了！

"什么啊！星遗物？"

几个先知者惊慌失措地使用了身体动作类技能，但为时已晚，从陨石中伸出的长尾巴卷起了试图逃跑的几人。

"呃啊啊啊啊！"被尾巴缠住后，"先知者们"的身体瞬间燃烧成了灰烬。一些"先知者们"试图使用技能攻击龙的尾巴，反倒是他们的武器先被融化了。

"这……这个怪兽是……"

这块陨石的长、宽都不超过两米，而从裂缝中爬出来的怪兽尾巴长度却远不止五米。

郑熙媛问：

——那到底是什么？

——灾殃。

——灾殃？

咔咔咔，陨石的剩余部分完全裂开，火龙的全身从中爬出。"吼——"这东西只相当于一只刚出生的雏龙，甚至还是削弱版本的，但既然能位列怪兽之巅，龙类并非虚有其名。只要一只6级怪兽就能横扫这里所有的"先知者们"，但出现的竟然是5级火龙……

"刘众赫先生！"一些"先知者们"呼唤我的名字，人们的视线立刻集中到了我这边。

我皱起眉头："大家都退到边缘地带。"

像听话的小狗一样，所有人都撤向站台的角落。有一些跑得快的人已经试着逃往站台上层了。然而——

---

[1] 伊格尼尔：幻想类题材的动漫及游戏作品中常用于火龙的名字，例如知名日本漫画作品《妖精的尾巴》中的"火龙王"伊格尼尔。

"该死的，有结界！"

削弱版幼龙是"小灾殃"。在这种情况下，虽然无论大小灾殃都一样，但引发的绝望程度却有所不同。至少，这是我知识范围内的东西。在无数次的回归中，刘众赫也曾和这样的怪兽交过手。

我看着同伴们。

——隐藏任务就要开始了。

——隐藏任务吗？

——这家伙不该在第4个任务中出现。但既然它的出现让难度变得异常高，马上就会有人介入的。

一般来说，要想应对灾殃，人类需要利用第5个主线任务中提供的各种"福利"，比如蓝色陨石、绿色陨石中蕴含的东西……但是现在我们什么都没有。既然如此，系统一定会给我们一些东西用于平衡难度。

**部分星座抗议此次任务的难度之高。**

不出所料。下一刻，空中火花飞溅，一个小孩体形的东西出现了。并不是鼻荆那种下级鬼怪。这个鬼怪穿得整整齐齐，头上有两只小角。虽然不知道名字，但我知道这是什么东西。

是"中级鬼怪"。

"嗯……这就有点为难了。各位，你们怎么进入了这个'路线'呢？各位最近好像有点猖狂了啊……真是的。"鬼怪低沉的嗓音响起，幼龙的动作瞬间停止了。果然，中级鬼怪是有能力介入这种程度的任务的，"第4个任务都还没完成，你们怎么可以唤醒'灾殃'呢？"

中级鬼怪的出现意味着"初期任务"已经接近尾声。只要那家伙盯着这边，我几乎不可能拿到和鼻荆签订的契约利润。

"因为这里有几个星座大人们特别喜爱的化身，我也不能就这么放任不管啊……但也不能因此而降低难度……"它的视线从我身上扫过。

"但这也太不像话了吧！我们现在连第4个任务都还没有完成呢！"一个面如死灰的先知者大喊道。这估计是个在非常早期就下车的人，周围的"先知者们"迅速捂住他的嘴。

现在对鬼怪大喊大叫没有任何好处。

"我刚才决定了,我是不可能改变难度的。"

"先知者们"怒视着那个大喊的家伙,那人吓得抽了一口气。这些人也读过《灭活法》,应该知道鬼怪从来不会改口。但他们还必须知道的是——

"但是各位就这样死掉的话也太没意思了,那我就稍微改变一下任务内容吧。"

——这些鬼怪比想象中的更多话。

隐藏任务中已增加任意变更的支线任务内容。

幼龙又恢复了动作。它那覆盖着红色皮肤的前爪,此刻猛地砸向站台地面。

哐哐哐哐!

我躲避着弹过来的地砖碎片,打开了刚才收到的任务。

+

＜隐藏任务:团结也死,分散亦亡＞

类别:隐藏

难度:A

完成条件:在规定时间内,请猎杀小灾殃"幼龙伊格尼尔",或在其攻击下存活

规定时间:20分钟

奖励:3000Coin

失败惩罚:死亡


＊该任务中存在隐藏机关

+

长达二十分钟的生存任务。无论是标题还是内容,从正常人的角度来看都是很离谱的。

李贤诚问:

——要杀了那个家伙吗?

——不,千万别做梦。

"灾殃"必然有成为"灾殃"的理由，即便是真正的刘众赫在这儿，我们也杀不了5级火龙。单从目前站台的状况就能得出这一结论。那个巨型怪兽的口中开始喷涌出通红的火焰。

"哇啊啊啊啊！"火焰只是轻轻一扫，"先知者们"就化成了灰烬。墙面被火熔化，变得凹凸不平。幼龙的嘴慢慢转向我们这边。

"大家都往逆时针方向跑！"忍耐着滚烫的热气，我们顺着幼龙转头的方向奔跑。幸好郑熙媛和李贤诚都紧紧跟在我身后，而郑民燮和李圣国虽然落后了些，但看起来也都无大碍。

因为知道火龙的攻击模式，这次我们得以避开。但问题是，火龙并不总以同一模式进行攻击。

5级火龙"幼龙伊格尼尔"准备使用"破灭之焰"。

开始了。虽然刚才想办法躲避了普通攻击，但真正的危机现在才开始。

"快找踏板。"

"什么？"

"数字5……或者2、3！总之，数字之和是5就行，赶紧！"

隐藏机关已发动。数字踏板已激活。

若进入踏板的人数符合要求，10秒内将发动"绝对护盾"。若未达到数字或数字超过要求，踏板上的"绝对护盾"则不会发动。

听到系统通知，"先知者们"惊慌失措。同时，在站内各处开始显现两坪多的"踏板"。

"踏板？啊，原来如此！"

"有隐藏机关！"

看着手忙脚乱的"先知者们"，我咬紧嘴唇。我眼前仿佛出现了嬉笑着的星座们的模样。大部分星座反对任务难度的理由是什么呢？很简单，因为"没有故事的死亡"没有意思。那些家伙想要看到的并非被巨人之足残忍践踏的蚂蚁。他们想看的，是为了生存而挣扎的蚂蚁；是为了自己的生存，连同胞和家人都可以啃食的蚂蚁。

相当多的星座津津有味地看着此情此景。

该死的星座们。

"给我滚开！"

"喀嘀呃！"

刚才还亲切地叫着彼此号码的"先知者们"，此刻却在写有"1"字样的踏板上对彼此挥舞着武器。几个"先知者们"走到满员的踏板上，最终却流着鲜血倒在了地上。抢先一步的"先知者们"已经结成小队进入踏板，他们加强了戒备。

我仔细地观察着他们。我们所面临的情况是某些人早已设置好的陷阱。估计是那些使徒的手笔。他们知道下车者会聚集在这里，所以决定借机将早期下车者一网打尽。这是很明智的决策。就算这些早期下车者拥有的情报无比浅显，但知晓未来的人总归是越少越好。

如果使徒们是一群普通人，那他们现在估计正在遥远的地方偷笑，想着下车者们正在一个个死去呢。但只有他们是"普通人"时，这一假设才成立。从他们将一部无聊至极的小说读了50话开始，这些人就已经不正常了。他们自称是"使徒"，甚至还想控制情报，是一群无比贪婪的家伙。

既然这些人拥有的情报能力足以使得他们把"红色陨石"当作陷阱来使用，那么他们是否也知道消除"灾殃"的方法呢？所以，我的意思是……

——代表！没有踏板了。

——这边也没有！

郑民燮和郑熙媛急忙喊道。偏偏我们几人所处的位置没有踏板。

——啊，这里有一个！但是……

好不容易找到的踏板上写着一个不祥的数字——"4"。也就是说，能进入踏板活下来的只有四个人。但是，我们一行共有五个人。

*5级火龙"幼龙伊格尼尔"已使用"破灭之焰"。*

从站台中心喷出的火舌蔓延至整个地铁站，这是幼龙的"群体攻击"技能。尽管我们离它的距离已经很远，但火焰的热度还是足以灼伤皮肤。如果现在不启动护盾，我们几人将全军覆没。

——代……代表？

被我盯着的李圣国和郑民燮浑身发抖。我握紧了"不折的信念"的剑柄。就在这时——

"刘众赫先生！"我转过头，是一个先知者，他站在写有数字"2"的踏板上。情况如此紧急，他的脸上却透露出一丝微妙的从容，"请到这边来！"那个人是……我脑中掠过几段记忆。我向他飞身而去，同时朝后面的同伴们喊道："发动护盾！"

**"绝对护盾"已发动！**

紧接着，足以燃烧一切的火焰席卷了站台。即便是我，但凡接触到一丁点火焰，也会被这高温熔化。

"呼呜……真是万幸。"在危险时刻发动了护盾的男人松了一口气。

我朝他问道："你是谁？"

男人轻笑道："好难过呀，您这么快就忘了我吗？我是1168号。刚才说了阿斯蒙蒂斯的那个……"

当然记得。跟我说过魔王"阿斯蒙蒂斯"的人。

"我没问你这个。"

1168号与我对视后，他的瞳孔动摇了。刚才发生的一切太过突然，我没来得及细想。魔王"阿斯蒙蒂斯"和刘众赫的对决场面——准确地说，那是刘众赫在第2次回归时单方面被魔王痛揍一顿的"回忆场景"。我之所以能记得，是因为那是我非常喜欢的场面。但是……仔细一想，这段描述并没有出现在第50话之前。作为读完《灭活法》的读者，我有十足的把握。

我拔出剑，开口道："我再问一次，你到底是谁？"

**因专属特性的效果，对部分场景的记忆力增强！**

准确来说，魔王"阿斯蒙蒂斯"的故事出现在《灭活法》的第57话。眼前人从容的表情开始出现裂痕。这个自称是"1168号"的人看着被护盾分割开来的火焰，说："什么到底是谁？您突然在说些什么呢……"

"你忘了吗？我有'贤者之眼'。"话虽如此，但我其实看不见他的信息。

**专属技能"登场人物浏览"已发动！无法使用"登场人物浏览"对该人物进行阅览。该人物未在"登场人物浏览"中进行登记。**

更新的人物和未更新的人物有什么不同呢？我暂时还不知道确切的差别。但不管差别是什么，骗过这家伙并不难。毕竟他已经相信我是"刘众赫"了。

"……什么都逃不过您的眼睛啊。"

"你是'使徒'，对吧？"

"是的，原来您早就知道了。"既然他如此轻易地就坦白了身份，那就说明他还有其他目的。

"这果然是个陷阱。是因为蝴蝶效应吗？"

"哈哈，没错。"似乎是觉得我的话很有趣，1168号笑着看向其他下车者，"如果四处飞舞的蝴蝶太多，就会引发没必要的风暴。"

"破灭之焰"中，找不到踏板的下车者们像飞蛾似的被熔化了。伴随着可怕的惨叫声，他们所掌握的情报也化为灰烬。这就是在没有准确信息的情况下，贪图星遗物的代价。

"看来你是想趁着幼虫时期把蝴蝶杀死。"

"变成蛹之前的幼虫最容易被捏死了。"

滚烫的热气渐渐消退，周围的火焰也平息了。紧接着，"绝对护盾"关闭了。

1分钟后，踏板的位置将重置。

在这个隐藏任务中，化身们总共需要找到十次踏板，并且挺过整个攻击过程才算结束。刚才只是经历了一次攻击，现在还剩九次。我抱着试验的心态，踩了踩没有开启护盾的地方。虽然的确温度很高，但这种程度还是可以坚持下去的。

——代表！

我做了个手势阻止同伴们从远处跑来。我现在没空照顾他们。

——既然大家都熟悉火龙的攻击模式了，就自己试着躲避看看吧。之后我也不能事事照料了。

察觉到有些古怪的同伴们停下了脚步。在还不了解使徒们力量的前提下，把同伴们牵扯进来是十分危险的。

1168号看着我说："和《启示录》里描述的有些不同呢，您真的是第3次回归吗？"

"吵死了，你是'第几个'？"

"嗯？如果您亲自确认过的话，应该不必我说吧。"

"我喜欢表里如一的人，我不会和心口不一的家伙进行交易。"

使徒的眼睛里流露出光彩："真有趣。"

"你轻易就暴露了自己的真实身份，应该还有其他目的吧。"

幼龙尾巴从空中飞来，拍向我们站着的位置。敏捷等级超过30级的我轻易躲过这次攻击，但1168号的身手同样利落得让人惊讶。我发动了从剧场地下城中获得的"冷静洞察"技能。这本就是为了那些无法用"登场人物浏览"查看能力信息的人而准备的技能。

腿部力量和速度，还有呼吸的间隔……体力、力量、敏捷的等级之和在49级到50级左右吗？在我至今为止观察的所有先知者中，他的能力值等级相当高。我紧跟在他身后，他开口道："正式向您问好，我是1195号，也是使徒中的'第五个使徒'。"

《灭活法》第1话点击量是1200次，而这个人是1195号。那么在下车者中，他的情报能力是数一数二的。

"你的目的是什么？你难道还需要我的帮助吗？"

"呵呵，如果说我是为了拯救'刘众赫先生'……这个理由如何？"

"你倒不如骗我说，想让毛毛虫孵化成蝴蝶。"

"也是，您有'测谎'技能吧，真是的。"

男人舔了舔干涩的嘴唇。要不我现在就把他杀了？不……再等会儿。还得再听他吐出些情报。

"为了救刘众赫先生而来的话也不是谎言，如果您死在这里，我也会很难办的。因为那样的话，启示就会出现巨大的偏差。"

"你早就知道我会来。"

"几个小时前才知道的，所以才匆忙调整了计划。"

烈焰喷溅着，附近的几个先知者也被熔化了。还有些人仍然坚持着，他们好像知道幼龙的攻击模式。我仔细观察着那些人。

"如果您不来，我们原本是没打算参战的。"

"所以?"

"您不是已经猜到答案了吗?"

**踏板的位置已重置!5级火龙"幼龙伊格尼尔"准备使用"破灭之焰"。**

同伴们这次也安然无恙地站在了踏板上。我和这个使徒也找到了标有"2"的踏板。准确来说,是使徒用暴力抢到了踏板。经过残忍的杀戮后,溅出的血珠沾在了使徒的脸颊上。

"我们要猎杀幼龙。"

**5级火龙"幼龙伊格尼尔"已使用"破灭之焰"。**

顺利发动的"绝对护盾"再次抵挡了火焰。"吼——"只经历了区区两次攻击,"先知者们"的数量便只剩不到原来的四分之一了。我的同伴们虽然也在吃力地坚持着,但不知还能撑多久。

**隐藏机关的惩罚即将生成。从下一轮开始,生成踏板的数量将会减少。**

我眯着眼睛说:"就凭你们?"

"并不是没有可能,因为我们已经做好了充足的准备。"

男人的嗓音中透露出胸有成竹的意味,让我感觉有点不对劲。这么一看,在这种高温下,这家伙竟然一滴汗都没流。他的皮肤上萦绕着青蓝色的冷气。那是……原来如此。他们都是有备而来的。

"是青冰丸吗?"

"没错。"

如果狩猎江西地区出现的7级元素物种,就有一定的概率获得这件道具。而这帮人已经取得了这一秘药。吃下青冰丸,至少能释放三十分钟的超强寒冰属性。也就是说,化身就具备了攻击幼龙的基本前提。问题在于攻击力是否足够。

"光凭你一个人,应该办不到吧?"

"我好像没说过我是一个人吧?"

我看向幸存的"先知者们",也就是我刚才特别关注的那几个。仔细一看,他们的身上也散发着一股青蓝色的冷气。

"呵呵,我怎么可能一个人来呢?"

大致看过去，共有五个人。难道为了这个计划，使徒们动员了一半的兵力吗？如果这五个使徒都吃了青冰丸，他的确可以胸有成竹。但是——

"就算再多来几个人也没用。"

"所以我才向您寻求帮助，如果您愿意帮助我们，我会呈上青冰丸。"

"如果我拒绝呢？"

"至少您的同伴们都会死在这里。"

"你们难道能全身而退吗？"

"虽然不能杀掉幼龙，但我们每个人都能保证自己不被烧死。"

真是自信满满啊。如果我是真正的刘众赫，这些家伙早就身首异处了。我拔出"不折的信念"抵住他的脖子，说："你觉得我会担心那群人吗？人终有一死，再找些不错的人跟着我就行了。"

闻言，对方摇摇头："呵呵，您果然和《启示录》中写得一模一样。但您最好慎重地考虑一下。"

"什么意思？"

"现在您的'大本营'应该已经被我们掌握了。"

"……什么？"

"'海上提督'李智慧、使用奇怪能力的小朋友，还有"十恶"之一。虽然和原来的启示不同，但是您的阵容也不差呢。如果他们也死了，您还能从头再来吗？"

他们已经查到这些情报了吗？这帮家伙……

"如果忠武路站也被抢走了呢？虽然现在只是我的提议，但您不要以为主动权永远在您那边。我们的队伍已经掌握了十个站点，完成了'君王之道'的任务。拥有'王'的队伍和还没成为'王'的队伍之间的差距，也无须我多言吧。"

"……"

"现在那边应该都已经整顿完毕了，我们的王正在忠武路的旗座前等待着您的选择。"

原来如此，我明白这帮人的计划了。他们在得到我会参加"先知者们之夜"情报的那一刻，就制订了攻打忠武路的计划。

"如果刘众赫先生能立下与我们联手的誓言，我们不仅会保证您同伴的安全，今后也将鼎力支持您。我赌上'王的名誉'，向您发誓。"

久违地遇见如此缜密的威胁，我的心跳有些加速。而且即便是面对刘众赫，他也面不改色。在《灭活法》中，这样的智谋者少之又少。

"你们的王是谁？那家伙又是第几个下车者？"

"嗯……我们的王不喜欢被称为'下车者'。"

"那怎么称呼他？"

"即便是您，也请不要随便讨论那位。因为那位是先知者中唯一读过全部《启示录》的人，并且知晓您的过去和未来。"

什么？在短暂的惊讶之后，我却并没有陷入慌乱。这话倒是勾起了我的兴趣。除了我，难道还有看完《灭活法》的读者吗？我笑了。不是苦笑，而是嘲讽的笑。因为这种事"绝对"不可能发生。

"吼——"终于，火龙的第三次全面攻击就要开始了。我瞥了一眼使徒，然后静静地离开踏板。看着我从容地往前走，使徒惊慌失措地问："刘众赫先生，您在做什么？"

远处的同伴们同样感到惊讶。我挥了挥手。

——别担心。无论发生什么事，都不能离开安全区域，明白了吗？

我开始朝着幼龙的方向走去。我的每一步都走得缓慢而坚定。正在给"破灭之焰"充能的火龙杀气腾腾地盯着我。

"您在干什么？！请赶紧回来！"身后的使徒慌忙喊道。

我回过头看着对方笑着说："看来你们的王应该没提到过这种未来吧？"刚才听他说话的时候，我一直在想，这些家伙的命不能留。但是，他们知道"攻略方法"，而且我无法凭借一己之力杀光他们所有人。那么……我咧嘴一笑，接着说："你们忘了吧，我的'星痕'是什么？"

如果我是他们，那么我现在最害怕的会是什么？

"我不害怕死亡，不过是重新开始几次罢了。"

答案很简单。因为他们相信我是刘众赫。所以，他们最害怕的事情，也是我最害怕的那个——

"但我很好奇，你们会变成什么样呢？你们的存在是这次回归中的例外，那么如果我现在死了，你们还会出现在下次回归中吗？或者说，会和这个世界一起消亡呢？"

——绝不希望在刘众赫身上看到的那件事。

"如果你们真的读了《启示录》，应该是知道答案的吧？"

使徒的脸色变得苍白。有时候，这些爱动脑筋的人反倒更好对付。

"抓住刘众赫！"原本守护着各自踏板的五个使徒同时向我狂奔而来。

一切尽在预料中。

无论你们如何游刃有余，都只是被迫卷入任务的区区"下车者"而已，对于主角死后的世界、自己的命运将会如何一无所知。

"快给我抓住他！"

就像我一样。

5级火龙"幼龙伊格尼尔"已使用"破灭之焰"。

火焰在站台中央绽开的瞬间，我全身的肌肉暴起，奔向龙的腿部。然后，我对准位于那处的安国站旗座，用力插下旗帜。

你占领了"安国站"。目前占领站点：忠武路（大本营）、明洞、东大门历史文化公园、东大门、东庙前、新堂、青丘、药水、新设洞、安国。"褐色旗帜"的经验值已增加。你一共占领了十个站点！

隐藏任务——"君王之道"已完成。根据你的历程，生成以下全新的"王"的选项。

+

1. 傲慢伪善之王

2. 性嗜孤独之王

3. 不杀之王

……

+

选项弹出，我看都没看就直接作答。

"不杀之王。"

**已获得新特性：不杀之王！**

这就够了。这是万不得已的办法，但要想在此地扫清"先知者们"，也只有这个办法了。看到火焰喷发后，使徒们慌慌张张地撤回踏板的方向。但现在想躲避已经来不及了。

"所以说了让你们小心一点啊。人生仅此一次。"

赤红色的火焰浪潮吞没了使徒们。即便他们吃了青冰丸，也绝对无法抵抗这一攻击。

**外部强化套装的耐久度急剧减少。外部强化套装的耐久度已用尽。**

很快，我的视野也变暗了。在被烈焰炙烤的感受之中，我失去了意识。

**你已死亡。**

没多久，耳边传来了系统通知。

"不杀之王"的特典已发动。

# Episode 12
# 第一人称主角视角

## 1

据说世界上最痛苦的死法就是"焚身",而我刚才就经历了这种痛苦。我大脑中的神经元似乎都在一齐发着光。

**专属技能"第四面墙"已削减精神上的痛苦。**

痛感被缓缓削弱,这也是"第四面墙"的效果吗?每当我在这个技能的帮助下脱离困境时,总有一种奇怪的心情。《灭活法》分明已经成为现实,我也的确活在其中,那么每次都能感受到的这面"墙",究竟是什么呢?算了,别想这些没用的。既然已经顺利获得了"不杀之王"的特性,我必须再次行动起来。只有始终坚守"不杀同族"的条件才能获得"不杀之王"的特性。与这个名称不同的是,这个特性的特典并非"不杀",而是"不死"。虽然激活特典有一定的条件……但无论如何,我的神志很快就会回到自己的肉体中。不过,这也只是我单方面的想法。

**由于专属技能冲突的错误,"不杀之王"的特典激活已延迟。**

嗯?技能冲突错误吗?

**由于死亡,你的意识完全从肉体的束缚中解放出来。专属技能"全知读者视角"第三阶段被强制激活。**

伴随着有些慌张的心情,一阵晕乎乎的感觉涌上心头。不是,等等,现在可不能出错啊!现在可不是时候啊!

"该死的，要不是那个家伙！"

一瞬间，眩晕袭来，四周的环境变得明亮了。而我正在看着某个"场景"——

"十恶"之一孔弼斗撇着嘴注视着那些在站台内侧徘徊的人。哪怕就现在，逃跑怎么样呢？虽然产生过这样的想法，但他比任何人都清楚，自己没有勇气付诸实践。

"呃……独子哥哥。"膝盖被什么东西轻轻压着，孔弼斗低头看去，男孩正枕着他的大腿熟睡。估计才十岁出头吧？

"我怎么成了这副德行……"看着李吉永白皙的皮肤，孔弼斗轻轻皱起眉头，他时隔许久地回忆起往事。小孩。他也有个和李吉永差不多年纪的女儿。他摇摇头，叹了口气。

——弼斗，我们分开吧……

——爸爸，你要念叨你的地到什么时候啊？

他也曾是一家之长。他赚钱养家，用赚来的钱买地，然后进行房地产投机，因为运气好，成了房东，租客络绎不绝……最终，他成了忠武路的"大人物"，但没过多久，他就明白"大人物"这个身份连自己的小家庭都守护不了。

"没想到跟大家和睦相处的感觉还挺不错吧？"

一抬头，他就看见一脸和善的美人刘尚雅。两天前，她成为忠武路的副代表。

"快把这个小乞丐带走。"

"你刚才明明还在笑呢……"

孔弼斗撇了撇嘴，似乎是看她不顺眼。

"嘿咻。"刘尚雅在孔弼斗身边坐下，"听说你是忠武路的'大人物'。"

"别人给我起的外号罢了。"

"你有多少地啊？"

"跟其他人差不多。"

"但只有你获得了'地主'的特性嘛。虽然屋主联盟里拥有土地的人很多……"

孔弼斗扑哧一声笑出来。

"地多并不一定是好事,要有好地才行。你真是天真。"

"什么样的地才是好地呢?"

"地价贵的地。"

"哪里的地价贵呢?"

"很多人想要的地。"

"那大叔你的地就是这样的地吗?"

闻言,孔弼斗顿了顿,回答道:"……是的。"

虽然不是我想要的地——孔弼斗把这句咽了回去,他抬头望向忠武路坍塌的天花板,刘尚雅也跟着他一起仰望。就在孔弼斗犹豫着准备再次开口的瞬间——

啪嗒。嗒。远处传来细线断裂的声音。刘尚雅的脸色一僵,枕着孔弼斗膝盖睡觉的李吉永猛地睁开眼睛。李吉永手背上的蟑螂正在抖动。4号线,通往会贤站方向的隧道,有什么东西正朝这边靠近。刘尚雅猛地站起来,孔弼斗释放出技能。

**登场人物"孔弼斗"已发动技能"武装地带 Lv.8"!**

孔弼斗咬紧嘴唇。怎么说呢,应该说是地主才有的直觉吗?反正是有这种东西。这是——有人在试图抢走他的地时才有的那种感觉。

"喂!所有人都过来!"突突突突突!孔弼斗的炮塔一齐发炮,黑暗中有什么东西喷着血倒下了——都是些蝼蛄罢了,"有敌人来了!请各位以孔弼斗为中心集合站好!用我们早上练习过的阵形。"在刘尚雅指挥的同时,分散在站台上的人们都跑了过来,"A组在前方炮塔附近,B组负责炮火的四角,C组守在孔弼斗身边!"

人们有条不紊地站成了练习过的阵形。扑上来的蝼蛄在人们的迅速应对下毫无还手之力地被击倒了。现在大家的行动比"紧急防御战"时更加高效。就这样,几十只蝼蛄倒地,忠武路队伍成员们的脑海里出现了同样的想法——很轻松。果然,只要大家齐心协力,还是可以拼一拼的。

接着,从隧道另一边传来了什么声音。

"只用'哈梅尔恩的魔笛[1]'果然是无法突破的吧?"

"这可是刘众赫的地盘,怎么可能光凭9级地下怪兽突破?"

黑暗中,出现了一群人。四个男人,一个女人。孔弼斗的表情变得僵硬起来。原因不明,但有一点是可以肯定的——那些家伙,和自己以前交过手的人不一样。

"该死的……快把那个小鬼将军叫来!"

"我已经来了好吗?"

阴森森的风扫过,手提蓝色长刀的李智慧来到地铁站台。尽管这小鬼嘟嘟囔囔的,但孔弼斗感觉心里安稳了些。李智慧一个人就相当于超强的战斗力了。尽管如此,孔弼斗心中还是有些惴惴不安。

"你们是谁?又是从哪里来的?!"

"真的是这样欸,'海上提督'和'武装城主'竟然在同一阵营。"

对面没有回答,更像是在喃喃自语。

孔弼斗吓道:"胡说八道些什么呢?赶快给我退后,不然我就把你们全都打死!"

但这五人根本没看孔弼斗,而是继续自说自话。

"现在被派去'猎龙'的是谁?"

"第五个、第六个、第八个、第九个,还有一个虽然不是使徒但很有用的家伙。"

"除了不在首尔的家伙,现在就只剩我们五个了。"

"五个人已经够了,我们也赶紧攻破这里吧。"

最先上前的是一个挺着啤酒肚的三十多岁男人,他的肩膀上标着数字"7"。此人眉毛浓密、双颊油亮,他上下打量着干练的李智慧,咂嘴道:"我负责'海上提督'。只要没有海,她就不值一提。"

---

[1] 哈梅尔恩的魔笛:源自广为流传的德国传说"哈梅尔恩的吹笛人",格林童话收录的故事之———《吹笛人》亦为格林兄弟基于此传说重写而成。故事主要讲述1284年的德国小镇哈梅尔恩鼠患严重,突然出现的花衣男以笛声引鼠至大海淹死后,小镇居民却拒绝按约定支付酬劳,一段时间后花衣男去而复返,笛声再次响起,而这次跟随笛声指引的是130个孩子,同花衣男一起消失的孩子们自此杳无音信。

"王八蛋，你在说些什么？"李智慧大叫着冲了上去。

孔弼斗意识到眼下必有一战，于是向炮塔注入魔力："妈的，都给我去死吧！"突突突突突！

斗篷上标着数字"4"的男人露出了阴险的笑容："不愧是'十恶'。要是再晚些来，就该换我们被你扫荡了。"

"第三个和第四个，你们负责解决孔弼斗吧。千万不要掉以轻心，从最角落的炮塔开始，逐一进行攻破。"

额头上写着数字"3"的男人点了点头："嗯……知道了，'十恶'这种程度的，也的确该派我俩去。"

"第二个，把剩下的人都干掉。"听到这话，脸颊上写着"2"的女人皱起了眉头，她的手里握着一支小笛子。

"为什么让我负责对付这群弱鸡啊？"

"交给你最合适。"

"那你做什么？"

接着，那个深色斗篷上写着数字"1"的男人开口了："我去占领旗座。"

身临其境的感受变得模糊，我的意识渐渐开始清醒。我现在才明白前因后果，这是专属技能"全知读者视角"的能力。上次在鱼龙肚子里时，我也有过类似的经历。当时是看到了刘众赫的样子吧。话说回来，我还挺惊讶的。我知道使徒们会做很多准备，但没想到会完备到这种程度。光从这些人拿来的道具，就能看出他们的准备有多周全：从能够防御孔弼斗攻击的"魔力弹分解盾牌"，到能操控蝼蛄的"哈梅尔恩的魔笛"。他们是铁了心要攻占忠武路，将刘众赫掌控在手中，从而吞噬这个世界。但是，这一切不会那么简单的。

"什……什么啊！早期的'海上提督'就这么猛吗？喂喂，是不是哪里不对啊？"最先发出痛苦声音的是第七个使徒。李智慧犀利的剑术逐渐压倒了第七个使徒。这是毋庸置疑的，因为现在的李智慧比书中第3次回归时强多了。

"天杀的，孔弼斗的炮塔怎么这么坚固啊？"第三个和第四个同样身陷困境。

吹着"哈梅尔恩的魔笛"的第二个使徒也不好过,刘尚雅的"线绳捆绑"和李吉永的"雷神之锤的天雷"让她陷入了鏖战。

最终,"第一使徒"站了出来。他皱起眉头,从怀里掏出什么东西并且点燃,然后将它扔向忠武路的人群。砰——伴随着震耳欲聋的轰鸣声,忠武路站台被爆炸覆盖。

一瞬间我也吓了一跳。

那个该死的浑蛋干了什么?

"大规模杀伤性魔力弹"。虽然很难给高级怪兽带来致命的打击,但是这东西在对人类使用时却有着无比强大的杀伤力。要想制作这件武器,就必须使用江西和江南地区出现的部分材料以及从"鬼怪包袱"里购买的稀有材料。

那家伙,就是使徒们的"王"。

插在他背后的"紫色旗帜"足以证明这一点。忠武路站台上弥漫着灰蒙蒙的烟尘。我越发焦急。如果使徒们有这件武器,那么战局就不利于我方了。

烟尘落地,忠武路队伍的成员们都倒下了。人们被锋利的碎片砸得吐出鲜血。刘尚雅和李吉永倒在地上。就连拥有"防护墙"的孔弼斗也没能完全躲过这次突袭,我看见了他遍体鳞伤的模样。

"呼,现在的情况才让人满意呢,对吧?"

李智慧倒地不起,第七个使徒扯着她的头发将她提起。李智慧在前方遭到炮击,承受了最多的伤害。

"既然是配角,就要有配角的样子,嗯?"

"狗崽子……喀喀!"

一记拳头砸向李智慧的腹部,她发出一声惨叫。

"我会慢慢杀死你的。"

"第七个,我说过时间不多。"

"这么轻易就杀死她不就太可惜了嘛。我没读到后面所以也不太清楚,反正这样的角色不都是炮灰的命吗?"

李智慧瘦小的身躯像布娃娃一样在空中晃动着,她的嘴唇颤抖不止,而她正在看着我：救……救……我。

骤起的愤怒在我的胸中熊熊燃烧。这还真不像我。李智慧明明只是个"登场人物"。

**专属技能"第四面墙"隐隐振动。**

但是……不能因为她是"登场人物"就……

**由于过度投入，已限制"第四面墙"的部分功能。**

瞬间，我的视线在晃动，一阵呕吐感涌上来。

**由于过度投入，"全知读者视角"的熟练度大幅提升。视角已转变为第一人称。**

周遭的景象在眼前转了一圈，我的意识像橡皮筋一样放松下来。等到下一刻，我睁开眼睛的时候——

我置身忠武路。

怎么会这样？

李智慧用她颤抖的双眼看着我。不只是她一个人，在那一瞬间，站台上的所有人都在看着我。

我的视野缓缓移动。我向李智慧走去。准确地说，身体的活动并不受我自己的意志控制。

一步，又一步。我缓慢而沉稳地走过去。她和我的距离越来越近了。

第七个使徒皱着眉头问："你是谁？"

像是穿了不合身的衣服一样，我浑身不适。与平时稍有不同的视线高度，以及这异样的五感。那一瞬间，"我"明白了自己是谁。我的意识发出一声苦笑——别吧，我真的很不喜欢这样啊。

李智慧的嘴唇微动。

"啊……"

我手握剑柄，动作熟练得仿佛重复过几百万次似的。绕在剑柄上的手指感觉很陌生，可我却太过熟稔，甚至可以说是非常自然、优雅地拔出了剑。生平第一次感受到的梦幻般的触觉让我浑身战栗。剑刃动了，悄无声息，谁也没有看清我的动作。只是——有什么东西从我身边擦过去了，又有什么东西被砍断了，接着，有什么东西掉在了地上。有些人的表情惊讶无比，有些人则是愣愣地张着嘴。扯着李智慧的"第七个使徒"缓缓倒地。他空空如也的脖子上喷出鲜血。李智慧也随之滑落，我接住了她。

"啊，啊……"李智慧口中发出模糊的呻吟，我将她轻轻地放在站台上。刚一站起身来，我发现双眼瞪圆的使徒们都看向这边。最先开口的是第三个使徒："你……到底是谁？"

真可笑，还有比这更愚蠢的问题吗？我的嘴唇缓缓动了，意识与动作重合，就好像这是我自己的身体一般，我说："我是刘众赫。"

这个世界上最冷酷，也最孤独的声音。终于，沉睡的森林王子醒来了。

"而你们，都会死在这里。"

现在，忠武路已经安全了。我的意识从刘众赫身上抽离，慢慢回到了自己的身体中。

专属技能"全知读者视角"第三阶段已解除。技能冲突的错误已恢复正常。……

延迟生效的"不杀之王"的特典已重新启动。你的肉体将死而复生。你的肉体已开始再生。

我的视野慢慢变得开阔，仿佛失手滴落的颜料晕染开来一般。四周的明暗和色彩不甚分明。这是骨骼、毛细血管、消化器官、呼吸器官、眼球……全部再生一次的过程，尚未归位的感觉混乱地交织在一起。

不论如何，忠武路那边，刘众赫已经站出来了，我基本可以放心了。无论使徒们如何强大，也无法战胜比书中第 3 次回归时更强大的刘众赫。话说回来……成为第一视角下的刘众赫，还真是一次特别的经历。如果可以的话，我希望没有下一次了。

专属技能"第四面墙"抵消了死亡带来的精神冲击。正在准备"全知读者视角"第三阶段的使用奖励。

使用奖励？我看见远处的郑熙媛正在高喊着，而李贤诚则紧紧抓着她，脸上满是惊愕。还有因此情此景受到冲击的郑民燮和李圣国。幸好，同伴们都安然无恙。还不算太迟。

"独子！"也许是忘记了要帮我隐藏身份，郑熙媛呼喊着我的名字。不过，现在也不用再隐瞒了。

"嗨——"重塑的肺部吸入空气。那只幼龙还在我附近进行残忍的屠杀。

"不愧是刘众赫先生！"

"是使用了起死回生的技能吗？"

只有极少数先知者活了下来。当然了，我没有"起死回生"之类的技能。修复严重伤口和死而复生是截然不同的概念。

"不杀之王"的特典已完成。消耗了100业力点数。

由于体内的代谢物完全消失，肉体的性能将会提升。体力和魔力等级各提升1级。

甚至还有复活奖励。所以"不杀之王"基本相当于作弊器了。综观全本《灭活法》，只有美国的赛琳娜·金获得过这一特性。

目前业力点数：0/100。请积攒点数，以进行下一次复活。

每挽救一名同族的生命，将获得1个业力点数。

"不杀之王"的特典是"复活"。当然，激活这一特性并不是无条件的，而是需要消耗"业力点数"。幸运的是，由于是第一次复活，系统自动提供了100点数。

5级火龙"幼龙伊格尼尔"已使用"破灭之焰"。

我可不能刚复活就又死了。目前业力点数为0，我还不能再次使用复活特典。正好，我看到旁边有一个标着数字"2"的踏板空着，其他人都已经找到了数字合适的踏板。

"贤诚，你去独子那边！我们去旁边的踏板！"在郑熙媛的迅速判断下，李贤诚急忙跑到了我这边。

在高热环境中汗流浃背的李贤诚开口道："独子，你还好吗？"

"如你所见。"

"……我刚才还以为自己的眼睛出问题了呢。"

就算他问我怎么会发生这样的事，眼下也没时间详细解释了。

"绝对护盾"已发动。

"破灭之焰"呼啸着,火舌被"绝对护盾"分隔开来。李贤诚看着我的眼神有如迎接神祇降临一般,我问道:"贤诚,你有没有能披在身上的东西?雨衣之类的……"

"就算我是军人,也不会随身带着啊。"李贤诚此刻才反应过来,他打量着我的身体。

复活倒是件好事,但我忘了一件事。勉强能当防御道具使用的强化套装已经被火熔化,身上带着的那些道具也基本上都不见了,也就是说,我现在赤身裸体。

"……不了,没必要。"

悄悄将手抬到腰部的李贤诚迅速停止了动作。哎,就算是牺牲精神再强,也不至于做到这个地步吧。反正现在急需的不是衣服,而是散落在地上的道具。即便是"破灭之焰",也无法融化星遗物和任务的核心道具。"不折的信念"在幼龙的脚下滚来滚去,任务道具"褐色旗帜"也在那儿附近滚动。

偏偏掉在那儿了……不过也好,其他人也捡不到。

在护盾解除的同时,同伴们从远处跑过来。最先赶来的是郑熙媛:"独子!"正在向我跑来的郑熙媛表情慢慢变得僵硬了。

星座"深渊的黑焰龙"呆呆地看着你的黑焰龙。

我偷偷地转动背部,一点一点挪动,脱离她视线的一刻,有什么东西轻轻盖住了我的肩膀和背。

"别担心,我看不到。而且现在是该考虑那些东西的时候吗?"

听到"那些东西"四个字时,我的身体下意识地抖了抖。真有一件类似雨衣的东西盖在了我的身体上。定睛一看,原来是一件长袍——"四溟大师的长袍"。郑熙媛拥有的道具。

"谢了,熙媛。"此刻能有一件长袍蔽体已让我感激不尽了。

星座"秃头义兵长"感到有些伤心。

"走吧。"

"幼龙伊格尼尔"进入喷火阶段。我们这次也朝着逆时针方向奔跑,避开了攻击。郑熙媛和李贤诚跑在我前面。看样子他们似乎还是很在意奔跑的过程中我那衣不蔽体的样子。

长袍比想象中简陋，遮不住身前。没眼力见的郑民燮跑在我身边，他问道："代表，我们现在该怎么办呢？其他使徒都死了……"

正如郑民燮所说的一样，这里已经没有使徒了。那些家伙死去的位置都有像舍利一样滚来滚去的青冰丸。青冰丸需要长时间才能被消化，再加上本身是耐热物质，所以并没有被火焰熔化。

咻——幼龙的前爪破空而来。

"呃啊啊啊啊！"追着我们一行的两个先知者被碾成了肉饼。我径直穿过站台中央，拿到了旗帜和"不折的信念"。

**找回了"褐色旗帜"。可以继续使用旗帜的庇护。**

环顾四周，现在只剩下我和同伴们了。正当我绞尽脑汁想办法的时候，激活踏板的时间已经悄然临近。

**数字踏板已激活！**

"都靠过来！"

很幸运，一个标有数字"5"的踏板被激活了。但问题是，这次激活的踏板仅有一个。中级鬼怪的声音从空中传来。

"呵呵，各位坚持得很不错呀，但是好运会一直伴随着你们吗？"

下次出现在踏板上的数字可能是"3"或"4"。如果是那样，我们之中一定有人会死，甚至可能出现数字"6"……

**5级火龙"幼龙伊格尼尔"已使用"破灭之焰"。"绝对护盾"已发动。**

好不容易才争取到十秒钟的时间。必须背水一战了。

"呼呜……该死的家伙。独子，我们该怎么办？"李贤诚和郑熙媛看起来精疲力尽。在难以呼吸的高温中，我们已经逃跑了十几分钟，他们支撑不住也是理所当然的。

"看来要和它打了。"

"你刚才不是说杀不了它吗？"

"如果有那个，就有可能了。"我指着在地上滚动的青冰丸。恰好青冰丸的数目和我们一行人的数量相同，都是五个。如果吃下使徒们准备的道具，也不是没可能给幼龙造成伤害。但问题的关键在于，我们能否在下次"群体攻击"开始之前杀死幼龙。

"绝对护盾"已解除。

"快跑！每人捡一个掉落在地上的东西！"话音未落，我们就全员出动了。

使用 4100Coin 投资魔力。魔力 Lv.16 → 魔力 Lv.25。你的灵魂与世界产生感应！

要想在仅剩的时间里造成爆炸性的伤害，比起力量，我更应该提高魔力。我猛地吞下一粒捡来的青冰丸。

寒冰属性将开启一段时间。寒冰属性伤害将增加 40%。

现在该考虑的就是如何才能造成足够的伤害了。我该怎么做呢？大家一起冲上去显然不能将攻击力发挥到最大。李贤诚虽然有"粉碎泰山"这一技能，但他不够敏捷，而郑熙媛虽然身手敏捷，却又无法在一次攻击中打出足够高的伤害。如果能攻击到幼龙的弱点部位就好了。难道不能用"全知读者视角"查看它的弱点吗？啊，这么一看……

专属技能"全知读者视角"正在使用中。可领取专属技能"全知读者视角"第三阶段的奖励。

刚才说了有"使用奖励"吧。

你经历了"第一人称主角视角"。可继承一项你曾附身的主角的技能。

什么？我瞬间慌了，甚至没看到幼龙踩向我的前爪。身手敏捷的郑熙媛急忙推开我，下一刻，尘土飞扬，我刚才所在位置的地板塌陷了。

"发什么呆啊？！"

郑熙媛大声斥责，我却无暇回答。"可继承一项你曾附身的主角的技能"，这句话的意思是，我可以获得一项刘众赫的技能。

提供可获取的技能选项。

哎哟，还有选项呢？我现在吃了青冰丸，如果还能拥有一项刘众赫的技能的话？实在不行给个"护身罡气""破天剑道"之类的技能也行啊！

+

请选择你要获取的技能。

1. 寒冰抗性

2. 火焰抗性

3. 测谎

+

我就知道会是这样！不可能让我那么轻松地就摆脱困境。在系统给出的选项中，我还算中意的是"测谎"，但对于目前的我来说，这个技能毫无用处。对现在而言，最有用的是第二项"火焰抗性"……

"吼——"在发出咆哮的同时，幼龙的口中喷出火焰。紧接着就要来到"破灭之焰"的阶段了。

好好想想。我是"读者"，我读过的内容里一定隐藏着答案。

因专属特性的效果，对已读书页的记忆增强！

书页在脑海中快速翻过。幼龙的攻略方法。第12次回归、第14次回归和第17次回归中出现的部分信息。我目前能利用的东西。

"独子，赶紧……"

缓缓合上眼睛再睁开。接着——

"我要获取寒冰抗性。"

我做出了决定。

可使用"寒冰抗性"技能。

我回头对同伴们喊道："郑熙嫒、李贤诚！你们还没吃青冰丸吧？全都给我。"

"什么？"

"李圣国、郑民燮！你们也是！"正打算把青冰丸放进嘴里的郑民燮闻言噘起嘴。

"快点！"

"啊，好的！"

很快，四粒青冰丸都到了我手里。我躲避着喷涌的火焰，把这些青冰丸一次性塞进嘴里。

我很确定，这就是最好的办法了。

服用了青冰丸。由于属性叠加的效果，青冰丸的属性伤害将增加！

寒冰属性伤害将增加 200%。足以冻僵心脏的寒气笼罩着你的全身。

在正常情况下，绝对不能像我这样贸然行事。青冰丸的名称虽像种灵药，但它其实是一种毒药。这件道具中蕴含着人类难以承受的寒气，只要吃一粒，就如同赤身裸体地站在天寒地冻的冬日中一般，而如果一次吃下五粒，一定会当场冻死的。但是，无论如何，现在是特殊情况，后果不一定会是这样的。

专属技能"寒冰抵抗 Lv.5"保护着你。

可能是继承了刘众赫的部分熟练值，我在刚得到这项技能时，技能等级就有 5 级。

"都到我身后来！"我向同伴们高喊道，同时手握着剑柄。我握剑的感觉有些微妙的变化。是不是因为不久前成为刘众赫时的那段记忆？

"信念之刃"已发动！

锵咿咿——

"不折的信念"的特殊效果已发动。以太属性转换为"黑暗"。由于青冰丸的效果，以太属性中增加了"寒冰"。

以太刀锋披上墨蓝色的光，"寒冰"和"黑暗"两种属性叠加在一起。墨蓝色以太刀锋劈开了幼龙的火焰。我全身的肌肉力量同时爆发，拼命跑向幼龙。从现在起，我将全力一搏。

星痕"刀之歌"已发动。忠武公留下的句子将融入你的刀剑之中。

根据出现的句子不同，"刀之歌"对使用者能力的增益也将有所不同。拜托了，千万别出现什么不合时宜的句子。

是夜。神人梦告曰。如此则大捷。如此则取败云。[1]

这是讲什么的？我正想着，突然发现幼龙的身体各处开始呈现不同的颜色。它的大部分体表呈现绿色，但也有些部分是红色的。

星座"海上战神"为你的战斗加油打气。

---

[1] 出自李舜臣的《乱中日记》。

我这才明白忠武公的用意。原来如此，这些地方就是幼龙的弱点。我穿过火焰，飞奔向前，手中的剑挥向幼龙的翅膀。首先砍向浅红色的部分。幼龙因疼痛而开始挣扎，我钻进它的翅膀下，切断了它后爪的跟腱。命中了第二个深红色的弱点。我躲过它甩来的尾巴，高高跃起，幼龙仿佛等待许久似的，前爪立刻朝我拍来。

**由于"褐色旗帜"的效果，防护罩已激活。**

防护罩虽无法抵御火焰，但至少能抵挡几次普通攻击。我冲向咆哮着的幼龙的胸口，毫不留情地将手中的剑刺进去。噗！幼龙的胸口是接近血红的赤色，它开始拼命挣扎，导致"褐色旗帜"生成的防护罩被瞬间损毁。幼龙口中凝聚起火焰。

**5级火龙"幼龙伊格尼尔"准备使用"破灭之焰"。**

终于到了幼龙进行"群体攻击"的阶段。"绝对护盾"也消失了。我的魔力全被吸走，以太刀锋伸长了，在幼龙的胸口胡乱砍下。我一遍又一遍地挥舞手中的剑，爆发性的寒冰伤害在幼龙的胸口炸开。然而，它依然没有倒下。

还差一点。

"吼啊啊——"

最后一点……

**5级火龙"幼龙伊格尼尔"已使用"破灭之焰"。**

炽热的火焰近在眼前，如果被喷中，我必死无疑。同伴们的喊叫声从远处传来，听着他们的声音，我依然毫不退缩地挥着剑。我能做到的，我的计算不会出错。换句话说，这是身为"读者"的好胜心。

如果我是刘众赫——仿佛置身无我之境，剑在空中划出一道弧线，攻势锐不可当。

刘众赫的一剑，既无影，也无声。那有如魔法般的一招，霸道地占领了我的大脑。我用尽全身力气握紧剑柄，动员所有感官以回想那一瞬间的感觉。一次就好——如果我能模仿到那"一剑"的皮毛。

"吼喔喔喔喔——"剑动了，什么东西爆炸的声音传入耳中。那是肉体炸裂的声音。幼龙的血水溅了我一脸，而我的身体也被它击飞了。在高温且满是灰尘的地板上滚了几圈，我吐出一口憋着的瘀血。就在我转头看回战场的方向，好不容易摇摇晃晃地站起来时，我和俯瞰着我的幼龙对上了视线。

正当我一激灵——

啪嗞嗞嗞——燃烧着的"破灭之焰"安静地熄灭了。幼龙巨大的眼皮抽动了一下，笨重的身躯缓缓向后倒下，插在它心脏处的"信念之刃"轻声嗡鸣。

首次击退了小灾殃"幼龙伊格尼尔"。率先为完成第5个任务做出了贡献。完成了不可能的成就。

全身的力量都被缓缓抽干了。我感到疲惫不堪，连握拳的力气都没有了。我大口喘息着，瘫坐在地上。一次鲁莽的挑战。这次真是差点就送了命。

由于完成了不可能的成就，奖励结算需要一定的时间。部分下级鬼怪向管理局提出"盖然性合格判定"的要求。

中级鬼怪出现在半空中，它沉默地盯着我。不管怎样，接下来就是美滋滋的奖励时间了。

## 2

星座"紧箍儿的囚徒"为你的斗志喝彩！星座"恶魔般的火之审判者"对你的勇气赞赏有加！星座"隐秘的谋略家"对你的战术感到好奇。相当多的星座因你的活跃表现而深受触动。得到了2万Coin的赞助。

没经过筛选的间接通知一股脑涌入，我皱起眉头。没有人不喜欢被称赞，但如果一次性收到几十条赞美通知，那效果简直相当于恐怖袭击。

鼻荆这家伙，不管理我的通知，跑到哪儿去了？啊……它现在被管理局叫去了吗？

隐藏任务的奖励没有进账，中级鬼怪也一言不发就消失了，我大概猜到发生了什么。话说回来，竟然一共得到了2万Coin的赞助……"小规模频道"和"中等规模频道"中赚到的钱果然是不同量级的。我迅速动手翻找火龙的身体，取出它的核心——"5级火龙之核"。

火龙的核心被隐约的红光包裹着，也许是因为幼龙本身是"小灾殃"，这个核心的品质也出类拔萃。就算是削弱版，但它毕竟是龙，这家伙身上能取下来拿去卖的东西也很多。骨头也好，龙皮也罢，都可以交给手艺好的铁匠加工，或者直接挂到交易所里。

想着可能有漏下的东西，我继续搜索火龙的尸体。我好歹也是击败了一个"小灾殃"，不可能只给这么点东西吧……

突然，啪的一声，疼痛袭上我的脊背。"独子，你难道是什么游戏里的角色吗？"郑熙媛站在我背后，也不知道她是什么时候跑过来的。我不禁咳嗽起来。

"……我现在很虚弱，你下手那么重会打死我的。"

"反正你死了还能活过来。"

"不是每次都能那样。"

一般来说，郑熙媛还会再回击我一句，但她却莫名地安静了。这么一想，在刚才我死的时候，她也是一副大受打击的表情，好像还哭了吧……不可能，郑熙媛怎么可能会哭呢？

或许是不想被其他同伴听见，她低声问道："……你这次也是在知道一切的情况下行动的吗？"

"一知半解吧……"

"那如果你真的死了该怎么办？！"

"但我不是活下来了嘛！"

又是一巴掌狠狠拍上我的背。这时，李贤诚终于慌慌张张地跑过来了。

"独子，你还好吗？"

"嗯，我还好。"

从远处瑟缩着走过来的郑民燮和李圣国也和我们会合了。两个人都还活着？真是幸运啊。

然而……突然，沉默袭来，我还在想这是怎么了？但大家都盯着我，双眼炯炯有神。我叹了口气，说："一个问题一个问题地来吧，各位有什么好奇的？"

接下来，一场突如其来的听证会就开始了。

***

"复活是我刚获得的新特典，并不是说我的背后星是什么不死之神。"我巧妙地回避了一些难以回答的问题，只告知了他们应该知道的信息。

郑熙媛很是无奈地喃喃自语："只要救人就能复活……完全是在作弊吧？"

"是救一百个人才能复活一次，但的确是有点作弊了。"我坦率认可了郑熙媛的评价。但是"不杀之王"也有一个致命的弱点，那就是只要拥有这个特性，我就不能"亲手"杀人了。造成伤害、制服对手、使其失去战斗能力都没有问题，但就是不能杀人。因为在亲手杀害同族的瞬间，"不杀之王"的王位就会被剥夺。当然了，我没必要连这些情况都事无巨细地告诉他们，就算他们知道了对我也没什么好处。

"那你以后要努力救人了。"

"当然要努力救人了，尽管可能会有让我难办的情况……"

"别担心，杀人的事交给我就行。"郑熙媛胸有成竹地担保。坦白说，我之所以能够安心选择"不杀之王"这一特性，正是因为有郑熙媛的存在。当初我想将她培养为"灭恶的审判者"，也是出于这个原因。

尽管在我独自行动的时候会遇到左右为难的事，但我也没打算把"不杀之王"的特性留到中后期，所以从长远来看是没什么大问题的。任务越是往后，就会出现越多比这还像作弊的特性，所以不能因为初期得到了一个好的特性，就错过了更换成下一个特性的机会。

"不过这还真像奇幻小说一样，各种各样的能力都出现了呢。"

听到李贤诚的话，李圣国和郑民燮看了看我，我故意朝他们使了个眼色，警告他们不要说些不该说的话。但也不知道李圣国理解成什么了，他还是引出了话题。

"您死的时候是什么感觉呢？"

"……当然是觉得很可怕。"

不知道他为什么突然问我这个，然后李圣国用严肃的声音接着说："说实话，看到您再次活过来，我心里有些害怕。"

"害怕？"

"是的，严格地说，当时您的肉体完全毁灭，却又再生了，从常识来看，这是不可能发生的事。我虽然不知道这个世界的原理是什么，但如果我们的存在能够被完全复制的话……您可能不是'复活'了，而是被'复制'了。"

他用平静的声音说着令人毛骨悚然的话。不过，他说的倒是我没想到过的……这么说来，这家伙的特性是"催眠师"，所以他对这方面的东西很感兴趣吗？

郑熙媛斥责道："你电影看多了吧？"

"这个问题很重要，如果您的死亡和复活之间并不连续，就不能保证死亡前和复活后的您是同一个人。"

他又说了些晦涩难懂的话。一瞬间，某段记忆忽然掠过脑海。这小子，不会是在《灭活法》"序言"那部分留下玄学角度的恶评后下车的那个人吧？

"你简直是用奇思妙想判了我的死刑呢……不用担心，我死后也一直有意识，所以严格地说，并不算真正的死亡。"

"难道您经历了灵魂状态吗？"

"虽然不知道能不能称为灵魂……"

说着说着，我越来越觉得不对劲。说到底，《灭活法》是作者创造的世界，但那个世界变成了现实。在原本的现实世界里，灵魂的存在并未得到佐证，而在现在的世界中，灵魂状态已经变成了理所当然的事情。那么，在这样的世界里，"我"到底是作为什么而存在的呢？我也好，灵魂也罢，都是本就存在的吗？还是说，就连"我"也是作者笔下的一环呢？我摇了摇头。现在不该想这些。

"总之，没用的问题都问完了吧？"

"啊，我还能再问一个吗？"

"请说。"

"为什么您突然对我和民燮说话这么客气了呢……"

"假扮'刘众赫'的游戏已经结束了。"

"哈。"这才明白了一切的李圣国短促地吐出一口气，"呃，这样一看，您的模样……"

不用听完就知道他要说什么。当然了，扮演的游戏结束，并不意味着他们二人的待遇会发生巨大变化。我朝李圣国伸出手。

"把手机给我吧。"

"什么？"

"给我手机。"

李圣国不情愿地递出自己的手机。型号不错，比我之前那个要好。

"这个能给我吧？"

"……扮演'刘众赫'的游戏不是结束了吗？"

"我本来就是这种人。"

李圣国哭丧着脸。

"都休息一会儿吧。我现在要查点东西，十分钟后再动身。大家也可以回收这里的道具。"

在同伴们收集掉落在各处的道具时，我开始尝试用李圣国的手机上网。表面上镇定自若，但我内心其实有些焦躁。

隐藏任务奖励结算被延迟。目前管理局正在进行"盖然性合格判定"。

"盖然性合格判定"，隐藏任务的奖励 Coin 还没进账，大概率也是因为这个吧。我想确认一下《灭活法》文档中的相关内容，但雪上加霜的是，我自己的手机被烧毁了。这真不像我会犯下的失误。如果作者发来的邮件被删除了的话……

而就在这时，手机屏幕上出现了新信息。

可同步到新设备。是否要进行同步？

这是什么？我按下确认的瞬间，手机突然开始下载文件。背景画面上生成了一个新的文件——

在灭亡世界中存活的三种方法.txt

原来如此。是以这种方式进行的吗？也是，这个连鬼怪和星座都看不了的文件不可能那么轻易就消失。

回收道具时，李圣国和郑民燮有说有笑的。看着他们，我突然感到好奇：

下车的人也能看到我这个文档吗？暂且小心行事吧。我打开文件，开始阅读《灭活法》。

**因特性效果，阅读速度得到提升。**

我找出的部分，是对刘众赫第6次回归时发生的"盖然性合格判定会"的叙述。

首尔管理局的分部长——鬼怪"巴岚"皱着眉头阅读摆在自己面前的资料。最上方的资料是写有"回归者刘众赫"名字的文件。

"回归者……该死的，最近不论是鬼怪还是星座，都太有眼力见儿……"

巴岚咂咂嘴，眼神扫过判定会的鬼怪们，其中并没有上级鬼怪和大鬼怪。这是理所当然的，因为这是一个地区穹顶内发生的"盖然性合格判定"。地区的事原则上由本地区自行解决。巴岚询问表情紧张的鬼怪们。

"这是哪个家伙提出的要求？"

"是日本的青鬼[1]。"

"那家伙怎么不多关心关心自己的管辖区域，干吗死咬着别人区域的盖然性不放？听说那家伙根本不讲商业道德。"

"因为最近下级鬼怪们之间的内斗非常严重……"

巴岚皱起了眉头。确实，根据报告的内容，这个叫"刘众赫"的家伙有足以挑起盖然性合格判定争议的疑点。从任务一开始就拥有高级熟练技能，不仅如此，他甚至还掌握着很多会被消音的重要情报。再加上那个叫"贤者之眼"还是什么的技能的影响，导致无法从系统中了解此人的全部信息，所以需要通过资料调查，从而得到上级管理局的帮助。

巴岚叹口气，合上了报告。

"算了，这家伙的事是上头允许的，你们不用管了。"

"真的没关系吗？万一之后造成了什么负面影响……"

---

1 青鬼：常与"赤鬼"一同被提起，二者原是日本传说中江户时期（幕府时期）的著名鬼怪，因为日本儿童文学作品《哭泣的赤鬼》而广为人知。

其中一个鬼怪问道。

"也就是说，他有一个能够承担这些负面影响的背后星呗。"

"但这真的是单单一个星座就能承受得了的吗？如果没有共同承担盖然性的星座联合……"

巴岚扑哧一声笑了。

"你算老几啊，敢来教育我？要不派你去查一下这家伙的背后星是谁？"

"我不……不是这个意思。"

"第5个任务就要开始了，多在正事上操点心吧。这种程度的盖然性会随着任务的进行被逐渐抵消。还有——"

气氛突然变得阴冷了，中级鬼怪们都紧闭着嘴。

"你们最近都不干活吗？"

"呃……"

"美国和印度那边的商品销售额为什么这么惨淡？不是你们负责管理的地区，所以连套餐广告都不帮忙宣传一下的吗？美国有先知，印度有星座联盟，不是吗？那么多肥羊可以宰，为什么还是只有那么点销售额？工作都不上心的吗？"

"那……那个……"

"盖然性就拿去喂狗吧！都给我赶紧去卖Coin商品！"

我扑哧一声笑出声来。看着鬼怪们做的糟心事，就会让我不禁想起自己曾经的职场——Minosoft公司，那家公司的企划部也不是闹着玩儿的。总之，眼下我的情况也和《灭活法》中的刘众赫相似。尽管我知道总有一天会遇到这种情况……所以说"枪打出头鸟"啊。这个合格判定不会给我带来损失吧？

这时，有个声音从半空中传来。

——都是因为你，我被管理局叫去了好多次……

鼻荆来了，我立刻发起"鬼怪通信"。

——情况如何？

——还能怎么样？他们都快被你气死了。你到底有什么技能啊？为什么就算委托上级管理局，也查不到你的信息啊？

我也很好奇。我也和你一样想看到我自己的特性视窗好吗？

——所以到底怎么样了？要惩罚我吗？

——这你又是从哪里听说的……喂，你知道我有多努力地为你辩护吗？——"各位管理者大人，请听我说，那个叫金独子的家伙绝对不是奇怪的人！他只不过是一个非常努力生活的家伙罢了！"

呵呵，真有说服力啊。

——可能是我诚恳的申诉起了效果，它们参考了很多你的任务场景，分析了你迄今为止经历的所有任务之后，得出了你掌握的技能数不多，并且熟练值也很低的结论。从资料画面来看，你还没有达到破坏任务平衡的程度。

果然不出所料。我不提升被动技能的熟练度是有原因的。因为学会的好技能越多，就越容易引起管理局的注意。

——再加上除了你之外，其他地区也有几个不让人省心的家伙……现在管理局正忙得不可开交呢。

——也就是说，问题都顺利解决了？

——其实也有找你麻烦的家伙，但上级下达了指示，大鬼怪让我睁一只眼闭一只眼算了。

这句话还真是我没想到的，我有些吃惊。这事难道还值得大鬼怪出马吗？

——呼……详细情况你就听中级鬼怪说吧。其实我不能出现在这里，因为突然开始关注你的人变多了。小心为妙吧，管辖这个地区的中级鬼怪对你怀恨在心呢。

——怀恨在心？

——你不知道吗？如果按你们人类的话来说，"盖然性合格判定"就相当于税务调查。总之……短期内你会吃点苦头的。

鼻荆消失后，空中溅出大片火花，接着身着正装的中级鬼怪登场了。它的视线在我们一行人身上转了一圈，然后冷漠地开口道："对不起，各位。因为刚刚发生了点状况，导致奖励结算推迟了，从现在开始进行奖励的支付。"

获得了隐藏任务的完成奖励 3000Coin。首次杀死 5 级火龙，获得了 15000Coin 的奖励。

首次击退"小灾殃",获得了"伊缪塔尔族的护符"。今后,你将得到所有伊缪塔尔族人的善意。

幸好,奖励正常支付了。我现在就得到了"伊缪塔尔族的护符",那么即将到来的第 5 个任务也有了一个不错的开场。虽然不如我获得的东西多,但其他同伴应该都拿到了通关奖励,一个个都兴奋不已。不说这个了……这家伙还真小气。我可是击杀了"小灾殃",它就给这么点奖励吗?

就在这时,中级鬼怪接着说:"但是多亏了大家的认真努力,才导致任务出了点问题。"

语带讽刺,是不祥的征兆。

"我将公布管理局商讨后的结果:由于该地区化身的平均能力与任务的难度不匹配,接下来将根据本人的个人判断,对该地区的任务难度进行任意调整。"

什么?任意调整?

第 4 个任务的规定时间大幅减少。

中级鬼怪看着我,嘴角勾起一个微妙的弧度。

不是,这家伙……

距离第 4 个任务结束,还有 48 小时。没有在接下来 48 小时内占据目标站点的队伍和队员将全部死亡。

行啊,你要这样出招是吧?

原本正开开心心收拾道具的郑民燮此刻呆呆地看向我。估计大家都听到了提示信息。

"你上次说现在占领了昌信站的家伙是谁来着?"

"暴……暴政之王。"

偏偏是"首尔七王"中的"暴政之王"……

我叹气道:"大家先回忠武路再说吧。"

话说回来,也不知道刘众赫那小子表现怎么样。我们该去给第 4 个任务收尾了。

***

从安国站到忠武路的距离比想象中要远，路上我们几个一直在聊天。郑熙媛和李贤诚走在前面，我和李圣国、郑民燮断后。

因为没法带走火龙的整个尸体，所以我把一半的尸体挂在了交易所里，剩下的一半也挂在了交易所里，但我故意给这部分开出了高到离谱的价格。因为这部分不是为了拿去卖，只是为了把交易所当仓库用而耍的小伎俩。虽然鼻荆当时嘟嘟囔囔的，但我根本没管它。

郑民燮开口了："但是，代表……"

他们一直称呼我为"代表"，让我有一种真的成了大公司会长的感觉，心情十分微妙。

"您的名字是'金独子'吗？"

"是的。"

"真是的，您的名字……"

"很特别吧？"

"是的，说实话，您比我们更像先知者。"他的声音中莫名带着些畏缩，"唉……要是我当时不留下恶评然后直接下车……"哎哟，还表示了为时已晚的懊悔呢。一瞬间，我产生了一个疑问。这么一看，我其实一直想问这个问题来着，结果却到现在才想起来。

"郑民燮，你正好提到下车者的事，所以我想问一下。"

"请说。"

"你们，也就是'先知者们'，是怎么做到在那么短的时间内就聚在一起的？"

这是一个始终存在的疑点。初期任务开始到现在还不到一个月，但这些人已经建了群聊，并且还有条不紊地展开了活动，而且使徒们的组织程度更高。如果我当时从"第一人称主角视角"看到的那些画面属实，那么那些家伙不仅占领了江西地区的许多站点，还拥有只有在隐藏任务中才能得到的武器。不论怎么想，我都无法理解他们超出常识的成长速度。

"当时有人专门来组织我们。"

"有人组织你们？"

"是的，在第1个任务结束后不久，那个人突然来到了我所在的车站。"

有意思。那人究竟是如何做到的？那个时候车站与车站之间应该有结界才对。

"他说自己是使徒，读过伟大的《启示录》，并且正在招揽跟随自己的'先知者们'。奇怪的是，在同一时间，其他车站也发生了同样的事。我简直不敢相信这事是靠一个人独自完成的……"

"总之，这个使徒把你们聚在了一起，也是他把你们拉进了群聊中？"

"正是，我们称他为'第一使徒'。"

"他是'先知者们'的王吧？不喜欢被称作'下车者'的那个人？"

"啊，原来您连这个都知道了。的确是这样。"

"他为什么不喜欢被人叫作'下车者'呢？"

"我们也不清楚。他说自己读完了全部的《启示录》，我猜可能和这个有关……有传闻说他拥有启示的'记录'。"

他说什么？

"其实《启示录》本来就很长，不可能有人全部读完，所以我觉得这个推测挺可信的……"

那个人拥有"记录"？不可能吧……除了我之外，难道还有读完全本的人？事情发展到了这种地步，更让我怀疑那家伙的真实身份。而就在我思考着各种事情的时候，我们已经不知不觉来到了忠武路站附近。单看天数，我们其实没离开多久，但当我吸入忠武路站里稍显刺鼻的空气时，却莫名有种回到故乡的感觉。

我制止了打算直接进入车站的同伴们。

"等等。"

这么一想，我还光着身子呢。为什么没人提醒我？我对李圣国说："李圣国，把裤子脱了。"不久后，我把只穿着内裤的李圣国抛在身后，第一个走进了忠武路站。

远处笑意盈盈的刘尚雅正在迎接我们的归来。看着她那双水汪汪的眼睛，想到她这段时间的辛苦，我的心里有些不好受。突然，有什么东西"嗒嗒嗒嗒"地跑过来，撞上了我，原来是李吉永抱住了我的右腿。

"过得好吗？"

全身灰仆仆的李吉永用力点了点头。

李智慧伤得很重，似乎还没有醒过来的意思。而孔弼斗一看到我就嗤之以鼻，转过头去。

星座"防御大师"对你的晚归感到不满。

毕竟他的化身差点就死了，我能理解他的心情。

"刘尚雅！"李贤诚和郑熙媛不知道忠武路站发生了什么，见状大吃一惊，跑向人群。站台上到处都是瘫倒着的伤员，其实刘尚雅的一边肩膀上也缠着纱布。铁轨上到处都是从尸体中流出的血迹，这都是曾发生过激烈战斗的痕迹。

郑民燮结巴道："那……那些人不是使徒吗？"

标着2号、3号、4号、7号标志的四名男女被斩首，他们临死前似乎根本没意识到死亡降临，脸上仍保留着各自生前的表情。我知道这是谁的杰作了。

我问李吉永："刘众赫去哪儿了？"话音刚落，会贤站方向的隧道里就袭来了一股不祥的存在感。即便隔着这么远，我也知道来人是谁。傲慢又磊落，他的步伐中都透露出"天上天下唯我独尊"的意味，那就是我们的"主角"。

"刘众赫？"在看到我之后，那家伙的表情也没有发生什么变化。经历了剧场地下城发生的那些事，我本以为他一见到我就会说点什么……但那又是什么？一个被砍下的脑袋在那家伙手里晃动个不停。有人发出一声尖叫，与此同时，刘众赫把那颗脑袋扔向了我这边。

头颅像玩具一样在地上滚来滚去，其上还披着标有数字"1"的斗篷。

是第一使徒。刘众赫的确很厉害，看来他把逃跑的使徒都追着杀掉了。此刻我半是心安半是不安，我还有要问的问题，但他就这样死掉了……而在下一瞬间，不可思议的事情发生了。

"原来就是你啊！把我的计划全部搞砸的家伙！"被砍下的脑袋突然对我开口说话了。

"呜哇！这什么啊？！"距离我最近的郑民燮尖叫着摔倒了。

脑袋仰视着我，露出阴险的微笑。这本是不可能发生的事。在《灭活法》中，即便是脑袋被砍下也能不死的技能是极为罕见的。如果有"不死之身"之类的技能倒是有可能，但是就算使用这项技能，也不能像这个人一样，在断头的状态下动作自如。而且被砍断的部位还没有流血……

慢着，不会吧？从李圣国和郑民燮那里得到的情报在我脑海中联系起来。这是个自称读完全部《启示录》的家伙。在任务刚开始时，就突然出现在首尔全境的地铁站，把下车者拉拢到自己手下的家伙。再加上可以随意通过结界，被砍断脖子也不死，甚至血都不流……

是"阿凡达[1]"能力。

我能确定，面前这家伙是个假身。地上的脑袋还在絮絮叨叨："哇，我真是发自内心地感叹。你冒充刘众赫还不够，甚至把使徒们一网打尽，还把龙也抢走了……你到底是什么人啊？"

原来如此。这家伙也不知道我的真实身份，对吧？

"你又是谁？"

据我所知，在《灭活法》的全文中，能够使用"阿凡达"能力的人少之又少。而且，获得这种特性的职业群体基本是固定的。他们主要从事创作工作，并且因为压力过大，导致容易产生解离性人格障碍或自我分裂。

我缓缓低下头，和那家伙对上视线，问道："你是'作者'吗？"

## 3

作者——在整本《灭活法》中，为数不多能获得"阿凡达"能力的职业之一。如果这家伙是作者，那他的那些超出常理的行为也能解释一二了。

听到我的话，第一使徒的嘴唇微微抽动了："作者……《启示录》的创造者的意思吗？竟然被你发现了。没错，正是我写了那本《启示录》。"

---

[1] 阿凡达：源自梵语词汇"avatar"，此处意指可以创造共享意识、代替自己行动的分身的技能。

我的问题并不是这个意思，但这家伙突然开始胡说八道了。不过我并不能判断这句话的真伪。我瞥向看着这边的刘众赫。

专属技能"全知读者视角"已发动。登场人物"刘众赫"正在使用"测谎Lv.6"。

早就知道他会这样做了。真是个谨慎的家伙。我重新问了一遍。

"你写了《启示录》？"

"没错，并且我也是唯一拥有《启示录》的人。"

看着这家伙信心满满的微笑，我发出一声干笑。是吗？那就让我来看看吧。

登场人物"刘众赫"发动"测谎 Lv.6"。登场人物"刘众赫"已确认上述发言为事实。

这家伙真的有《灭活法》的文档吗？恐慌之下，我的思维也打了结。怎么想都不可能啊？我掩饰着惊慌，再次问道："你所说的《启示录》到底是什么？"

"为什么要明知故问？那是一本记载着未来神话的伟大叙事诗。"

登场人物"刘众赫"已确认上述发言的一部分为事实。

真奇怪，"一部分为事实"吗？

"现在轮到我来提问了。你是怎么知道使徒们的计划的？你也是先知者吗？"

"你不是说《启示录》是你写的吗？你连这个都不知道？"

"全知全能的造物主多没意思啊，不是吗？"

这家伙咯咯地笑了，还真是个游刃有余的恶棍。但也多亏了他的举动，我得以恢复冷静。无论怎么看，这家伙都不可能是《灭活法》的作者。如果他真的是《灭活法》的作者，怎么可能认不出我这个唯一的读者。

"真有趣啊，我本来以为西大门刑务所[1]那个女人是'最后的使徒'来着，没想到有个你这样的家伙一直深藏不露……"

"……西大门刑务所？"

"看来你还不知道呢。做个交易吧，坦白你的身份，那么我也会给你提供几

---

[1] 西大门刑务所：日本殖民统治时期，用来关押韩国独立运动人士的监狱。

份情报。"

"难说,你那里应该没有我想要的情报吧?"

"我看你是因为能暂时压制住我就开始趾高气扬了,但这不是我的本体,而且你们只是碰巧走运了而已……"

"我知道未来的情报。"我故意打断这家伙的话。刘众赫现在应该在对我俩进行评估了,那我也该给自己加点筹码了,"而且比你知道的多得多。"

登场人物"刘众赫"已确认上述发言为事实。

"第一使徒"的表情变得僵硬了:"你在胡说八道吧,你知道的怎么可能比我还多……"

瞬间,有什么东西从他眼中一闪而过。

"慢着,难道是?"在他领悟到什么的瞬间,我也灵光一现。这小子,是"那家伙"吗?现在,我掌握了五点事实:

第一,这家伙读过《灭活法》。

第二,这家伙的职业是"作者"。

第三,这家伙不是"灭活法的作者"。

第四,这家伙拥有记录着未来的"文档"。

第五,这家伙拥有的文档内容中只有"一部分"是事实。

在阅读 3149 话《灭活法》的过程中发生的那些事——掠过脑海。

据我所知,《灭活法》是没什么人气的,因此不存在非法传阅的 txt 文档。但如果眼前的脑袋真实身份是我猜测的"那家伙"的话……那么这个人拥有"文档",还了解很多《灭活法》的情报,就都能说得通了。

我脱口而出:"抄袭开心吗?"

"什……什么?"

他的眼神开始有所动摇。这下我能百分之百确定了,他就是"那家伙"。

"真没想到你还是这副德行,还说什么《启示录》……这样活着开心吗?一想到真正的'《启示录》的造物主'因为你而遭遇的事情,我就气得牙根痒痒。"

"你说什么?!"

"怪不得我总觉得不对劲,你掌握的情报,好像有不少缺漏吧?"

他的脸色逐渐变得苍白。

"既然已经通过吸别人的血而得到了不少好处,那你现在是不是该停手了呢?世界都变成这样了,你还干得出这种事?"

"刘众赫!"那家伙的眼睛焦急地寻找刘众赫,"刘众赫!跟我合作吧!"

哎哟喂。

"我刚才说过的,我知道全部的启示。在这个世界上,只有我才能带你走到这条路的尽头!"

发动专属技能"全知读者视角"第二阶段!由于疲劳度过高,无法发动"全知读者视角"第二阶段。

我去!偏偏现在用不了!

"好好想想!第46个任务不可能一个人通过,如果你想对抗安娜卡芙特和查拉图斯特拉那些人,就一定要和我联手!"

好像是在哪儿听过的台词……这家伙和我当时说的话一模一样。

刘众赫摇摇头:"我没听说过什么'启示'。"

"和'预言'差不多!你看看我的特性就知道真假了吧?而且我还是'最后一个'。"

登场人物"刘众赫"使用"贤者之眼Lv.8"!

我也不甘示弱地发动了技能。

无法使用"登场人物浏览"对该人物进行阅览。该人物未在"登场人物浏览"中进行登记。

该死的,果然还是行不通吗?用"贤者之眼"确认完那人的信息之后,刘众赫看向我。

被砍下的脑袋还在继续说话:"杀了那家伙!你也知道他很危险。他不光冒充你,还严重损毁了一部分未来。如果放任不管,就会产生严重的蝴蝶效应,最终把你的计划全部搞砸。"

我有些无语。这家伙是要跟我同归于尽的意思吗?

"你不也一样吗?"

"我不一样!刘众赫,和我联手吧!立下誓约或者其他什么,我都配合你!

我绝对不会背叛你的！"他还挺豁得出去的。

静观事态发展的刘众赫终于开口了："原来如此，你想和我联手？"

刘众赫看向我的眼神里慢慢有杀意凝结。要疯了，我现在看不到他的内心想法。拔出剑后，刘众赫慢慢走向我。

"第一使徒"气势汹汹地喊道："没错！赶紧把那家伙杀了！"

"一个是'先知'，一个是'启示者'……"

"我让你杀了他！"啪！刘众赫踩上聒噪使徒的脑袋，"喀喀喀喀……这是在干吗？"

"如果你真的知晓未来，那我就问你一个问题吧。"

"什么问题？"

在没被任何人察觉到动作的情况下，刘众赫的剑刃已经抵上了我的脖子。我附身刘众赫时经历的"一剑"，此刻正指向我。一阵火辣辣的感觉之后，一股暖流顺着我的脖子流下来。

"你在干什么？！"郑熙媛被吓到了，她大喊着朝这边跑来。我抬手制止了同伴们的行为。虽然我也怕得发抖，但是现在刺激刘众赫并没有什么好处。

刘众赫问"第一使徒"："我问你，我现在是会杀了这家伙呢，还是不会呢？"

"什么？"

"如果你真的得到了未来的启示，那就应该知道我的选择。"

真是个恶趣味的浑蛋，又用这招！"第一使徒"的脸上流露出苦恼的神情，或许和我在偶数桥时露出的表情一模一样。出乎意料的是，他很快就回答了。

"当然会杀了他！如果是你，只可能这样做。"他的表情坚信不疑。仿佛如果是他了解的刘众赫，就一定会做出那样的行动，他看上去十分傲慢，"快杀了这家伙！然后……"

咻！剑光闪动。但紧随其后的并非切割肉体的声音。咔咔！"第一使徒"的头被狠狠地踩爆了。因为这只是个"阿凡达"，所以这并不是真正的死亡，但爆头还是会给那人的本体带来巨大的精神冲击。

不知何时，刘众赫的剑已经回到剑鞘里了。

"果然是个只会耍嘴皮子的家伙。"

我还没太反应过来，刘众赫选择让我活下来了？我心里有些不痛快，其实我也没有百分之百的自信……

刘众赫盯着我看了好一会儿，接着便转过身，迈开步子。

"喂！你去哪儿？"

这小子，心里肯定觉得自己很帅吧。说实话，确实有一点点帅。

"别走！你打算把李智慧扔在这儿吗？"

"未来已经改变，我的计划也变了。"

"反正都要开干，一起不是更好吗？我可以帮你。"

闻言，刘众赫回头看我。那目光令人胆战心惊，让我下意识心脏揪紧。

"欠你的债已经还清了，不抢走你的旗帜是我最后的善意。"

这小子怎么回事？但我不可能轻易退缩。

"只要我不把你从队伍成员中除名，你就不能离开这站。你想被惩罚吗？"刘众赫的手缓缓移向剑柄，我急忙继续说，"我知道你的计划是什么，你是打算去中区参加'旗帜争夺战'吧？走'君王之道'，获得'黑色旗帜'，对吧？我来帮你。"

"那我不如直接抢走你的旗帜还更快些。"

"那就来试试吧。看看是你的剑快，还是我的舌头快。"

我在赌博。如果对方是刘众赫的话，他的剑真有可能在"惩罚"生效之前刺中我的脖子。

"没必要去中区，你往北走吧。我帮你夺取'暴政之王'的领土和旗帜。既能得到旗帜，又能消灭宿敌，不是一举两得吗？"

"我一个人也能做到。"

"距离第4个任务结束还有不到48小时。规定时间结束之前，你真的能占领20个站点，获得'黑色旗帜'吗？"

摸向剑的手停下了。上钩了。

"而且……你应该有一定要去北方的理由吧？难道你这次要抛弃家人吗？"

"……你这家伙。"

"我很真诚，并且抱有善意，所以你别激动。我真的会帮你的。"

刘众赫的眼中燃起怒气,他盯着我看了好一会儿。剑拔弩张的气氛不知持续了多久,接着,杀气消失了。

"世界上根本没有善意那种东西,你有什么条件?"

果然,我们的回归者说话从不拖泥带水。

我咧开嘴,笑着说:"很简单,告诉我一件事。我的条件只有这个。"

"说。"

"刚才你踩着的那家伙的特性是什么?有一个应该是'最后的下车者',那另一个是什么?"

过了一会儿,刘众赫开口了。

***

半小时后,我叫来郑民燮和李圣国,打算给他们派另外的任务,但还没等我开口,郑民燮就先提问了:"所以那家伙到底是什么人?"

我犹豫了一会儿要不要告诉他,最后还是开口道:"你们知道《SSSSS级无限回归者》那本小说吗?"

"啊,我看过!"李圣国举起了手。

"那不是在 Textpia[1] 里占据白金榜第一位的小说吗?特别好看……"

"啊,是的。我本来忘了,但刚才突然想起来了。不过那本书的结局是什么来着?"

也许是难得回忆起这件事,两人开始了热火朝天的讨论。也是,这两个人也看过《灭活法》,他们一定对网络小说很感兴趣。

"虽然所有的要素都是融合来的……但还是很有意思呢。"

其实我也看过那本小说。那是我尤其爱看《灭活法》的时期,某天偶然点开了"今日最佳",其中就有那本小说。而读过之后,我却因为那本书的剧情和

---

[1] Textpia:模仿韩国原创网络小说网站 Munpia 的名称。Munpia 即文笔雅,为本作《全知读者视角》的连载平台。

设定大吃一惊——

无限回归的精神变态回归者。

超自然的星座赞助。

流媒体直播系统。

收到并完成不合理任务的生存游戏。

单看其中任何一个元素都是小说中很常见的设定。但问题是这些"常见的"设定中的细节，以及与之结合的小说叙事方式。一读那本小说，我就立刻留下评论。

——这本是不是抄袭了《在灭亡世界中存活的三种方法》啊？

我想起来了。别说是产生抄袭的争议了，我反倒被人指责，说我怎么能把这本书和那么无趣的小说作比较。我甚至遭到了《SSSSS级无限回归者》的粉丝们的私信轰炸。

——这类小说的设定不都类似吗？差不多得了吧，专门来找碴的？

气愤不已的我还给《灭活法》的作者发了私信。当时作者说了什么来着？好像是说因为这件事，点击量增加了一些，所以心情很好来着？这么一想，作者实在是太可怜了，我感觉眼泪都要流出来了。

李圣国问："但是为什么提到那本小说呢？"

"第一使徒就是《SSSSS级无限回归者》的作者。"

"嗯？怎么可能？！"

如果《灭活法》的作者知道这件事，一定会拍地大哭。就算世界变成了自己创作的小说，却不知又从哪儿蹦出了个抄袭者，主张自己拥有这个世界的著作权。而且抄袭者还加上了"启示录"这一荒唐的设定。我稍作解释后，郑民燮才理解，他觉得这事很荒唐。

"那部小说是抄袭的吗？"

"是的。"

"啊，仔细想想，好像真的有点雷同……因为是很久以前的事了，我也记不太清了。但我为什么没有先想起那本小说呢？明明当时很有名来着。"

"是不是因为'下车者的特典'？因为我们只能想起自己看过的那一部分原

著。而且和 S 什么的那本书相似的部分太多了，所以才会混淆吧。"

"是吗？总之，代表您的意思是，那家伙是抄袭作家吧？那么，那家伙拥有的文档呢……"

我点点头，说："他可能是拥有自己写的抄袭作品的原始文档。因为他抄袭了原著的剧情，所以看了自己写的小说也能知晓这个世界的未来。"

能通过抄袭作品获得成功，这本就是令人痛心的事了，甚至在新世界里，那人也能凭借抄袭得到的好处一路高歌猛进。是时候伸张正义了。

"那……那么那家伙不就是不可战胜的吗？如果他抄完了整本原著……"

"他没抄到最后，只抄了刚开始的一部分。这样一来，如果以后出现抄袭的争议，他就能轻易脱身。所以再过一段时间，那家伙知晓的情报就会慢慢减少。"

"您怎么知道呢？"

"我就是知道。"我当然知道了。因为《灭活法》第 100 话后的读者只有我一个人。

"抱歉问一下，您到底读了多少原著啊……"

"比起这件事，你们还有任务要做。准确来说，这是我们要一起做的事情。"

闻言，两人的肩膀都变得僵硬了。

"你们之前跟我说过吧？'先知者们'被'暴政之王'打败了。"

"啊……恐怕现在还有几个人被他作为情报来源利用着呢。"

"是吗？那就更好了。"

"什么？"

距离任务结束还剩不到 48 小时。要想在规定时间之内干掉"暴政之王"，光靠发动全面战争是很难做到的。

"我们要扰乱那些家伙的情报。"既然"暴政之王"在利用"先知者们"，那我正好可以反过来利用这一点。

"通过散布一部分'启示'。"

"嗯？那要怎么做……"

他们似乎还没听懂我的意思，我决定大发善心地解释一番。

"从现在开始,我们要制作并散布《SSSSS级无限回归者》的txt文档。"
存在好几个碍眼的家伙时,正确的解决方法就是让他们互相厮杀。

## 图书在版编目（CIP）数据

全知读者视角 /（韩）辛雄（sing N song）著；杨可意译 . -- 北京：国际文化出版公司，2023.2（2025.4 重印）
 ISBN 978-7-5125-1420-1

Ⅰ . ①全… Ⅱ . ①辛… ②杨… Ⅲ . ①幻想小说 – 韩国 – 现代 Ⅳ . ① I312.645

中国版本图书馆 CIP 数据核字（2022）第 217934 号

北京市版权局著作权合同登记 图字 01-2022-6528

OMNISCIENT READER'S VIEWPOINT
전지적 독자 시점 originally in Korean
By sing N song
Copyright © 2020 by sing N song
All rights reserved.
Simplified Chinese translation rights arranged with MUNPIA through KL Management, Seoul Korea.
Simplified Chinese translation copyright © 2023 by Beijing Xiron Culture Group Co., Ltd

## 全知读者视角

| 作　　者 | ［韩］辛雄（sing N song） |
|---|---|
| 译　　者 | 杨可意 |
| 责任编辑 | 吴赛赛 |
| 出版发行 | 国际文化出版公司 |
| 经　　销 | 国文润华文化传媒（北京）有限责任公司 |
| 印　　刷 | 河北鹏润印刷有限公司 |
| 开　　本 | 700 毫米 × 980 毫米　16 开<br>26.75 印张　407 千字 |
| 版　　次 | 2023 年 2 月第 1 版<br>2025 年 4 月第 12 次印刷 |
| 书　　号 | ISBN 978-7-5125-1420-1 |
| 定　　价 | 55.00 元 |

国际文化出版公司
北京市朝阳区东土城路乙 9 号　邮编：100013
总编室：（010）64270995　传真：（010）64270995
销售热线：（010）64271187
传真：（010）64271187-800
E-mail: icpc@95777.sina.net